D1430968

Una historia
de
Bollywood

Una historia de Bollywood

Título original: *A Bollywood Affair*

All Rights reserved including the right of reproduction in whole or in part in any form. This edition published by arrangement with **Dial Books for Young Readers**, a division of Penguin Young Readers Group, a member of Penguin Group (USA) LLC, A Penguin Random House Company.

© Sonali Dev, 2014
© de la traducción: Eva González Rosales

© de esta edición: Libros de Seda, S. L.
Paseo de Gracia 118, principal
08008 Barcelona
www.librosdeseda.com
www.facebook.com/librosdeseda
@librosdeseda
info@librosdeseda.com

Diseño de cubierta: Payo Pascual Ballesteros
Maquetación: Payo Pascual Ballesteros
Imagen de cubierta: © Arvind Balaramand/Shutterstock

Primera edición: abril de 2016

Depósito legal: B. 4949-2016
ISBN: 978-84-16550-49-4

Impreso en España – Printed in Spain

SONALI DEV

Una historia de Bollywood

Libros /de
seda

Para mamá y papá, por vivir felices para siempre.

PRÓLOGO

Un mar de altares nupciales se extendía sobre la arena del desierto y desaparecía en el horizonte. El plañido festivo de las flautas *shehnai* sonaba en los altavoces y luchaba contra el alboroto de un millar de voces en busca de atención. Cientos de niños vestidos de rojo y dorado se sentaban esparcidos como confeti alrededor de los fuegos sagrados, listos para corear sus votos. La muchedumbre de las bodas del *Akha Teej* estaba en su máximo esplendor bajo el sol abrasador de Rajastán.

Lata escudriñaba la escena desde el mismo límite del caos. Su suegro había movido algunos hilos importantes para obtener la codiciada esquina, donde habrían estado relativamente tranquilos, de no ser por la novia de su hijo, esa de mejillas regordetas. Berreaba tan estrepitosamente que Lata no sabía si darle una bofetada o abrazarla. ¿Qué tipo de niña lloraba de ese modo, creyéndose con derecho a ser el centro de atención?

El hijo mayor de Lata, el novio, de doce años, echó una mirada desinteresada al alboroto que estaba formando su novia antes de marcharse para explorar la celebración. El hijo menor de Lata no dejaba de retorcerse impaciente junto a ella. Incluso oculto entre los pliegues del sari de su madre, su extranjera palidez lo hacía destacar como un faro en medio de aquel mar de piel tostada y cabello azabache. A diferencia de su hermano mayor, no podía apartar los ojos de la desdichada novia.

Al final, incapaz de seguir conteniéndose, el chico extendió su mano y acarició la cabeza de la niña, cubierta por el velo.

Ella se volvió bruscamente, con sus húmedos ojos infantiles tan llenos de esperanza, que a Lata se le contrajo el corazón. El velo nupcial con ribetes dorados se escurrió de su cabeza infantil, revelando una masa de rizos de ébano peinados en forma de tirabuzón. El chico le recompuso el velo con sumo cuidado.

Pero antes de que terminara de hacerlo, la niña se abalanzó sobre él, agarrando a su aliado recién descubierto como si fuera un árbol en plena tormenta de arena, y volvió a llorar con intensificado fervor. De sus enormes ojos delineados con *kohl* fluían ríos que bajaban por sus mejillas. Sus rollizos dedos surcaban valles en el brazo del niño. El futuro cuñado hizo una mueca, pero no se apartó.

—¡Bastardo! —gritó el suegro de Lata, tapando con aquel jaleo el llanto de la niña.

Había terminado los trámites de la boda y dirigió su mirada al muchacho con tanta furia que Lata se apresuró a protegerlo. Pero no fue lo bastante rápida. El anciano extendió el brazo y golpeó la cabeza del niño con tal violencia que el pequeño se tambaleó hacia delante, recuperando el equilibrio gracias a que la pequeña novia lo sujetó con todas sus fuerzas.

—¡Quítale tus asquerosas manos de encima! —El abuelo del chico apartó a la niña de un tirón y se dirigió a Lata, escupiendo saliva desde su retorcido bigote como si fuera veneno—: Llévatelo de aquí. Con solo diez años ya se atreve a tocar a la mujer de su hermano. ¡Bastardo blanco...!

La rabia inflamó la luz de los ojos del chico y nadó en lágrimas contenidas. Lata lo apretó contra su vientre, protegiéndolo con una mano. El niño agarró la blanca palma de su madre viuda mientras su delgado cuerpo temblaba por el esfuerzo de contener el llanto.

La mirada de la niña no se apartó de ellos mientras el anciano se la llevaba a rastras.

Su pecho seguía elevándose con las sacudidas de los sollozos, pero al menos ya no gritaba. Iba calmándose poco a poco.

—¿Por qué llora la novia de Bhai, Baiji? —susurró el niño contra el vientre de Lata en un hindi tan puro que nadie habría imaginado que apenas llevaba hablándolo un par de años.

Lata besó su suave cabeza dorada. Esa era la única respuesta que le daría. No podía decirle que, como había nacido chica, estaba destinada a vivir atada y amordazada; a no ser libre jamás. Y aquella niña parecía haberlo notado mucho antes que la mayoría. Desafortunadamente, la pobre infeliz creía que podía hacer algo al respecto.

CAPÍTULO 1

En toda su vida, Mili únicamente había querido una cosa: ser una buena esposa. Buena esposa en el sentido de diosa doméstica-barra-mejor esposa del mundo. El tipo de mujer que su marido se pasaría todo el día echando de menos. El tipo de mujer que haría que cada noche él se apresurara a llegar a casa, a una casa que ella habría hecho tan hermosa, que incluso los hogares de las series de televisión parecerían réplicas de plástico a su lado. Una casa llena de amor y de risas y del aroma de una comida perfectamente sazonada, que serviría en impolutas bandejas de acero inoxidable vestida con ropa sencilla pero elegante, mientras mantenía una conversación divertida a la par que inteligente. Porque, cuando se lo proponía, podía ir vestida de punta en blanco. Y en cuanto a sus inteligentes opiniones... Bueno, ella sabía cuándo expresarlas, a pesar de lo que decía su abuela.

El profesor Tiwari la había considerado «excepcionalmente perspicaz» en su carta de recomendación. Dios bendiga a ese hombre, pues la había convencido para continuar con su educación, incluso Mahatma Gandhi dijo que una mujer educada sería una mejor esposa y madre. Así que allí estaba ella, con la bendición de su profesor y de Gandhiji, fundiéndose en la ardiente acera frente al Consulado de Estados Unidos en Bombay, haciendo cola para conseguir el visado y seguir con la mencionada educación.

¡Si al menos dejara de gotearle la nariz un bendito segundo! Aquella nariz húmeda era una maldición extremadamente molesta; se trataba de una alerta personal que la avisaba de la inminencia de lágrimas, por si acaso era demasiado estúpida para darse cuenta de que estaba a punto de llorar. Se apretó la punta de la nariz con el pañuelo que llevaba en los hombros, estropeando por completo su *salwar* rosa favorito, y echó una mirada a las dos parejas que charlaban a unos cuantos metros de ella. Aquel día se había prohibido terminantemente llorar.

¿Y qué, si estaba emparedada entre dos parejas de dichosos recién casados? ¿Y qué, si el sol le estaba abriendo un agujero en la cabeza? ¿Y qué, si la culpa le apuñalaba las entrañas como astas de toro? Todo había ido sobre ruedas, y eso tenía que ser una señal de que estaba haciendo lo correcto. ¿Verdad?

Aquella mañana se había levantado de madrugada para tomar el tren rápido de las tres y media desde Borivali a la estación de Charni Road, y así llegar a la cola del visado antes del amanecer. Pero se quedó anonadada cuando encontró a unas cincuenta personas ya acampadas en la acera de cemento ante las puertas altas del consulado. Después de su llegada, la cola creció a un ritmo alarmante y en aquel momento varios centenares de personas ya formaban una hilera interminable detrás de ella. Y eso era lo que importaba. Su abuela siempre decía: «Mira a los que has dejado atrás, no a los que tienes por delante».

Mili dejó de mirar a la pareja de recién casados que tenía enfrente, para fijarse en la pareja de recién casados a su espalda. La novia se reía por algo que su marido había dicho, y él parecía a punto de explotar de alegría. Mili sacó un pañuelo de su bolso de pasamanería y se sonó.

¡Oh, no había duda de que se habían casado hace poco! No lo sabía solo por la henna en las manos de ellas, ni por las pulseras que tintineaban desde sus muñecas a sus codos. Lo sabía por el modo en que agitaban las pestañas al mirar a sus maridos y por cómo los tocaban, con ligereza y vacilación.

Mili reprimió un enorme sollozo. La visión de los diseños de la henna y de la luz del sol atrapada en las pulseras de cristal le desgarraba el corazón con tal anhelo que casi se rindió. Dejó de apretarse la nariz y se permitió llorar a mares. Por mucho que lo deseara, Mili nunca conseguiría esas manos con henna, ni aquellas pulseras de novia. El momento para eso ya había pasado. Ya hacía veinte años, cuando tenía cuatro años. Y lo peor era que no se acordaba... de nada.

Se sonó con tanta fuerza que las novias se sobresaltaron.

—¿Estás bien? —preguntó la novia número uno. Su voz dulce no encajaba con la mueca de repulsión que mostraba su rostro.

—No tienes buen aspecto —añadió la novia número dos.

Ambos maridos parecían enorgullecerse de la infinita bondad de sus esposas.

—Estoy bien. —Mili resolló tras el pañuelo que seguía presionando su nariz—. Debo de haber pillado un resfriado.

Las parejas se apartaron de ella rápidamente. Enfermar les arruinaría aquella novedosa dicha de recién casados. Mejor. Estaba cansada de tanta charla. Puede que midiera un poquito menos de metro y medio, pero no era invisible.

Los cuatro intercambiaron una significativa mirada. La pareja situada a su espalda sonrió a Mili con expectación, pero no se decidían a preguntarle si les dejaría pasar para ponerse junto a sus nuevos amigos. La otra pareja, que estaba enfrente, disimulaba mirando hacia la calle. No estaban dispuestos a abandonar su sitio en la cola.

La antigua Mili se habría quitado de en medio sin pensárselo dos veces. Pero la Mili de ahora, la que había vendido las joyas de su dote para ir a Estados Unidos y convertirse en una mujer de valía, tenía que aprender a mantenerse firme.

«No es lo mismo benevolencia que estupidez, eso lo sabe hasta Dios.» La invariable y siempre presente voz de su abuela intentó fortalecer su resolución. Había decidido dejar de ser estúpida, de verdad que sí, pero odiaba sentirse mezquina y ruin. Así que estaba a punto de rendirse y ceder su lugar en la cola, cuando un hombre con uniforme caqui se acercó a ella.

—¿Qué estatus? —le preguntó con impaciencia.

Mili retrocedió e intentó no poner cara de niña tonta, como decía su abuela. La gente con uniforme le aterraba. El funcionario dio un golpecito con su porra a los documentos que Mili apretaba contra su vientre, algo que solo sirvió para intensificar su miedo a la autoridad.

—¿F-1? ¿H-1? —insistió el hombre, y al ver que no respondía, añadió en hindi, irritado—: *Oy hoy*. ¿Qué visado vas a pedir, niña?

Una bombilla parpadeante se encendió en el cerebro de Mili.

—F-1. Visado de estudiante, por favor —le respondió con una sonrisa en el mismo dialecto. Era emocionante oír el acento familiar de su lugar de nacimiento allí en Bombay.

El hombre suavizó su expresión.

—Eres de Rajastán, según parece. —Él le devolvió la sonrisa. Ya no resultaba intimidante, sino uno de los amables lugareños de su pueblo. La tomó del brazo—. Por aquí. Ven conmigo.

El hombre la condujo hasta una cola más corta, que se movía hacia el interior de las puertas de hierro forjado. Y de este modo, Mili terminó en una enorme sala de espera del Consulado de Estados Unidos.

Fue como entrar en un frigorífico. La sala era de un blanco tan puro, estaba tan limpia y hacía tanto frío, que tuvo que frotarse los brazos. Pero la temperatura de la habitación la reavivó y de repente se sintió tan flamante y elegante como la moderna pareja que se hacía ojitos en aquel cartel de la película de Bollywood que veía a través de las ventanas.

Se atusó el cabello, recogido en una apretada cola de caballo que después había trenzado. Aquel sin duda era su día de suerte, porque sus exasperantes y totalmente obstinados rizos decidieron quedarse donde los había colocado. Pelo de demonio, como lo llamaba su abuela. Su *naani* la hacía masajearse los brazos con aceite de sésamo cada mañana después de cepillarle el cabello para ir al colegio.

—Tu pelo va a acabar conmigo —le encantaba quejarse—. Es como si alguien deshiciera una alfombra y colocara sus hilos enredados sobre tu cabeza solo para torturarme.

La querida y vieja Naani. Mili iba a echarla mucho de menos. Juntó las palmas de las manos, echó una mirada de súplica al techo y rezó pidiendo que la perdonara. «Lo siento, Naani. Sabes que, si existiera otra manera, jamás haría lo que estoy a punto de hacer.»

—¿Señorita Rathod?

El pulcro funcionario del Consulado levantó una ceja rubia mientras Mili se acercaba a la ventanilla. El documento que había rellenado la noche anterior, escondida en el baño de su prima, esperaba sobre el mostrador de formica que los separaba.

Mili asintió.

—Aquí dice que tiene veinticuatro años. ¿Correcto?

Estaba acostumbrada a ver aquella expresión incrédula cuando decía a alguien su edad. Siempre le resultaba difícil convencer a la gente de que tenía más de dieciséis años.

Iba a asentir de nuevo, pero decidió hablar.

—Sí. Es correcto, señor —dijo en lo que el profesor Tiwari consideraba «su impresionante inglés». Cada pedaleo de los diez kilómetros en bici desde su casa hasta el Instituto Británico Santa Teresa, un colegio femenino, había merecido la pena.

—Aquí también dice que está casada... —prosiguió el hombre.

La compasión atravesó brevemente los ojos azules del empleado, igual que atravesaba los ojos de Naani cuando ofrecía dulces a la hija del vecino, en silla de ruedas. Entonces Mili supo que se había fijado en la fecha de la boda. Otra cosa a la que estaba acostumbrada. La gente de ciudad siempre la miraba así cuando descubría lo joven que se había casado.

Mili rozó su *mangalsutra* (las perlas negras, símbolo de mujer casada, que llevaba alrededor del cuello deberían haber bastado para que la pregunta fuera innecesaria) y asintió.

—Sí, sí. Estoy casada.

—¿Cuál es su área de estudios? —le preguntó el hombre, aunque eso también constaba en el formulario.

—Se trata de un curso que dura ocho meses de Sociología Aplicada, Estudios de la Mujer.

—Tiene una beca parcial y una beca de colaboración... —Leyó cuidadosamente el hombre.

No era una pregunta, así que Mili asintió de nuevo.

—¿Por qué quiere ir a Estados Unidos, señorita Rathod?

—Porque Estados Unidos cuida muy bien a sus mujeres. ¿A qué otro sitio podría ir para estudiar cómo mejorar la vida de las mujeres?

Una sonrisa parpadeó en los ojos del funcionario y eliminó por completo la expresión compasiva de antes. Se aclaró la garganta y la miró por encima de las gafas.

—¿Planea regresar?

Mili mantuvo su mirada.

—Solo me he tomado un año sabático en mi trabajo, en el Centro Nacional de la Mujer en Jaipur. Además, tengo un contrato con ellos. Necesito regresar. —Tragó saliva—. Por otra parte, mi esposo es oficial de las Fuerzas Aéreas Indias. No podrá abandonar el servicio hasta dentro de quince años.

Mili hablaba con voz tranquila. Menos mal que había practicado frente al espejo.

El hombre la examinó. Ella se lo permitió. No había dicho ni una sola mentira. No tenía nada que temer. Él suspendió en el aire un sello de goma y lo dejó caer con decisión sobre el documento.

—Buena suerte con su educación, señorita Rathod. Recoja su visado en la ventanilla nueve a las cuatro de la tarde.

¡Plam y plan! Y allí estaba: APROBADO, engalanando su formulario de petición de visado en ese brillante bermellón de la buena suerte.

—Gracias —dijo Mili, incapaz de reprimir un saltito al alejarse.

Y gracias, Virat Rathod, jefe de escuadrón. Era la primera vez, en la vida de Mili, que quien había sido su marido durante veinte años la había ayudado en algo.

CAPÍTULO 2

Aquello era para lo que Samir vivía: beber con su hermano hasta perder el sentido. Y resultaba tan reconfortante, que no se le ocurría ninguna otra situación en la que se sintiera él mismo de un modo tan profundo y completo.

Samir tomó un trago de su Macallen y examinó la multitud dividida a partes iguales entre la pista de baile de cristal suspendida sobre la piscina, y la barra con vistas a esta. Habría preferido estar con su hermano en uno de los bares normales de la ciudad, pero cuando la mujer de una de las mayores estrellas de Bollywood te invita a la fiesta «sorpresa» por el cuarenta cumpleaños de su marido, hay que ir. Y además, fingir que no hay ningún otro lugar mejor en este mundo donde uno desee estar. Sobre todo, si necesitas que el cumpleañero actúe en tu próxima película.

La buena noticia era que la parte horrible ya había terminado. La estríper había salido de la tarta, y el champán había bajado en cascada por una torre de copas de cristal, agotándose entre brindis, lágrimas y los flashes de las cámaras. Las cachimbas de cristal esmerilado burbujeaban en las mesas y el olor del tabaco con manzana se mezclaba con el aroma de la maría y los puros.

Samir estaba disfrutando de verdad de aquella parte relativamente apacible de la velada, cuando casi todos ya habían dejado de fingir y estaban demasiado colocados para preocuparse por su aspecto o por los comentarios que salían de sus bocas. Además, la combinación de la piscina azul zafiro que titilaba bajo la pista de baile de cristal y el manto de estrellas era absolutamente hermosa. Por no mencionar el hecho de que su hermano estaba allí con él, para disfrutar de todo aquello.

Dio otro sorbo a su bebida lentamente, se estiró en el largo sofá reclinable y dejó escapar un profundo suspiro.

Virat echó la cabeza hacia atrás y se rio.

—Desgraciado, estás suspirando —dijo Virat, sin poder contener la risa—. En serio, Chintu, pareces una mujer.

—Cállate, Bhai. Ha sido un suspiro de hombre.

—¿Como uno de esos «bolsos de hombre» que sueles llevar?

Su hermano señaló, con su vaso de ron indio Old Monk, la bandolera de Louis Vuitton, que estaba apoyada contra un cojín de seda.

Samir se encogió de hombros. Como era embajador de esa marca, no podía llevar otra. Además, era el único trabajo de modelo que seguía haciendo. Pagaban realmente bien y, por qué negarlo, le gustaba el toque rústico de la campaña. La verdad era que nunca le había gustado trabajar como modelo. Demasiado estático para él.

Sus genes medio estadounidenses y su la piel blanca habían hecho de su infancia un infierno, pero ahora los encargos caían en su regazo con demasiada facilidad como para rechazarlos. Por increíble que pareciera, la obsesión postcolonial india por la piel blanca seguía vigente. Y gracias a su trabajo como modelo, había terminado colocándose detrás de la cámara, así que no podía quejarse. Incluso diez años después, hacer películas era lo que más le gustaba.

Virat negó con la cabeza como si Samir fuera una causa perdida.

—En serio. Bebes esa mierda moderna, tienes el armario ordenado por colores y te sabes los putos nombres de las prendas que vistes. ¿Es que no te he enseñado nada?

En realidad, Virat había enseñado a su hermano menor todo lo que sabía. Solo era dos años mayor que Samir, pero había sido un padre para él, ya que el padre de los dos tuvo la indecencia de morir sin que ninguno de ellos lo conociera. El muy desgraciado.

—Lo intentaste, Bhai. Pero ¿quién puede ser como tú? —Samir alzó la copa—. Después de todo, tú eres «el destructor».

Dijeron esa última palabra juntos, impostando un tono de voz grave, como hacían de niños, y dieron un largo trago a sus bebidas.

«El triunvirato sagrado», así los llamaba su madre: el creador, el guardián y el destructor. Su madre era el creador, por supuesto, y los chicos se habían disputado el título de destructor. Virat se marchó a la Academia Nacional de Defensa a los dieciséis años para convertirse en piloto de combate de las Fuerzas Aéreas Indias; y Samir escribía y dirigía películas de Bollywood. De modo que ya no había dudas sobre quién era el destructor.

Rima, la esposa de Virat, regresó de su tercera visita de la noche al baño de señoras.

—Parece que todavía tenéis para rato, chicos.

Los hermanos se levantaron, tambaleándose un poco y agarrándose el uno al otro para mantener el equilibrio.

—¿Estás cansada? ¿Quieres que nos vayamos? —preguntó Virat.

La expresión en el duro y masculino rostro de su marido se suavizó. Frotó el hombro de Rima con ternura. El vientre de su esposa empezaba a redondearse y los ángulos de su rostro habían perdido parte de su definición, pero el resto de su ser seguía siendo tan esbelto y atractivo como siempre.

Rima pasó los dedos por el cabello de su marido y compartieron uno de sus momentos; la clase de momento que hacía sentir a Samir como un barco sin timón ni tierra a la vista. No era que estuviera buscando lo que ellos poseían. Neha estaba fuera, en un rodaje, y era un alivio no tener que compartir aquel tiempo en familia con su novia.

Rima se acercó a Samir, necesitó ponerse de puntillas y le desordenó el cabello. Virat todavía lo llamaba Chintu, que en hindi significaba «pequeñín», pero con su metro ochenta y tantos, Samir sacaba más de quince centímetros a su hermano mayor.

—No quiero que nos marchemos. —Rima dedicó a los hermanos una de sus sonrisas angelicales—. Pero yo estoy cansada, así que me voy a casa. ¿Intentaréis conservar parte del hígado para más tarde?

—No seas tonta. Nosotros te llevamos a casa. Bhai y yo podemos tomarnos la última allí. De todos modos, la fiesta está desinflándose.

Samir rescató la americana que había dejado en el sofá.

—Sí. No vamos a quedarnos aquí sin ti, cariño —dijo Virat antes de rodear a Rima con sus brazos e iniciar una versión completamente desentonada de *I don't want to live without you*. Normalmente a Samir no le importaba que destrozaran en concreto esa canción de Foreigner, pero todavía quedaban algunos periodistas reunidos en una mesa cercana y le ponía enfermo pensar que alguna maliciosa revista de cine pudiera burlarse de ese momento privado entre su hermano y su cuñada.

Rima, que era un genio, tapó los labios de Virat con el pulgar para silenciarlo. A Samir le encantaba aquella mujer. Le dio las gracias en un susurro y recibió a cambio otra sonrisa de ángel.

—No, vosotros quedaos. Enviaré al chófer de vuelta. —Rima dio un golpecito con un dedo en el pecho de Virat y echó una mirada inquisitiva a su cuñado—. Samir, de ninguna manera mi marido va a ponerse al volante en ese estado, ¿me entiendes?

—Sí, señora —dijeron los hermanos al unísono.

Samir observó a Virat, que seguía a Rima con la mirada mientras ella ofrecía su rostro para que la anfitriona diera dos besos al aire junto a sus mejillas y la acompañara hasta la puerta.

—¿Y dices que yo parezco una chica? —dijo Samir—. Deberías ver la cara que pones cuando la miras, Bhai.

—Un hombre de verdad no teme al amor, Chintu —bromeó Virat.

Era una frase de uno de los mayores éxitos de Samir en Bollywood, y Virat la pronunció imitando casi a la perfección la voz de barítono del protagonista.

Samir se rio.

—¡Así se habla!

Y se acabó de un trago lo que quedaba de *whisky*.

—Pero, en serio, ¿no es la mujer más hermosa del mundo?

—Sin duda —dijo Samir—. Y tú eres el capullo más afortunado.

—¡Así se habla!

Virat también apuró su bebida.

Un camarero les sirvió de inmediato dos nuevas copas rebosantes de licor. Samir le hizo una discreta señal al hombre para que se retirara después de aquella.

—No me la merezco, pero estoy loco por ella. —Virat levantó una mano cuando Samir intentó interrumpirlo—. No... no me la merezco. Soy un cabrón mentiroso, Chintu. Tú lo sabes.

—No, no lo eres. ¿A qué viene esto, Bhai?

Samir levantó su bebida, pero algo en la expresión de su hermano mayor hizo que Samir bajara la copa de nuevo.

—¿No crees que mi mujer debería saber que ya estuve casado?

Realmente ¿a qué venía aquello? Habían pasado veinte años desde que su madre huyó de su aldea natal con ellos en mitad de la noche. Después de eso, ninguno mencionó jamás el abominable matrimonio de Bhai, obligado por su abuelo. Era fácil olvidar que la mano de su abuelo había dejado su firma en algo más que la espalda de Samir.

Samir echó una dura mirada a su hermano.

—Tú no has estado casado. Virat, escúchame bien: eso no fue un matrimonio. Tenías doce años, Bhai. Por si lo has olvidado, el matrimonio entre menores de edad es ilegal en la India. Y, por si eso fuera poco, Baiji hizo que lo anularan hace mucho tiempo.

Virat sacó la cartera de su bolsillo. Estaba tan llena que las costuras de cuero estaban a punto de reventar. Con tanta mierda allí metida, ¿cómo podía encontrar algo?

Por el contrario, la cartera de Samir estaba, como su propia persona, impecable. Dos tarjetas de crédito, el carné de conducir, una fotografía suya en blanco y negro estrujado entre Virat y Baiji en una fiesta antes de mudarse a la ciudad, y un montón de billetes nuevos.

Después de buscar durante unos instantes, Virat sacó un trozo de papel doblado y se lo entregó a Samir. Era una carta hermosamente escrita a mano en hindi.

—Léela —le indicó a Samir sin mirarlo.

Virat hizo un ademán al camarero para que le sirviera otro trago. Samir interceptó la mirada del camarero y le indicó disimuladamente que aguara el licor.

Comenzó a leer:

Estimado señor Viratji:
Namaste.
  Esta es la primera carta que le escribo directamente. Espero que
perdone mi atrevimiento. Aunque nunca me he puesto en contacto
con usted, como dicta nuestra tradición, traté en vida durante mucho
tiempo a sus abuelos (que los dioses concedan el descanso a sus almas).
Su abuelo era un hombre increíble. Como seguramente le contaron,
cuidé de ellos, tal como debe hacer toda buena nuera, durante los
veinte años que hemos estado casados. Todo el pueblo es testigo de que
soy la mejor nuera de todo Balpur.
  Aunque creo que es mi humilde deber ocuparme de su familia,
de nuestra familia, considero que ha llegado el momento de que me
dé la oportunidad de ocuparme también de usted. Acabo de graduar-
me en Sociología y he sido instruida por mi abuela para ser la esposa
perfecta de un militar. Sé que, cuando venga a por mí, no se sentirá
decepcionado. En Balpur algunos opinan que soy bastante guapa,
pero nunca lo digo porque me han enseñado a ser humilde.
  Su abuelo prometió a mi abuela, cada día en los últimos cinco
años, que usted vendría para llevarme a casa, y cada año hemos es-
perado pacientemente. Ahora que su abuelo ha fallecido, no sé qué
hacer. Si es usted el hombre del que su abuelo presumía, mi espera ha
llegado a su fin. Como sabe, mi abuela, que me ha educado con los
mejores valores, es mi único apoyo y está realmente preocupada.
  Y una última cosa antes de despedirme: durante los últimos tres
años me he ocupado personalmente del mantenimiento de nuestro
haveli *familiar. La vieja casa necesita ahora reparaciones más im-*
portantes que las que puedo llevar a cabo yo sola.
  Mi abuela le envía su bendición. Yo me postro a sus pies.
  Por favor, venga y llévese a su esposa a casa.
  Suya:

                                    Malvika Virat Rathod

Samir levantó la mirada. La carta colgaba mustia de sus dedos.

—Tiene que ser una broma.

Ambos estallaron en carcajadas.

—¿«Me postro a sus pies»? —Virat impostó una voz femenina.

Aunque las carcajadas sacudían su estómago, Samir no podía creer que se estuviera riendo. Aquello era de locos.

—«Pero nunca lo digo porque me han enseñado a ser humilde»... —bromeó Virat, y se rio tan fuerte que se ahogaba con sus palabras.

—Joder, Bhai, ¿qué vamos a hacer? Esa chica de la aldea cree que sigues casado con ella. ¿Cómo diablos es posible?

—Debe de ser cosa de nuestro abuelo —dijo Virat, dejando de reír—. Está claro que el muy desgraciado mintió a Baiji cuando ella le solicitó la anulación del matrimonio. Es evidente que el abuelo nunca presentó los papeles. He hablado con un abogado y, aunque el matrimonio es ilegal si la novia es menor de dieciocho y el novio menor de veintiuno, que se celebrara en Balpur complica las cosas. Según las leyes del Panchayat, el Consejo Tribal es quien decide si los votos realizados bajo su jurisdicción son válidos o no. Y parece que el Panchayat consideró que en este caso era legal. Lo cual significa que Rima y yo...

Virat se derrumbó en el sofá.

—Tonterías, Bhai —exclamó Samir—. ¿Cómo puede ser legal un matrimonio al que te obligaron cuando tenías doce años?

Virat miró fijamente su bebida. El desánimo teñía el habitual destello desenvuelto de sus ojos oscuros.

—El abogado dice que si conseguimos que la chica firme un documento que ratifique que el matrimonio no ha sido consumado y, además, que tuvo lugar sin su consentimiento, entonces la boda se considerará nula. De hecho, lo que hizo el abuelo está penado por la ley. ¡Y pensar que podríamos haber enviado a ese viejo cabrón a la cárcel!

—Joder, menuda oportunidad perdida. —Samir levantó el vaso y dio otro sorbo—. ¡Por el viejo cabrón! ¡Que se pudra en el infierno!

Virat se unió al brindis, con apatía.

—Estoy jodido, Chintu... Tengo que ocuparme de esto antes de que llegue el bebé. No quiero ninguna duda legal sobre la legitimidad de mi hijo ni sobre los derechos de Rima como mi esposa. ¿Y si salgo en alguna misión y mi avión cae y nunca regreso?

Aquellas palabras golpearon a Samir en las entrañas. Su entusiasmo se disipó en un abrir y cerrar de ojos.

—No digas eso, Bhai. Te pondré en contacto con mi abogado. Si nos da problemas, Peston se comerá a esa gente para almorzar.

La carta mencionaba el *haveli*, la casa de su familia, y eso le había preocupado. La propiedad estaba valorada en un par de millones de rupias, como mínimo. Aquella gente de campo parecía muy inocente, pero podía ser realmente retorcida. Sin embargo, Samir no se lo pensaría dos veces antes de aplastar a cualquiera que amenazara de algún modo a su hermano y a su cuñada. Por muy obstinada que fuera, a la chica de la aldea no le iría nada bien si se atreviera a meterse con un Rathod. Por mucho que dijera llamarse Malvika Virat Rathod.

CAPÍTULO 3

Mili se estaba muriendo... Una lenta y dolorosa muerte ahogada en espuma de jabón. Llevaba cuatro horas seguidas fregando platos.

Se sentía como uno de los personajes de *Chandamama*, el tebeo que solía devorar de niña, con apenas la cabeza visible tras una montaña de cacerolas y sartenes sucias. Los últimos tres meses había batallado con tanta suciedad, con tanta mugre grasienta, que ella misma se sentía un estropajo, una afilada guerrera contra un mundo de pegajosa grasa frita.

Agarró un cazo por el mango para sacarlo del fregadero lleno de agua y se dio media vuelta, cortando el aire como si sujetara una espada con sus manos enfundadas en goma amarilla. Al detenerse, se encontró con los ojos saltones del ilustre propietario del Panda Kong, el único restaurante chino en el campus de la Universidad de Michigan oriental, donde Ridhi y ella pasaban cuatro noches a la semana. Por supuesto, tenía que entrar en aquel preciso momento, porque Mili nunca podía hacer nada remotamente ridículo sin que la pillaran.

Cabeza Huevo retorció su cara de vinagre incluso más de lo habitual y le lanzó algunos dardos con la mirada. Ella le sonrió como sugiriéndole que sacudir de esa manera los utensilios de cocina mientras los limpiaba, les proporcionaba un brillo extra. Pero el jefe le dio la espalda, con cara de pocos amigos, y abandonó la ya helada cocina dejándola diez grados más fría con su desaprobación. En cuanto el hombre se dio la vuelta, Mili le sacó la lengua a su cabeza en retirada y agitó los hombros para sacudirse el frío.

—¡Equis De!

La compañera de piso de Mili, Ridhi, se deslizó tras Cabeza Huevo para entrar en la cocina con otra torre de platos tambaleándose precariamente en sus brazos. Ridhi utilizaba expresiones de mensajería instantánea en cualquier conversación.

—¡Ay, Dios mío...! ¿le has visto la cara?

Ridhi dejó los platos en el fregadero que Mili acababa de vaciar.

—¿Te refieres a esa mueca? —dijo Mili—. Me ha dejado totalmente claro lo desesperado que está por que alguien conteste al letrero de SE NECESITA EMPLEADO, para poder librarse de la india loca.

—Para nada. Cabeza Huevo nunca te dejará escapar. Se encadenaría a ti, si pudiera. Eres demasiado trabajadora. Si acaso, estará pensando en quitar ese letrero para hacerte trabajar todavía más.

Mili gimió desde las profundidades de su alma.

Ridhi sonrió de oreja a oreja.

—¿Cómo piensas guardar un secreto con esa cara tan expresiva?

El corazón de Mili se aceleró. Accionó el grifo de mano y empezó a arrastrar los restos de un *wok* gigante.

—¿Has sabido algo de él? —preguntó Mili a su amiga, que puso al instante cara romántica. Cada vez que lo mencionaba, Mili podía imaginarse el numerito de Bollywood que se desarrollaba en el interior de la cabeza de Ridhi, con grupo de bailarines incluido. Ridhi vivía en el planeta Bollywood junto a sus amigos Acción, Emoción y Romance.

—Bueno... —Ridhi echó una mirada cautelosa sobre su hombro como si hubiera espías de su padre escondidos en la cocina del Panda Kong a las once de la noche—. Ravi se puso como loco cuando le dije que papá estaba intentando emparejarme con el hijo médico del tío Mehra. No quiere arriesgarse. Cree que deberíamos...

Cabeza Huevo decidió demostrar una vez más que Mili siempre elegía el momento adecuado y entró justo cuando ella soltaba la cazuela y se volvía para escuchar mejor el resto del drama de Ridhi.

—Ya he cerrado. ¿Vosotras terminar platos esta noche? —les preguntó con total indiferencia por el monte Everest de relucientes platos sobre el escurridor, por no mencionar el hecho de que estaba interrumpiendo una conversación importante.

Ridhi lo fulminó con la mirada. Mili eligió una sartén y volcó su rabia en ella; había albergado muchas fantasías glamurosas sobre Estados Unidos, pero en ninguna se había imaginado enterrada entre platos sucios en una cocina apestosa o arrastrada a un papel secundario en una peliculera relación clandestina.

Cuando conoció a Ridhi, Mili se preguntó cómo iba a tener alguna conversación con ella. Ridhi hablaba en monosílabos. Pero la desventaja de comenzar en el segundo semestre era que el campus estaba casi deshabitado, y Mili necesitaba desesperadamente una compañera de piso; y una compañera muda como un sepulcro que parecía a punto de tirarse por un puente era mejor que nada. Sin duda, Mili no podía permitirse los quinientos dólares que costaba el alquiler, con los seiscientos que recibía como ayudante de postgrado. Los ocho dólares a la hora que conseguía dejándose la vida frotando aquellas sartenes los reservaba para enviárselos a Naani a casa.

De repente, después de dos semanas vagando por el apartamento mientras su nueva compañera Mili intentaba desesperadamente proporcionarle comida y conversación animada, la desdichada Ridhi se convirtió por arte de magia en doña Dicharachera, gracias a una llamada telefónica del protagonista de su historia: Ravi. Se habían conocido el año anterior, cuando Ridhi era novata y Ravi un estudiante de postgrado al frente del aula de Informática. Él consiguió que las campanas de Ridhi sonaran al unísono, como en un templo a la hora de la oración. Ravi era indio y venía del sur de la India; mientras que la familia de Ridhi era de la región del Punyab, en el norte. El padre de Ridhi se enorgullecía tanto de su herencia punyabí, que la idea de que su hija se relacionara con un chico del sur le había provocado, literalmente, un infarto.

Estando en la UCI, enchufado a la máquina que lo mantenía con vida, hizo prometerle que dejaría de «rebelarse», que se liberaría de la influencia de «ese indio del sur» y sería una buena chica punyabí y, en consecuencia, se casaría con un buen chico punyabí. Era el típico guion de película... de hace tres décadas.

—Papá se ha quedado en los setenta —le explicaba Ridhi a su amiga—. Fue cuando él llegó a Estados Unidos. Se niega a creer que el mundo ha seguido girando. Si viera la ropa que llevan mis primas en la India o las cosas que hacen con sus novios, sufriría tantos ataques al corazón que tendría que alquilarse un puesto en la UCI.

Ridhi no tardó demasiado en darse cuenta de que todas las promesas del mundo no conseguirían mantenerla lejos de su héroe, por más que estuvieran hechas en la UCI: Ravi y ella estaban planeando cabalgar juntos hacia el ocaso. Pero la familia de Ridhi tenía muy buenos contactos. Su tío trabajaba para Inmigración y la habían amenazado con deportar, desmembrar y, en general, destruir a Ravi al más puro estilo de villano de película.

Mili parecía aterrada, pero Ridhi estaba «muy cansada de ser la víctima». Y allí estaban, caminando hacia su apartamento, dejando atrás un reluciente Panda Kong mientras Ridhi le contaba a su amiga el plan de su gran huida.

—Así que Ravi ha aceptado la oferta de trabajo... —le expuso Ridhi, omitiendo los detalles, tal como Mili le había suplicado que hiciera—. Ahora podrá mantenernos. Y me niego a permitir que papá nos tenga separados un minuto más. —Echó otra mirada sobre su hombro, escudriñó la noche y dejó que su tono de voz descendiera hasta un susurro—: Ravi vendrá a recogerme y nos marcharemos a...

Mili se tapó las orejas y negó con la cabeza. Ridhi sonrió.

—Nos marcharemos a un sitio nuevo —insistió Ridhi—. Después, tan pronto como los padres de Ravi consigan su visado y vengan de la India, nos casaremos y esta pesadilla habrá terminado.

Su sonrisa indicaba que no era tanto una pesadilla como la aventura de su vida.

Pero a Mili no le parecía ninguna aventura. Es más, le aterraba que se convirtiera en una pesadilla. Nunca se le había dado bien mentir, por eso, mejor que Ridhi no le contara los detalles. Si Mili sabía algo y la familia de Ridhi daba con ella, no sabría cómo evitar que encontraran a su amiga. Y había dos cosas que Mili jamás permitiría: una, ser deportada antes de terminar el curso, después de todo lo que se había esforzado para llegar hasta allí; y dos, ser la culpable de estropear una historia de amor. Porque, aunque Mili no sabía lo que se siente al ser correspondida, llevaba enamorada tanto tiempo como podía recordar. Había rezado por el éxito y la seguridad de su esposo cada día de su vida. Había ayunado en todos los Teej para que consiguiera lo que quisiera. Había soñado con él y lo había deseado, y aunque intentaba con todas sus fuerzas no preocuparse por si sus sentimientos eran recíprocos o no, creía en el amor con todo su corazón.

Sin embargo, Ridhi tenía la suerte de ser correspondida, y Mili haría todo lo que estuviera en sus manos para asegurarse de que el amor no se le escurriera de las manos.

* * *

Samir se dio la vuelta rápidamente y se colocó encima de ella. No fue fácil; estaba todavía en su interior. Pero, por la expresión en la cara de Neha, sabía lo que iba a decir. «Joder.» Enredada en las suaves sábanas de hilo, con esa expresión cansada y totalmente satisfecha, parecía una maldita colegiala que se moría de ganas de contar un secreto.

Si se movía lo suficientemente rápido, todavía podría escapar. Apoyó las palmas sobre la cama e intentó apartarse de ella.

Neha gimió y lo atrapó rodeándolo con las piernas.

—Te quiero.

«Joder.»

Las palabras se cernieron en el aire entre ellos como unas garras preparadas para clavarse en la carne. ¿Por qué las mujeres hacían aquello... todas y cada una de ellas? ¿Por qué tenían que estropear un buen polvo, un momento de relax, de ese modo? ¿Por qué?

Samir fabricó una sonrisa, pero llegó varios minutos tarde. Neha parecía desanimada; separó las piernas y la temida humedad apareció en sus ojos, acumulándose a lo largo de sus párpados.

Samir se apartó de ella, se dejó caer sobre su espalda y cerró los ojos. El condón arrugado le golpeó el muslo. Tenía que limpiarse, pero eso tendría que esperar. Aquello no iba a ser rápido. Nunca lo era.

—¿No vas a decir nada? —preguntó Neha con voz casi inaudible.

Si Samir hubiera sido capaz de sentir remordimientos, se habría ahogado en ellos. Pero lo único que consiguió reunir fue una furiosa impaciencia. Quería darse una patada a sí mismo. No había visto las señales. Una vez más. Tenía que dejar de permitir que el pequeño Sam pensara por él. Pero lo cierto es que el pequeño Sam estaba muy contento en ese momento. Neha había resultado ser incluso mejor de lo que él esperaba. La combinación perfecta: un cuerpo de escándalo, dispuesto a cualquier cosa, y un corazón frío que no se entrometía para complicar las cosas. Era casi como encontrar una versión femenina de sí mismo... Hasta entonces.

—He dicho que te quiero, Sam.

Se le escapó un quejido nasal junto a su ensayada gravedad.

Samir hizo un esfuerzo para no reír. Se apoyó en el codo y la miró. Sus bíceps, sus deltoides y sus pectorales respondieron al estudiado movimiento y sobresalieron como era debido. Los ojos de Neha siguieron el movimiento y se detuvieron con avidez sobre su piel aún resbaladiza por el aceite de masaje y el sudor. El pequeño Sam despertó de nuevo.

—Me refiero a que te quiero... de verdad.

Ahora sus palabras eran ya toda una acusación. El pequeño Sam se detuvo en seco. «No, no es cierto. Crees que me quieres porque te gusta lo que acabamos de hacer.» Pero no podía decirle eso. Provocaría un drama, y Samir reservaba los dramas para sus películas.

Las mujeres nunca aceptaban el deseo como lo que era: deseo. Nunca lo había entendido. ¿Por qué pensó que ella sería diferente? Siendo tan ambiciosa, un compromiso debería ser lo último que esa chica tendría en mente. ¿Dónde estaban todas aquellas mujeres que te tratan como un objeto y de las que se suponía que estaba lleno el negocio del cine? ¿Por qué no podía toparse con una de esas, para variar?

Posó un dedo sobre los labios de Neha, usando toda su fuerza para mantener su impaciencia a raya. Tenía que continuar con su día. Iba a recibir una respuesta de Shivshri Productions sobre el proyecto. Podía ser el mejor maldito día de su vida. O la maldita peor decepción. Y no tenía ni idea de qué iba a pasar. Igual que en ese momento. La jodida historia de su vida.

—Shh... cariño. No digas eso. Ya sabes cuánto me gustas. Pero...

—¿Te gusto? —«Por el amor de Dios, ¿no podía ella rebajar ese tono nasal?»—. Llevamos juntos seis meses, Sam, ¡seis meses!, y me dices... ¿que te gusto?

Lo apartó de un empujón y se sentó, sujetando el sedoso algodón de la sábana sobre sus adorables pechos. Samir dejó que sus ojos se humedecieran. Debía parecer sincero, dispuesto a sacrificar sus propias necesidades por ella.

—Oye, nena... mírate. Todos creen que serás la próxima gran estrella. Podrías ser la número uno. Y lo sabes. Yo nunca te arrebataría eso. —La furia que desprendían los ojos de Neha se iba desvaneciendo poco a poco—. Ya sabes cómo funciona esto. Ahora es el momento de concentrarse en el trabajo. Los productores no se acercarán a ti si creen que vas a sentar la cabeza. ¿Crees que yo no quiero toda tu atención? Soy un hombre, Neha. ¿Acaso crees que esto es fácil para mí?

La expresión dolida debió de salirle realmente bien, porque Neha relajó la terca tensión de su mandíbula y le acarició la cara. Entonces él le acercó dos dedos a los labios.

—Yo no te haría eso. No seré el responsable de que desperdicies todo tu talento.

—Eres Sam Rathod. No creo que estar contigo dañara mi carrera.

—Soy Sam Rathod... y una aventura conmigo es una gran publicidad. Pero si sospecharan una relación a largo plazo, los productores no se acercarían a ti. Soy el Chico Malo, ¿recuerdas? Soy un Problema, con P mayúscula. Acabas de disfrutar de tu primer éxito. Eso es fantástico, pero ya conoces este negocio. Si quieres llegar a la cima, no puedes perder de vista el objetivo.

—No me importa, Sam. Nunca creí que sentiría esto por alguien. No me importa el éxito, ni ser la número uno. Lo único que quiero es estar contigo.

«Menuda mierda.»

Las mujeres indias y su necesidad de ponerse en plan tradicional. Cuando empezaban así, no había modo de razonar con ellas. El conocido clic que marcaba el final de su paciencia resonó en su cabeza. Saltó de la cama y tiró el preservativo a la papelera. Se puso la bata pulcramente extendida sobre el sillón de cuero y se la anudó por la cintura.

—Mira, Neha, ¿podemos hablar de esto más tarde? Hoy es un gran día para ambos.

Se dio la vuelta y se dirigió a la puerta doble. Acarició los paneles tallados rescatados de las ruinas del palacio de Jaipur y dejó que la solidez de la vieja madera de quinientos años lo relajara.

—¡Sam! —lo llamó Neha en la distancia.

Él hizo caso omiso del pánico de su voz.

—¿Te apetecen huevos para desayunar? —insistió ella.

Samir posó su mano en el poste que sostenía la escalera de espiral y se dio media vuelta sobre los peldaños de piedra. Le encantaba aquella escalera, le encantaba su apertura sin trabas. Había pasado semanas con el arquitecto para que las líneas fueran perfectas.

Bajó rápidamente y aterrizó con practicada facilidad en el suelo de mármol. Oyó los movimientos de Neha levantándose de la cama, en la planta de arriba. Y también oyó sus gritos cruzando la habitación para ir hacia él. Por eso se agachó justo a tiempo para esquivar el jarrón de cerámica que se acercó volando a su cabeza.

Neha falló por un centímetro y el florero estalló contra algo a su espalda. Bueno, llevaba años queriendo librarse de aquel horrible regalo de inauguración de la casa. Pero si le ocurría algo a alguna de sus pinturas, la mataría.

—¡Cabrón! —gritó Neha mientras se precipitaba, envuelta en sábanas, hacia la escalera, como una Venus de Milo desesperada.

—Mierda, Neha... ¡No!

Antes de que Samir reaccionara, Neha tropezó. Su cuerpo se enredó en la tela y cayó de costado por la escalinata de piedra. Un extremo de la sábana se enganchó en el peldaño superior mientras Neha caía y se desenrolló de la tela como Cleopatra de la alfombra. Samir corrió hacia ella, pero no llegó a tiempo. Neha cayó de bruces con un horrible golpe, y la sábana blanca ondeó como una bandera hasta tapar su cuerpo inmóvil y desnudo.

—¿Neha? Joder... ¡Neha!

Samir cayó de rodillas, con el corazón desbocado. Un hilillo de sangre escapó de la boca de la joven y Samir hizo amagos de vomitar.

—¿Neha?

Le acarició la cara. Ella tosió, abrió un ojo unos segundos, murmuró algo y lo cerró de nuevo. «Gracias, Dios mío.»

—No pasa nada, cielo —susurró Samir—. Estoy aquí... aquí... Vas a ponerte bien.

Subió rápidamente las escaleras, tomó su teléfono móvil y la ropa de ambos y bajó corriendo de nuevo mientras se ponía los *jeans* con una mano y marcaba el número de la ambulancia con la otra.

Comunicando. ¡Joder!

Llamó a su médico y rezó para tener mejor suerte.

—¿Sam? ¿Qué pasa? Son las seis de la mañana. —Sonó al otro lado una voz atontada.

—¡Sé qué puta hora es! —ladró Samir al teléfono mientras se metía la camiseta por la cabeza—. Neha se ha caído por las escaleras. Es una larga historia. Está consciente, creo. ¿Puedes ir a la clínica?

—Sí. Salgo ya. Te veo allí.

Samir le dio la vuelta tan cuidadosamente como pudo.

—Neha... cariño... háblame...

La mujer gimió. Samir la vistió con movimientos rápidos pero atentos, manteniendo constante el flujo de palabras. Una casa llena de criados, y precisamente aquel día no había nadie. Y es que siempre daba al servicio la noche libre cuando su novia se quedaba a dormir. La nieta de su ama de llaves vivía en su casa, y Neha no era exactamente el tipo de persona que podía lidiar con una niña como Poppy.

Levantó en sus brazos el mustio cuerpo de su compañera y lo llevó hasta el vestíbulo del edificio. Su chófer no llegaba hasta las ocho, así que tendría que conducir él mismo. Pero se encontró con un camión cisterna de diez toneladas de agua bloqueando la puerta. Fantástico.

—¡Mueve el maldito camión! ¡Ahora! —gritó Samir al vigilante mientras se dirigía a su automóvil.

El hombre empezó a moverse como un pollo sin cabeza. Abría y cerraba la boca, pero no hacía absolutamente nada.

—¿Qué pasa? —le espetó Samir.

El vigilante retrocedió.

—Señor, el conductor del camión se ha marchado a tomar un *chai*.

El día no hacía más que mejorar.

—Ve a llamar un taxi o a un bicitaxi. Necesito ayuda médica.

Samir levantó a Neha un poco más, solo por si aquel bobo no había notado que estaba gimoteando y medio inconsciente en sus brazos.

El bobo no se movió.

—¡¿Qué pasa?! —le preguntó Samir.

El hombre retrocedió como si Samir estuviera a punto de soltar a Neha para perseguirlo y arrancarle las extremidades una a una.

—¿Qué pasa? —repitió Samir, esta vez suavizando la voz.

—Señor, hoy es trece.

—¿Y qué?

Samir necesitó toda su voluntad para no gritar. Quería zarandear a aquel tipo hasta que le traquetearan los dientes.

—Señor, Bombay está parada hoy. El partido de la oposición ha convocado una huelga de todos los transportes públicos. No hay taxis. No hay bicitaxis. No hay nada.

—¡Joder! ¡Joder! ¡Jodeeeeerrrrr!

Neha se convulsionó en sus brazos. El vigilante emitió un pequeño gemido y se secó la frente con el codo.

Sin decir una palabra más, Samir dejó atrás al vigilante y al renqueante camión cisterna sin conductor que bloqueaba la puerta y salió a la polvorienta calle. Llevaban seis meses de obras. La única buena noticia era que Bombay no despertaba hasta las ocho de la mañana.

La calle estaba completamente desierta. Samir sujetó a Neha con fuerza y empezó a correr.

CAPÍTULO 4

A Mili le encantaba el paseo de dos kilómetros desde su apartamento hasta su oficina en Pierce Hall. A decir verdad, le gustaba todo de Ypsilanti, la tranquila ciudad universitaria de Michigan a la que llevaba cuatro meses llamando hogar, excepto tal vez ese trabalenguas de nombre. Le encantaban sus pulcras calles, las fachadas de ladrillo rojo, las vastas extensiones de frondosa hierba verde. Pero sobre todo adoraba el amplio cielo azul con sus perfectas nubes blancas que parecían haber sido dibujadas con lápices de colores.

En Rajastán el cielo era de un azul más púrpura y las nubes eran más brochazos ligeros que curvas claramente marcadas. Y aun así, era aquel cielo lo que aliviaba a Mili cuando sentía añoranza por su hogar.

Ypsilanti era el único lugar, además de Balpur, donde había visto tanto cielo. En Jaipur, los edificios que bordeaban las calles cortaban el cielo en dos. En cuanto a los pocos días que había pasado en Delhi y Bombay, hubiera tenido que tumbarse de espaldas para conseguir ver un pedacito de azul a través de todo ese cemento.

Mientras se acercaba a Pierce Hall tuvo la extraña sensación no de llegar a casa, sino de dirigirse a la casa de una querida amiga.

Pasó su tarjeta por el lector y descendió por el medio tramo de escaleras hasta el sótano. El húmedo aroma a madera vieja la inundó. Todos los de la oficina se quejaban por aquel olor. Pero las columnas de madera pintada que rodeaban el espacio abierto en el centro de la casa de sus abuelos olían de la misma manera. Había pasado tantas tardes así... con la mejilla apretada contra las columnas mientras su *naani* aconsejaba a las mujeres de la aldea, que aquel olor estaba intensamente empapado de la calidez de su infancia.

La oficina estaba vacía. El resto de ayudantes de postgrado y los profesores que llevaban la Unidad de Investigación Aplicada no empezarían a llegar antes de treinta minutos. Pero era martes, y los martes Mili llegaba temprano con la intención de usar el teléfono de la oficina para llamar a su *naani*. Usaba su propia tarjeta de llamada, por supuesto, y lo había consultado con Jay Bernstein, su jefe.

Colgó su bolso en el perchero y marcó el número. Su *naani* estaría esperando esa llamada en la oficina de Correos de la aldea. La mujer se había negado en repetidas ocasiones a que le instalaran un teléfono. «No hay nadie con quien quiera hablar y no pueda hacerlo a la cara», decía siempre. Pero ahora su nieta había tenido que marcharse a un lugar donde ya no podría hablar con ella «cara a cara».

—¿Has cenado? —sonó Naani al otro lado del teléfono.

Esa era siempre la primera pregunta.

—Sí, Naani.

Pero lo que había tomado era el desayuno.

—¿Cuánto falta para que vuelvas a casa? —Esa era siempre la segunda pregunta—. ¿Sabes si ha llamado?

Mili se apartó el teléfono de la oreja y resopló.

—No, Naani... no ha llamado. Nadie va a llamar.

Al menos, no todavía. Pero ella estaba allí para convertirse en alguien, para hacerse tan valiosa que nadie en su sano juicio la rechazaría. Y entonces ella lo llamaría a él, en lugar de esperar. Quizá.

—Llamará. Recuerda lo que te dije —dijo Naani con demasiada convicción—. ¿Acaso me he equivocado alguna vez?

—No, Naani, tú nunca te equivocas.

—¿Te dan bien de comer? He oído cosas horribles sobre la comida de los albergues. Hace poco murieron treinta estudiantes en el albergue de la Universidad de Delhi porque un lagarto cayó en el *dal*.

—No hay ningún albergue, Naani. Te lo dije, tengo un apartamento con cocina propia.

No tenía sentido mencionar que pronto se quedaría sin compañera de piso. Si le contaba que vivía sola, su abuela no necesitaría fingir un infarto, como hizo cuando Mili decidió marcharse a la Universidad de Jaipur tres años atrás. Esta vez sufriría uno real.

—¿Cuánto cuesta el *dal* ahí? El precio del *dal* subió ayer a ochenta rupias el kilo. Y, a menos que seas rica, ni siquiera puedes oler las cebollas, y mucho menos, llevártelas a la boca.

Mili llevaba tres meses sin comer *dal*. La semana anterior había visto una bolsa de «lentejas amarillas partidas» en el supermercado. La examinó y se la acercó a la mejilla cuando nadie miraba. Pero costaba doce dólares, así que comprarla era algo impensable. Prácticamente sobrevivía a base de patatas. Las patatas fritas costaban un dólar en el centro de estudiantes. Y el chocolate también era realmente barato.

—Entonces es una suerte que las cebollas te provoquen gases, Naani. ¿Te estás tomando la medicina para la tensión? ¿Te estás asegurando de no tomar demasiada sal?

—*Hai*, ¿qué sentido tiene vivir así? —replicó la mujer—. No comas sal, no veas a tu nieta... Tener que cuidarme sola, a mi edad, después de haber criado a una nieta sana con un marido sano... Un militar, ni más ni menos.

Naani empezó a sollozar y Mili tuvo que apretarse la nariz para asegurarse de no hacerlo ella también.

—*Naani-maa*, por favor... Solo quedan cuatro meses más. Antes de que te des cuenta, habré vuelto para ocuparme de ti.

—Tu *naani-maa* morirá antes de que vuelvas.

—No, no lo harás. Tú vivirás más que yo.

—*Hai, hai*. Que la bruja se lleve tu lengua. ¿Cómo se te ocurre decir algo de tan mal augurio? Que sean tus enemigos quienes mueran. ¿Es eso lo que te están enseñando en Estados Unidos?

—Lo siento, Naani, no debería haberlo dicho —Silencio—. Ya han pasado los quince minutos. Te llamaré el martes que viene, ¿vale?

Naani dejó escapar otro inevitable sollozo.

—Anda, vete a estudiar tus libros. Haz que me sienta orgullosa.

Por eso Mili llegaba media hora antes los martes. Tardaba otros quince minutos en conseguir contener las lágrimas. Cada vez que hablaba con Naani tenía la abrumadora sensación de haber huido de sus responsabilidades. ¿Se sentiría así todo aquel que dejaba su país, triturado entre las ruedas de molino del valor y la cobardía... o le pasaba únicamente a ella?

Mili se preguntaba a menudo si otra gente se sentiría como ella. Era totalmente consciente de que no había nada normal en su vida. Incluso en su aldea había sido la más joven en casarse. Y probablemente era la única chica sobre la faz de la tierra que no tenía ni idea del aspecto de su marido tras veinte años de matrimonio. Hasta los veinticuatro años no había salido de la región de Rajastán.

La Universidad de Jaipur le abrió un nuevo mundo. Un mundo donde las chicas competían en clase con los chicos sin disculparse. Y en Estados Unidos sus compañeros ni siquiera entendían qué significaba eso. Allí las mujeres no tenían miedo. A nada. Y eso le encantaba.

A veces, cuando las observaba en clase, su porte, sus espaldas rectas y orgullosas, sus barbillas alzadas, sus risas sonoras y libres de preocupaciones, deseaba que las mujeres de su región tuvieran lo que esas mujeres disfrutaban. Y cuando lo deseaba tan fervientemente, las lágrimas inundaban sus ojos.

No. Por mucho que le doliera escuchar los sollozos de Naani, estar allí era demasiado bueno para ser malo. Y sabía que eso iba a acercarla a lo que quería, a lo que Naani quería. Mili estaba segura de ello.

* * *

—No pienso huir, desgraciado. No hay más que hablar.

Pero DJ era DJ, y siguió atravesando a Samir con su maldita mirada condescendiente. Si su representante no fuera la mitad que él, Samir no se lo pensaría dos veces para partirle la cara.

—Escucha, Sam. El escándalo del mes pasado en el bar aún no se ha enfriado. Esto va a darte muy mala prensa.

DJ se echó hacia atrás en la horrible butaca de terciopelo rojo que desentonaba totalmente con la espléndida madera de las paredes de la sala de conferencias del estudio. Las horribles butacas eran una de las innovaciones que había añadido el hijo del propietario, sin duda para demostrar al mundo que dirigir el negocio heredado de su padre, una antigua superestrella, exigía algo de verdadero trabajo. A Samir lo que le hubiera encantado es que dejara la decoración en paz y se concentrara en actualizar el equipo de grabación y edición.

—Creía que a mi leal representante le gustaba que los escándalos me mantuvieran en el candelero —dijo irónicamente Samir.

DJ le lanzó aquella mirada de nuevo, como si el niñato de Samir estuviera teniendo una pataleta y *swami* DJ, en toda su paciente gloria, se negara a consentirlo.

Pero Samir no estaba de humor para tonterías. Tenía que regresar al estudio de edición y terminar aquel video corporativo, que por cierto, había hecho solo como favor a uno de los otros clientes de DJ. Un hecho que ese imbécil parecía haber olvidado oportunamente.

—Que te acusen de golpear a un par de cabrones de cien kilos es diferente a que te acusen de golpear a una mujer. Y solo para refrescar tu memoria: les machaqué sus feas caras porque estaban llevándose a una cría al baño por la fuerza. En realidad yo la rescaté. Fue heroísmo.

La expresión de DJ se suavizó. Oh, ahora le preocupaba.

—Por cierto, los padres de la chica han llamado otra vez —dijo DJ—. Querían darte las gracias por evitar que saliera en los periódicos. Su padre acaba de hacer otra donación en el templo Tirupathi para que tengas una larga vida plagada de éxitos.

Samir restó importancia a las palabras de su representante. ¡Qué más da! Ahora DJ le hacía la pelota y la semana anterior no dejó de insistirle para que usara a la niña con el fin de quedar bien. «Esta es tu oportunidad para deshacerte de tu imagen de chico malo, Sam.» Pero Samir no pensaba arruinarle la vida a una adolescente solo porque fue demasiado estúpida para darse cuenta de que aquellos tipos eran unos cabrones. No necesitaba darle ninguna otra lección vital. Aquellos bastardos del bar habían hecho el trabajo bastante bien.

—Las fotos de hoy en *The Times* son realmente horribles, Sam.

Siempre podía contar con su leal mano derecha para que quitara la capa de azúcar de todas las píldoras amargas.

—Se cayó por las escaleras y aterrizó de bruces —aclaró Samir—. Normal que tenga mal aspecto. Y antes de que me mires como si fuera un capullo, deja que te recuerde que corrí dos kilómetros con ella en los putos brazos. ¡Joder!, tengo que dejar de portarme como un héroe. No me sirve para nada bueno.

Alguien abrió la puerta, y DJ y Samir se dieron media vuelta. El chico de los recados asomó la cabeza. Echó una mirada y retrocedió.

—¡Hey, Ajay! —exclamó Samir—. ¡Entra, colega!

Samir abrió la puerta y el chico cruzó el umbral cojeando con dos vasos en una bandeja. La bota ortopédica de la polio golpeaba las baldosas de cerámica.

—Solo, sin azúcar, señor Sam. —Ofreció a Samir un vaso de lo que debía de ser el café más fuerte de todo Bombay—. Justo como le gusta. Me han pedido que le diga que en el estudio están preparados.

—Gracias. Perfecto. —Samir dio un sorbo y revolvió el cabello del chico con ternura—. Voy a examinar el montaje final de un video corporativo en el que sale Ria Parkar. Sé que eres su mayor fan, así que dame diez minutos y podrás venir a mirar. ¿Qué me dices?

Una sonrisa enorme surgió en el rostro del muchacho, que asintió frenéticamente, y se marchó corriendo.

DJ dio un sorbo a su café y tensó la mandíbula. Veinte años antes, había sido el chico de los recados en aquel mismo estudio.

—Al menos haz una declaración contando a la prensa lo ocurrido, Sam. Por favor.

El interrogatorio se había reanudado.

—Claro. Iré y les diré: «No pegué a mi novia. Tropezó y se cayó por las escaleras». Seguro que me creen. Y, ya que estamos, ¿por qué no les digo que solo somos buenos amigos? Eso también se lo tragarán.

DJ abrió la boca. Pero Samir tenía suficiente.

—Antes de que empieces otra vez con el disco rayado: no, no voy a huir, y no, no voy a quedarme escondido. No he hecho nada malo.

—Le vibró el teléfono en el bolsillo—. Ahora Neha está rabiosa. Pero cuando se le pase el cabreo, aclarará las cosas con la prensa. Hablaré con ella.

—Sam, sabes lo conservadores que son en Shrivshri Productions. Lo de la imagen de mujeriego es una cosa. Pero si te ves inmerso en un escándalo de malos tratos, se desharán de ti como si fueras una patata caliente...

—No van a deshacerse de mí —Samir le cortó—. Me he matado a trabajar para darles tres éxitos en tres años. Y hablé con Shivji esta mañana. A diferencia de mi agente, no ha tenido problemas para darme un poco de cuerda.

DJ puso los ojos en blanco y levantó ambas manos, rindiéndose. Estupendo. Ya era hora de que acabara la parte tormentosa de la reunión y se pusieran a trabajar. Pero DJ bebió un poco más de café y pasó al asunto incómodo número dos.

—Por cierto, ¿cómo va el guion?

Él sabía de sobra cómo iba el guion: no iba.

El teléfono de Samir vibró de nuevo. De ningún modo le diría a DJ que todavía no había sido capaz de escribir una sola palabra. Había pasado medio maldito año, y nada. No necesitaba otro sermón con sugerencias sobre cómo encontrar a alguien que escribiera el guion por él. Samir siempre escribía sus propias películas, eso no iba a cambiar. Normalmente se sacaba los guiones de la manga en dos semanas, pero ahora que tenía luz verde para el proyecto de sus sueños, estaba paralizado. Paralizado. Pasaba horas ante el portátil sin escribir una sola frase. Miró su teléfono móvil.

Era su madre. Se lo acercó a la oreja.

—¿Diga? ¿Baiji? —dijo, levantando un dedo ante DJ para pedirle un minuto.

Nadie contestó. Samir oyó un sollozo, y después silencio. La habitación se quedó completamente muda a su alrededor.

—¿Baiji? ¿Hola?

Otro sollozo contenido.

—Samir... Samir, *beta*...

El corazón de Samir se encogió.

Su madre nunca perdía los nervios, rara vez fruncía el ceño. La única vez que la había visto llorar fue mientras lo abrazaba aquella última vez que, siendo Samir pequeño, su abuelo le desolló la espalda como a Charlton Heston en *Ben Hur*.

Samir quería preguntarle qué pasaba pero de su boca tampoco salía nada.

La voz al otro lado de la línea cambió. Ya no era Baiji. Era Rima. Sin embargo, no parecía su cuñada, sino una mujer muerta con la voz de Rima.

—¿Samir? —preguntó.

Quería gritar: «¡Claro que soy Samir! ¿Qué demonios pasa?», pero no podía emitir palabra.

—Ven a casa —dijo aquella voz inerte—. Tu hermano... ¡Oh, Dios, Samir...! El avión de Virat se ha estrellado.

CAPÍTULO 5

—¿Sabes, Mili? A veces pienso en Ravi y me siento como si el corazón estuviera a punto de explotarme —dijo Ridhi mirando al cielo—. No hay palabras, no existe ninguna palabra que describa lo que pensar en él provoca en mi cuerpo.

Su amiga se metió otra onza de chocolate Hershey en la boca y cerró los ojos.

Estaban sentadas con las piernas cruzadas sobre el colchón que Mili había colocado en el suelo de su habitación compartida y la tableta de chocolate de brillante envoltura marrón menguaba rápidamente. Mili rompió otro cuadradito con la reverencia que merecía y se lo metió en la boca. «¡Oh, Dios santo! Quien hubiera descubierto el chocolate, era un genio, y el tal Hershey (que los dioses de todas las religiones del mundo lo bendijeran diez veces) era un ángel divino.» El placer puro atravesó todo su ser. Seguramente no había otra sensación como aquella en el mundo.

Ridhi sonrió como una idiota y le echó una de esas miradas que indicaban que había vuelto a hacer algo «adorable».

—Si fuera un hombre, querría comerte a cucharadas, Mili. No sé cómo tu jefe de escuadrón te pierde de vista.

Mili le sacó la lengua.

—¿Es eso lo que hace tu Ravi, usar una cuchara?

Ridhi hizo una divertida mueca. La estrategia para cambiar de tema funcionó poco tiempo y la expresión atontada volvió instantáneamente a sus ojos. Se tumbó en el colchón.

—¿Sabes? La primera vez que Ravi me tocó pensé que iba a estallar en llamas. Creo que tuve un orgasmo incluso antes de que empezáramos con lo bueno.

Mili lamió su chocolate con frenesí y cerró los ojos con fuerza.

Ridhi se rio con nerviosismo.

—¿Cómo fue tu primera vez con el jefe de escuadrón? —preguntó traviesamente Ridhi.

A Mili se le calentaron las mejillas. Le había contado a Ridhi que estaba casada. Y era la verdad. Pero lo que no le mencionó era que no había visto a su marido en veinte años, así que haber tenido una primera vez con él habría sido realmente mágico, en más de un sentido.

—Fue... un sueño —le dijo, con los ojos todavía cerrados. La verdad no era tan difícil como la gente creía. Solo tenías que formularla de la manera adecuada para que no fuera una mentira.

—¡Anda ya! —Ridhi le tiró del brazo tan fuerte que Mili cayó hacia atrás sobre el colchón, riéndose—. Me refiero a que, siendo militar, debe de ser muy agresivo en la cama, ¿no?

Mili estaba tan avergonzada que temía que sus mejillas se hubieran teñido de rojo otra vez. ¿De qué servía tener la piel oscura si ni siquiera podía esconder un estúpido rubor? Ridhi pronunció un muy sonoro «¡Joder!» y se apoyó sobre el codo para estar más cómoda.

—¿A que no sabes qué es lo más dulce de Ravi? Lo inseguro que es. Me siento como si estuviera pervirtiéndolo. Pero eso también es un incordio. A veces me gustaría que perdiera la cabeza y se tirara a por mí, ya sabes...

Oh, Mili sabía de sobra lo que era querer que alguien se tirara a por ella, se tirara sobre ella y se la tirara a ella. Cualquier cosa excepto olvidarla como si fuera una migaja sobre el suelo que nadie se ha molestado en barrer.

—Entonces, ¿vendrá a verte tu jefe de escuadrón mientras estés aquí, o vas a pasarte un año sin sexo?

Mili intentó no atragantarse con el chocolate. A todas las personas que conocía les daría un patatús si les hicieran una pregunta como esa.

—¿Sabes? Antes creía que vendría a verme, pero estoy empezando a pensar que tal vez está esperando a que vaya yo —dijo, presumiendo.

—¡Ay, Dios mío, Mili! Acabo de darme cuenta de que las dos esperamos a los hombres de nuestras vidas como buenas mujercitas indias.

Ridhi estalló en una carcajada. Pero el corazón de Mili se quebró un poco. «Sí, pero tu hombre se muere de ganas de estar contigo. El mío... Bueno, no tiene ese problema. Todavía.»

Ridhi se metió la última onza de chocolate en la boca.

—Me muero de ganas de librarme por fin de mi padre. Nunca me ha dejado tomar mis propias decisiones. Incluso eligió las asignaturas que cursé en el instituto, intentó escoger mi carrera. «Medicina es la profesión más gratificante y lucrativa del mundo. ¿Por qué querrías estudiar otra cosa?» —dijo en un falsete masculino con acento punyabí bastante bueno, tanto que Mili se rio—. La primera vez que me salí con la mía fue cuando suspendí los exámenes de admisión y no pudo hacer nada al respecto, excepto vociferar y no hacerme caso. Ojalá mi padre hubiera descubierto antes que hay cosas que no puede controlar.

Mili se incorporó y le colocó con ternura a Ridhi un mechoncito detrás de la oreja.

—Ridhi, ¿alguna vez te has preguntado si...? —preguntó Mili.

—No —su amiga se adelantó—. ¿Si me he planteado si la razón por la que quiero estar con Ravi es para vengarme de mi padre? No. Ravi es... Tienes que conocerlo. Es el hombre más guapo, el hombre más amable que he conocido nunca. Y papá no podrá alejarme de él casándome con un médico punyabí. No voy a casarme con alguien solo porque sea punyabí, y desde luego, no porque sea médico.

A Ridhi le brillaban los ojos como dos lámparas relucientes.

La envidia, caliente y pesada, se arremolinó en el pecho de Mili. ¿Cómo sería tener aquel tipo de libertad? La libertad de renunciar a todos y a todo, de romper con todos los lazos y decidir qué hombre quieres para ti misma. Por un momento, lo deseó con tanta ansia que esta le provocó un agujero en su interior.

El anhelo desapareció tan rápidamente como había surgido y la culpa invadió ese espacio. Mili se dio un golpecito en la frente.

—Lo siento, Ridhi. —Mili reaccionó a tiempo—. No sé en qué estaba pensando al hacerte una pregunta así. Ravi y tú vais a ser muy felices. Lo sé.

Igual que sabía que Virat y ella lo serían. Ella haría que fuera así, costara lo que costase. De modo que, ¿qué importaba que ella no lo hubiera elegido? Había prometido ser su compañera para siempre, en cuerpo y alma, y al final eso era lo único que importaba.

* * *

Una sensación horrible e inescrutable se asentó en el interior de Samir. No se trataba solo de la tristeza que lo había comprimido como un plástico de envasado al vacío desde que contestó aquella llamada. Aquella sensación ocupaba la capa que envolvía toda su tristeza. Había cargado con aquella sensación durante tanto tiempo como podía recordar, en ese hueco cruel que rodeaban sus costillas, y lo había despertado innumerables noches, gritando y empapado en sudor. Cuando era pequeño, Virat lo abrazaba y acunaba hasta que se volvía a dormir. Al crecer, simplemente aprendió a silenciar los gritos.

Aquella sensación era la única razón por la que evitaba rodar en Estados Unidos. Solo había filmado allí una película, en Nueva York. Podía enfrentarse a Nueva York. La ahogada jungla de asfalto no lo superaba, esa no.

Era el país de los espacios abiertos, del cielo abierto, el que hacía que sus entrañas se hundieran, y no necesitaba que un loquero le dijera por qué. Aquel gélido vacío interior era lo único que se había llevado de allí, del país donde había nacido; del país que lo había desechado como si fuera basura; del país donde las madres podían devolver a sus hijos como una prenda de ropa que no ajusta demasiado bien.

Pisó el acelerador del Corvette, que ronroneó como una dulce amante suplicando más. Conduciría hasta la casa de la chica, le entregaría los papeles, conseguiría que firmara y sacaría su trasero de allí. Y si necesitaba que la convencieran un poco, bueno, era una suerte que la persuasión fuera uno de sus puntos fuertes. Ningún actor había rechazado jamás uno de sus papeles, por muy importante que fuera, y todavía no había conocido a ninguna mujer que no le diera exactamente lo que él quería.

Esa joven ya le había causado muchas molestias. Para empezar, estaba siendo difícil de encontrar. Menos mal que tenía a DJ y a todos aquellos condenados contactos suyos. La había rastreado desde Balpur a Estados Unidos. Si encontrarla no le provocara ardor de estómago, sería una suerte. El vago recuerdo de una niña berreando entre las fogatas nupciales cruzó por su mente un instante. Y, como todos los recuerdos de su infancia, avivó el furioso agujero abierto en su vientre.

Se obligó a pensar en la carta. En las risas con su hermano. En las lágrimas de Rima.

«Si Rima no es mi esposa legal, entonces nuestro hijo será un bastardo, Chintu.» Aquellas habían sido las primeras palabras de Bhai tras salir del coma.

Dios, ¿y si nadie volvía a llamarlo Chintu? Todavía no podía creer que Virat hubiera escapado con dos piernas y algunas costillas rotas. Pero el coma, que duró una semana, hizo que Samir volviera a sentirse tan aterrado como cuando de niño lo arrojaron a un pozo en un ataque de ira; sí, aquel al que llamaron bastardo y golpearon por ello. Fue Bhai quien saltó al pozo tras él y lo sacó de la oscuridad. Fue Bhai quien se lanzó sobre su espalda para protegerlo cuando su abuelo sacó el cinturón. Si a su hermano le pasaba algo, lo que fuera, no habría nadie que lo alejara del terror.

Una ansiedad horrible y caliente creció en su interior, y con ella, la desesperada necesidad de hacer algo, cualquier cosa, para disiparla.

Según el GPS, quedaban quince kilómetros hasta Ypsilanti. ¿Dónde demonios había encontrado esa chica una ciudad con un nombre tan raro? «Ip-se-lan-ti.» Así era como lo pronunció la mujer del alquiler de vehículos. Samir repitió el ridículo trabalenguas entre dientes. ¿Y por qué tenía que estar en Michigan? De los cincuenta estados de aquel lejanísimo país, tuvo que elegir aquel donde él había sentido por primera vez la llama del hambre en su estómago, donde vivió el horror de encontrar a la mujer que lo había parido tirada sobre su propio vómito con las blancas mejillas hundidas, los ojos vueltos en las cuencas, la sangre goteando de su nariz y mezclándose con el acre líquido amarillo que formaba un charco bajo su cabeza. Había gateado sobre sus manos y pies desnudos, incapaz de mantenerse de pie en la nieve que le llegaba hasta la cintura, totalmente seguro de que su madre estaba muerta, totalmente seguro de que él también iba a morir. Incluso ahora, cuando despertaba de sus peores pesadillas, no podía sentir sus brazos y sus piernas.

Soltó el volante y se frotó las manos en los *jeans*. Aquello eran tonterías. El pasado ya no tenía un lugar en su vida, muchas gracias. Pisó el acelerador.

¿Cuánto tardaría la chica en firmar los documentos? Ojalá Bhai estuviera allí para apostar. Necesitaba que lo hiciera rápido para regresar a Bombay en un par de días. Si el guion no estaba terminado para finales de mes, tendría que buscarse una nueva profesión. Nunca había tenido tanto presupuesto. Se trataba de un proyecto con vistas al mercado internacional. Por fin podría hacer el tipo de película con el que había soñado desde la primera vez que tocó una cámara.

Pero, si ya había tenido problemas para escribir antes de que el avión de Virat se estrellase, después del accidente era como si su cerebro hubiera olvidado formar frases, y más aún, construir historias. Había pasado todo el vuelo desde Bombay a Detroit mirando su portátil abierto sin nada más que ruido en blanco dentro de su cabeza.

Otra baza contra la chica: no solo había llenado la cabeza de su hermano de preocupación y culpa, cuando debería estar concentrado en su recuperación, sino que lo estaba apartando a él mismo de su trabajo. Ella le impedía hacer lo que debería estar haciendo: escribir, cuidar de Bhai... cualquier cosa excepto regresar a aquel país lejano para verse succionado hasta el interior del abismo que de repente planeaba demasiado cerca de la superficie. La notificación certificada que Mili les envió casualmente el día después del accidente de Virat se burlaba de él, asomándose desde el interior de su bandolera y hacía que le hirviera la sangre. ¿Qué tipo de zorra enferma mandaba a un soldado herido un certificado demandando una parte de su casa familiar? Samir ya se aseguraría de que sus abogados no dejaran que pusiera sus patitas codiciosas ahí. No confiaba en nadie más que en sí mismo para asegurarse de que no volvía a acercarse a Bhai y Rima. La expresión en el rostro de su cuñada, mientras esperaba, sentada junto a Virat, a que este despertara, lo acompañaría hasta el día de su muerte. Virat hacía bien en ocultarle aquello a su mujer.

Una muchacha cualquiera, y además salida de la nada, no iba a someter a Rima a más dolor. Al menos, no hasta que el bebé naciera.

Samir cambió de marcha y pisó el acelerador.

«¿Prefiere un automóvil automático, señor?», le había preguntado la mujer en el mostrador cuando lo alquiló. Pero ¿quién necesitaba la sosa e inerte facilidad de un automático? Lo que ansiaba era sentir el latido de cada uno de esos cuatrocientos treinta caballos mientras cabalgaban bajo sus pies y los sometía con sus propias manos. Si la chica de la aldea le daba algún problema, sería mejor que se preparara para ver su vida del revés. No estaba de humor para aguantar oportunistas cazafortunas. El ansia de venganza contra las injusticias que en el pasado le hicieron sentirse desvalido, corría por sus venas. Quizá no dejara que esa zorrita se librara así de fácil. Probablemente utilizara el encanto del pequeño Sam y la hiciera caer tan rendida a sus pies que deseara firmar los papeles de la anulación.

Los pensamientos calmaron un poco el fuego de su interior.

Pero no lo suficiente.

CAPÍTULO 6

Cuando Mili vio a Ridhi y a Ravi salir del aparcamiento, el corazón le dio un vuelco. Agitó la mano frenéticamente hasta que la sonriente cara de Ridhi desapareció de su vista.

Ridhi parecía tan feliz que el revoloteo nervioso que brincaba en el vientre de Mili le parecía absurdo. Aun así, unió las palmas y rezó una oración rápida por la seguridad de la pareja antes de dar media vuelta y regresar al bloque de apartamentos.

Aunque Ridhi decía que era una letrina en ruinas, de ladrillos rojos, balcones rotos y tejado a dos aguas, a Mili le parecía el edificio más hermoso sobre la tierra... después de su casa en Balpur, por supuesto. Nunca menospreciaría el hogar que la había cobijado toda su vida, pero elevó una disculpa de todos modos. Las cosas estaban saliendo tan bien que no quería gafar el destino pareciendo desagradecida.

La vida era maravillosa. Ridhi tendría su final feliz. Mili había aprobado con buena nota sus exámenes trimestrales. Y su jefe le había pedido que lo ayudara a escribir un artículo. Solamente estaba el pequeño problema del alquiler. Por supuesto, Ridhi quería seguir aportando su mitad, pero ¿cómo hacerle pagar el alquiler de un sitio donde ya no estaba viviendo?

Sin embargo, nada de eso le preocupaba. Ridhi y Ravi estaban por fin juntos y, en ese momento a ella no le importaba nada más.

Todo era increíblemente dulce, alocado, aterrador... pero aun así, ¡tan romántico...! Mili agitó las caderas en un bailecito *thumka*. Encontraría un modo de sobrevivir. Había logrado llegar de Balpur a Estados Unidos, ¿no? Pues conseguiría que los cincuenta dólares que tenía en el monedero le duraran hasta cobrar el sueldo del próximo mes.

«Por favor, por favor, mantenlos a salvo. Y por favor, no dejes que la familia de Ridhi me encuentre.» Repitió la súplica por enésima vez aquel día. Por mucho que lo intentara, no dejaba de preocuparle la posibilidad de estropear la historia de amor de su amiga si su familia la encontraba. Echó un vistazo al aparcamiento, estilo 007. A continuación giró trescientos sesenta grados. No había un alma a la vista, pero nunca era demasiado cuidadosa. Lo mejor sería que entrara.

Teniendo en cuenta que Ridhi acababa de marcharse, lo más seguro era que pasara un día o dos antes de que su familia se diera cuenta y fuera a por Mili. De todos modos, planeaba mantenerse lejos del apartamento y esconderse en Pierce Hall o en la biblioteca hasta que supiera que Ridhi y Ravi estaban a salvo.

Un sonido crujió a sus espaldas y se volvió sobresaltada. Un hombre aparcaba una bicicleta demasiado cerca del enorme tanque verde para los desperdicios al otro lado del aparcamiento. Oh, no, aquel día era cuando pasaba el camión de recogida.

—¡Señor! —exclamó, corriendo tras él— ¡Oiga!

Era evidente que no la oía, porque siguió caminando tranquilamente en dirección contraria. Mili corrió, y cuando lo alcanzó, llamó su atención con un golpecito en el hombro. El hombre se volvió y la miró como si esa joven acabara de escapar de un manicomio. Seguramente por su cabello. Su abuela siempre decía que cuando se lo dejaba suelto, parecía una loca. Se lo echó hacia atrás con ambas manos, pero al liberarlo, rebotó de inmediato y se extendió alrededor de su rostro.

—Ha aparcado su bici demasiado cerca de los desperdicios—dijo, resollando ligeramente.

Casi con desgana, el hombre se sacó el auricular de una oreja y le echó una mirada como si no mereciera la pena que la escuchara con ambos oídos.

Mili señaló la llamativa bicicleta amarilla.

—Se llevarán su bici... si la deja ahí.

El pobre idiota la miró fijamente. Tal vez era su acento. A menudo no entendían su inglés. Una intensa punzada de añoranza la atravesó, seguida de una profunda necesidad de oír el tono familiar de su idioma materno. Sí, era muy improbable que eso ocurriera allí.

Tomó aire e intentó hablar con mayor claridad.

Señaló con la mano la bicicleta y el enorme tanque verde en el que todos echaban sus bolsas de basura.

—El camión grande va a venir a llevarse los desperdicios. Se llevarán su bicicleta, si la deja ahí.

Más inexpresividad. Puede que aquel hombre no hablara inglés.

Mili lo intentó de nuevo.

Se acercó a la bicicleta y agitó el manillar.

—La recogen los viernes... ¡Se quedará sin bici!

La comprensión iluminó por fin los ojos del hombre. Se rio, pero no de un modo amable.

—¿Te refieres al contenedor? ¿Estás intentando decirme que hoy recogen la basura?

Mili se negó a sentirse pequeña o estúpida. Contenedor. Basura. No «tanque». No «desperdicios». Solo era cuestión de dar con el término adecuado. La próxima vez lo haría.

Mili asintió, pero ya no sonreía.

—Sí, lo sé —le habló el hombre muy lentamente, pronunciando cada palabra como si ella no acabara de hablarle en inglés—. ¿Por qué crees que la he dejado ahí?

Ella lo miró boquiabierta.

—¿No la quiere?

—Bueno, está claro. ¿Por qué la habría dejado en el contenedor, si la quisiera? —Volvió a meterse el auricular en la oreja— Si te gusta, puedes quedártela.

Y dicho eso, se alejó.

¿Parecía ella el tipo de persona que recoge las cosas que otros tiran? «Si te gusta, puedes quedártela.» ¿Qué se creía que era, trapera?

Pero en lugar de dirigirse a su casa, se detuvo ante el contenedor para inspeccionar la llamativa bicicleta amarilla. La pintura estaba descascarillada en algunas partes, pero por lo demás, era preciosa. Si tuviera una bici, no tendría que caminar por el campus ni hacer a pie los dos largos kilómetros hasta el supermercado.

Echó una mirada furtiva a su alrededor para asegurarse de que nadie estaba mirando, agarró la bici y rápidamente la apartó del contenedor y la colocó en el soporte para bicicletas justo debajo de su balcón, incapaz de dejar de sonreír. Allí había varias más. Metió la suya en el único espacio libre que quedaba y se dejó llevar por las ganas de bailar contoneando las caderas. Naani tenía razón. Cuando una puerta se cerraba, siempre se abría una ventana. Tan solo había que tener el buen juicio de sacar la cabeza por ella.

* * *

Samir odiaba aminorar la velocidad del Corvette. Era una verdadera lástima. Pero cuando salió de la autopista se topó con tantos semáforos en rojo, que el rugido terriblemente *sexy* del motor empezó a mofarse de él. Lo revolucionó.

Una rubia de aspecto engreído le echó una mirada de soslayo desde su enorme todoterreno. Samir, automáticamente, contó entre dientes: uno... dos... tres... Y allí estaba, la segunda mirada. «Ya no te parecemos tan aburridos, ¿verdad, señorita?» La abrasó con el fuego de su mirada justo cuando el semáforo se ponía verde, y entonces se alejó, dejándola embobada.

Los edificios estaban cada vez más cerca unos de otros y se iban haciendo más viejos y más ruinosos, como si hubieran pasado del decorado de una saga rural al de una película de época. Adosados de ladrillo rojo con tejados a dos aguas y ribetes blancos como la nieve bordeaban la pedregosa y deteriorada calle. Pasó junto a una señal de cemento que decía UNIVERSIDAD ORIENTAL DE MICHIGAN - FUNDADA EN 1883, y el GPS empezó a volverse loco. «Gira a la izquierda, gira a la derecha, gira a la izquierda. ¡Da la vuelta!» Samir frenó de mala gana para prestar atención y la metálica voz electrónica lo condujo a un sórdido y pequeño aparcamiento que olía como si el mundo entero se hubiera podrido. En ese preciso instante el camión de basura volcaba un contenedor. ¡Excelente elección del momento, Sam!

Con un chirrido de ruedas, Samir se detuvo tan lejos del contenedor como le fue humanamente posible, saltó del descapotable sin molestarse en abrir la puerta y miró fijamente el desvencijado ribete del descuidado edificio de ladrillo rojo.

Era el momento de gritar: ¡luces, cámara... acción!

* * *

Mili estaba abriendo el envoltorio de la última tableta de chocolate que quedaba, cuando llamaron a la puerta. Le dio un bocado rápido y guardó el resto en el frigorífico casi vacío. Su estómago gruñó protestando. No había comido nada en todo el día. Había fideos de Panda Kong en el frigorífico, pero los reservaría para cenar. ¿Quién podía estar llamando? Nadie —y quería decir nadie— había llamado a aquella puerta en los cuatro meses que llevaba viviendo allí, excepto aquella vez en la que esa gente de Jesucristo intentó venderle una Biblia.

Otra enérgica llamada. Demasiado sonora. La gente de la Biblia era muy educada para llamar tan fuerte. Algo en aquel modo de llamar la hizo ponerse a la defensiva.

¿Y si era el hermano de Ridhi? Podría ser. Le había dicho que lo enviarían a él primero.

Otro aporreo.

«Oh, Dios. Oh, Ganesha. Oh, Krishna...» ¿Ahora qué?

Ridhi se había marchado apenas media hora antes. Si dejaba que se le escapara algo, encontrarían a la pareja antes de que se alejaran. Un final de tragedia para su historia de amor. Ella jamás permitiría que eso ocurriera. Jamás. ¡Jamás!

Se acercó a la puerta de puntillas.

—¿Hola? ¿Hay alguien ahí? —gritó al otro lado una profunda y autoritaria voz de hombre. Una profunda y autoritaria voz de hombre indio. Miró a través de la borrosa mirilla. Lo único que se veía era la silueta imprecisa de una persona grande. «Oh, Señor...»

Mili retrocedió de puntillas, tropezó con los zapatos que había dejado en mitad del suelo y se cayó de culo, volcando la silla que había en la habitación. Oh, no, probablemente había roto el único mueble que tenía en la sala de estar.

—¿Hola? —preguntó la voz de nuevo, esta vez un poco confusa. Sin duda, la había oído. «¡Oh, Señor!» Mili corrió hacia el balcón. De ningún modo sería la responsable de que Ridhi volviera a su estado monosilábico-barra-casi suicida. Se inclinó sobre la barandilla blanca y vio su bicicleta nueva en el aparcabicicletas justo debajo. No era un gran salto, solo unos dos metros hasta la ensenada cubierta de hierba.

Saltó. Pero aterrizó de pie y cayó de cabeza contra su bicicleta, que a su vez golpeó otras tres cercanas. El metal le rasgó la camisa y le golpeó el hombro. El estruendo de las bicicletas resonó en sus orejas.

—Shh... —susurró a la bici sobre la que estaba tumbada, e intentó incorporarse.

*   *   *

Samir escuchó un fuerte estrépito. Corrió hacia el hueco de la escalera y se asomó por la barandilla: una criatura alocada con una salvaje masa de rizos negros se sacudía el polvo mientras intentaba sacar una bicicleta amarilla de un embrollado montón. ¿Estaba robándola?

Mientras ella intentaba levantarse, tropezó hacia atrás y sus ojos se encontraron con los de Samir. Algo en el modo que ella lo miró hizo que las alarmas empezaran a resonar en su cabeza. Su mirada examinó la expresión asustada de la joven y después el balcón justo encima.

¿Había saltado? «Maldita sea.»

—¡Oye! —gritó Samir—. Espera un momento. ¿Eres Malvika?

La joven abrió los ojos como platos, como si la hubiera acusado de algo realmente atroz. ¿Estaba loca esa muchacha? Probablemente, porque antes de que él supiera qué hacer a continuación, liberó la bici, saltó sobre ella y se marchó como si él la persiguiera con una arma.

Samir bajó corriendo las escaleras, salvando casi todo el tramo de un salto. Ella pedaleaba desesperadamente para alejarse de él. El desvencijado trasto donde estaba subida se tambaleaba y balanceaba; parecía casi más inestable que ella. La chica se volvió hacia atrás y le echó otra mirada aterrorizada. Pero ¿qué le pasaba a aquella mujer? Justo cuando estaba a punto de volverse de nuevo, el manillar de la bici se sacudió en un extraño ángulo, como si tuviera vida propia, y se precipitó contra un árbol al final de la calle.

—¡Joder!

Samir corrió hacia ella.

Cuando llegó, la joven yacía tumbada sobre su espalda con el trasero aplastado contra el enorme tronco del árbol, las piernas sobre la cabeza como un maestro de yoga contorsionista y la bici entrelazada en su cuerpo. A través de la maraña de cabello, extremidades y metal fluorescente, Samir oyó sollozos y quejidos.

—¿Hola? ¿Estás bien?

Se acercó y levantó un largo mechón de cabello en espiral que rebotó contra su palma tan suave como la seda.

Unos enormes ojos almendrados lo miraron.

—¿*The thik to ho?* —le repitió Samir en hindi.

No sabía por qué lo hacía, ni por qué estaba usando aquel dialecto rural que ya solo utilizaba con su madre; lo hizo instintivamente.

El rostro de la enmarañada joven que lo miraba cabeza abajo a través de sus piernas se iluminó, literalmente. No había otro modo de describirlo. Su único ojo descubierto se encendió como un fuego artificial en el cielo de medianoche. Samir le apartó más cabello de la cara, casi desesperado por ver el resto de aquella sonrisa.

—Sabes hablar hindi —le dijo la muchacha, con una voz sorprendentemente ronca y tan llena de deleite que la sensación destelló sobre la piel de Samir.

Por un momento, la fuerza casi física de esa sonrisa y la desinhibida alegría de su voz le robaron la habilidad de hablar.

Ella entornó aquellos ojos de un brillo imposible.

—Perdona, ¿es lo único que sabes decir? —dijo Mili.

—¿Qué? No, por supuesto que no. Sé decir un montón de cosas. Vaya, aquella era la mayor estupidez que había dicho en su vida. Ella sonrió de nuevo.

Samir sacudió la cabeza y se obligó a poner toda su atención en el accidente, en lugar de en aquella sonrisa. Tan cuidadosamente como pudo, le quitó aquel desastre de encima.

—¿Puedes moverte?

La joven se mordió el labio e intentó incorporarse. Pero, en lugar de mover su cuerpo, su rostro se retorció en una mueca de dolor y las lágrimas llenaron sus ojos.

Samir se puso de rodillas a su lado.

—Lo siento. A ver... Deja que te ayude.

No hizo caso del absurdo escalofrío de anticipación que le golpeó las tripas al acercarse a ella.

* * *

Ningún hombre había tocado a Mili de ese modo. El supuesto hermano guapo de Ridhi la rodeó con los brazos e intentó que se sentara. El dolor le atravesó la espalda, las piernas y partes de su cuerpo que ni siquiera sabía que tenía, y lo único en que podía pensar era en los cálidos brazos musculosos que presionaban su piel. ¡Así que eso era lo que se sentía cuando te tocaba un hombre!

Puaj. Era una pervertida. «Eres una mujer casada», recordó.

Pero entonces él le dio otro tirón y ella olvidó hasta cómo se llamaba. El dolor zumbaba como un millón de abejas en su cabeza. Intentó ser valiente, pero no pudo contener el grito que se le escapó.

—Shh... —la calmó Samir—. Tranquila. No pasa nada. Deja que eche un vistazo.

El joven la sostuvo contra su pecho e intentó examinarle el tobillo. Mili apenas podía abrir los ojos. El rostro de Samir se desvanecía y emborronaba antes de volver a enfocarlo. Piel clara, casi europea, cabello del tono de oro algo más oscuro... Si no hubiera hablado hindi como lo había hecho, lo habría confundido con un estadounidense.

Samir le rozó el tobillo y Mili notó que algo estallaba en su interior. Contuvo un gemido y apretó la cabeza contra el pecho del desconocido. Una palabra en inglés muy fea que solo había oído en las películas retumbó bajo su cabeza. Se le revolvió el estómago. Oyó un gimoteo. Tuvo que ser ella. Él no parecía de los que gimoteaban.

—Shh, cariño, intenta respirar. Así... dentro, fuera. —Su aliento le rozó la oreja. Esa voz tenía una vibración consoladora casi mágica. El joven sacó un teléfono móvil de su bolsillo—. ¿Quieres que llame a alguien? Tenemos que llevarte al hospital.

Al menos eso era lo que Mili creyó escuchar, porque ya empezaba a oír zumbidos extraños. Volvió a apoyarse en el pecho del hombre e intentó concentrarse en su rostro, que ya empezaba a dar vueltas.

—El Snow Health Center está a la vuelta de la esquina —acertó a decir—. Pero puedo caminar.

—Muy bien —bromeó él—. O... ¿por qué no vas en tu bicicleta?

Mili estuvo a punto de sonreír, pero él emitió un gruñido enfadado y la levantó en brazos. ¿Cómo podía estar tan duro un cuerpo de carne y hueso? Parecía arena del desierto comprimida, pero estaba llena de vida. El zumbido de sus orejas se estaba convirtiendo en un estrépito y tenía que luchar por mantener los ojos abiertos. Él se dio cuenta y corrió por el aparcamiento hasta su automóvil.

—Voy a dejarte en el asiento trasero, ¿de acuerdo?

Mili asintió. Mientras siguiera hablándole con esa reconfortante voz, le daba igual lo que hiciera.

—Es amarillo —musitó Mili sin fuerzas—, como mi bicicleta.

Él sonrió y la acomodó en el asiento tan despacio, tan delicadamente, que Mili se sentía como si estuviera hecha de algodón de azúcar. Su tobillo rozó el asiento y la sensación fue la de un mazo en un yunque. Clavó los dedos en la piel del brazo del hombre para evitar gritar, pero él no se apartó y siguió hablándole con aquella voz mágica hasta que finalmente se desvaneció.

Lo último que Mili recordó fue haberle preguntado si podía dejar su bicicleta en el aparcabicicletas. No, lo último que recordó fue su sonrisa cuando le pidió que lo hiciera.

CAPÍTULO 7

Lo primero que hizo la chica cuando entraron en la clínica fue vomitar. Se había desmayado en el vehículo, pero cuando él levantó su cuerpo ligero y la llevó hasta el edificio, empezó a murmurar palabras incoherentes en el cuello de Samir. Y cuando la puso en la camilla, como le pidieron que hiciera, ella se inclinó y vomitó... sobre sus zapatos. Sus Mephistos hechos a medida. Fantástico.

A partir de ahí, todo fue cuesta abajo. La recepcionista no dejaba de hacerle preguntas y por alguna razón se sintió obligado a inventarse tonterías sobre la marcha. Y como hizo tan buen trabajo aparentando saber de qué estaba hablando, gracias a la investigación que DJ había hecho sobre la chica, le entregaron una carpeta abarrotada de formularios para rellenar mientras la llevaban a Rayos X.

—Señor, ha escrito que su nombre es Ma-la-vi-kaa Sanj-h-va...

La alegre pelirroja tras el mostrador iba a hacerse daño intentando decir ese nombre.

—Mal-vika Sangh-vi —pronunció lentamente, para intentar sacarla de la confusión.

—Sí. Un momento. Mmm... No hay nadie con ese nombre en nuestra base de datos —notificó a Samir, mirándolo como si esperara ayuda de su parte.

Él se encogió de hombros.

—¡Espere! Hay una tal Malvika Rathod... —expresó la mujer—. Malvika Virat Rathod.

Justamente lo que esperaba oír.

Su furia regresó en un sofocante arrebato. El cuerpo comatoso de su hermano, las manos de Rima entrelazadas en una oración, la muda desesperación de Baiji... La pesadilla revivió en su mente.

«No olvides por qué estás aquí, capullo. Consigue que firme y vete cagando leches.»

—Sí, es ella —dijo.

—Usted ha indicado que su nombre es Samir Rathod. ¿Son familia, señor?

—No. No, no somos familia. Me confundí cuando rellené el formulario. Creí que estaba pidiéndome su apellido, no el mío. Déjeme cambiarlo.

Samir dedicó a la mujer de pestañas apelmazadas su patentada mirada abrasadora y observó que ella, igual que el resto de miembros de su sexo, se deshacía en un charco a sus pies.

La recepcionista le extendió la carpeta, ocultándose de nuevo tras la densidad de su mirada.

Samir tachó el apellido «Rathod» y escribió «Veluri». Tendría que utilizar el nombre de su agente.

—Ya puede verla —dijo una enfermera que apareció a su lado mientras devolvía la carpeta a la pelirroja.

Lo condujo hasta una sala grande separada en secciones por cortinas que lucían unas horribles y femeninas flores rosas. ¿Qué era aquello, un salón de té victoriano?

—Tendrá que quedarse esta noche. La joven no ha especificado ningún contacto de emergencia y dice que no hay nadie a quien podamos llamar.

Los ojos cansados de la enfermera examinaron su rostro, como si ella también esperara que la ayudara.

—¿Nadie? —preguntó Samir.

La enfermera asintió.

«Mierda.»

—Yo me quedaré —notificó Samir.

¿Qué otra cosa podía decir?

No podía dejarla allí para que volviera a su apartamento a cuatro patas. Y no tenía ningún otro sitio a dónde ir.

* * *

Mili no sabía qué hacer. Había una enorme ventana detrás de ella, pero estaba cerrada. Y aunque lo intentara, no podía moverse. La enfermera le había entablillado el tobillo y la muñeca, pero todavía le dolían como si le hubiera caído una guindilla *deghi* en el ojo.

¿Por qué había sido tan estúpida? Aquella tontería iba a costarle a Ridhi su final feliz. Al menos había ganado tiempo. Todo aquel lío les habría hecho perder como mínimo una hora. Ridhi y Ravi estarían sin duda suficientemente lejos de Ypsilanti. Ese pensamiento la alegró. No tenía ni idea de dónde estaban, así que tampoco podía delatarlos. Y además, era posible que el hermano-barra-primo de Ridhi se hubiera marchado después de que Mili le vomitara en los zapatos.

Samir entró. Apartó la cortina de flores dejando entrever su musculoso brazo y ocupó el diminuto espacio que rodeaba la cama. Mili no creía haber visto en su vida a nadie con aquel aspecto, al menos no en la vida real. No solo estaba cincelado de un modo tan perfecto que bien podría haber sido una escultura; además, iba tan impecablemente vestido como uno de esos modelos de los anuncios que intentan parecer informales con su brillante ropa nueva perfectamente ajustada. Pero ¿a quién estaba intentando engañar? Samir iba descalzo.

Mili tragó saliva, sintiéndose culpable, y él se dio cuenta de que ella miraba sus pies desnudos.

—En el hospital no han conseguido encontrar zapatillas de mi número.

A Mili casi se le salieron los ojos de las órbitas.

—¡Por Dios! ¿Qué número de pie tienes?

—Cuarenta y ocho —contestó, y levantó una de sus comisuras al observar la reacción.

Por una vez, Mili no supo qué decir. Ella tenía un treinta y cinco.

Los ojos dorados del hombre examinaron la escayola de su pierna y subieron hasta la escayola del brazo.

—¿Cómo estás?

—No estoy tan mal. —O al menos no lo estaría cuando el fármaco que le introducían por la vía empezara a hacer efecto—. Lamento lo de los zapatos. No era mi intención. Pero te juro que no sé nada.

¡Oh, no! ¿Por qué había dicho eso? Debía de ser la medicación.

Él parpadeó y levantó las cejas. Parecía tan genuinamente sorprendido, que Mili deseó darle una bofetada en la cara. Si había algo que no podía soportar era que la gente jugara con ella.

—En serio, no tiene sentido fingir —dijo Mili—. Sé por qué estás aquí, y estás malgastando el tiempo. Jamás te contaré nada.

Él abrió la boca para decir algo, pero parecía que ella lo había dejado muy claro, y la cerró de nuevo.

—De todos modos, ¿qué tipo de hermano eres? ¿Cómo puedes interponerte en el camino del amor? Separar a dos personas destinadas a estar juntas es un pecado de la peor clase. ¿No te das cuenta?

La ira oscureció el translúcido castaño de los ojos de Samir. La miró como si fuera ella quien hubiera hecho algo mal, y no él.

—¿Cómo puedes amar a alguien a quien no conoces? —dijo él, sorprendido.

—¿A qué te refieres? —Mili se enfadó—. ¿Crees que una pequeña separación puede terminar con el amor? Sé que estás interpretando el papel de villano sin corazón, pero ¿es que no entiendes lo que se siente al estar enamorado?

Samir permanecía allí, de pie, abriendo y cerrando la boca sin decir nada. Por enésima vez en el poco tiempo desde que la conocía, se preguntó si aquella chica no estaría completamente loca. Además, no dejaba de hablar, y así él no podía ordenar sus pensamientos.

—Pareces una buena persona —seguía Mili—. Mira cómo me has ayudado. Nadie que pueda ser tan amable, tan...

La chica desenfocó su mirada y cerró los párpados como si de repente se hubieran vuelto demasiado pesados.

—¿Te han dado algo para el dolor? —le preguntó Samir. Parecía que acababan de ponerle una inyección de algo potente—. Escucha, ¿quieres que vaya a buscar al médico?

Mili abrió los ojos con un leve parpadeo, después los cerró, los abrió, los cerró. De su boca salieron sonidos incoherentes.

Sus párpados siguieron titilando como si luchara por mantenerse despierta hasta que sus pestañas se desplegaron por fin sobre sus mejillas, en un plácido abandono.

Él nunca había visto unas pestañas así. Hacían que quisiera tocarlas para asegurarse de que eran reales. Tampoco había visto unos ojos como aquellos. El iris era como una moneda pequeña, del color del ónice extraído de los desiertos más remotos de Rajastán, y albergaban una inocencia de otra época.

Pero seguro que todo aquello era fingido. Se imaginó aquellos ojos falsamente inocentes leyendo la notificación certificada que había enviado a su hermano, y entonces en la mente de Samir esos dulces ojos se volvieron malvados.

«En caso de que Virat Rathod fallezca, su pensión completa, el importe de su Seguro y su parte de la mansión familiar pertenecerá a Malvika Rathod.»

Esa sentencia se había grabado en su cerebro como la marca que deja un hierro al rojo vivo.

«En caso de que Virat Rathod fallezca.»

Los ojos de la joven se abrieron de nuevo, y el dolor y los narcóticos resaltaron la inocencia de su mirada.

En ese intervalo, Samir se recordó quién era ella: la mujer a la que solo le importaba hacerse con el *haveli* cuando todavía no se sabía si Bhai viviría o moriría.

—Ahora duerme —concluyó Samir—. Ya hablaremos después.

—Vaya... qué bien...

Aquellas fueron sus últimas palabras antes de que el sueño uniformara su respiración.

* * *

Cuando Samir se despertó tenía la cara presionada contra un colchón cubierto de papel. Maldito *jet lag*. Se incorporó y notó los dedos de la joven agarrados a los suyos, su roce frío y suave.

Esa chica tenía las manos más pequeñas y delicadas que jamás había visto. Toda su mano, desde la punta de sus dedos hasta la muñeca, ocupaba poco más que su palma. Recordó la sorpresa de sus ojos cuando le comunicó el número que calzaba y sonrió. Cuando apartó los dedos de los suyos, Mili se movió, pero él la calmó acariciándole la frente y ella volvió a dormirse tranquilamente.

Mili había pasado toda la noche agitándose, revolviéndose y gimiendo por el dolor. Y una diminuta parte de Samir se alegraba de que no estuviera sola. Nadie debería estar solo en ese estado.

Al final, lo más sencillo fue acercar su sillón a la cama para acariciarle la cabeza cuando ella hacía un gesto de dolor. Ese parecía ser el único modo de tranquilizarla.

Miró su Breitling. Era casi medianoche. Ambos habían dormido varias horas. Se levantó, se desperezó y separó un poco las persianas para mirar por la ventana. El cielo era una negrura sin fin. Estaba totalmente despejado y no tenía ningún lugar a donde ir. Se suponía que debía haberse registrado en el hotel el día anterior, pero el accidente de Malvika trastocó sus planes, poniéndolo todo patas arriba.

Echó un vistazo a la habitación. Sus Mephistos, lavados y estropeados, estaban secándose en una esquina. Unos números rojos parpadeaban en una especie de monitor en la pared. Tubos de plástico y artilugios médicos cubrían las superficies.

En medio de aquel desorden, y sobre un carrito auxiliar, había un cuaderno amarillo y un bolígrafo. Samir los tomó. Antes de saber por qué lo hacía, se descubrió sentado junto a la chica, escribiendo.

*   *   *

Los primeros minutos después de volver en sí, Mili no tenía ni idea de dónde estaba. Intentó moverse, pero un dolor, que la desgarró desde el tobillo a la muñeca, casi la partió en dos e hizo que de repente lo recordara todo. Debió de gemir, o gritar, o algo, porque el hombre sentado a su lado frunció el ceño y se acercó a ella. Mili hizo todo lo posible por que la molesta niebla de su cerebro se aclarara.

Oh, no. Era el dios griego de Ridhi, el hermano modelo-barra-primo modelo-barra-el familiar que fuera. Debían de haberla drogado bien, porque a pesar de que tenía el cabello alborotado por un lado y arrugas de sábana marcadas en la mejilla, el hombre seguía teniendo tan buen aspecto como antes de que ella se quedara dormida.

Él la examinó con unos ojos miel que parecían de revista.

—Buenos días —dijo Samir.

¡Oh, Dios! Su voz encajaba a la perfección con su aspecto. Dorada, impecable, como si el creador hubiera prestado una atención especial al crearla. Mili frunció el ceño. Normalmente no le gustaba la gente guapa. Se acordaba de aquella chica de su pueblo, Kamini, que siempre conseguía lo que quería, solo porque parecía una estrella de Bollywood de piel blanca como el mármol. Puaj.

Él se aproximó a ella un poco más y le tocó la frente con demasiada familiaridad. Dios Santo, incluso su aroma era tan bueno como su aspecto, como esos perfumes de los que metían muestras en las revistas que solía leer Ridhi. Mili entornó los ojos y lo miró con suspicacia. ¿Cómo se atrevía a tomarse esa confianza? Además, actuaba como si estuviera haciéndole un favor, cuando, para empezar, él era el culpable de que ella estuviera allí. Él era el culpable de que su bicicleta nueva estuviera rota. Su bonita bicicleta. Él era... Contuvo un sollozo.

—¿Qué pasa? —le preguntó él, con un tono como si la conociera años. Además, ¿por qué sonreía de ese modo?

—Perdona, ¿te conozco? —le espetó Mili.

Eso lo desconcertó.

—Creo que no me he presentado. Soy Samir Ra... Veluri.

—¿Raveluri? ¿Qué tipo de apellido es ese?

—Raveluri no. Veluri.

—Entonces, ¿por qué has dicho Raveluri?

Samir cerró los ojos, tragó saliva y los abrió.

—¿Podemos empezar de nuevo?

—Claro. Pero primero quítame la mano de la cabeza, por favor.

El dios griego parecía muy ofendido, como si nunca nadie hubiera tenido las agallas de pedirle que dejara de tocar.

—Lo siento. Parecía que esto te calmaba cuando te dolía. Pensé...

—¿Te has quedado aquí conmigo toda la noche?

El temperamento de Mili brotó como una sartén *tavaa* caliente sumergida en agua fría. Después se inflamó de nuevo.

Mientras la mente de Mili hacía acrobacias, él se mantenía tan tranquilo como Buda y eso provocó que ella se encendiera todavía más.

—Le dijiste a la enfermera que no había nadie a quien pudiera llamar —le explicó Samir con infinita paciencia—, así que pensé...

—Mi única amiga ha tenido que huir por tu culpa. ¿Y ahora quieres que te dé las gracias?

Mili recordó lo que había pasado después de que él llamara a su puerta y deseó abofetear a esa perfecta cara que le sonreía.

—¿Quién te ha pedido que me las des?

Las manos del hombre se tensaron sobre el cuaderno de hojas amarillas y el músculo de su mandíbula se movió mínimamente. Pero, por lo demás, su sonrisa se mantenía tan serena como antes.

—Tenías esa expresión... como si esperaras gratitud.

Por permitirme vivir, igual que esa burra estúpida de Kamini.

—¿Puedo preguntarte algo? —dijo Samir con expresión neutra.

Mili se encogió de hombros.

—¿Estás loca?

Ella tenía razón: la gente guapa era maleducada. Entonces se dio cuenta: era por la mañana y Ridhi ya habría salido de Michigan.

—¿Por qué sonríes? —le preguntó él.

—Porque acabo de darme cuenta de que ya no encontrarás a Ridhi. Se ha marchado.

Samir estaba totalmente perplejo.

—¿Quién es Ridhi? —dijo él.

—¿Quién es Ridhi? —le imitó ella.

* * *

Después de que ambos repitieran la frase «¿quién es Ridhi?» un absurdo número de veces, Samir buscó un modo de salir del bucle.

La chica estaba como una cabra, no había duda. Si tenía que ir a buscar a una mujer al otro lado del mundo, ¿por qué no podía ser alguien más o menos cuerdo? Alguien agradable y normal. Pero claro, ¿cuándo fue la última vez que conoció a una chica agradable y normal? Al menos, esta era agradable a la vista. Además, sentado a su lado, después de un largo año de sequía, se había puesto a escribir sin parar.

«Menuda mierda.» La trama no dejaba de complicarse.

—Muy bien, escucha. Si yo conociera a esa... Ridhi, ¿crees que te estaría preguntando quién es?

Intentó usar la lógica con ella. Aunque, por lo que había comprobado, no había muchas posibilidades de que funcionara.

—¿Qué tipo de hombre no conoce a su propia hermana-barra-prima-barra-lo que seas?

¿Acababa de decir «hermana-barra-prima»? ¿Quién usa la palabra «barra» en una frase?

—¿Así que crees que la tal Ridhi es mi hermana-barra-prima?

Ni siquiera sabía qué significaba eso. ¿Es que tampoco podía hablar en el idioma de los cuerdos, por favor? Samir siguió sonriéndole con esa expresión totalmente absorta que dejaba tontas a las chicas.

Ella entornó sus ojos de ónice y los abrió, sorprendida.

—¿No eres el hermano de Ridhi?

Por fin estaban llegando a alguna parte. Samir negó con la cabeza.

—Mira, no soy su hermano-barra-primo-barra-ninguna otra relación —aclaró Samir.

La perfecta piel chocolate de la joven adquirió un extraño tono bermellón. Samir no sabía cómo lo había hecho, pero su silueta superdiminuta se encogió todavía más.

—Oh... Entonces, ¿por qué me perseguías?

Buena pregunta. Y la entradilla perfecta para Samir.

Echó mano de su bandolera con los documentos que lo habían llevado hasta allí mientras repasaba mentalmente lo que tenía que decir: el avión de Virat. La anulación.

El cuaderno amarillo se cayó al suelo de linóleo gris. Se agachó para recuperarlo. Estaba lleno hasta la mitad de frases escritas en letra pequeña y comprimida. Lo recogió y acarició con el pulgar las líneas llenas de tinta. Las palabras habían escapado de él durante toda la noche, como agua de una manguera. Y, vaya, le había sentado genial.

—¿Qué es eso? —preguntó ella.

La muchacha miró brevemente la libreta con sus ojos de ónice y buscó los de Samir mientras intentaba incorporarse. El dolor surgió en su mirada y se dobló sobre el costado.

Samir se levantó rápidamente y se inclinó sobre el cuerpo enroscado de la chica.

—Shh... No pasa nada.

El cabello se expandió sin orden sobre su rostro. Él se lo apartó, revelando así unas mejillas húmedas y un rostro dolorido.

—Intenta respirar. Llamaré a la enfermera.

Cuando la enfermera le inyectó los fármacos, Samir se descubrió en mitad del clásico escenario de buenas y malas noticias. La mala noticia era que pasaría las siguientes semanas atrapado allí, haciendo de enfermero. Por una parte, no había nadie más para hacerlo; por otra, no se decidía a entregarle los papeles de la anulación mientras permaneciera drogada. Y la buena noticia era que, cuando regresara a casa en un par de semanas, no solo tendría la anulación de su hermano, también un guion terminado.

—Gracias —Fue lo primero que dijo Mili cuando abrió los ojos.

Samir levantó la mirada de la libreta amarilla, que ya se estaba quedado sin páginas, y encontró una timidez en el rostro de ella que no había aparecido antes.

—¿Cómo te sientes? —le preguntó.

—Me da miedo moverme —contestó la chica apenas sin mover los labios, pero sus ojos sonreían—. Antes no contestaste a mi pregunta: ¿por qué me perseguías?

—No estaba persiguiéndote. Acabo de mudarme a tu edificio. Mi tío es de tu pueblo, Hari Bishnoi. Me dio tu dirección. Solo iba a pasar para saludar cuando te largaste. Lo único que hice fue seguirte.

Su talento para las historias había vuelto definitivamente. Y en todo su esplendor.

—Bueno... —dijo Mili—, eso fue una tontería por tu parte.

Como si ella fuera muy lista.

En serio: ¿saltó de un balcón y estrelló su bicicleta contra un árbol, y lo estaba llamando a él tonto? Pero en lugar de decirle eso, le dedicó una de las sonrisas solo-para-nenitas que había perfeccionado hasta convertir en una forma de arte durante sus años como modelo.

Ella frunció el ceño.

—Entonces, ¿eres mi nuevo vecino, y ya está?

—Sí.

O al menos lo sería tan pronto como consiguiera que DJ le encontrara un apartamento vacío en ese apestoso edificio suyo.

—¿Y te has pasado la noche cuidando de mí... sin... sin ni siquiera conocerme?

Los ojos de Mili se llenaron de lágrimas.

¿Qué demonios?

Cerró los ojos con fuerza, los abrió de nuevo y lo miró con tanta intensidad que Samir lo sintió en sus entrañas.

—Creo que deberíamos empezar de nuevo. —Mili se llevó la mano sana al corazón en un *namaste* con un solo brazo—. Hola, Samir. Mis amigos me llaman Mili. Encantada de conocerte.

CAPÍTULO 8

El sonido de Samir trasteando en la cocina despertó a Mili. Él llevaba en su casa casi una semana. Se había plantado con tal firmeza a su lado que le recordaba a la cabra de su vecino en Balpur. La cabra seguía a Mili tan insistentemente que Naani la llamaba *viratji*, en un intento de propiciar el destino. Pero Samir, a diferencia de la cabra o de su tocayo, le había salvado la vida. De no ser por él, seguramente habría muerto de hambre o le habría explotado la vejiga.

Mili se incorporó en el colchón del suelo. Samir había trasladado el colchón de Ridhi a la sala de estar. Por enésima vez desde que se conocieron, se lamentó por haberlo comparado con Kamini. Lo único que Kamini se había molestado en salvar era su blanca piel de mármol del sol de Rajastán. Su impresionante colección de sombrillas, así como el cuidadoso uso que hacía de estas, siempre había asombrado a Mili. Y lo único que Samir tenía en común con Kamini era esa piel blanca, pero nada del arrogante orgullo por poseerla.

Es cierto que se pavoneaba por ahí como si fuera el protagonista de una película, balanceando los brazos superhinchados como si llevara cubos de agua en ambas manos, pero ayudaba a Mili a subir y bajar las escaleras siempre que tenía cita con el médico, la alimentaba y se aseguraba de que tomara el millar de medicamentos antes de que el dolor la matara.

Como siempre, él había dejado las muletas apoyadas contra la pared para que Mili pudiera alcanzarlas fácilmente. Pero la frustración tensó la boca de la joven cuando miró con el ceño fruncido aquellos malditos aparatos. ¿De qué iban a servirle, de todos modos? Fue tan lista que se lesionó la muñeca y el tobillo a la vez, así que no podía utilizarlas. Si a eso se añadía el hecho de que era la mujer más torpe y descoordinada de todo Balpur: esas muletas se quedarían descansando en la pared hasta que sanara al menos una de sus extremidades rotas.

—¿Por qué sigues mirando las muletas con odio? —Samir le dedicó una sonrisa de modelo de dentífrico que era casi tan apetecible como los sándwiches que llevaba en las manos. —¿Necesitas ir?

Con un movimiento de cabeza, Samir señaló la puerta del baño y Mili quiso morirse.

Él amplió su estúpida sonrisa. Era una suerte que la medicación la dejara tan floja: se pasaba el día entero entrando y saliendo de su mundo de fantasía. Si no hubiera estado drogada y medio inconsciente, no sabía cómo habría llevado el hecho de que un completo desconocido la ayudara a llegar hasta el baño y esperara fuera mientras ella se esforzaba por hacer sus cosas. Y él normalmente lo hacía sin una pizca de aquella sonrisa divertida que ahora le mostraba.

Le acercó el plato hasta darle un empujoncito y Mili se percató de que estaba mirándole las manos para evitar su mirada. Se quedó boquiabierta al ver las obras de arte idénticas que Samir había dispuesto en los dos platos que Ridhi había olvidado. La boca se le hizo agua, como a una niña de la calle muerta de hambre. Entre dos rebanadas de pan tostado había verduras de toda clase, amontonadas en suculentas capas de colores.

Al principio le daba vergüenza que Samir entrara en su cocina, dado que la suma total de sus provisiones incluía una tableta Hershey empezada, un cartón de leche y unos fideos pasados y grasientos. Pero un día él salió y regresó cargado de bolsas de comida, sus medicinas y una almohadilla térmica, insistiendo en que en realidad la comida era para él, ya que también necesitaba comer y, al parecer, no había suficiente en su apartamento.

Samir le dejó usar su teléfono móvil y ella llamó al instituto, al Panda Kong y a sus profesores, para que supieran que tenía que guardar reposo durante dos semanas. El profesor Bernstein, del instituto, le dijo que se tomara cuatro semanas, si lo necesitaba. «Ya me acordaré de explotarte cuando vuelvas a ponerte en pie», le dijo con tanta amabilidad que Mili derramó lágrimas sobre el supersofisticado teléfono de Samir.

Cabeza Huevo, del Panda Kong, fue mucho menos amable: «No sé si podré guardarte tu puesto durante dos semanas enteras», le dijo. Pero al menos no la había despedido, como ella supuso que haría. Estaba preparada para suplicar, si era necesario, pero la promesa de regresar al trabajo tan pronto como pudiera, fue suficiente. ¿Cómo demonios iba a enviar dinero a Naani aquel mes sin el sueldo de dos semanas lavando platos? Y todavía tenía el pequeño problema del alquiler... ¡Por no mencionar que tendría que devolver a Samir el dinero de las medicinas y de la comida!

Samir le tendió su plato.

—Mira, ya puedes sentarte sola. En un par de días estarás usando las muletas con soltura.

Solo alguien que no tenía ni idea de lo torpe que ella era, podía decir algo así.

—¡Es precioso! —exclamó Mili con veneración, levantando la rebanada superior para examinar el colorido interior.

Samir levantó una ceja divertida mientras ella escudriñaba el relleno del sándwich.

—No te preocupes, Mili. No lleva carne.

—Lo siento, tenía que comprobarlo. Es solo una costumbre. Tuve un horrible incidente en el centro de estudiantes el mes pasado. —Vino a su mente el desagradable sabor y agitó los hombros para librarse del recuerdo—. Cuando reclamé que lo había pedido «sin carne», me contestaron: «No es carne, es pescado». ¡Puaj!

El recuerdo casi la hizo perder el apetito. Pero ¿a quién quería engañar? Con un sándwich como aquel entre manos, no había ningún peligro real de que eso ocurriera.

Samir se rio de un modo tan discreto que no encajaba con su imagen de guaperas, y dio un bocado a su sándwich.

—Y tú, ¿eres vegetariano? —preguntó Mili mientras colocaba la rebanada cuidadosamente en su lugar.

—Como carne, pero si lo mencionas delante de mi madre, lo negaré. Y después tendré que matarte por romperle el corazón.

Mili dio otro bocado y casi se desmayó de nuevo.

—¿Qué le has puesto? —preguntó Mili, masticando con los treinta y dos dientes al completo y dando gracias a los dioses por cada una de las diez mil papilas gustativas de su boca— ¡Está delicioso!

Samir la observaba mientras comía. Su sonrisa desapareció tras una expresión cauta y entonces sacó dos sobres de su bolsillo. Cruzó las piernas y dejó los sobres en el colchón junto a ella.

—Tu correo.

Ambos papeles tenían el membrete de la universidad. A Mili le dio un vuelco el corazón.

Dio otro bocado antes de obligarse a soltar el sándwich. Primero revisó el del Snow Health Center. A pesar de los sabores que danzaban sobre su lengua, los nervios temblaban en la boca de su estómago. Mucho tendría que estirar los cincuenta dólares de su bolsillo.

Mili había preguntado a la enfermera cuánto le costarían todas aquellas medicinas, pero lo único que consiguió como respuesta fue un: «Te enviaremos la factura por correo». Al menos asumió que se dirigía a ella, porque los ojos de la enfermera estaban clavados en Samir; al igual que los de la doctora y los de la recepcionista. Todas las mujeres que entraron en su habitación solo tenían ojos para él, que parecía realmente cómodo con tantas atenciones. Echaba miraditas a todas las mujeres y disfrutaba de los halagos sin el menor atisbo de remordimiento. ¿Cómo será que te adoren por tu aspecto? Mili lo miró con el ceño fruncido, pero después se sintió una persona horrible, porque ese hombre tan guapo acababa de servirle la mejor comida que había probado en días, en meses, en mucho tiempo.

Samir masticó su bocado y señaló la factura con la barbilla, indicándole que la abriera.

Mili se enderezó y abrió el sobre. La boca se le quedó seca. La cantidad, debajo de la columna de A PAGAR POR EL PACIENTE, le dificultaba la respiración. Samir le ofreció un vaso de agua y ella le compensó atragantándose con la bebida.

Él se acercó y le frotó la espalda.

—¿Qué pasa, Mili?

Le acarició la espalda suavemente de arriba a abajo.

Mili se apartó y lo fulminó con la mirada.

—Estás intentando que muera asfixiada. Eso es lo que pasa.

Por Dios, ¿cómo podía decirle eso? Se sentía una mala persona.

En lugar de responder a su provocación, Samir le quitó el papel de las manos.

—¿Es la factura del hospital?

Mili pensó en arrebatársela, pero para qué. Aquel desconocido, que prácticamente vivía en su casa, se había preocupado por ella mucho más que ningún otro ser humano, además de Naani. Realmente no tenía sentido mantener las formalidades.

Pero entonces él miró la cifra de la factura y sonrió. ¡Sonrió!

—Solo son ciento veinte dólares —exclamó.

Samir se quería morir. De todas las tonterías que podía haber dicho, había tenido que ser aquella. La expresión de Mili se desinfló ante sus ojos, como si hubiera pinchado con un alfiler ese espíritu suyo tan optimista.

—Lo siento. No pretendía que sonara así. Es solo que, con todo lo que se oye sobre las facturas hospitalarias en este país, esperaba encontrar una cantidad mayor.

Mili abrió los ojos de par en par, horrorizada. Pero solo por un segundo. Enseguida se recompuso.

¿Qué le pasaba a aquella chica? ¿Tenía suficiente dinero para pagarse un billete de avión y una educación en Estados Unidos pero una factura de ciento veinte dólares le provocaba palpitaciones? Miró a su alrededor. Mierda, era un idiota. Baiji tenía razón: cuando trabajaba no reparaba en nada más. En el apartamento de Mili no había muebles, ni comida. Una horrible sensación le retorció el corazón.

Mili recuperó la factura y la leyó de nuevo. Se iba recomponiendo músculo a músculo. Dios, si él consiguiera que sus actores mostraran las emociones de aquel modo, sería el mejor director del puto mundo.

—Tienes razón, solo son ciento veinte. Debo de haber leído mal los ceros. Creerás que soy tonta.

La chica puso fin a su actuación con una sonrisa de autocrítica y un golpe en la frente. ¿Alguien había hablado de sentimentalismo?

Y él, que se creía un especialista en cambiar de opinión... En ese sentido, Mili ganaba por goleada.

—En absoluto. Con un cero más, yo también me cagaría de miedo —le dijo, y dio un mordisco a su sándwich.

Mili relajó los hombros. Su expresivo rostro empezó a trabajar de nuevo. De repente recordó el sándwich de aguacate, tomate, zanahoria y pimiento verde en su regazo y la tensión desapareció de verdad. Se zambulló en la comida. En realidad no había otra palabra para ello. Cada bocado parecía provocarle una oleada de placer. Sus labios, su garganta, sus ojos, todo su ser estaba involucrado en tal experiencia. Estaba perdida en ella.

Samir se levantó y salió de la sala de estar. Dejó el plato en el minúsculo fregadero y echó un vistazo a la cocina. Verdaderamente, ¿cómo no se había dado cuenta? Todo aquel apartamento era poco más grande que el vestidor de su casa. Quizá treinta y ocho metros cuadrados. La sala de estar era del tamaño de un pasillo grande con un espacio lateral que servía de comedor y que conducía a una cocina en la que había un ruidoso frigorífico, una placa repugnante y sesenta centímetros de encimera. Al otro lado del pasillo-sala de estar estaba el dormitorio con espacio para dos colchones, un armario y un escritorio, viejos y cutres, con suficiente espacio para pasar de puntillas entre ellos. El baño era del tamaño del armario de la ropa blanca de Samir, con un plato de ducha en el que él apenas cabía, un inodoro en el que se pegaba con sus rodillas contra una pared cuando se sentaba y un lavabo donde podía lavarse las manos mientras estaba sentado en el váter.

De acuerdo, la chica no era exactamente rica, y él debería haberse dado cuenta antes. Y si no hubiera estado escribiendo como un genio loco, lo habría hecho. Enjuagó el plato, dejando que el vapor se elevara desde el fregadero, y se obligó a no pensar en la expresión de dicha en el rostro de Mili mientras comía. Debía tener cuidado, mucho cuidado con ella. Por muy inocente y cándida que pareciera y por muy jodida que fuera su situación, nada justificaba el envío de una notificación certificada a un hombre que estaba en el hospital luchando por su vida.

* * *

—DJ, este apartamento es una auténtica mierda. Una mierda caliente y recién salida del culo. Huele a mierda, parece mierda, todas las cosas que hay dentro son del verdadero color de la mierda.

Samir echó una mirada a «su» apartamento. Solo con pensar en llamarlo así, lo hacía estremecerse. Había hecho que DJ le alquilara aquella letrina porque estaba a dos puertas de Mili. Al parecer, resultó fácil. Más de la mitad del edificio estaba vacío. Menuda sorpresa.

—Hay un Hyatt a tres kilómetros de ahí —dijo DJ al otro lado de la línea—. La semana pasada te reservé una *suite*. O mueves el trasero hasta allí o dejas de quejarte como un niño pequeño.

—No puedo irme al Hyatt, genio. Mili no puede salir de casa y alguien tiene que echarle un ojo. Ni siquiera tiene teléfono móvil. Es como si viviera en la isla de Gilligan, pero sin amigos.

—Por lo que parece, tiene al menos uno.

Swami DJ cargó generosamente su voz de significado.

—Sí, estoy haciendo esto por amistad, capullo, y no por que mi hermano esté en el hospital, ni por que su mujer embarazada pudiera no ser su mujer. ¿Crees que me gusta jugar a las enfermeras?

DJ respondió con un silencio. Que pensara lo que quisiera.

—Oye, de verdad, aquí no tiene a nadie más que pueda ayudarla. Su compañera de piso huyó el día que yo llegué.

—Esa chica parece tener un imán para el drama.

—Déjate de bromas.

—¿Sigues escribiendo? ¿Llegarás a la fecha de entrega?

—Es posible.

La verdad era que estaba totalmente seguro de que nada iba a evitar que llegara a la fecha de entrega. Y eso era un puto milagro.

Habían regresado del hospital hacía solo seis días, y Samir ya tenía escrito más de lo que había hecho en años. Aunque lo cierto era que no había escrito ni una sola palabra en aquel remanso de color mierda; todo lo hacía junto a ella.

Pasó las palabras del cuaderno a su portátil en el apartamento de Mili el día que regresaron, y después escribía como un loco durante toda la noche y la mañana, cuando ella descansaba. Y los últimos días incluso seguía escribiendo mientras ella dormía.

Su portátil estaba abierto sobre la desvencijada alfombra que, por supuesto, era del color de una diarrea infecta. Había intentado escribir antes de llamar a DJ, pero se veía incapaz de hacer algo más que mirar la maldita pantalla.

—Te iré informando de cómo va todo —dijo Samir al teléfono—. Al menos ¿podrías enterarte de si hay alguna opción, en este edificio, donde no destaque tanto el color mierda?

Después de todo, el apartamento de Mili era más pequeño pero no tan horroroso.

—Claro que sí, jefe. Para eso estoy.

Samir pensó en dar otra oportunidad a lo de escribir en su apartamento, pero sabía que sería una pérdida de tiempo. Había estado eludiendo ese hecho, pero ya no podía seguir haciéndolo. Por algún maldito truco del destino, resultaba que, después de aquella noche en el hospital, estar junto a Mili lo inspiraba.

«Joder.» Alguien allá arriba estaba de parte de ella.

Si quería seguir escribiendo, no tendría más remedio que ayudarla. Y entonces... cuando terminara el guion, ella estaría tan en deuda con él que firmaría los documentos sin protestar.

¡Eso es! Quizás alguien allá arriba estaba también de su parte. ¿Quién era él para quejarse de una situación en la que todos ganaban?

Agarró felizmente el portátil y regresó al apartamento de Mili.

* * *

Mili salió del baño tambaleándose con la ayuda de sus muletas. Aquella era la primera vez, gracias al cielo, que era capaz de llegar al aseo por sus propios medios, aunque había sido más una combinación de suerte e impulso, que de habilidad.

Samir se había pasado una hora entera aquella mañana intentando enseñarle a manejar las condenadas muletas, pero con un tobillo y una muñeca menos, y dada su tendencia natural a caerse incluso en lo más llano, resultó ser una causa perdida. Él, por otra parte, parecía poseer suficiente fuerza en una de sus poderosas piernas para apoyar su substancial cuerpo, sostenerla a ella y a sus muletas sobre su cabeza y realizar una danza *bhangra* a la pata coja con los ojos cerrados. ¿Tendría algo que ver el hecho de que él tuviera los pies como dos barcas?

Mili intentó brincar hasta su dormitorio, balanceándose entre los malditos palos de aluminio que de algún modo se enredaron el uno con el otro y salieron volando de sus manos. Una muleta cayó al suelo y la otra rebotó en la puerta de la habitación, golpeándole la cabeza.

—Estúpido trozo de basura inútil...

Se la metió de mala gana bajo la axila y consiguió llegar al dormitorio, cuando se dio cuenta de que la zona donde se apoyaba la pobre muleta olía bastante mal. Se quitó su camiseta roja sin conseguir caer al suelo, lo que casi fue un milagro, y sacó una camiseta azul del cajón.

Había encontrado esas camisetas en un puesto callejero fuera de la estación de Borivali, en Bombay, el día que consiguió su visado. Aquella experiencia resultó ser una sesión de regateo maratoniana, pero al final consiguió que el comerciante le dejara la camiseta en seis colores por el precio de tres, y después vio la lencería de encaje y reunió las agallas suficientes como para pedirle que lo añadiera al trato. No sabía qué le impulsaba a hacerlo, pero había algo en aquel encaje negro que la hacía sentirse esperanzada y lista para su marido, y se propuso conseguirlo. Fue mala suerte que el vendedor callejero resultara ser de la aldea vecina, pues tuvo que comprarle dos pares de *jeans* a precio normal para evitar morirse de la vergüenza.

Antes de aquello siempre había llevado trajes tradicionales indios, trajes *salwar*: largas túnicas que se usaban sobre pantalones sueltos o ceñidos. Pero después de comprar las camisetas, dejó todos sus trajes *salwar* atrás e intentó empezar de cero, allí, en Estados Unidos. Le encantaba la libertad que le proporcionaban las camisetas y los *jeans*. Nada de pañuelos *dupatta*, nada de planchar y aprestar. Y usando todas sus extremidades, era realmente fácil ponérselos y quitárselos.

En aquel momento no resultaba nada fácil. Mientras mantenía el equilibrio con la muleta y metía los brazos por las mangas, la camiseta se retorció alrededor de su cabeza. Intentó bajársela de un tirón, pero se le enganchó la muñeca mala en la tela y un dolor cegador la atravesó. Aunque, gracias a la camiseta que envolvía su cabeza, estaba ya tan ciega como una avestruz con la cabeza metida en la arena.

La puerta de la calle se abrió. Mili se quedó paralizada.

—¡No estoy visible! —avisó canturreando.

¿Por qué demonios le habría dado una llave a Samir? El silencio era absoluto. Se revolvió bajo la tela elástica no prestando atención a otro doloroso calambre e intentó darse la vuelta con grandes esfuerzos.

—¿Samir? Hola...

No obtuvo respuesta. «Oh, no. No es Samir.»

—¿Samir? —gritó, y tiró de la camiseta. Pero las muletas y la escayola la enredaron aún más— ¿Quién es?

Se retorció, intentando mantenerse en pie. El corazón le latía con fuerza en el pecho. «Oh, Dios, por favor.»

—¿Quién es? —intentó gritar de nuevo, entre sollozos.

—Shh... Mili, no pasa nada. Soy yo.

Samir la rodeó con los brazos para ayudarla con la camiseta. Liberó la prenda de sus hombros y la deslizó por su cabeza.

Las lágrimas caían de los ojos de Mili. La respiración abandonaba sus pulmones entre hipidos.

—Lo siento. Debería haber llamado.

Le acomodó un rizo suelto detrás de la oreja y tuvo el descaro de echarle una tranquilizadora y afianzadora mirada, como si no acabara de darle un susto de muerte. Le secó la mejilla con un dedo. Mili nunca le había visto los ojos tan oscuros, tan vivos. Samir le subió con cuidado la cremallera de los *jeans*.

Mili explotó de furia. Lo apartó de un empujón, con fuerza. Pero, en lugar de moverlo, fue ella quien se vio arrojada hacia atrás. Samir la atrapó antes de que cayera, pero sus muletas se estrellaron contra el suelo, dejándola sin más apoyo que aquel enorme y poderoso cuerpo que irradiaba tanto calor como una fogata. La impotencia y la ira se dispararon en su interior, incrementando el dolor y haciéndola temblar. Él la abrazó con fuerza, y sus estúpidos y musculosos brazos fueron tan cuidadosos que Mili deseó arañarlos.

—Suéltame.

Mili intentó apartarle los brazos, pero la mano le dolía demasiado. Intentó retroceder, pero su pie no podía soportar su peso.

—Mili, relájate. ¿Qué te pasa?

Ella odiaba la tranquilidad de su voz.

—¡Idiota! —gritó Mili—. Casi me muero del susto. Creí que alguien había entrado en casa. Creí...

Se le escapó un sollozo.

—Lo siento —le dijo Samir de nuevo, sonrojándose. Seguía tomándose demasiadas confianzas, su brazo era demasiado posesivo. Sus ojos, cuando sus miradas se encontraban, eran demasiado dulces—. No llamé porque pensé que estarías durmiendo. Acababa de darte el calmante, y suele dejarte fuera de juego.

¿Cómo se atrevía a usar eso en su contra?

—Tenía que ir al baño. ¿No puedo usar el baño en mi casa? De todos modos, ¿por qué tienes que estar aquí todo el tiempo? ¿Por qué no me dejas en paz?

Los brazos de Samir se tensaron a su alrededor. El calor líquido de sus ojos se heló.

—¿Quizá porque tú sola ni siquiera puedes ponerte la maldita ropa? Discúlpame por intentar ayudar.

El corazón de Mili aporreaba su pecho de nuevo, pero esta vez con una rabia incontenible.

—Yo no te he pedido ayuda.

—Por supuesto que no. Ya veo que en tu puerta hay una cola de amigos que se mueren por ayudarte.

La vergüenza se deslizó como el aceite sobre las llamas de su ira.

—Cuando no estoy muerta de miedo, puedo ponerme la ropa perfectamente. —Las manos de Samir le quemaban la piel. Necesitaba que la soltara—. Eso no te da una excusa para tocarme.

Samir irguió la cabeza. El enfado que brillaba en sus ojos era tan intenso que Mili contuvo el aliento. Lenta y deliberadamente, apartó los brazos de ella.

—¿Por qué querría yo una excusa para eso? —sentenció él.

A Mili le temblaba la pierna sana, pero intentó mantenerse en pie. Aunque eso no importaba. Samir salió del apartamento sin mirar atrás. La puerta se cerró de un portazo. Cuando se quedó sola, Mili se dio cuenta de que no podía moverse. La había dejado en mitad de la habitación sobre una pierna; las muletas estaban en el suelo y no había nada en lo que pudiera apoyarse.

CAPÍTULO 9

Samir no estaba enfadado, no. Ni siquiera desconcertado. El mundo estaba lleno de gente desagradecida, eso es todo. Si había aprendido algo en los diez años que llevaba en aquel negocio, era eso.

¿Cómo que «una excusa para tocarla»?

No podía haberle dicho nada más soberbio y presuntuoso. ¿Quién demonios se creía que era?

Cerró su portátil de golpe. No tenía sentido seguir mirando fijamente a las palabras. Había dado formato a todo el maldito guion; incluso etiquetado a todos los personajes, añadido todos los escenarios, titulado cada escena. Pero no había escrito ni una sola frase de verdad.

Dejó el portátil en el suelo y entró en la cocina para beber algo. Por supuesto, el apartamento color mierda estaba tan vacío como la cabeza de un idiota. No había una puñetera cosa allí. El estómago le gruñó. También tenía que encontrar algo para comer. Comida de verdad, no solo los insulsos sándwiches fríos que llevaba una semana comiendo en casa de Mili.

Hizo lo posible por no recordar la cara que ponía esa chica cuando comía. Se negó a pensar en la calidez de su piel bajo sus dedos, o en el tacto de su cabello, o el modo en que su cintura encajaba en sus manos.

«Mierda.»

Cerró de golpe la puerta del frigorífico vacío.

¿Qué le pasaba? Nunca había tocado a una mujer que no quisiera que lo hiciera. Por no mencionar que ella era la última persona sobre la tierra a la que querría tocar, y por más razones de las que pudiera enumerar. Una de ellas: era una diva desagradecida y mojigata. ¿Quién lo habría pensado?

«Yo no te he pedido ayuda...» Teniendo en cuenta que ni siquiera podía mantenerse en pie, había mostrado muchas agallas.

Vaya mierda.

«Mierda, mierda, joder!»

Salió súbitamente de su apartamento y, recorriendo el vestíbulo, buscó en su bolsillo las llaves. Estaba a punto de abrir la puerta cuando recordó que debía llamar.

Lo hizo suavemente. No hubo respuesta.

«¡Maldita sea!» Se acordó de que la había dejado en mitad de la habitación sin sus muletas. Quería embestir la puerta, pero se contuvo y abrió tímidamente.

—¿Mili? —susurró al entrar y caminó hasta el dormitorio.

Lo que vio le golpeó tan fuerte que tuvo que agarrarse a la pared.

Mili yacía en el suelo, acurrucada en un ovillo sobre la alfombra manchada y descolorida, con los ojos cerrados y las pestañas húmedas. Sus rizos perfectos y brillantes se desparramaban desde el lazo que intentaba contener todo aquel frenesí. Mechones en espiral se arrastraban sobre las arrugas de la alfombra, sobre sus hombros, sobre su cuello, sobre sus mejillas. ¿Por qué tenía que ser ella la mujer más hermosa sobre la que había posado los ojos?

La humedad resplandecía sobre sus mejillas como la luz de la luna. Su insolente nariz respingona estaba húmeda y roja. Samir se hundió de rodillas a su lado. Mili sujetaba una de sus muletas. La otra estaba a algunos centímetros de ella. Tenía el brazo lesionado recogido contra el pecho, como intentando calmar el dolor.

Samir le soltó con delicadeza la muleta de los dedos, le apartó el cabello de la cara. Se había quedado dormida. Seguramente, los efectos del Demerol que le había dado antes de asustarla, para después abandonarla sobre un pie y sin nada donde apoyarse.

Mili realizó una temblorosa inhalación que unió sus cejas en una mueca de dolor, y Samir sintió algo que nunca había experimentado: un dolor físico en la zona del pecho, absurdamente cerca de donde se suponía que estaba el corazón.

Tan suavemente como pudo, la ayudó a incorporarse. Era tan pequeña, tan cálida... Su cuerpo encajaba perfectamente en sus brazos. El recuerdo de sus pechos bajo el fino algodón de su recatado sujetador y la curva imposiblemente pronunciada de su cintura desapareciendo en el interior de sus *jeans* sin abrochar... esa imagen regresó de nuevo a su mente. Por supuesto, ella tenía razón: él había deseado tocarla. Cuando entró en el apartamento y se encontró con su cuerpo medio desnudo, cayó rendido. Ella estaba aterrada y él, al verla, perdió su capacidad de hablar.

El pequeño Sam se puso de servicio, cómo no. Y, una vez más, eso solo significaba problemas para Samir.

La llevó hasta el tosco colchón que usaba como cama. Sus suaves y gruesos labios se estremecieron al suspirar de nuevo, y él seguía negándose a reconocer que se moría por descubrir a qué sabían.

«Está durmiendo, imbécil. Está sufriendo. Y tú la dejaste tirada en el suelo, donde lloró hasta quedarse dormida.»

Samir le secó las mejillas y la tapó con la áspera manta escocesa hasta la barbilla. Echó una mirada al reloj. Ella no se despertaría hasta dentro de dos horas, como mínimo. Perfecto. En ese tiempo, sabía exactamente qué tenía que hacer.

* * *

Mili despertó con el aroma más increíble: ajo fresco y cilantro salteados con pimientos verdes picantes y comino molido. Y el olor del mismo cielo: *rotis* de trigo tostados al fuego. Su estómago gruñó tan ruidosamente que, si no hubiera estado despierta, la habría despertado el sonido de sus propias tripas.

¿Estaba de vuelta, en casa de Naani? Ningún otro lugar de la tierra olía así. Abrió los ojos y descubrió que estaba en su dormitorio, tapada hasta la barbilla con la manta que usaba desde que tenía tres años; las muletas descansaban en el colchón, a su alcance. Ver sus muletas le trajo un amargo recuerdo y la furia se acumuló en su estómago: Samir la había dejado apoyada en un solo pie, sin apoyo ni dignidad; consiguió mantener el equilibrio unos minutos y después cayó al suelo como una huérfana tullida; intentó levantarse, pero la muñeca y el tobillo le dolían demasiado; y a pesar de su resolución, lloró hasta que se le cerraron los ojos.

Recordó la expresión colérica de Samir mientras se alejaba, e hizo una mueca. No sabía por qué se había enfadado tanto, por qué le había dicho aquellas cosas. Lo único que reconocía era que en aquel momento necesitaba apartarse de él. Y, sin duda, no tenía ni idea de por qué le había dolido tanto que la hubiera abandonado.

Pero... no podía ser él quien estaba cocinando, ¿verdad? Hacía unos sándwiches deliciosos, algo que más o menos encajaba con su imagen de urbanita. Aunque... el aroma que bañaba su apartamento era el mismísimo olor de su aldea. Por Dios, ¡qué bien olía! Tan increíblemente bien, que se volvería loca si no lo probaba de inmediato.

¿Era posible que Ridhi hubiera vuelto? Su amiga quemó el *chai* la primera vez que usó la cocina. ¿Ravi, entonces? Dios sabía que alguien tendría que alimentarlos cuando estuvieran casados, y ese alguien no iba a ser Ridhi.

Mili se incorporó y alcanzó las muletas. Eran ligeras y estables. Conseguiría apoyarse en ellas aunque fuera lo último que hiciera. Usó su mano buena para levantarse del colchón, apoyándose en su pie sano, y se metió una muleta bajo el brazo. Pero la otra yacía todavía en el suelo. ¿Cómo se suponía que llegaría hasta ella? Si el brazo y el pie lesionado estuvieran en el mismo lado... Oh, olvidémoslo. Decidió lanzarse hacia la muleta lejana. Pero la que llevaba bajo el brazo se le escurrió, y ella también se deslizó hacia delante. ¡Ooohhh!

Unos fuertes brazos la sujetaron antes de golpear el suelo; la levantaron y la sostuvieron hasta que recuperó el equilibrio. Mili sujetó un brazo por la manga y contuvo el aliento al sentir los duros músculos bajo su pecho.

El cabello se esparció alrededor de su rostro, escondiendo piadosamente sus mejillas encendidas.

—¿Estás bien? —preguntó Samir a los rizos que cubrían su oreja, en un tono tan tierno que la piel del cuello se le puso de gallina. La sensación recorrió su espalda. Durante unos minutos ninguno de ellos se movió. Después él se apartó.

—No quería que pasara todo esto. Lo juro.

Mili volvió la cabeza para mirarle a los ojos.

—Yo... lo siento. Jamás debería haberte dicho eso.

Samir la situó cara a él y la sostuvo a la distancia de un brazo. Estaba a punto de decir algo cuando Mili notó que había una sustancia áspera y pegajosa en las manos que sujetaban sus codos.

—¿Es masa lo que tienes en las manos?

—Es difícil hacer *rotis* sin llenarse las manos de masa. —Él levantó una mano para mostrársela.

—¿Sabes hacer *rotis*? No conozco a ningún hombre que sepa.

—Dudo que conozcas a otro hombre como yo, encanto.

Su sonrisa era burlona, pero a sus ojos regresó aquel calor líquido. Y le hizo perder un poco el equilibrio.

Samir volvió a situar una mano bajo su codo para sujetarla. La calidez ascendió desde sus palmas rugosas por la harina y se extendió hasta partes a donde no se había aventurado hasta entonces.

Mili tragó saliva. No sabía cómo había ocurrido, pero de repente estaban tan cerca que podía oír el corazón latiendo en el pecho de Samir, a menos que eso fuera su propio corazón.

Eso estaba mal. Estaba mal y era peligroso, en todos los sentidos. Ella no era una mujer libre. Pero el extraño calor que se extendía en su interior disminuía la lógica de sus reflejos.

Estaba a punto de apartarse de él cuando los ojos empezaron a escocerle, algo le picaba en la garganta. Una estridente sirena sonó por todo el apartamento.

Samir se separó de Mili e intentó acomodarla sobre el colchón, pero ella se aferró a la manga de él, reacia a dejarlo marchar, así que la levantó en brazos y corrió con ella a la sala de estar.

La cocina era una nube gigante de humo. La alarma antiincendios enloquecía.

—¡Mierda, me dejé un *roti* en la sartén!

Samir apagó el fogón, y lo que debía ser un *roti*, se convirtió en un trozo de carbón del grosor de un pañuelo. Lo apartó de la sartén y lo dejó en la encimera, corrió a la sala de estar y abrió las ventanas.

El humo empezó a disiparse, pero la alarma no dejaba de pitar.

—Haz aire con esa revista —le dijo Mili, señalando el *Cosmo* de Ridhi que yacía en el suelo.

Samir abanicó frenéticamente y al final el insoportable pitido se detuvo. Mili miró a lo lejos el *roti* carbonizado. Samir se dio media vuelta y la siguió con la mirada.

—Espero que te gusten muy hechos —dijo.

Ambos empezaron a reírse.

Samir nunca había conocido a una mujer que comiera así. Aunque, si se paraba a pensarlo, en los últimos años no había conocido a ninguna mujer que comiera. Punto. Neha trataba la comida como si fuera el demonio encarnado. Estaba en constante conflicto con cualquier bocadito que tuviera que meterse en la boca.

Mili comía como si hiciera el amor con los alimentos. Un amor salvaje y hambriento. Un amor lento y seductor. Cada bocado provocaba un éxtasis en ella, el deleite de los sabores explotando sobre su lengua era palpable en los diminutos picos de entusiasmo que atravesaban su rostro. ¿Cómo sería un orgasmo de aquella mujer?

Sentados en el suelo con las piernas cruzadas, comían con las manos al modo tradicional indio. Samir se alegraba de tener el plato en su regazo, porque el pequeño Sam estaba pagando el precio del placer que suponía ver a Mili comiendo.

—Te lo juro, este es el *sabzi* de patata más increíble que he comido en mi vida —dijo ella entre bocado y bocado—, y el *dal* es perfecto, y los *rotis*... hacen que me sienta en la cocina de mi *naani* en Balpur.

Mientras degustaba la comida, Mili no dejaba de alabar las recetas. Los cumplidos le salían a borbotones, Samir, que normalmente encontraba opresiva toda forma de alabanza, no quería que se detuviera.

—En serio, estoy empezando a dudar de tu hombría.

Samir se atragantó. ¿Acababa de echarle una mirada coqueta o eran imaginaciones suyas? Falsa alarma, porque Mili arruinó el efecto sonrojándose furiosamente. Dio otro bocado.

—Quiero decir... —Mili intentó arreglarlo—: ¿cómo es posible que un hombre cocine de esta manera? Quien te enseñó debía de ser alguien increíble.

—Lo es. Cuando era pequeño no me gustaba alejarme del sari de mi madre, así que pasaba mucho tiempo con ella. Y ella pasaba mucho tiempo en la cocina. De modo que aprendí a cocinar.

—Eras un niñito mimado.

Mili se metió una generosa cucharada de *dal* en la boca y el éxtasis le nubló la vista.

—Sin duda —dijo él.

—Mmm... —Mili saboreó antes de hablar—. Pues si estos son los resultados, todos los niños tendrían que ser así.

Maldita sea. Si seguía hablando con esa sonrisa ingenua, iba a llevársela al colchón y a enseñarle qué otras cosas se le daban bien.

—Me alegro de que te guste.

Samir extendió la mano y le quitó una pequeña motita de *dal* de su barbilla.

—¿Es eso lo que crees, que me gusta? No me gusta, Samir... —Mili dio rienda suelta a su júbilo—. La verdad es que no me gusta, por Dios bendito... ¡Me encanta!

Mili se metió un trozo de patata sazonada en la boca y pronunció ese «me encanta» con tanto entusiasmo que Samir estuvo a punto de volcar el plato sobre su regazo.

Por suerte, ella parecía totalmente ajena a su incómoda condición. De repente se puso seria y lo miró con cariño.

—Y lo de cocinar... ¿por qué? —le preguntó con aquella voz suya, ronca y sin aliento.

—Bueno, solía sentarme cerca mientras mi madre hacía todo el trabajo, así que pensé que podía ayudarla. Ella se puso a enseñarme, y yo comencé a aprender.

Sus ojos, imposiblemente oscuros, se suavizaron y se volvieron incluso más serios.

—Me refiero a por qué has cocinado hoy.

—Me moría de hambre.

Mili seguía atravesándolo con sus ojos de baliza. Por alguna razón, Samir sabía que ella no pararía hasta que consiguiera la respuesta.

—Porque... quería disculparme.

El rubor danzó sobre las mejillas de la chica.

Era su turno de atravesarla con los ojos. Y el turno de ella de apartar la mirada.

—Siento haberte dejado así, Mili. Fue algo horrible por mi parte.

Mili levantó los pesados flecos de sus pestañas y lo miró a los ojos de nuevo.

—Samir, aunque soy una desconocida para ti, no has hecho nada más que cuidarme desde el momento en que nos conocimos. No tienes nada por lo que disculparte.

—Entonces ¿de verdad no estabas enfadada conmigo por haberme dejado así?

Mili se ruborizó un poco más y él no pudo evitar sonreír.

—Solo un poquito.

Samir chasqueó los dedos al aire.

—Ya...

—Pero no porque lo que hiciste fuera horrible. Me enfadé porque... porque...

—Porque estabas desvalida, dependías de mí y esperabas que yo no fuera tan cabrón.

Mili se encogió al oír la palabrota y él se sintió todavía peor.

—Lo siento. Porque esperabas que me comportara de un modo más decente.

Ella abrió la boca, pero no emitió ningún sonido. Dejó su plato en el suelo.

—Samir, te has comportado de un modo más que decente.

—Mili, hay algo que deberías saber de mí —dijo él, sonriendo con picardía—. Si algo no soy, es un tipo decente.

Ella negó con la cabeza y sus alocados rizos danzaron alrededor de sus hombros.

—Eso no es verdad.

—No, en serio. Hay muchas cosas que no sabes de mí, pero eso es algo que tienes que saber. No soy un tipo decente, y sé que dejarte así fue horrible. Lo siento, de verdad.

La humedad hizo que la mirada de Mili, tan clara como el sol de la mañana, resplandeciera. Cuando volvió a hablar, sus palabras hicieron temblar sus labios.

—Samir, lo importante no es el hecho de que te marcharas. Lo importante es que has vuelto y lo has arreglado.

CAPÍTULO 10

El único movimiento que Mili pudo hacer fue abrir ligeramente un párpado, apenas lo suficiente para ver que Samir aún aporreaba su portátil como si clavara su corazón en el teclado; algo que hacía sin parar durante más de una semana.

Mili no podía creer que estuviera tan tranquila, tumbada en un colchón en el suelo a pocos metros de un hombre al que apenas conocía. Además, un hombre con ese aspecto. Si su *naani* se enterara, nada podría evitar ese infarto con el que no dejaba de amenazar. Y aun así, no es que estuviera cómoda, sino que se sentía completamente segura. Sobre todo, ahora que él llamaba a la puerta y se anunciaba apropiadamente cada vez que iba a su casa.

—¿Cuánto tiempo llevas despierta?

Samir apenas apartó los ojos de la pantalla. Su sonrisa, mitad diversión y mitad arrogancia, suavizó la expresión de su rostro.

—¿Qué estás escribiendo?

La diversión y la arrogancia se disolvieron tras un muro.

—Una cosa —contestó él escuetamente.

—Debe de ser una cosa muy larga. Creía que habías dicho que tu taller no empezaba hasta dentro de unas semanas.

Él le había contado que estaba allí para participar en un taller de escritura que duraba un mes.

—Así es —dijo él, sin dejar de teclear—. Pero vine unos días antes para tener listo mi guion cuando el curso empiece.

—¿Guion? —Mili intentó incorporarse— ¿Te refieres al guion de una película?

Samir apartó su portátil y la ayudó a sentarse.

—Tú no lees revistas de cine ni ves mucho la tele, ¿verdad?

La arrogancia había vuelto en todo su esplendor.

Aunque las películas le gustaban mucho, las revistas de cine la ponían enferma, y además, nunca tenía tiempo para ir a comprar una tele.

—¿Por qué? ¿Es que eres rico y famoso? —se burló.

Samir se encogió de hombros, avergonzado, y siguió tecleando.

¡Oh, Dios! ¿De verdad era famoso? Y ella ni siquiera lo había reconocido.

—No te preocupes, no soy tan famoso. Soy director de cine. Pero escribo mis propias historias y siempre había querido asistir a un taller de escritura de guiones. Así que aquí estoy.

—¿En serio? ¿Eres director de cine? ¿De películas de verdad? Dime qué has dirigido. ¿Crees que he podido ver algo tuyo?

—No lo sé. ¿Ves películas?

—¿Que si veo películas? —Mili se llevó una mano al pecho con la indignación de alguien que ha sido acusado de desnudarse por dinero en su tiempo libre—. Para que lo sepas, he visto todas las películas que han pasado por el cine de Balpur... El primer día, la primera sesión.

Sus ojos se llenaron de nostalgia y Samir se descubrió ansioso por saber qué recuerdos atravesaban su mente.

—Quiero decir... —Mili se detuvo un momento—. Oye, ¿no te resulta familiar mi nombre? Me lo pusieron por una película hindi. *Mili* era la película favorita de mi madre.

—¿Tu madre te puso el nombre de una chica que muere de cáncer?

—¡No muere! —Mili parecía tan abatida que Samir tuvo que contenerse para no sonreír—. Al final, el amor de su vida se la lleva a Estados Unidos y le promete luchar por su recuperación. ¿Es que no has visto esa película?

¿Eran lágrimas lo que tenía en los ojos?

—¿Te refieres al borracho asqueroso que se porta tan mal con ella toda la película?

Mili ahogó un grito y entornó sus ojos llorosos.

—¡No es asqueroso! Solo está dolido y desilusionado. Está tan enfermo por dentro como ella lo está por fuera. Y se sanan el uno al otro.

Agitó las manos, haciendo que sanar sonara tan sencillo como cocinar *rotis*; un par de pasadas por el rodillo y ya lo tienes. ¡Círculos de masa perfectos!

—¿Has visto algo que se haya estrenado esta década?

Mili hizo una mueca, una que le dijo exactamente lo capullo y arrogante que era.

—Veía todo lo que traían al cine de Balpur. Cuando me mudé a Jaipur nunca tenía tiempo de ir al cine. Pandey, el *wallah* del cine de Balpur, era un admirador de Amitabh Bachan y Shah Rukh, así que básicamente veíamos películas suyas. Mi favorita es *Sholay*, y he visto *Chandni* ocho veces, y *Darr* cinco veces.

Ninguna de esas películas habían sido rodadas en aquella década, pero Mili parecía tan entusiasmada que él prefirió no corregirla. Además, si llevaba años sin ver ninguna película, había pocas posibilidades de que supiera quién era él. Y aquel era un golpe de suerte que no iba a cuestionar.

—¿No te gustan esas películas? —preguntó Mili desencantada, como si realmente hubiera descubierto que ese hombre no tenía ni alma ni buen gusto.

—Sí, son estupendas. *Sholay* es una de mis favoritas. —Dios, mataría por un guion como aquel—. Pero las otras dos... Bueno, digamos que no es exactamente el tipo de película que yo hago.

Ah, de modo que él hacía películas pretenciosas. Pandey les puso una de esas una vez, sobre un policía honesto que iba por ahí matando a todos los políticos corruptos. Era todo tan oscuro y deprimente que el público empezó a gritar en mitad del pase y le dieron tal paliza al hombre que la proyectaba que tuvieron que llevarlo a un hospital de Jaipur. Después de eso, volvieron a poner solo películas de Amitabh y Shah Rukh, como siempre.

Mili extendió la mano e hizo una señal con los dedos.

—A ver, dime algunos nombres. Veamos si he oído hablar de alguna de tus películas. Ya sabes, para poder presumir de conocerte.

Samir sonrió.

—¿Has visto *Jefe*? Va sobre el enfrentamiento entre el jefe de policía de Bombay y el jefe de los bajos fondos, y sobre cómo se destruyen el uno al otro.

El orgullo brillaba en sus ojos, como si fuera un padre presumiendo de su único hijo, y entonces Mili deseó que de vez en cuando hubieran dejado a Pandey programar alguna de esas películas raras.

Ella negó con la cabeza.

—¿*Luces de amor*? —preguntó Samir, y volvió a mirarla con expresión vanidosa y expectante—. Es una oscura historia de amor.

Mili arrugó la nariz.

—¿Cómo puede ser oscuro el amor?

Él levantó una ceja condescendiente. Le sorprendía que alguien fuera tan ingenuo como para hacer una pregunta así.

—Bueno, está ambientada en Cachemira. Se separan. Ella se une a un grupo terrorista y cuando él la encuentra de nuevo, se está entrenando para ser una mujer bomba.

—¡Por el amor de Dios, eso sí que es oscuro!

Tal vez fuera bueno que no hubiera visto sus películas. Parecían extremadamente lúgubres.

Samir sonrió y levantó la tapa de su portátil.

—¿En qué estás trabajando ahora?

Aunque, después de lo que había escuchado, a Mili le daba miedo preguntar.

Él examinó su rostro y calibró durante unos segundos la respuesta adecuada.

—Es la historia de un chico de una pequeña aldea que se marcha a Bombay y se hace famoso.

—¿Escribes sobre ti?

—¿Sobre mí? —Parecía sorprendido. Se rio—. ¿Piensas que crecí en una aldea?

—¿No eras de cerca de Balpur?

El color abandonó el rostro de Samir. Mili posó una consoladora mano en su hombro y añadió rápidamente:

—No te preocupes, pareces un auténtico chico de ciudad. Me di cuenta por el dialecto rajastaní que usaste cuando nos conocimos. Sonaba como si fueras de algún pueblo cercano al mío. —Nunca olvidaría lo maravilloso que le pareció escuchar aquel perfecto acento suyo—. ¿Has ido alguna vez a visitar a tu tío de Balpur?

La ya apretada mandíbula de Samir se tensó un poco más.

—Hace mucho tiempo... cuando era muy pequeño.

Habían pasado casi veinte años desde que Samir se marchó, y no conseguirían arrastrarlo de nuevo a aquel infernal agujero ni con una grúa. Ninguno de ellos había regresado; ni Baiji, ni Virat. Ni siquiera para el funeral del viejo sádico. Samir contuvo el reflejo de tocarse los moretones que ya no eran visibles en su espalda. Deseaba que el latigazo del cinturón no resonara en su cabeza. Pero aún lo hacía.

—Samir, ¿estás bien?

Mili tenía los ojos muy abiertos por la preocupación.

—Estoy bien.

¿A qué demonios venían todos aquellos recuerdos de repente? Levantó la mano de Mili de su brazo para apretarla de un modo tranquilizador, pero los dedos de la joven eran tan suaves, tan cálidos, que no la soltó.

Fue Mili quien apartó la mano y él no insistió.

—Háblame de ese chico —le pidió ella con una voz tan dulce que le calmó el corazón.

—Tiene un don: puede ver el futuro. Pero siempre que usa su don para su propio beneficio, algo terrible y catastrófico le sucede a alguien a quien quiere.

—Eso es horrible. —Mili parecía sobrecogida de nuevo—. ¿Todas tus historias son tan tristes?

—No todo es triste. Se desarrolla durante los atentados de Bombay. Y ese chico es capaz de salvar miles de vidas.

—Pero ¿pierde a alguien a quien quiere? ¿Para siempre?

—Sí, pero aprende a usar su don para beneficiar a los demás. Se da cuenta de que es un don en sí mismo.

Mili se apartó la masa de rizos hacia atrás con ambas manos y guardó silencio. Desvió su mirada.

—¿Qué? —preguntó Samir.

Era evidente que algo le preocupaba y, por muy idiota que él fuera, tenía que descubrir qué era. Mili se soltó el cabello y su melena regresó a su lugar, enmarcando su rostro.

—Es imposible aprender algo acerca de perder a alguien a quien quieres —dijo ella—. Cualquier cosa que aprendas de eso, no es una lección, sino una concesión que haces a la vida. Una mentira que contarte a ti mismo.

—Nuestros errores afectan a aquellos a los que queremos todo el tiempo. Pero tenemos que seguir viviendo, ¿no crees? Debemos encontrar otra motivación para continuar.

—Mira, eso es cinismo, no crecimiento. Si querías que de verdad ese personaje aprendiera que ayudar a los demás es un regalo en sí mismo, entonces tendría que perder cosas que pensaba que eran importantes, no que realmente lo fueran, como las personas a quien quiere.

Mili unió las cejas sobre unos ojos que brillaban con sinceridad e idealismo, algo que, según Samir, no se diferenciaba en nada de la estupidez.

—No es cinismo. Es realidad —objetó él—. Tú estás hablando del típico final feliz. ¿Alguna vez ha pasado algo así en tu vida?

Mili lo atravesó con la mirada, de ese modo en que solía hacerlo. Como si no hubiera nada que los separara, como si no hubiera en el mundo nada que temer.

—No importa lo que haya pasado en mi vida, Samir. Lo que importa es la esperanza. Si no crees en los finales felices, ¿para qué vivir?

En aquellos ojos de ónice resplandecía una esperanza tan intensa, tan absoluta, que el temor apresó el corazón de Samir y lo oprimió.

—Lo siento —dijo Samir, después de quedarse en silencio demasiado tiempo, y volvió a tumbarse—. Es tu historia, y yo no debería haber dicho nada.

Samir se puso de costado y cerró los ojos. Repasó las palabras que había estado tecleando una semana. Estaba claro que era su historia. Y había decidido escribirla a su manera.

* * *

Samir no había reescrito un guion en su vida. Las historias siempre le llegaban a él completas, y así las escribía.

Sin embargo, cuando Mili se metió en la cabeza de su protagonista, ese desgraciado empezó a comportarse de manera rara y se rebeló tanto, que finalmente Samir se rindió y le dejó hacer lo que quisiera. Pero ¿eso significaba que tendría que dormir menos y trabajar más mientras velaba el sueño de ella?

En las horas que ella pasaba despierta hablaban, especialmente acerca de los estudios de Mili, de sus años en Jaipur y de sus compañeras de trabajo en el instituto, donde proporcionaban un hogar seguro a las mujeres maltratadas y las enseñaban a ser independientes. Al parecer, él no era el único que vivía para su trabajo. Ver a Mili exponiéndole su labor era como experimentar el poder de un diminuto tornado; se abstraía, se apasionaba. Su trabajo la consumía por completo, haciéndola perder la noción del tiempo.

Y haciéndolo perder la noción del tiempo…Tanto que, cuando llamó a la puerta de Mili y giró la llave para entrar, las dos semanas a su lado le parecieron un instante que estaba pasando demasiado rápido.

—¡Entra! —gritó Mili.

Cuando lo vio dejar su portátil sobre el colchón, ella le sonrió. Estaba bebiendo una taza de té que sostenía con la mano vendada. El día anterior el médico le había cambiado la escayola de la muñeca por un vendaje de gasa, así que ya podía usar ambas manos. Todavía tardarían otra semana más en quitarle la escayola del tobillo, pero Mili los había convencido para que la dejaran usar un bastón, en lugar de las muletas que tanto odiaba.

—¿Qué estás haciendo? —preguntó Samir, al verla cojear hacia la cocina con su bastón.

Mili tenía el cabello húmedo e incluso más rizado de lo habitual. El agua que goteaba de su pelo pintaba manchas húmedas sobre su camiseta azul con mangas de béisbol. Samir pensaba que esa joven solo tenía *jeans* y una única camiseta. Nunca la había visto vestida de otro modo. Probablemente era la única mujer sobre la tierra que resultaba increíblemente atractiva con una camiseta tan poco femenina.

Mili se apoyó en la encimera y se sirvió otra taza de té. De acuerdo, las camisetas tampoco eran tan espantosas. Cojeó hacia él con una taza en la mano. Algo en el modo en que el algodón se aferraba a sus curvas sugería poesía, suavizad y fuerza, hilvanadas en perfecta cadencia. El tipo de unión perfecta del que había que ser testigo, que tenías que sentir para creer. Pero él no pensaba sentir nada. Ni en ningún otro momento.

Mili le ofreció el té y levantó la barbilla como preguntándole en qué pensaba.

Sí, claro, como si ella necesitara que la hiciera partícipe de aquel maremágnum de sentimientos.

—Gracias —dijo Samir, y aceptó el té—. ¿Vas a alguna parte?

—Sí. En realidad, sí. Hay una cosa llamada universidad, y otra llamada trabajo. He faltado a ambas durante dos semanas, así que espero que todavía cuenten conmigo. Y ya oíste al médico ayer. Tengo que volver a ponerme en pie. Si no lo hago, a mi cuerpo podrían pasarle cosas horribles.

—Oooh, y no podemos permitir que a ese cuerpo le pasen cosas horribles —bromeó Samir sin poder contenerse.

Mili abrió los ojos como platos y él deseó golpearse la cabeza.

Tomó un largo trago de té.

—Entonces, ¿piensas caminar hasta la universidad? —le preguntó perezosamente.

Mili se recuperó de la sorpresa.

—No. Vas a llevarme tú.

Ella sonrió y le acercó la taza de té a los labios para que se diera prisa. Cuando dio el último sorbo, le arrebató la taza, la dejó en el fregadero y lo arrastró fuera del apartamento.

—Espera, Mili. Mi portátil está ahí dentro.

—¿No quieres seguir escribiendo aquí?

—Bueno, sí, pero...

—Llévame a la universidad y después ven al apartamento a escribir. —Le entregó su bastón y dejó que la ayudara a subir al automóvil—. En mi casa te sientes cómodo trabajando, así que... puedes quedarte.

—De acuerdo —contestó Samir, y encendió el motor—. Supongo que esto no tiene nada que ver con los *rotis* y el *dal* caliente que encontrarás esperándote cuando regreses.

—*Oy*, ¿qué tipo de chica crees que soy?

—No lo sé. Dímelo tú. ¿Hasta dónde estarías dispuesta a llegar por unos *rotis* recién hechos?

En serio, ¿qué demonios pasaba con él? Otra vez aquella expresión, aquella mirada desnuda de ojos muy abiertos y pupilas dilatadas en el interior de esa mirada oscura. Y aquel feroz rubor...

Samir se acomodó en el asiento del conductor intentando que su rostro no reflejara la estúpida sonrisa de oreja a oreja que había en su corazón.

—Entonces, ¿a dónde vamos, *memsaab*?

Mili relajó las manos en su regazo.

—Primero tengo que ir a la oficina. Pero desde allí ya puedo caminar hasta clase, y después al Panda Kong.

—¿Y después?

—Y después... Mmm... ¿podrías venir a recogerme, por favor?

Unió las manos en un suplicante *namaste*.

Samir gruñó. Sabía que Mili estaba tomándole el pelo, pero aun así, detestaba la incertidumbre que percibía en su voz.

—¿A qué hora sales del trabajo?

—A las cinco y media.

—¿Y de clase?

—A las siete y media.

—¿Y del Kung Fu Panda?

Eso la hizo sonreír. Bien.

—Sobre la medianoche.

Samir tensó las manos sobre el volante. ¿Mili iba a lavar platos con aquella mano durante cuatro horas? Sería sobre su puñetero cadáver. Pero para qué discutir con ella. La llevaría y después haría una visita al Kung Fu Panda. Menos mal que se lo había señalado de camino.

—Ahí es —le indicó Mili.

Samir detuvo el automóvil junto a un edificio bajito cubierto de hiedra con unos amplios peldaños que conducían a una pesada doble puerta de madera. Una plancha de cemento en relieve que sobresalía de la hierba anunciaba que aquello era Pierce Hall.

Bajó del descapotable y corrió alrededor del vehículo para ayudar a Mili. Le devolvió el bastón y se apoyó en la puerta del automóvil para contemplarla caminar por el sendero de cemento.

De repente Mili se volvió.

—¿Samir? —dijo en voz baja, como si lanzara su nombre al viento. Bajo los rizos húmedos tenía la frente arrugada. Parecía muy seria.

Él decidió no responder. Solo la miró, temiendo lo que pudiera salir de su boca.

—¿Puedo decirte algo? ¿No te enfadarás?

Una vez más él guardó silencio, pero todo su cuerpo vibraba por la expectación.

—Eres el hombre más bueno que he conocido —dijo ella, con aquella brillante sonrisa suya—. Gracias.

Y dicho eso, cojeó el resto del camino, subió las escaleras y desapareció en el interior del edificio.

Samir se alejó del aparcamiento tan rápidamente que los neumáticos rechinaron. Le encantaba cómo tomaba las curvas aquella preciosidad. Antes de pisar a fondo el acelerador, se dio la vuelta y echó una última mirada al lugar donde ella se había detenido para decirle que era una buena persona.

Sonrió.

Detuvo el Corvette en el aparcamiento del Panda Kong. Estaba desierto. Al letrero de neón rojo le faltaba la G, de modo que se leía PANDA KON, que en hindi significaba: «¿quién demonios es Panda?»

Sonrió de nuevo. A Mili también le resultaría divertido.

Cuando cruzó la puerta, el local estaba en penumbra. Eran las tres de la tarde. Lógicamente, todavía no habían abierto para la cena.

Algunas mujeres chinas trabajaban sentadas en círculo en la parte de atrás del restaurante, cantando. No entonaban melodías improvisadas a todo pulmón, ni siquiera como las mujeres que se reunían alrededor del tambor *dholki* en las fiestas y bodas de su país; aquello era un coro apenas audible de suave melodía que las acompañaba mientras limpiaban judías verdes.

Tardaron un par de minutos en darse cuenta de que alguien había entrado en el restaurante.

—Todavía cerrado para cena —dijo una de las mujeres. Dejaron el cántico y Samir se sintió extrañamente triste.

—¿Puedo hablar con el gerente?

La mujer le echó una mirada inquieta y vociferó algo en chino hacia la puerta que conducía a la parte trasera del restaurante.

—Quiero hablar con él sobre una trabajadora, Mili.

—¡Ah, Mili! —exclamó la mujer alegremente.

Las demás mujeres a su espalda repitieron el nombre al unísono, mirándose unas a otras como las monjas de *Sonrisas y lágrimas*. Samir casi esperaba que empezaran una versión china de «No hay solución al caso de Mili».

—¿Cómo está? —preguntó muy amablemente la mujer, señalando su propia muñeca y el tobillo. Después se volvió de nuevo hacia la puerta y esta vez gritó algo en chino en una voz considerablemente más fuerte. La única palabra que Samir reconoció fue «Mili».

—Está mucho mejor, gracias —dijo Samir.

—Mili muy buena —continuó la mujer y lanzó una mirada a la mano izquierda de Samir, se dio un golpecito en su propio anillo y le preguntó con un evidente entusiasmo—: ¿Eres marido? ¿Nuevo?

Menuda pregunta. No, no era el nuevo, y sin duda no era su marido. Mili no tenía ningún maldito marido.

—Soy un amigo.

Se dio cuenta de que tenía los puños apretados e intentó relajarse.

—Aaah, ¡amigo! —la mujer ladeó la cabeza con cariño.

Otro coro de susurros se alzó tras la mujer, entre risitas burlonas y miradas incrédulas. ¿Cuántas veces le había ocurrido aquello? «Solo buenos amigos, ¿eh?» Codazo, mirada, guiño, sonrisita.

Un hombre con una mueca de desagrado entró en la sala y soltó algo desagradable en chino a las mujeres que limpiaban judías en círculo. Su cabeza tenía una extraña forma de huevo.

—¿En qué ayudo? —preguntó a Samir con una expresión que era cualquier cosa excepto servicial.

—Sí, soy amigo de Mili. ¿Podemos hablar un momento...? —le preguntó, y echó una mirada al círculo femenino como si estuvieran en una película de Bond de la época de Roger Moore—. En privado.

El hombre parecía interesado de repente. Indicó a Samir que lo siguiera hasta la cocina.

—Mili buena lavando platos. No perezosa como amiga. —Hizo un gesto como si se hubiera tragado algo amargo—. Ridhi no buena. Piensa como niñatos de aquí. No avisó antes de marchar.

Claro que Mili era una buena trabajadora. Pero Groucho Marx iba a tener que vivir sin su fiel duendecillo unas semanas más.

—En realidad, Mili no podrá trabajar en dos semanas.

—¿Por qué? —El tipo parecía abatido, como si Samir acabara de notificarle que un miembro de su familia estaba en las últimas—. Dijo que venía hoy. Dijo que estaba bien.

—Pero no está bien —replicó Samir. Y ella era demasiado testaruda para admitirlo.

—Entonces, ¿por qué no lo dice ella?

«Porque necesita el dinero, idiota.»

—Porque no quiere dejarle colgado. Y si ella se hiciese daño trabajando aquí, cuando todavía no debería estar, podría demandarle.

El hombre se sobresaltó.

—¡No, no! —se apresuró a contestar—. No la necesito. Dile que no tiene que volver.

«Joder, no digas eso.»

—Bueno, tranquilícese. No piensa demandarle. Lo único que necesita es que le conceda dos semanas más.

—No, no... —Sacó un pañuelo de su bolsillo y se secó la frente—. Demasiado problema.

Aquel hombre medía como mínimo treinta centímetros menos que Samir. Se acercó y lo miró desde arriba.

—Escuche, ¿cuánto le paga?

El hombre se acobardó y lo miró desde abajo.

Samir no tardó demasiado en convencerlo para que le pagara a Mili esas dos semanas, con una excusa tonta sobre las leyes que exigían que las bajas fueran retribuidas. Lo único que Samir necesitaba era el doble del sueldo de las dos semanas de Mili: la mitad para ella, y la otra mitad para Cabeza Huevo.

Cuando Samir salió del oscuro restaurante con algunos cientos de dólares menos en su bolsillo, se sintió mejor de lo que había estado en mucho tiempo.

CAPÍTULO 11

Por supuesto, Mili creía en los milagros. Pero una cosa eran los milagros, y otra lo que Cabeza Huevo acababa de hacer.

¿Alguien que nunca le había dedicado más de dos palabras amables ahora le echaba un sermón sobre que tenía que cuidarse porque la salud era riqueza... y todo eso? Estaba a punto de lanzarse a sus pies y suplicarle que le permitiera trabajar (necesitaba el dinero, así que no tenía sentido aferrarse a su dignidad), cuando su jefe le informó de que la ley exigía pagarle, ya que faltaba al trabajo debido a un accidente. Mili lo rodeó con los brazos y eso los pilló a ambos por sorpresa. Mili apreciaba aquel gran país cada día un poco más.

Inició su trayecto del restaurante a su apartamento; Samir no iría a recogerla hasta medianoche. El largo paseo de dos kilómetros no era nada cuando Ridhi y ella hacían la ruta cada día, pero en aquel momento parecía estar moviéndose tan lentamente que bien podría estar caminando hacia atrás.

El tobillo le pesaba y se negaba a moverse del modo en que debía hacerlo. Pero el bastón era mucho más fácil que aquellas condenadas muletas. De hecho, el bastón era bastante divertido. La hacía sentirse como el coronel retirado de una película antigua.

Sonriendo por su propia tontería, aceleró el paso. Pero entonces pensó que Cabeza Huevo quizá encontrara a otra persona para que ocupara su puesto y entonces no querría que ella volviera dentro de dos semanas, y ya no le apeteció sonreír.

Podía decir con la mayor sinceridad que había hecho todo lo que estaba en sus manos por hacer bien su trabajo: frotaba cada utensilio hasta que brillaba, repasaba las encimeras después de que Cabeza Huevo las hubiera limpiado... Y lo hacía todo manteniendo la boca cerrada y la mirada gacha. Su actuación, la de mujer ideal, habría hecho que *naani* se sintiera orgullosa; jamás replicaba y siempre mostraba una paciente sonrisa en su rostro. Incluso ayudaba a la sobrina de Cabeza Huevo con sus deberes.

De ninguna manera podía perder su trabajo. Necesitaba los doscientos dólares para enviárselos a Naani. Sin embargo, aquel mes el dinero era para pagar el alquiler, aunque no comiera nada.

Pensar en la comida hizo que su estómago gruñera, y el sonido de sus tripas gruñendo revivió el recuerdo del rostro de dios griego de Samir: su cara, su cuerpo y esa presencia suya que lo rodeaba allá donde iba, como una tormenta de arena en el Rajastán.

Se le hizo la boca agua. No porque él pareciera el modelo de un anuncio de dentífrico con sabor a menta fresca, sino porque cocinaba como la diosa del hogar.

Samir había resuelto parte de sus problemas de comida aprovisionando su frigorífico. Podría pasar un buen mes con aquellos alimentos. Pero él... realmente ese hombre comía como un toro. ¿O era como una paloma? Nunca se acordaba de cuál de esos animales era el que comía dos veces su peso cada día. Quizá podría robar comida de su propio frigorífico y esconderla en el de la oficina, para usarla después de que él se hubiera marchado. Aunque eso... ¿sería robarle a él, o robarse a sí misma? No importa.

Decidió que al día siguiente empezaría a llevarse parte de la comida que él compraba y cocinaba, y la guardaría en la oficina para los días posteriores. En épocas desesperadas había que tomar medidas desesperadas. No iba a sentirse culpable por querer alimentarse. Eso es todo.

Llegó al final del aparcamiento. Todo aquel esfuerzo, y lo único que había hecho era cruzarlo. El tobillo empezaba a palpitarle y tenía aquella sensación temblorosa y llorosa en la barriga por el creciente dolor. Quizá debería volver al restaurante y pedirle a Cabeza Huevo que la llevara a casa.

Miró a su espalda para calcular la distancia y se fijó en un hombre alto y corpulento que estaba mirándola. Algo en el talante del hombre la hizo ponerse a la defensiva y apresurarse.

El hombre echó a correr. Mili no tenía ninguna posibilidad. Antes de darse cuenta, la había alcanzado.

—Espere. ¿Malvika Rathod?

Mili actuó como si no lo hubiera oído y siguió caminando y cojeando con su bastón.

—Disculpe, señora. Le he preguntado si es Malvika Rathod.

—No —contestó ella, y siguió avanzando.

—¿Está segura?

—Si me llamara Malvika Rathod lo sabría, ¿no?

Apretó la mandíbula e intentó mantener el pánico a raya. No había un alma a la vista, pero todavía era de día y estaba en el campus. Por lo tanto, nada de qué preocuparse.

—Entonces, ¿cómo se llama?

—Si no deja de seguirme, gritaré.

—Mire, soy Ranvir, el hermano de Ridhi. Llevo una semana buscándola. En casa estamos todos locos de preocupación.

Mili se dio la vuelta en seco. El hermano de Ridhi no se detuvo a tiempo y casi tropezó con ella. Ella dio un paso atrás, se tambaleó y cayó hacia atrás.

Al mismo tiempo, un descapotable amarillo se detuvo a su lado con un chirrido. Samir saltó del vehículo y corrió hacia el hermano de Ridhi como el superhéroe de una película de acción.

—¡Samir, espera!

Antes de que esa advertencia saliera de su boca, el puño de Samir golpeó la mandíbula de Ranvir, que cayó hacia atrás sobre la acera. Samir levantó al horrorizado chico como un saco de plumas, a pesar de su corpulencia, y preparó el puño para otro golpe.

—¡Samir, para! ¡Para!

La voz de Mili llegó hasta él, por fin, y reaccionó. Samir soltó al tipo y corrió hacia ella, que se había sentado sobre la acera. Mientras Samir recuperaba el aliento, examinó el cuerpo de Mili con la mirada. Comprobó que tenía el bastón al lado y después la miró a los ojos.

Su mirada adquirió una expresión tan dulce, tan desvalida, que Mili apenas podía respirar.

—Por Dios, Mili, ¿estás bien?

Era la primera vez que veía a Samir así. En ese momento tuvo una visión clara de su interior: sin filtros, sin fachadas.

Samir cayó de rodillas a su lado.

—Estoy bien —susurró ella. Extendió la mano y le rozó los nudillos. Sangraban—. Ese chico solo estaba haciéndome una pregunta.

—¿Tirándote al suelo? —preguntó él con voz temblorosa.

—No me ha tirado. Yo me caí. No me di cuenta de lo inestable que era el terreno.

—¿Un tipo te asalta cuando tienes la pierna escayolada y tú lo proteges? Increíble.

Ranvir gruñó y Samir se incorporó rápidamente.

—Voy a matarte, maldito...

—Samir, para. Al menos, escúchame.

Pero Samir tenía ya al chico agarrado por el cuello. Ranvir le parecía muy grande y amenazador al verlo junto a ella apenas unos minutos antes, pero en aquel momento, colgado de las manos de Samir, no era más que un colegial pequeño y rechoncho.

—Es el hermano de Ridhi. El hermano de mi compañera de piso. Solo estaba preguntándome dónde está.

—¡Llevo semanas buscándola! —exclamó el muchacho— Quiero saber si está bien.

—¡Samir, estás asfixiándolo! ¿Podrías soltarlo? Por favor...

Lo hizo.

A continuación la levantó en sus brazos y la llevó hasta su automóvil con la furiosa delicadeza de un troglodita.

* * *

Dar una paliza de muerte al pobre capullo habría sido un modo más humano de ocuparse de él. Pero resulta que Mili tenía planes diferentes para el hermano de su compañera fugada.

Cinco minutos después de propinarle un derechazo en la mandíbula, Samir le llevó un *café latte* con una ondulada nube de nata montada y virutas de chocolate.

Mili, en una mesa junto a los enormes ventanales con parteluz del comedor del centro de estudiantes de la universidad, le echaba un sermón como si fuera la Madre Teresa, mientras el hermano ingenuo la miraba boquiabierto como un ferviente devoto. Estaba consiguiendo que se sintiera tan culpable que parecía a punto de llorar. Puto tarado.

—Está enamorada —le explicaba Mili—. ¿No lo comprendes? Si la obligas a casarse con otra persona, se matará. Ya conoces a Ridhi. Es muy peliculera y lo hará solo para demostrar que va en serio. ¿Y sabes quién tendría que vivir con ello el resto de su vida?

El pobre negó con la cabeza.

Samir dejó el *latte* delante de él con brusquedad y habló por primera vez.

—Tú —soltó Samir—. La respuesta correcta es «tú».

Mili le echó una mirada de felicitación y usó ambas manos para indicarle al lelo que su compañero tenía razón.

De repente, Samir se sintió un verdadero iniciado. Dejó el café con chocolate delante de Mili y tomó un sorbo de su café solo. Le dio la vuelta a una silla, se sentó a horcajadas y observó mientras Mili procedía a vaciar uno... dos... tres... cuatro sobres de azúcar en su taza. Si hubiera traído más sobrecitos, quizá nunca hubiera parado. ¡Era un café con chocolate, por el amor de Dios! ¿No estaba ya suficientemente endulzado para sufrir un coma diabético?

Mili dio un largo sorbo, cerró los ojos y pareció tener otro de sus orgasmos inducidos por la comida. El hermano la miró embobado como si el dulce fuera ella, en lugar de su café con chocolate.

Mili lo atravesó con aquellos azucarados ojos. Él gimió.

—¿Es que nunca has estado enamorado? —dijo Mili, volviendo en sí—. ¿Crees que es fácil encontrar a alguien dispuesto a arriesgarlo todo por ti, dispuesto a huir en un país extranjero, a poner en peligro su carrera, a arriesgarse a una deportación? ¿Crees que es fácil encontrar algo así?

El tipo la miró fijamente y después se dirigió a Samir, buscando complicidad.

—No —dijo Samir—. La respuesta correcta es «no».

Otra cosa no, pero servicial era un rato.

—No —repitió el tipo con expresión embobada y agradecida.

Samir levantó su café a modo de saludo y tomó otro sorbo.

Mili movió otra mano en dirección a Samir, indicando de nuevo su indiscutible brillantez.

—Mira a Samir. A pesar de su aspecto, todavía no ha encontrado a nadie. ¿Te lo puedes creer?

Samir se atragantó con el café. Esparció una buena cantidad sobre la camisa blanca del pobre chico y se ganó unas buenas palmadas de Mili en la espalda. Un pequeño atragantamiento no iba a detenerla. Tenía una misión. Siguió dando golpecitos a la espalda de Samir mientras atravesaba al otro con la mirada.

—Tú eres su hermano. Tú-eres-su-hermano. Su hermano. —Dio a la palabra «hermano» tantos matices, una emoción tan sentida, que la humedad danzó en los ojos del muchacho—. Deberías estar luchando por ella, ayudando para que ella y Ravi puedan convertirse en uno. Deberías estar hablando con tu padre, con tus tíos. Deberías estar ayudando a tu hermana.

Samir sabía lo que venía a continuación. Apoyó la barbilla en el respaldo de su silla para observar mejor la escena. «Ella es tu hermana. Tu hermana. Tu-hermana.» Samir imaginó esas palabras en su cabeza mientras ella las decía en voz alta.

Cuando Mili se volvió hacia él, sonreía como un idiota. No se había divertido tanto en años.

Mili entornó los ojos y Samir le dedicó una enorme sonrisa por su esfuerzo. Ella negó con la cabeza y se dirigió de nuevo al hermano. «Al-hermano. El-her-mano», que ya tenía sus rechonchas mejillas cubiertas de lágrimas.

Samir tuvo que hacer un esfuerzo tan grande para no reírse que le temblaron los hombros.

—Lo siento. ¿Me ayudarás a encontrarla? —dijo el tipo antes de estallar en sollozos. Mili le dio un abrazo. Sus brazos rodearon consoladoramente los hombros de aquel pobre, que daba hipidos y aprovechó para soltarse por completo.

Mili le dio unas palmaditas en la espalda y guiñó el ojo a Samir por encima de la cabeza del muchacho. La risa murió en su pecho. Lo único que quería hacer (con una intensidad que le golpeó las tripas de improviso) era apartar a aquel imbécil de ella. En lugar de eso, apretó los dientes y los miró mientras Mili se separaba del bobo con suavidad y pedía a Samir que los llevara a casa. No fue fácil, pero obedeció sin arrancarle los miembros a ese llorica idiota. Eso era lo que quería hacer.

¿Cómo podía alguien quedarse tan pillado en un periodo tan corto de tiempo? Ese capullo no había recogido la mandíbula del suelo ni cerrado la boca desde que había visto a Mili. Incluso ya en su apartamento, mientras esperaban a que terminara de hablar con sus padres, seguía mirándola. Oh, y de repente ese chico era su mejor amigo, vestido como en una película de los setenta. El Doctor Mejor Amigo, mejor dicho. Al parecer, la facultad de Medicina no era tan importante como buscar a una hermana perdida.

—Estás mascullando, ¿sabes?

Por supuesto Mili, en su sabiduría omnisciente, lo había pillado siendo aún más tonto que el Doctor Tontito Mejor Amigo.

—No es verdad —repuso Samir.

La conversación estaba siendo brillante.

—Y ahora estás fulminándolo con la mirada —dijo ella.

El tono de Mili era conciliador, pero conseguía enfadarlo más.

—Ese tipo te atacó. Perdóname si no está en la parte de arriba en mi lista de amores.

Mili lo fulminó con la mirada.

—Samir, solo está intentando hacer lo correcto. Es su hermano.

El Doctor Correcto apareció tras Mili... Y, según Samir, se detuvo demasiado cerca de ella.

—Acabo de hablar con mamá y papá. Estaban a punto de llamar a la poli. Les he pedido que esperen hasta que...

Samir lo interrumpió.

—Todo esto es conmovedor, pero ¿cómo es que tu hermana lleva desaparecida dos semanas y tu familia no ha llamado a la policía?

Tanto Mili como el Doctor Tontito miraron a Samir como si fuera de otro planeta. De Plutón, de hecho, como si ni siquiera mereciera que le asignaran un planeta de verdad.

Mili habló primero. Por supuesto, ella pensaba hablar primero.

—¿Cómo van a echar a la policía encima a su propia hija?

Su tono sugería que Samir había estado colgado de un estúpido árbol en otro planeta.

—Claro. ¿Cómo? —añadió el Doctor Elocuencia.

Mili y él se miraron mutuamente y asintieron como si ambos comprendieran la repentina e infinita lentitud de Samir.

—Bueno, dejad de mirarme como si fuera estúpido. Cualquier persona normal, cualquier familia normal habría llamado primero a la policía. Y después, habría sacado a todos los familiares de sus respectivas universidades y trabajos para ir en su búsqueda. Digo yo.

—Samir —dijo Mili, arrastrando su nombre incluso más que de costumbre y haciéndolo sonar como si estuviera diciendo «imbécil»—, ¡se trata de honor! ¿Cómo vas a arriesgarte a una humillación pública acudiendo a la policía? Es un asunto familiar. Es la familia quien tiene que resolverlo.

«Esto tiene que ser una puta broma.» Estaba atrapado en una puñetera película setentera.

—Somos punyabíes, colega —replicó el Doctor Tontito Al Cuadrado, como si lo que Mili acababa de decir no fuera lo suficientemente estrambótico.

«Conozco a un montón de punyabíes cuerdos», quería decir Samir. Pero no creía que eso sirviera de nada.

—¿Sabes cuál es el problema de la gente como tú? —le preguntó Mili—. Vives en tu propia burbujita y no tienes ni idea de cómo es el mundo real.

—¿Y en el mundo real solo llamas a la poli cuando es hora de buscar un cadáver? —replicó Samir.

—¿Ves?

Mili se dirigió al Doctor Orgullo Punyabí y este asintió, cómplice y comprensivo. Empezaron una conversación paralela, como si no mereciera la pena hablar con «gente como él».

Samir no necesitaba aquella mierda. Entró en la cocina, abrió el frigorífico y deseó haber comprado el *pack* de seis cervezas que gritó su nombre la última vez que estuvo en la tienda.

—He pedido a mamá y papá que esperen hasta que nosotros lleguemos allí, antes de hacer nada —dijo a su espalda el recién forjado valiente guardián del honor fraternal.

Samir se dio la vuelta.

—Espera. ¿Acabas de decir «nosotros»? —Eso le aseguró otra de aquellas miradas del no planeta Plutón, pero él no hizo caso—. Mili no irá a ninguna parte contigo.

—Claro que no, Samir —replicó ella, con aquella engañosa inocencia suya—. Iremos los dos.

Mili no tenía ni idea de qué le pasaba a Samir, pero parecía haberse metido en el papel de un joven furioso recién sacado de una película de Amitabh Bachan.

—¿Puedo hablar contigo en otra parte? —dijo Samir—. Ahora.

Su rostro tronaba como una noche de tormenta, y el pulso en su cuello estaba definitivamente a punto de estallar.

—Claro —expresó amablemente Mili—. Pero primero tengo que traerle a Ranvir otra bolsa de hielo para la cara.

Sin mediar palabra, Samir le quitó a Ranvir la bolsa de hielo derretido y la vació en el fregadero, sacó una cubitera del congelador y echó el hielo nuevo en la bolsa.

Lanzó con determinación la bolsa a Ranvir.

—No te muevas hasta que volvamos.

Echó al pobre chico tal mirada intimidatoria que quizá no volviera a moverse jamás. Mili no sabía por qué estaba siendo tan grosero con el hermano de su amiga.

—¿Algo más que necesites hacer antes de dedicarme un minuto de tu tiempo?

Cuando la miraba así, con los ojos clavados en ella como si fuera la única persona de la habitación, del mundo, tenía una extraña sensación en la boca del estómago.

Lo siguió hasta su dormitorio. Cerraron la puerta

—¿Estás loca? —gesticuló Samir, reprimiendo un grito.

Demasiado para una sola persona en el mundo.

—Mi *naani* dice que sí, pero solo un poco. ¿Por qué?

Intentó dedicarle su sonrisa más dulce, pero no funcionó. Parecía que él quería zarandearla.

—Pensaba que la cuestión era evitar que la familia de Ridhi la encontrara, no emprender una misión de búsqueda con ellos.

—La cuestión es asegurarse de que Ridhi y Ravi terminen juntos.

—Pero ahora están juntos, Mili. Y si dejas tu larga nariz fuera de sus asuntos, quizá sigan así. ¿Por qué no puedes mantenerte al margen?

«Porque a veces el amor necesita un pequeño empujoncito. Una pequeña ayuda.» Quizá si ella hubiera tenido a alguien en su esquina del cuadrilátero, alguien que la hubiera ayudado a ver a Virat una sola vez, él se habría dado cuenta de cuánto lo quería, y ahora no estaría allí, añorándolo e intentando hacerse merecedora de él.

—Porque Ridhi es mi amiga y todo el mundo merece tener a alguien a su lado.

Se palpó la nariz. Nadie le había dicho antes que fuera larga.

—Y lo has hecho muy bien. Has seguido a su lado sin traicionar su confianza. Jod... Jolines, ¡saltaste de un put... puñetero balcón!

—Samir, ¿nunca has necesitado ayuda? ¿Nunca has querido algo tanto que has deseado que todo el universo estuviera de tu parte? ¿No has estado nunca en una posición en la que ya has hecho todo lo posible, y aun así no es suficiente... en la que solo necesitas ese poquito más, solo otra mano ayudando?

El rostro de Samir mostró lo que hacía cuando se colocaba detrás de su muro. A mili le recordaba a esas fotos de Pompeya tras la erupción del volcán Vesubio: gente petrificada mientras hacía alguna tarea rutinaria, como verter agua en un vaso, remover una olla al fuego… Congelados en mitad de sus vidas. Siempre se preguntó cómo se habría deslizado la lava sobre esa gente, tan rápido que ni siquiera pudieron dejar lo que estaban haciendo. Y el rostro de Samir se congelaba del mismo modo, como si una máscara fundida se deslizara sobre él tan rápidamente, que su misma esencia cambiaba de humana a piedra en un instante.

—No. Solamente dependo de mí. Al menos así ha sido desde que soy adulto. Ridhi y Ravi son adultos. Esto es entre ellos y sus familias. ¿Por qué deberíamos entrometernos? Además, ¿no tienes esa cosa llamada trabajo y aquella otra cosa llamada universidad?

—Hoy es viernes. Los lunes no trabajo en el instituto, así que tengo libres los próximos tres días. Y no tengo que preocuparme por el Panda Kong. —Todavía no podía creerse lo bien que habían salido las cosas en el restaurante. Sonrió por ello—. ¡Oh, Dios, Samir… se me acaba de ocurrir una cosa! El destino nos indica que ayudemos a Ridhi y Ravi. No creerás lo que me ha pasado hoy. No tengo que volver al Panda Kong hasta dentro de dos semanas. ¡Es una señal!

Samir tragó saliva y cerró los ojos con fuerza, conteniéndose.

—Samir, ¿estás bien?

No respondió, pero abrió los ojos y la miró con una extraña expresión. Parecía casi desamparado.

—No te preocupes por mi muñeca y mi tobillo. Apenas lo noto ya. Me curo realmente rápido. Quiero decir, en Balpur era famosa por ello —le dijo. De repente, el desamparo desapareció y parecía enfadado de nuevo—. Oh, no. Estás enfadado porque he dado por sentado que vendrías con nosotros. Mira, esto es lo que mi *naani* me dice siempre, que me dejo llevar. Es solo que… Lo siento. Por supuesto, no tienes que venir, si no quieres. Tienes mucho que escribir. Iré yo sola con Ranvir.

Samir la agarró por los hombros, se acercó más y la miró fijamente.

—No irás a ninguna parte con ese tipo. Lo conoces hace tan solo dos horas. ¿Qué pasa contigo, Mili? Podría ser un violador.

Sus manos fueron tan amables como siempre, pero sentía la presión de sus dedos como si fueran hierros de forja.

—No sabía que los chicos de ciudad fuerais tan melodramáticos.

Mili se zafó de sus manos y se alejó un paso de él.

Samir entornó los ojos. En lugar de melodramático parecía el taciturno protagonista de una película. Mili odiaba verlo así.

—A ti te conozco desde hace doce días y has hecho por mí más que ningún otro amigo que haya tenido.

De repente, deseó no haberse apartado de él.

Otra expresión torturada atravesó el rostro de Samir. Mili deseaba borrársela.

—Samir, debería haberte dicho esto antes, pero tienes que saber cuánto significa para mí todo lo que haces. —Aspiró la gotita que asomaba por su nariz—. Has cuidado de mí cuando no tenía a nadie más. —Lo abrazó—. Gracias.

Su intención había sido darle un abrazo rápido, pero los brazos de Samir la recibieron y sujetaron con fuerza, prolongando el contacto. Una enorme mano le presionó la cabeza contra su pecho. Mili había olvidado lo cálido que era, cómo latía su corazón bajo su oreja.

—Mili...

Su nombre retumbó en el pecho de Samir. Sintió el sonido, más que oírlo, y una calidez la atravesó como oro fundido llenando el molde de un orfebre. Se deslizó en su corazón y en las oscuras y profundas fisuras de su cuerpo.

Ella se apartó de él con ambas manos. La muñeca le dolió e hizo una mueca de dolor. Él buscó su mano, pero Mili dio dos pasos rápidos para apartarse de él. No quería mirarlo. Un pesado silencio los envolvió. No podía dejar que se convirtiera en una incomodidad.

—En serio, Samir, ya has hecho suficiente. De verdad, no tienes que venir. Mira a Ranvir. ¿Realmente crees que haría daño a alguien? —Se dio cuenta de otra cosa y sonrió—. Puedes quedarte en mi apartamento a escribir. Solo asegúrate de tener un poco de *dal* hecho cuando vuelva a casa.

Samir no respondió y Mili se vio obligada a mirarlo.

En lugar de su habitual sonrisa arrogante descubrió que su expresión se había oscurecido de nuevo. A pesar de sus ojos miel y de su piel clara como el mármol, podía ser más oscuro y tempestuoso que ningún otro que ella conociera.

—Te he dicho que no vas a ir a ninguna parte sola con él.

—Entonces, ¿vendrás con nosotros?

Era una idiota por sonar tan aliviada, pero eso hizo que Samir dejara de fruncir el ceño.

—Sí, pero me debes un gran favor.

—De acuerdo, te lo debo —dijo Mili sonriendo—. Lo que sea. Solo tienes que pedirlo. ¿Te parece bien?

Le agarró el brazo y tiró de él hacia la puerta.

—¿Lo que quiera? —dijo Samir, deteniéndose en el umbral.

Algo en el modo en el que la miró hizo que más líquido caliente se extendiera por su vientre. Ella tragó saliva.

—Cualquier cosa que esté en mis manos —respondió ella con suma cautela.

—¿Ahora hay condiciones?

Su sonrisa arrogante había regresado. Y ella sintió tal alivio al verla, que rozó el marco de madera de la puerta para que le diera suerte. Pensar en perder su amistad, en despedirse de él y dejarlo marchar, hacía que le doliera el corazón.

Sabía que debía apartarse de él, pero algo se lo impedía.

—Sin condiciones —dijo ella tímidamente—. Pero lo que no es mío, no puedo dártelo.

—Me parece justo. Te advierto que podrías arrepentirte de haber dicho esas palabras.

Ya se arrepentía y, sin embargo, se sentía curiosamente emocionada por haberle hecho tal oferta. ¿Qué tenía Samir que la hacía desear correr riesgos? No estaba en posición de correr ninguno. Tenía una misión, y tenía sus perlas nupciales *mangalsutra* y su *sindoor* rojo. Y los lazos que la ataban eran antiguos, sagrados e infranqueables.

Pero, por encima de todo lo demás, el amor de su corazón sería siempre para a su marido.

CAPÍTULO 12

Samir sabía que debía sacar los documentos y terminar con aquello de inmediato.

Mili parecía haberse arrepentido ya de su promesa y eso la hacía parecer tan pequeña, tan atrapada, que a Samir volvió a darle un vuelco el corazón. Cuando estaban tan cerca, ella tenía que echar la cabeza hacia atrás para mirarlo. En esa posición, sus rizos caían en cascada hasta su cintura.

Aquella horrible sensación de correr por un sendero mientras este se desmoronaba a su paso, se arremolinó en el pecho de Samir. Qué idiota había sido él al pensar que sería fácil. Si no estuviera a punto de terminar el guion, si no le aterrara que las palabras dejaran de fluir sin ella, si no fuera por Bhai y Rima, se lo revelaría todo. Justo allí, en aquel mismo momento. Ella confiaba en él, había sentido su confianza en su cuerpo cuando lo abrazó. Pero la confianza era frágil. Y lo que él podía perder era demasiado valioso.

No. No importaba lo que quisiera creer; sabía que ella lo echaría de allí si supiera quién era y qué quería. Algo se retorció en sus intestinos y lo descartó como si no fuera nada más que miedo a fracasar en su misión. Lo que necesitaba era encontrar el momento adecuado para hacerlo, esperar a estar seguro de que ella no se negaría, porque el momento de hacerlo de cualquier otro modo ya había pasado.

Dejó que ella lo sacara de la habitación. La mandíbula de Ranvir se abrió incluso más cuando vio a Mili agarrada al brazo de Samir.

Él la hizo sentarse a su lado en el colchón y Mandíbula Floja se acomodó frente a ellos con la incomodidad de alguien que nunca ha posado su noble trasero en el suelo.

—Entonces, ¿Ridhi no te ha llamado desde que se marchó? —preguntó a Mili, mirándola con ojos de cachorrito.

—No. Me llamará cuando Ravi y ella estén a salvo de tu gente.

Cachorrito tuvo el descaro de mostrarse herido e intensificó su mirada de cordero degollado.

Mili no le golpeó la cabeza, como Samir habría querido, pero parecía suficientemente enfadada para desear hacerlo, y eso lo hizo increíblemente feliz.

—Ridhi tenía miedo de que hicierais daño a Ravi.

Ranvir se encogió de hombros. Samir no tenía ninguna duda de que empujarían a ese tipo desde un tren en marcha y se largarían sin echar una mirada atrás si pensaran que podían irse de rositas. Aquellos desgraciados cambiaban de continente y se refinaban, pero su capa de civismo era tan fina como el papel. Cuando se trataba de sus hijas, su peculiar idea del honor familiar echaba abajo sus fachadas en un periquete y los convertía en los neandertales que realmente eran.

—No queremos hacer daño a Ridhi —expresó Ranvir—. Mamá no ha comido desde que se marchó. Papá no ha podido salir de la cama, ha estado muy enfermo. Lo único que deseamos es que vuelva a casa. Están dispuestos incluso a dejar que se casen. Tiene que haber un modo de descubrir dónde está. ¿Podrías llamarla desde tu teléfono móvil? No responde a mis llamadas.

—No tengo teléfono móvil —dijo Mili sin mostrar ni una pizca de vergüenza.

A Ranvir prácticamente se le salieron los ojos de las órbitas. La idea de que seres humanos sobrevivieran sin teléfono móvil parecía fuera del alcance de su cerebro de guisante.

—Entonces, ¿cómo llamas a la gente?

En vez de responderle, Mili le ofreció una mirada paciente.

—Tengo un teléfono en la oficina que puedo usar, y uso mi tarjeta de llamada para llamar a mi *naani* en la India. En realidad, no hay nadie más a quien necesite llamar.

Ranvir señaló a Samir.

—¿Y él?

Mili miró a Samir. Él la miró a ella, esperando su respuesta.

—Siempre está aquí, así que nunca tengo que llamarlo.

Mili le ofreció una sonrisa amistosa, pero retorció los dedos sobre su regazo. Samir le afectaba más de lo que ella misma quería reconocer.

Como era un desgraciado, aprovechó la ocasión. Mantuvo su mirada y dejó que el momento se prolongara.

Mili se ruborizó.

Ranvir se movió incómodo en la silla.

Estupendo. No necesitaba que ese idiota complicara la trama todavía más. Ya puestos, no quería ni que se acercara a Mili.

Samir extendió la mano hacia Ranvir sin apartar los ojos de Mili.

—Dame tu teléfono móvil —le pidió, y Ranvir se lo entregó—. ¿Tienes aquí el número de tu hermana?

—Por supuesto. Pero no responde a mis llamadas —le dijo. Intentó ofrecer una mirada de superioridad, pero se lo pensó mejor. La primera cosa inteligente que hacía desde que se habían conocido.

—¿Le has mandado algún mensaje?

—Sí. Pero tampoco responde a mis mensajes.

Samir abrió el teléfono, escribió un mensaje y lo dijo en voz alta.

—«Ridhi, mamá y papá se han ablandado. Están dispuestos a dejar que te cases con Ravi. Estoy con Mili. Por favor, llama al teléfono de su oficina a las nueve de la noche.» —Y pulsó «Enviar».

Ranvir buscó la aprobación de Mili.

—¿Crees que llamará?

Pero Mili solo tenía ojos para Samir y un diminuto fuego ardía en sus profundidades de ónice.

—Tendremos que ir a descubrirlo, ¿no?

* * *

El teléfono de la oficina de Mili sonó a las nueve en punto. Samir esperaba sentado en el escritorio de la chica, cerca del teléfono, y Ranvir estaba derrumbado en su silla.

—¿Ridhi? ¿Cómo estás? —Mili respondió y escuchó la jadeante preocupación en su propia voz. Todavía no estaba totalmente segura de no haber caído en una especie de trampa para encontrar a su amiga.

—Mili... ¡Oh, Dios! Mili... —La voz de Ridhi al otro lado sonaba lo suficientemente alta para que todos la oyeran, a pesar de no usar el altavoz. Estaba en modo melodramático, pero Mili se alegraba de oír su voz—. ¿Estás bien? ¿Te han hecho daño?

—Estoy bien, Ridhi. ¿Ravi y tú estáis bien?

—Oh, Dios, Mili, está siendo fantástico. Lo hemos estado haciendo como conejos. En todas partes. ¡Estoy en el cielo, chica!

A Mili le ardían las mejillas. Era incapaz de mirar la sonrisa de Samir. Quería decirle a Ridhi que bajara la voz, pero simplemente la avisó:

—Ridhi, tu hermano está aquí conmigo.

Ridhi resopló al teléfono.

—Muy bien. Espero que me haya oído. ¡Así sabrá que no queda honor que salvaguardar!

Samir levantó el pulgar, dirigiéndose al teléfono, como queriendo intervenir.

—Ridhi, creo que está realmente preocupado por ti.

—Sí, claro. Por eso ha estado dejándome mensajes amenazantes. No te habrá amenazado a ti también, ¿verdad? Te juro que lo mataré, si lo ha hecho.

Mili echó una mirada furiosa a Ranvir. Con su cara rechoncha, apenas parecía saber qué significaba la palabra «amenaza».

—Lo siento. Estaba desesperado por llevarla de vuelta a casa —susurró Ranvir, bajando la cabeza, por la vergüenza.

Samir puso los ojos en blanco.

—Dice que lo siente —habló Mili al teléfono, y Ridhi resopló—. Ridhi, creo que realmente está preocupado por ti. Y también tus padres. No creo que vayan a hacer daño a Ravi. Solo quieren que regreses.

—¿Has hablado con mis padres?

Ridhi intentó sonar cínica, pero Mili notó un hilo de esperanza en su voz, y su corazón dio un vuelco.

—No. Pero puedo hacerlo, si tú quieres. —Se dirigió a Ranvir—. Tengo que hablar con tus padres.

Ranvir tardó dos segundos en poner a su madre al teléfono móvil y se lo entregó a Mili. Sonoros sollozos estallaron en el teléfono antes siquiera de que Mili se lo acercara a la oreja.

—Oh, Dios, *beta*, Dios te bendiga, Dios te bendiga. No te imaginas por lo que hemos pasado. Oh, mi Ridhika, mi niña. ¿Está bien?

No era de extrañar que Ridhi fuera tan dramática.

—Sí, señora, está bien. Solo está asustada.

—¿Asustada, por qué? ¿Qué cree que vamos a hacer? ¿Qué he hecho para merecerme esto de mi propia hija? Dile que vuelva a casa. Dile que su madre se morirá sin ella.

Ridhi le habló por la otra oreja.

—¿Está al teléfono? —Ridhi parecía alterada—. ¿Te está gritando a la oreja?

Samir hizo un lazo con las manos y simuló colgarse. Parecía estar pasándoselo tan bien que Mili le golpeó el muslo con el teléfono móvil de Ranvir y después tapó el micrófono contra sus *jeans* para hablar por el teléfono de la oficina.

—Ridhi, tu madre está muy preocupada.

—Mili, por Dios... Mamá siempre está preocupada. Dile que no me casaré con nadie más.

Mili volvió a acercarse el teléfono móvil a la oreja. Los sollozos de la madre habían tomado una cariz de histeria.

—Señora, cálmese, por favor. Ridhi está bien.

—¡No...! —gritó la madre de Ridhi en su oreja derecha antes de hacer el esfuerzo de bajar la voz—. ¡No me digas que me calme! Mi orgullo y mi alegría han huido con un hombre.

—¿Está insultando a Ravi? Si lo hace, jamás volveré a casa.

Esa era Ridhi en su oreja izquierda.

—Señora, Ridhi dice que no se casará con ningún otro.

—Oh, Dios... pero el chico del doctor Mehra es cardiólogo —dijo la palabra «cardiólogo» con tal reverencia que se olvidó de llorar—. Y es punyabí.

—Ravi es ingeniero de sistemas —dijo Mili al teléfono, equivocándose de mano.

—Ya sé lo que es Ravi —le respondió Ridhi—. ¿Por qué me dices eso? ¿Qué está diciendo de Ravi? ¿Cómo se atreve? Voy a colgar.

—Ridhi, espera. Por favor, no cuelgues.

Samir estaba haciendo un esfuerzo para no agarrar ambos teléfonos y tirarlos por la ventana. Había sido divertido los primeros cinco minutos, pero ahora esas dos histéricas estaban matando a Mili. Estaba tan implicada que, si la conversación terminaba mal (¿y cómo podía no hacerlo?), no tenía duda de que se culparía por todo.

Ranvir, mientras tanto, abría y cerraba la boca como un pez sin hacer absolutamente nada para ayudar a la pobre chica. Demasiado para «Ranvir», cuyo nombre significaba «guerrero victorioso». ¿Quién demonios le habría puesto ese nombre?

Samir le arrebató a Mili el teléfono fijo.

—Muy bien. Escúchame, Ridhika —dijo con el tono que usaba cuando necesitaba que sus actores jóvenes lo tomaran rápidamente en serio—: tus padres quieren que regreses. Van a pagarte una boda por todo lo alto, como lo hubiera hecho Yash Chopra. Después te mandarán de luna de miel a Suiza, igual que en las películas de Bollywood. Lo único que quieren a cambio es que vuelvas a casa y actúes como si todo este absurdo no hubiera ocurrido. O aceptas la oferta o vas a la oficina del notario, firmas un poder y actúas como si no tuvieras familia. Tú eliges.

—¿Quién demonios eres? —le preguntó la tal Ridhi con un acento estadounidense espantosamente nasal, haciendo caso omiso de la cuestión que tenían entre manos.

Samir rezó mentalmente una pequeña oración por el pobre idiota que tuviera que aguantar aquello el resto de su vida.

—Eso no importa. Te llamaremos desde este número dentro de diez minutos. Ten la respuesta preparada.

Y dicho eso, colgó el teléfono.

Mili lo contemplaba boquiabierta, como si le hubiera salido un tercer ojo. Unos gritos estridentes salían del teléfono móvil que mantenía en la otra mano.

—Dile a esa señora que su hija va a volver a casa, que empiece con los preparativos de la boda.

Mili se acercó el teléfono a la oreja.

—¿Hola? ¿Señora? —Los gritos se detuvieron instantáneamente—. Ridhi está dispuesta a volver a casa, si le promete que tratará a Ravi con respeto y si les da su bendición.

—Entonces, ¿volverá a casa y se casará aquí?

La histeria se evaporó de su voz por arte de magia.

Los hombros de Mili descendieron de repente unos buenos cinco centímetros.

—Sí, y dejará incluso que usted prepare la boda y que invite a tanta gente como quiera. Siempre que ella sea la novia, claro, y Ravi el novio.

«Bien hecho, Mili.»

Se oyeron gritos de alegría desde el teléfono. Mili no podía dejar de sonreír. Entonces la madre de Ridhi dijo algo más y el rostro de Mili cambió. Estupendo, ahora la mujer había decidido hablar a decibelios humanos.

—Gracias —dijo Mili en voz baja—. Sí, lo intentaré.

Cuando colgó dejó de sonreír, y Samir deseó estrangular a la señora. Volvió a marcar el número de Ridhi y entregó a Mili el teléfono. Al menos, su ensordecedora compañera le devolvería la sonrisa. Y así fue.

Como era de esperar, la pareja fugada decidió volver a casa en Ohio para dejar que mamá y papá los casaran. Se oyeron muchos lloros y risas, y después la voz nasal bajó hasta un susurro.

El color se deslizó sobre las mejillas de Mili, y desvió impacientemente la mirada al suelo.

—Hablaremos más tarde —murmuró al teléfono.

Y Samir supo sin duda que Ridhi le había preguntado por él.

* * *

Tres días después de que Samir hubiera llevado a cabo aquel increíble rescate telefónico, Mili esperaba delante de Pierce Hall.

El descapotable amarillo se detuvo con un chirrido, y Samir salió del automóvil con su estilo habitual, como Alí Babá emergiendo de la vasija de barro. Rodeó el vehículo corriendo, la ayudó a subir y esperó a que se acomodara en su asiento antes de saltar junto a ella. Ya podía moverse sin bastón, pero Samir se negaba a que fuera y volviera de la universidad a pie. La dejaba en Pierce Hall por la tarde, y después de clase la recogía y la llevaba a casa.

—¿Has hablado hoy con la loca de tu compañera? ¿Ya ha vuelto a casa de sus padres?

Mili asintió. Ridhi no era capaz de dejar de hablar de la boda. Su madre y ella habían volado a Nueva York para pasar el día comprando el *lehenga* y las joyas.

—Sí —dijo Mili—. Su madre y ella intentan preparar la boda del siglo en una semana.

Samir gimió.

—Eso suena realmente terrible. Entonces, ¿cuándo te marcharás para la boda?

—No voy a ir —expresó Mili sin mirarle.

—¿A qué te refieres con que no vas a ir?

Por razones obvias, a Mili no le gustaban demasiado las bodas, pero eso no evitaba que le rompiera el corazón no poder asistir a la de su amiga aquel fin de semana. Por una razón: no tenía medios para viajar desde Ypsilanti hasta Columbus. Llevaba tres días de retraso en el pago del alquiler y se sentía como una auténtica ladrona viviendo en una casa que no estaba pagando, así que comprar un billete de autobús era impensable.

—¿Mili?

Samir derrapó en el aparcamiento y ella se agarró al salpicadero, cerrando los ojos con fuerza.

—Tengo que terminar trabajo de la universidad.

—Cuando estabas decidida a irte de paseo con Ranvir, me dijiste que tenías lo de la universidad bajo control.

—¿Qué eres tú: una especie de policía de los invitados de boda?

—Ni por asomo. Las bodas me horrorizan. Pero creía que Ridhi era tu mejor amiga. Y creía que las bodas significaban más para vosotras, las chicas, que el aire que respiráis.

—Creo que respirar es definitivamente más importante que una boda —dijo ella con ironía.

A diferencia del matrimonio, claro, que definitivamente era más importante que el aire que se respira.

—No me digas que eres una de esas chicas inusuales que creen que las bodas no son más que un despilfarro de dinero.

—Yo no iría tan lejos.

—Pero ¿no son lo suficientemente especiales para asistir a la de tu mejor amiga?

Samir la ayudó a salir del automóvil.

Era difícil enfadarse con alguien tan amable, pero él lo conseguía con suma facilidad.

—Es que no quiero ir y punto. ¿Entendido?

Samir frunció el ceño pero tuvo la sensatez de no decir nada más. Cuando llegaron a la puerta del apartamento, Samir se despidió de ella con un ademán y dio media vuelta para marcharse al suyo.

—Hasta luego —dijo él.

—¿No vas a entrar?

¿Era decepción lo que Mili oía en su propia voz?

—Hoy no. ¿Estarás bien sola?

—Por supuesto.

Lo siguió con la mirada mientras se alejaba.

En las tres semanas que habían transcurrido desde que lo conocía, nunca se había despedido de ella en la puerta. Normalmente era más difícil librarse de él que del picor de la sarna.

Mili giró la llave y entró en su apartamento. El aroma la golpeó enseguida.

En el centro del salón había una pequeña mesa redonda con un mantel blanco. Se acercó. Sobre la mesa estaba su comida favorita: *dal* amarillo, unos *rotis* perfectos y patatas especiadas con pimiento verde y cilantro. Dos platos esperaban delante de dos sillas nuevecitas, a juego con la mesa nueva.

Mili se volvió instintivamente y vio a Samir en el umbral, con la cadera apoyada en el marco de la puerta y los brazos cruzados sobre el pecho. Levantó una inquisitiva ceja. Mili estaba llorando.

Samir siempre había odiado ver llorar a las mujeres, toda su vida. Baiji nunca lloraba. Rima, cuando el avión de Virat se estrelló, se negó categóricamente a verter lágrimas. Para él, todas las mujeres que lloraban usaban las lágrimas como arma para conseguir lo que querían.

Ya había perdido la cuenta de cuántas veces había visto llorar a Mili. Pero hasta aquel momento no había entendido lo frecuente y fácilmente que lloraba. Y, desde luego, había olvidado cuánto odiaba las lágrimas. Porque las lágrimas de Mili eran hermosas. Rompían contra su corazón como olas, turbulentas y tranquilizadoras a un tiempo, y liberaban algo en lo más profundo de su ser. Su llanto era mudo, conmovedor. Hablaba de todas las cosas que ella no podía decir. A veces era cómico, porque la nariz le lloraba tanto como los ojos, pero no había ni una pizca de argucia en ello. Lloraba porque era imposible no llorar. Cuando la emoción la embargaba, se le derramaba por los ojos.

Samir se acercó a ella lentamente. Extendió la mano y rozó sus lágrimas. Su mejilla era puro terciopelo bajo sus dedos.

—Si estás enfadada, recogeré la mesa. No tienes que comértelo.

Mili olisqueó e intentó examinar los platos, a pesar de la inundación en sus ojos.

—¡No te atreverás! —sonrió ella.

Samir la condujo hasta una silla y esperó a que dijera algo sobre el nuevo mobiliario, pero estaba demasiado fascinada por la sorpresa. Él se había preguntado si estaba yendo demasiado lejos con el conjunto de comedor, pero lo vio en aquel enorme supermercado que parecía tener cualquier cosa, desde leche a herramientas de construcción, y no pudo contenerse.

Además, estaba cansado de comer en el suelo, y la había visto frotarse el tobillo cuando se sentaba con las piernas cruzadas; sabía que le dolía. Estuvo a punto de comprar el sofá de mimbre a juego, pero algo le decía que Mili se enfadaría, incluso con aquella pequeña mesa y las dos sillas. No obstante, hasta que terminara de comer, no habría ninguna batalla.

En alguna parte entre sus danzarinas pestañas y sus cejas elevadas por la dicha, en alguna parte entre los sensuales movimientos de su mandíbula y su sonrisa terriblemente satisfecha, él cayó en la cuenta.

—No vas a ir a la boda porque no sabes cómo ir. ¿Es eso?

¿Cómo no se había percatado antes?

Mili detuvo en seco su bocado y él se arrepintió de no haber esperado hasta que hubiera acabado.

—Esa no es la única razón —dijo ella masticando.

—Pero es la razón principal...

Mili se encogió de hombros. Por suerte, siguió comiendo.

—Deja que te lleve yo. Tu hijo preferido del Punyab me ha invitado, así que yo también estoy en la lista.

—Gracias, Samir. Pero no puedo. —No parecía sorprendida de que se ofreciera a llevarla y eso lo hizo increíblemente feliz—. Ya estás haciendo demasiado. Me llevas y me recoges... —añadió mientras agitaba al aire una cucharada con patatas—, cocinas... Estás malcriándome. —Echó a las patatas una cariñosa mirada y se las metió en la boca.

Mili le dio las gracias de nuevo, pero Samir ya no escuchaba una sola frase, porque ella estaba extasiada con las patatas, y su mente lo transportó a lugares a los que definitivamente no tenía sentido ir.

De repente, Mili se detuvo y soltó la cuchara.

—¡Y esos muebles! —Ella acarició el mantel blanco con el índice—. Tenemos que devolverlos. No puedo permitírmelo.

Samir abrió la boca pero Mili negó con la cabeza.

—No, Samir, no puedo aceptarlo.

Él intentó tragar saliva pero no lo consiguió.

—¿Ni siquiera como agradecimiento por dejarme escribir aquí? Gracias a ti casi he terminado mi guion.

Aunque gracias a ella, prácticamente había tenido que escribir aquella maldita cosa dos veces.

Mili sonrió de oreja a oreja.

—¿De verdad has terminado?

Samir asintió y Mili hundió de nuevo su cuchara en el *dal*.

—Eso es estupendo —siguió ella—. Pero la mesa tiene que irse, y olvídate de la boda. Mira... —Señaló el *dal* con la cuchara—. Así es como tienes que darme las gracias.

Se metió un poco más de la pasta amarilla en la boca y lamió la cuchara con tanta sensualidad que el pequeño Sam abandonó la decencia y volvió a la vida. Samir supo que no podría seguir esquivando el alocado plan que llevaba todo el día elaborando en su cabeza.

CAPÍTULO 13

Cuando Samir la recogió delante de Pierce Hall, Mili parecía a punto de caer muerta de cansancio.

Se hundió en el asiento del vehículo y colocó la mano cuidadosamente sobre su vientre como hacía cuando le dolía. Samir le entregó una pastilla y una botella de agua, pero su mirada de agradecimiento no tenía su intensidad habitual. Y antes de que salieran del aparcamiento, sus párpados ya empezaron a cerrarse.

Cuando Samir pasó de largo su calle, Mili se incorporó del asiento de un salto.

—Samir, te has pasado nuestra entrada.

Qué tonto había sido al pensar que sería tan fácil.

—¿Sí? Tomaré la siguiente.

Mili enfocó al frente con sus ojos cansados.

—No hay ninguna otra. Tienes que dar la vuelta.

—Muy bien, la daremos. No te preocupes. —Samir le dio una palmadita en la rodilla e intentó dedicarle su sonrisa más ardiente.

Mili puso los ojos en blanco.

—¿Qué estás haciendo, Samir? —preguntó como si fuera un niño a punto de comerse su quinta galleta.

—Conduzco un automóvil.

—Y... ¿hacia dónde conduces el automóvil?

Otra vez ese tonito.

—Vamos a hacer un pequeño viaje.

—No quiero hacer ningún viaje. Quiero ir a casa. Da la vuelta. Ahora mismo.

—Claro. Daré la vuelta y te llevaré a casa el domingo.

—Esto es una locura, Samir. Es ilegal. Se llama secuestro. Podrían arrestarte. La ley en este país es muy estricta.

Parecía estar amenazando a un niño de tres años. Sin embargo, Samir no debería haber sonreído, porque Mili pasó de estar suficientemente molesta a realmente furibunda.

Ella se volvió hacia el asiento trasero y buscó algo con ahínco.

—Déjame tu teléfono.

Samir se rio. Echó la cabeza hacia atrás y se rio más fuerte de lo que lo había hecho en mucho tiempo. ¿Cómo no iba a reírse?

—Espera tres horas. Estoy seguro de que Ridhi estará encantada de prestarte el suyo para que llames a la policía y me arresten.

En lugar de una respuesta, Mili le dio la espalda. De acuerdo, no había que ser un genio para saber que estaba furiosa. Pero también se sentía conmovida y agradecida, aunque no lo supiera todavía. Su impertinente naricita se alzó en el aire y cruzó los brazos. Pero su enfado no era comparable a su cansancio y en menos de diez minutos de silenciosa ira se quedó profundamente dormida, con las húmedas puntas de sus pestañas extendidas sobre sus mejillas de terciopelo y los lazos de su cabello cayendo en cascada desde su cola de caballo.

Samir intentó no fijarse en la calidez que verla provocaba en su pecho, por no mencionar otras partes de su anatomía. Pero la única otra cosa en la que podía concentrarse era en la carretera y en el vacío que se abrió en su estómago.

Allí estaba de nuevo, conduciendo a través de sus pesadillas más antiguas, con el viento abriendo aquellas impenitentes y viejas heridas. Y lo único que hacía ceder la inquietud, era esa mujer acurrucada junto a él con aquellas malditas mejillas húmedas. Sí, la mujer que estaba casada con su hermano. La mujer que confiaba en él lo suficiente como para quedarse dormida en su automóvil aunque estuviera furiosa.

Ganarse su confianza le había resultado inquietantemente sencillo, aunque él nunca había tenido problemas para conseguir que las mujeres confiaran en él. Incluso cuando deseaba que ellas desconfiaran de él, elegían no hacerlo. Y eso nunca le había molestado antes. Nunca se había preguntado cómo sobreviviría una mujer después de que él siguiera adelante. Todas ellas habían sobrevivido bien.

Pero Mili no era como las demás mujeres que él conocía.

Una necesidad intensa de volver a mirarla lo abrumó. Sin embargo, mantenía los ojos en la carretera, no necesitaba volverse. En su mente la veía con claridad de alta definición. Un largo rizo en espiral se había escapado de su cola de caballo y rozaba su piel de moca aún tintada de rosa por el enfado y aquellas altas mejillas que eran un barómetro de su infinito manantial de emociones.

Agarró el volante con más fuerza. No porque el deseo de acomodar aquel mechón errante tras su oreja fuera insoportablemente fuerte, sino porque una peculiar impaciencia le desgarraba las entrañas. Un granero rojo danzaba en la distancia al otro lado de un maizal. Aquel vacío que lo hacía despertarse gritando de sus pesadillas se abrió en su pecho y le arrebató el aliento. Su mente recordó cuando le ardían los moretones de la espalda. Eran fuego y brea. El olor de su propia sangre le quemaba las fosas nasales, mezclado con el aroma de carbón y de la cascarilla de trigo. El almacén estaba más oscuro que el carbón. Más oscuro que el pozo.

—Aguanta, *beta*. Estoy aquí.

La voz de Baiji parecía tan húmeda como su espalda. Levantó la cabeza del suelo de cemento y extendió la mano hacia ella. Sus dedos buscaron la suave muselina de su sari, pero solo había aire polvoriento. Y su voz. Y la de Bhai.

—¿Chintu? Chintu, venga, campeón, despierta. Si llegas a la ventana, podré sacarte.

Pero no podía moverse. No sentía las piernas.

—Hay nieve por todas partes —dijo—. Bhai, no puedo caminar sobre la nieve. Quema. ¿Bhai?

Alzó la voz. El terror que sentía desgarró el silencio.

—Shh... Mi niño precioso, shh... —La voz de Baiji—. Te sacaremos. Ya se ha acabado. No habrá más. Nos vamos a la ciudad, nos marchamos. Solo Bhai, tú y yo. Pero tienes que levantarte por última vez. Solo esta vez.

La espalda se le rasgó, intentó levantarse del frío cemento. Tenía los ojos cerrados e hinchados por las lágrimas. Los abrió con esfuerzo.

La silueta sombría de Bhai destacaba en la ventana. Solo su cabeza rodeada de cielo gris.

—¿Estás volando? —preguntó Samir, casi sonriendo.

Bhai podía volar, Bhai podía hacer cualquier cosa. Intentó reptar hasta la ventana, pero sus manos resbalaron en el líquido que goteaba de sus brazos.

—¡Chintu, vamos, campeón! Eres fuerte. Sé que lo eres. Estoy subido a los hombros de Baiji. Ya sabes lo pesado que soy. Vamos.

Su espalda desapareció. El cinturón de Dadaji desapareció. Todo desapareció excepto la voz de Bhai y la necesidad de llegar hasta Baiji.

Bhai le agarró las manos y tiró de él. Poco después el sari de Baiji estaba en sus manos, presionado contra sus mejillas, retorciéndose entre sus dedos.

Mili se movió y lo sacó de sus pensamientos. Una ráfaga de viento zarandeó su cola de caballo. Su cabello golpeó el reposacabezas y lo envolvió como si fueran cuerdas. Samir extendió la mano y lo liberó. La seda se enredó en sus dedos. La acarició, la apretó. Entonces la tensión de su garganta se relajó. El martilleo de su pecho se relajó. Inhaló, dejó que el aire llenara sus pulmones y pisó el acelerador.

*   *   *

Despertar en un automóvil a toda velocidad era una sensación muy extraña. Como si abrieras los ojos después de haber estado volando en sueños y siguieras volando, sin saber cómo.

—Buenos días —dijo Samir, con sus cálidos ojos de color miel brillando más que el sol que se deslizaba en el horizonte a su espalda e incendiaba su cabello dorado. La familiar confianza de su voz envió un escalofrío involuntario por la columna de Mili e hizo que volviera a enfadarse. Cerró los ojos con fuerza y le dio la espalda.

Samir tomó una salida a toda velocidad y entró en el aparcamiento como solía hacer, quemando rueda. Mili se sentía orgullosa por no haberse agarrado al salpicadero ni mostrar ninguna señal de cuánto la aterraban sus acrobacias al volante.

—Tal vez un poco de café mejore el estado de ánimo de *memsaab*.

Samir salió, rodeó el vehículo y abrió la puerta de Mili.

Ella bajó. ¿Qué tipo de hombre no se da cuenta de que ella es totalmente capaz de abrir su puerta? Su estúpido tobillo le envió un latigazo de dolor; había estado demasiado tiempo en la misma postura. Por suerte, no trastabilló. Alzó la barbilla y empezó a caminar, sin hacer caso del pinchazo y negándose a cojear.

El cielo había empezado a oscurecerse, pero el edificio estaba tan iluminado como si fuera el Diwali, el festival de las luces. Echó una mirada al aparcamiento y descubrió que el descapotable de Samir era el único vehículo.

De reojo, se aseguró de que Samir estaba cerca, pero él le recordó que estaba a su lado, colocándole una mano en el codo. Y algo en el modo suave y posesivo en el que la tocó, hizo que ella apartara el brazo como si le quemara.

—Así que vas a dejar de hablarme —dijo Samir—. Entiendo.

Cruzó ante ella y mantuvo abierta la pesada puerta de cristal sin una pizca de remordimiento en su petulante rostro. ¿Cómo podía importarle tan poco lo que ella sentía? ¿No se daba cuenta de cuánto odiaba ella lo que había hecho?

—Tú no entiendes nada —replicó Mili—. ¿Sabes qué? Solo ves lo que te da la gana. Solo haces lo que te apetece. No te importa lo que quieren los demás. A eso se le llama ser un abusón; un enorme, egoísta y tozudo abusón.

Sin esperar una respuesta, Mili se dirigió al aseo de señoras a zancadas. O al menos intentó hacerlo, porque lo que consiguió fue un cojeo patético. Una vez dentro, se apoyó contra la pared y se encorvó para apretarse el tobillo. Tuvo que morderse el labio para evitar gemir de dolor. Aquella estúpida cosa le dolía, pero no tanto como para hacerla llorar. Una enorme gota de humedad se aferró al extremo de su nariz y cayó en el suelo ante ella. Se apretó la nariz todo el tiempo que estuvo en el aseo y después se frotó la cara con agua y jabón. Tenía la cola de caballo deshecha. Se quitó la goma elástica y se recogió la enredada melena en un moño bajo, ubicando los rizos rebeldes que intentaban escapar y esperando a que las lágrimas cesaran.

Samir la esperaba apoyado contra la pared de rugoso ladrillo, frente del aseo de señoras, con una rodilla doblada. Su cabello brillaba bajo las luces fluorescentes. Una ráfaga desconocida de dolor crudo y cansancio brilló en sus ojos miel cuando la miró. Pero la eliminó con un parpadeo antes de separarse de la pared y caminar hacia ella.

—Menudo carácter —le dijo él, examinando su rostro de ese modo que la hacía desear apartar su mirada.

Y la furia volvió a ella con todo su rigor. Se dirigió a la salida sin responder.

—Despacio, Mili. Estás cojeando.

Samir la sujetó del brazo. La misma familiaridad de su mirada calentaba su mano.

Mili se zafó de él y siguió sola.

—Mili, en serio, no puedes ser tan hipócrita. Sabes cuánto te apetecía ir a la boda. ¿Cómo puedes enfadarte conmigo por ayudarte?

—¿Ayudarme? Me conoces desde... ¿cuánto, tres semanas? ¿Cómo es que eres un experto en saber lo que me apetece? ¿Cómo te atreves a llamarme hipócrita? Tú eres... eres... ¡un burro arrogante!

Parecía sorprendido. Mili quería clavarle las uñas en los hombros y zarandearlo hasta que le traquetearan esos dientes blancos y perfectos. Abrió la puerta del vehículo y se hundió en el asiento.

—Entonces, ¿me estás diciendo que en realidad no te morías de ganas de ir a la boda de Ridhi?

—Tú, que por lo visto sabes tan bien lo que quiero, ¿no te enteras de que no quiero hablar contigo? ¡Déjame en paz!

Samir arqueó los labios un poco más, mientras giraba la llave de contacto.

—¿De verdad no vas a responderme a la pregunta?

¿Por qué debería? A ese enorme abusón secuestrador no le debía ninguna respuesta.

Y no es que tuviera una respuesta. Su opinión sobre las bodas, sobre el matrimonio en general, era cada día más turbulenta. Y eso la cabreaba tanto, la ponía tan increíblemente triste, que no quería continuar. Una estúpida humedad presionaba sus párpados y su nariz, su estúpida nariz, y empezó a gotear. Si se quedaba muy callada, tal vez él no se daría cuenta de que estaba llorando.

—¿Mili?

¡Oh, cómo odiaba la ternura de su voz! Samir hizo una de sus hábiles maniobras al volante y se detuvo en otra plaza sin abandonar el aparcamiento.

—¿Estás llorando?

—No. Está lloviendo, pero solo en mi cara.

Otra vez aquel arqueo de los labios. Lo fulminó con la mirada, desafiándolo a reírse de ella.

—Creía que Ridhi era tu mejor amiga. Lo siento —Esperó unos segundos—: Mira, daremos la vuelta.

Apagó el motor y se volvió para mirarla.

Mili se secó las mejillas con las muñecas.

—Ridhi no es mi mejor amiga, idiota. Es la hermana que nunca tuve. Aquí, en este país extranjero... ha sido mi familia.

—En ese caso está claro que no deberíamos ir a su boda.

Mili le golpeó el hombro con fuerza.

—Te parece muy divertido, ¿verdad?

—¿Soy yo quien está siendo gracioso?

Parecía todo tan absurdo que, de no haber estado furiosa, seguro que se habría reído.

—Claro que daría cualquier cosa por ir. Pero no así. Y tú no puedes secuestrarme sin más y llevarme a cualquier parte sin preguntarme. ¡No soy una niña! Voy con *jeans* y camiseta. No puedo presentarte así en una boda, y además sin un regalo para la novia. Ni siquiera llevo cepillo de dientes. Y mi aliento por la mañana es el peor del mundo.

Samir echó la cabeza hacia atrás en una carcajada. Últimamente lo hacía muy a menudo.

—Bueno, eso ya lo sabía. Así que lo traje.

—¿Has traído mi cepillo de dientes? —Mili no recordaba la última vez que había estado tan enfadada—. ¿Cómo te atreves? ¿Has rebuscado entre mis cosas? ¿Quién... quién te crees que eres?

Abrió la puerta del automóvil. Necesitaba salir de allí.

Samir saltó del vehículo, corrió hasta su lado y se agachó frente a ella, obstaculizándole el paso. Apoyó un brazo en la puerta y su bíceps se abultó con el movimiento, a quince centímetros de la cara de Mili. La miró intensamente a los ojos.

—Escucha, Mili: no he trasteado en tus cosas. Yo nunca haría eso. Encontré tu bolsa de viaje en la sala de estar cuando entré a escribir. Y el cepillo estaba justo sobre el lavabo.

Su nariz empezaba de nuevo a gotear. Se sentía la persona más absurda del mundo. Como realmente le apetecía mucho ir, sobre todo después de aquella conversación la noche anterior, admitió lo estúpida que estaba siendo y decidió aceptar la oferta. De modo que preparó la bolsa de viaje. Pero se la olvidó.

—Vi la bolsa —prosiguió él—. Por eso sabía cuánto te apetecía ir.

—¿Y te parece bien tomar esa decisión por mí? ¿Pensar por mí? Que hayas cuidado de mí no te da derecho a controlarme, Samir.

Estaba demasiado cerca de ella. Lo empujó. Pero él no se movió.

—¿Controlarte? ¿De qué estás hablando? Nunca te había visto tan enfadada. ¿Qué problema tienes, Mili?

—Déjame pensar... —Mili hacía tremendos esfuerzos para que no se le quebrara la voz—. ¡Oh, ya lo sé! Quizá me parezca un problema haber sido secuestrada. Quizá también me parezca un problema que me trates como si fuera de tu propiedad. Y definitivamente quizá me parezca un problema que... que... no me permitas tomar mis propias decisiones.

—Mili, la única razón por la que he hecho esto es porque pensaba que lo deseabas. No pretendía decidir por ti. De verdad... Mira, te doy mi palabra.

Pero en lugar de trazar una cruz sobre su pecho, lo hizo cerca del corazón de Mili. Un vacilante dedo dibujó una cruz exactamente frente a su corazón, que de repente e inexplicablemente empezó a golpear a ritmo frenético. Dirigió el dedo hasta su barbilla y la levantó para que mirara sus ojos dorados.

—¿De verdad quieres volver a casa?

La paciencia de Samir era admirable. Ahora se sentía más estúpida que antes. Emocionada, tremendamente estúpida y muy avergonzada. Él intentaba hacer algo agradable y ella reaccionaba con la mayor pataleta de su vida. Ojalá Samir dejara de intentar compensarla por su querido guion. Ojalá no viera en sus ojos lo que estaba viendo.

El dedo de Samir se calentó en su barbilla y se deslizó hasta su mandíbula. Mili intentó apartarle la mano, pero la cercanía de su enorme, caliente y perfectamente esculpido cuerpo emanaba tanto consuelo que se sentía drogada, incapaz de romper el contacto entre ellos. Apoyó su dedos sobre los de él.

—No, es demasiado tarde para regresar —admitió, y Samir le dedicó una sonrisa dorada.

¿Cómo era posible que una criatura tan espléndida, un alma tan hermosa le sonriera como si... como si...? ¡No podía ser! Lo que él sentía era lástima por ella. Eso era todo. No era nada más. Porque, si había algo más, no podrían seguir siendo amigos. ¡Claro que sentía lástima por ella! Porque desde que se conocieron, Mili no había dejado de necesitar ayuda.

Pero en ese caso, ¿por qué absolverlo tan fácilmente? De repente a Mili se le ocurrió una cosa muy divertida.

Samir entornó los ojos al mirarla.

—¿Sabes? La verdad es que estamos a medio camino —dijo ella, exagerando su alegría—. Y deberías conocer a Ridhi. De hecho, me muero de ganas de que la conozcas.

Aquel abusón estaba a punto de aprender la lección de su vida.

CAPÍTULO 14

Samir no había oído una voz más espantosamente nasal, más aguda y rompetímpanos en toda su vida.

—¡Miliiiiii! ¡No puedo creer que estés aquí! ¡Miliiiiii!

La dueña de aquella voz bajó rápidamente los amplios peldaños de granito de la arcada de la mansión, graznando como un pájaro, y se lanzó hacia Mili. Era considerablemente más alta y grande que ella. La levantó y la hizo dar vueltas como una muñeca de trapo antes de soltarla sobre el extenso camino de entrada.

Samir observaba horrorizado el intento de Mili por aterrizar sobre su pie bueno, pero no lo consiguió y se tambaleó hacia atrás. Por suerte, él estaba lo suficientemente cerca para sostenerla y evitar que cayera al suelo. Mili se volvió y le echó una de esas miradas agradecidas que él tanto detestaba. No consiguió encontrar en su corazón la generosidad para valorarla. Estaba demasiado distraído por la ruidosa *banshee*, que no dejaba de saltar arriba y abajo como una niña de dos años.

—¡Mamá, papá, venid a ver! —gritó la amiga—. ¡Mili está aquí!

Un auténtico séquito se materializó en respuesta a sus gritos. Todos iban vestidos con brillantes gasas y sedas en colores casi tan chillones como ella.

Mili sonrió como si aquel fuera el tipo exacto de locura que echaba en falta en su vida.

—Mili —dijo Ridhi, acercándola a ella y señalando con el brazo a unos y otros—: estos son mamá, papá, mi *maasi*, mi *chachi*, mi *chacha*, mi *taaya*...

La lista de tíos y tías continuó y continuó...

Samir estaba pasmado por la cantidad de gente que se había reunido en una semana. Mili se inclinó y tocó los pies de todos los mayores que le presentaron (el gesto tradicional de respeto), y eso que eran un número considerable. Todos la abrazaron y le acariciaron el cabello como si fuera la hija querida y reencontrara después de mucho tiempo.

La madre de Ridhi fue quien más prolongó el abrazo. Presionó el rostro sonrojado de Mili contra su pecho de seda y se secó los ojos con el pañuelo de gasa que le envolvía los hombros.

—Oh, *beta*, ¡cuánto te debemos! ¡Oh, cuánto te debemos! —no dejaba de repetir entre sollozos. De repente, agarró al desgraciado de su hijo por la manga y lo acercó— Mira quién está aquí. La chica que salvó el honor de nuestra familia.

Ranvir parpadeó y unos veinte tonos distintos de rosa atravesaron sus rollizas mejillas.

—Es morena, pero es guapa —dijo una de las tías de aquella tropa.

Samir lo oyó y apretó los dientes. Ridhi estalló en una risa, un sorprendente relincho que hacía que sus gritos, en comparación, sonaran como música. Samir se apretó con un dedo disimuladamente el oído más cercano a ella.

—Mamá, no puedes emparejar a Ranvir con Mili —exclamaba Ridhi sin dejar de relinchar—. Deberías pararte a pensar antes de hacer de celestina. Mili está ca...

Mili tiró de Ridhi para apartarla de su madre, aún más sonrojada que Cara Bollo, y señaló a Samir con la expresión de una niña a la que acaban de pillar con la mano en el bote de galletas.

—Ridhi, este es...

Antes de que Mili pudiera decir nada más, Ridhi dejó escapar otro relincho rompe-vidrios.

—¡Oh, Dios mío! ¡Oh, Dios mío! ¡Oh-Dios-mío! Mili, no me dijiste que él vendría. Oh, estabas equivocada. ¡Ha venido a por ti!

Mili tenía el aspecto de alguien a quien acaban de apuñalar en el pecho. El color abandonó su rostro.

Ridhi corrió hacia Samir y lo rodeó con los brazos.

—Oh, Dios mío. Me moría de ganas de conocerte. Oh, Dios...

—Ridhi, este es Samir, nuestro nuevo vecino. Me ha traído en automóvil —la interrumpió Mili, y Samir deseó abrazarla. Si aquella horripilante voz formaba las palabras «Oh, Dios mío» una vez más, tendría que meter a Mili en el automóvil y volver a Ypsilanti de inmediato.

Ridhi se separó de los brazos de Samir como si este tuviera la peste, y lo miró fijamente.

—¿Este es el tipo que golpeó a Ranvir?

Ridhi se colocó una mano en la cadera y lanzó a Mili una de esas intensas miradas de mujer a mujer que ellas creen tan sutiles. Por suerte, una de sus tías arrastró a la novia al interior de la casa.

—*Arrey*, ya basta de *tamasha* dramático. Vamos dentro. Y actúa como una novia, para variar.

Samir no tenía ni idea de quién era aquella mujer de cabello canoso, pero en lugar de quedar cegado por su sari de color verde loro y sus labios fucsia, deseó subirla a hombros y darle cualquier cosa que la señora deseara.

Ridhi agarró a Mili y la arrastró con ella hacia la casa. La próxima vez que tratara a Mili como una muñeca de trapo, Samir la mataría con sus propias manos, aunque fuera la novia.

*   *   *

Cuando Mili lo agarró del brazo y tiró de él hacia el interior de la casa, Samir parecía tan torturado que le dieron ganas de reírse. Lo tenía bien merecido, por ser tan abusón. Pero, una vez dentro, supo que nunca podría recompensarlo lo suficiente, por el regalo de aquel día.

Estar allí era como superar un abismo de tiempo y distancia, y aterrizar de nuevo en su hogar en la India. Habían llegado justo a tiempo para el Canto de las Damas, que era una parte fundamental de las bodas punyabíes. Mili nunca había estado en una boda así, pero aquello era exactamente igual que las deslumbrantes ceremonias que había visto en las películas: la casa, totalmente iluminada, vibraba con la música y las voces que se elevaban alrededor de ella. Alguien se llevó a Ridhi y empezó una danza *bhangra* con ella en mitad de un enorme salón, del tamaño del centro de estudiantes de la universidad.

Mili dio una vuelta completa alrededor de sí misma, intentando asimilar las dimensiones de la casa. Era incluso mayor que el *haveli* familiar de su marido. Y eso que la casa de su marido la construyeron para varias familias. Durante generaciones, en el *haveli* habían vivido tres o cuatro hermanos y sus familias, junto a las familias de los criados que se ocupaban de los campos y la casa.

En resumen, allí solían vivir treinta y tantas personas. Ya no, por supuesto. Desde la muerte del abuelo de Virat, el *haveli* estaba cerrado y abandonado.

Virat y su madre se marcharon de Balpur poco después de su boda, hacía ya veinte años, y nunca regresaron. El marido de Mili había intentado evitarla con tanto ahínco que ni siquiera se presentó en el funeral de su abuelo. Y tampoco revisó la vieja casa grande, con sus arcos y galerías derruidas. Ella hizo todo lo que estuvo en sus manos. Incluso compró un cubo de cemento para arreglar el techado cuando las lluvias anegaron la cocina. Pensar que el legado familiar estaba abandonado y deteriorado de aquella manera, la ponía tan increíblemente furiosa, tan triste, que apenas podía soportarlo.

Sin duda, cuando Virat y ella consiguieran estar juntos, lo primero que harían como pareja sería ocuparse del *haveli*. ¿Quién lo haría, si no? Mili había oído que tenía un hermanastro, pero su abuela nunca hablaba de él. De hecho, nadie de Balpur hablaba de él.

Samir le echó una mirada que decía «ayúdame», mientras una de las tías con un sari del mismo verde que un loro indio lo arrastraba hasta el centro de la improvisada pista de baile. Otras tres mujeres de cabello blanco lo rodearon, moviendo los hombros y agitando las manos al aire.

Mili estaba a punto de ir en su ayuda, cuando Ridhi la llamó.

—¿Has comido algo?

Ridhi dio un bocado a la *samosa* que tenía en la mano y después metió el resto de la pasta hojaldrada rellena de patata en la boca de Mili antes de arrastrarla hacia la amplia escalera, que por supuesto parecía recién sacada de una película de Bollywood.

—Hoy es el *Sangeet*, y tú eres mi mejor amiga. No puedes ir así vestida. —Puso cara como si Mili necesitara ser fumigada—. Anda, veamos si encontramos algo mío que te valga.

Condujo a Mili hasta la planta de arriba.

La habitación de Ridhi era otro espectáculo del tamaño del centro de estudiantes pero con lentejuelas rosas, baratijas, perlas y gasas brillantes por todas partes.

—Me encontraba en una fase muy Bollywood —dijo Ridhi algo avergonzada—, y quería una habitación que pareciera un número de baile de esos, así que mamá hizo que un primo suyo, que es interiorista, le enviara todas estas cosas de la India.

Ridhi se dejó caer sobre la enorme cama redonda en el centro de la habitación, de cuyo dosel colgaban metros y metros de tela vaporosa.

—¿Estabas en una fase muy Bollywood... y ya no? —se burló Mili.

Ridhi hizo una mueca y la empujó hacia un vestidor del tamaño de todo su apartamento. Mili se quedó boquiabierta.

—A mamá le gusta la ropa —se excusó Ridhi, buscando entre arcoíris de seda y gasa—. Quería ser diseñadora de vestuario de Bollywood antes de casarse con papá y mudarse aquí.

Saris, *salwar kameezes*, *ghaghras* de todos los colores, de todos los tonos y, al parecer, de todos los estilos posibles cubrían las tres paredes por completo.

—Ridhi... —Mili se quedó paralizada—. ¿Cómo podías vivir en nuestro apartamento?

—¿A qué te refieres? —la novia siguió con lo suyo, sin mirarla. Sacó un par de prendas y las colocó en una especie de perchero.

Mili extendió los brazos y señaló felizmente aquella exhibición de ropa a su alrededor.

—¡Mira todo esto!

Ridhi eligió dos *kurtis* y los dejó en el perchero.

—Ya sabes lo que se siente cuando estás enamorada, Mili. Nada de esto me importa. Si mamá y papá no me dejaran estar con Ravi, no querría nada de esto. Cuando no acepté su dinero y me puse a trabajar en el Panda Kong, se volvieron totalmente locos. Y ya ves, han aprendido la lección. —Le acercó un *kurti* al cuerpo de Mili y frunció el ceño—. Eres exactamente la mitad que yo.

Ridhi era quince centímetros más alta que ella. No poseía un gramo de grasa, pero tenía unos hombros amplios y unas exuberantes curvas que la hacían parecer una amazona de la mitología griega.

—Tengo una idea —dijo Ridhi, y volvió a repasar las prendas—. Por cierto, ¿cuál es la historia con ese tal Samir?

Pasó perchas de un lado a otro, buscando con concentración.

—No hay ninguna historia. Se ha mudado a nuestro edificio. Conoce a alguien de mi pueblo, así que pasó por casa para saludar y... nos hicimos amigos.

—Interesante. —Ridhi sacó dos blusas de gasa y las sostuvo contra Mili—. Pues no te mira como si fuerais amigos.

Ridhi movió las cejas.

Mili arrugó la nariz.

—No seas absurda. Me pasaron algunas cosas muy locas después de que te marcharas y él ha sido de mucha ayuda.

«Menudo eufemismo.»

—¿Ayuda? —preguntó Ridhi, pero justo cuando iba a añadir algo más, un estridente zumbido sonó en el aire—. ¡Mierda! —Ridhi corrió hacia lo que parecía una radio de alta fidelidad montada en la pared y pulsó un botón—. ¿Sí, mamá?

—Ridhika Kapoor, ¿es que has perdido la cabeza? Son las ocho y media. Tus invitados están sentados mordiéndose las uñas y preguntándose dónde está la novia. —La voz de la madre de Ridhi, en modo drama, sonaba por los altavoces de toda la estancia—. ¿Dónde estás? Ravi está aquí. ¡Ay, Dios! Esta hija mía... El pobre chico lleva un rato aquí sentado, pacientemente. ¿Me oyes?

—¿El pobre chico? —murmuró Mili.

Ridhi puso los ojos en blanco tan exageradamente que Mili se rio.

—¡Me estoy cambiando, mamá! ¡Ya voy! ¡En dos minutos!

Ridhi volvió corriendo al armario y dejó una blusa de gasa azul en las manos de Mili.

Ella miró fijamente la bola de cordeles de la blusa.

—No puedes estar hablando en serio —le dijo. ¿Dónde estaba la tela que componía lo que supuestamente era aquella prenda?

—Date prisa y pruébatelo. Es un top que a mí me queda corto, pero creo que tendrá la longitud *kurta* perfecta para ti. ¡Ah! Y te daré unos pantalones *churidar*, para que lleves un traje *churidar* completo.

—Pero... esto no tiene mangas. En realidad ni siquiera tiene hombros. Solo cuerdas.

Mili levantó la prenda y agitó los cordeles para que Ridhi los viera.

—Y estarás encantadora con él puesto. Venga, mamá me matará si no bajo en dos minutos. —Empezó a tirar de la camiseta de Mili—. Es mi boda, Mili. No se te permite discutir conmigo.

—Claro, como si en otras circunstancias discutir contigo fuera muy productivo.

—No sé por qué dice eso todo el mundo. Ahora quítate la ropa o conseguirás que te la arranque.

Mili se rio y se puso aquella cosa con cordeles. Tenía que admitir que el verde azulado era bastante bonito y que la tela se deslizaba como un líquido frío sobre su piel.

—¡Oh, Dios mío! —Ridhi se llevó las manos a la cara—. Estás realmente... preciosa.

Se abanicó la cara como si intentara evitar llorar y eso hizo que se pareciera a su madre.

Llevó de la cintura a Mili hasta un espejo para que se viera.

Ella tragó saliva. «Preciosa» no era precisamente la palabra que acudía a su mente.

—Se me ve demasiada piel.

Se ajustó el corpiño e intentó extender los cordeles sobre sus hombros para taparlos más. Hasta entonces, la ropa más descubierta que había llevado era su *kurta* sin mangas. Y Naani solo dejaba que se lo pusiera porque era la mujer de un militar.

«Supongo que un militar querrá que su esposa vista como las chicas de la ciudad... Supongo que un militar querrá que su esposa lea esos libros... Supongo que un militar querrá que su esposa...» Esas eran las excusas de Naani para todo. Y Mili no sentía ni una pizca de culpabilidad por explotarlas. De no haber sido por la furiosa necesidad de Naani de convertirla en la perfecta esposa de un militar, Mili no habría estudiado más allá del colegio, y sin duda no le habría permitido ir a la Universidad de Jaipur. En cuanto a lo de ir a Estados Unidos, en eso no había dado opciones a la pobre Naani.

Ridhi le dio un golpecito en la mano cuando Mili intentó subirse el escote y empezó a anudar los cordeles que le cruzaban la espalda para mantener la escueta prenda en su lugar. Cuando estuvo bien atada, había una cosa de la que estaba segura: si su *naani* la viera así, la encerraría en una habitación y no la dejaría volver a salir hasta que Virat en persona fuera a buscarla.

—¿No podría al menos llevar un *dupatta* o un chal?

Algo con lo que envolverse y mostrarse medio decente...

—No seas ridícula —dijo Ridhi, entregándole unos *leggings*—. Si a mí me quedara así de bien, jamás me cubriría, y jamás me lo quitaría. ¿Cuánto mide tu cintura, Mili: treinta centímetros?

—¿Cómo voy a saberlo? ¿Quién se mide la cintura?

—Mmm... Todos los seres con dos cromosomas X.

—No voy a salir de este vestidor hasta que me des un *dupatta*. No es necesario que toda la casa vea mis dos cromosomas.

Mili se quitó los *jeans*, se puso los *leggings* e inspeccionó el resultado en el espejo. Los *leggings* le quedaban perfectos, recogidos en los tobillos y ceñidos en las piernas. Pero tenía que recordar que no podía inclinarse mientras llevara aquella blusa.

—Y dices que yo soy cabezota.

Mili le dedicó su sonrisa más dulce y extendió la mano para recibir el *dupatta*. El intercomunicador zumbó de nuevo. Ridhi corrió a pulsar el botón.

—Mamá, he dicho que ya voy —dijo en voz tan alta que Mili se preguntó para qué necesitaban el interfono.

Lanzó un *dupatta* de gasa a las manos de Mili.

—Ve a buscar a tu Romeo —bromeó Ridhi—. Apuesto a que él estará buscándote.

—Ridhi, ¡por favor! —exclamó mientras la novia la dejaba fuera de la habitación.

Mili intentó cubrirse con el *dupatta*. Lo expandió al aire e intentó envolverse en él, sin conseguirlo. Ridhi, la astuta traidora, le había dado un pañuelo fino y estrecho. Pero, en lugar de forcejear con esa prenda, lo que debería haber estado haciendo era agarrarse a la barandilla, porque en su primer paso por la amplia escalera pasaron dos cosas: una, su tobillo se sacudió de un modo extraño y se convirtió en goma; y dos, encontró a Samir mirándola y sus rodillas siguieron a sus tobillos. Agitó los brazos como dos alas, buscando apoyo frenéticamente, y su cuerpo cayó hacia delante en caída libre.

Por suerte, aterrizó de golpe sobre el pecho de Samir. Sus senos se aplastaron contra el duro músculo. Un poderoso brazo la rodeó por la cintura mientras el otro agarraba la barandilla para evitar que ambos cayeran. La nariz de Mili quedó estrujada contra el centro exacto de su pecho, lo que significaba que sus labios estaban también presionando su cálida piel cubierta de algodón. Un intenso perfume a muestra de revista le inundó. Sus sentidos apartaron el olor, buscando aquel otro aroma que sabía que encontraría: el del desierto, la arena caliente y la lluvia cálida. Lo aspiró mientras sus dedos se encontraban con sus brazos musculosos y se sujetaban a ellos sin invitación.

Samir la levantó en brazos como si fuera una niña. Bueno, realmente no la levantó como a una niña. Una cálida necesidad apresó su vientre, y en ese instante una aclamación se alzó entre los reunidos, seguida de aplausos y silbidos. Samir evitó mirarla. El color acarició sus mejillas doradas. Y ligeramente aturdido, se unió a la multitud agrupada a los pies de la escalera.

—Bájame —musitó ella—. ¿Qué estás haciendo?

Samir la miró fijamente.

—¿Qué estás haciendo tú? Si te caes, podrías dañarte el tobillo para siempre. ¿Perdiste la sensatez cuando te caíste de la bicicleta?

Bajó despacio las escaleras con ella en brazos. Los invitados abrieron camino para que pasaran y él la dejó sentada en un banco acolchado del pasillo.

—Por favor —le susurró Mili al oído—. Por favor, no montes una escena. Todo el mundo nos está mirando.

Samir observó la expresión de su rostro. Debía de parecer mortificada porque, cuando Samir se incorporó y miró hacia la multitud, lucía una sonrisa forzada y arrogante.

—Está bien —exclamó a los presentes—. Todo va bien. Solo es que nació así de torpe. Nada más.

La gente se rio y murmuró su preocupación. Dieron a Mili unas palmaditas en la cabeza y después se dispersaron.

—¿Qué nací torpe?

Mili fulminó a Samir con la mirada. Pero el color bañó sus mejillas, y sus ojos expresaron aquel gesto tímido que surgía cuando fingía estar más enfadada de lo que estaba en realidad. La emoción que se había activado en el pecho de Samir cuando la vio bajar por las escaleras, forcejeando con su pañuelo, adquirió una intensidad abrasadora.

Ya era suficientemente duro cuando llevaba esas camisetas sin forma sobre su cuerpo lleno de formas. Las mujeres con las que solía salir llevaban una fracción de la ropa que su amiga le había obligado a ponerse. Pero lo último que necesitaba ver era que Mili se sonrojaba con todo su cuerpo; que la resplandeciente luminosidad de su piel no se restringía a su rostro, también se expandía a sus brazos. Mierda, ya estaba pensando en la piel de sus brazos. Y no podía creerse lo jodidamente erótico que era ese pensamiento. Se sentía como uno de esos lascivos *mawalis* que se rascaban la entrepierna en las esquinas mientras miraban lujuriosamente a las mujeres. ¿A cuántos de aquellos imbéciles había dado un puñetazo en la cara?

Se sentó a su lado y fijó la mirada en la multitud de mujeres poco atractivas y en baja forma ataviadas con sedas chillonas de todo tipo. Pero eso solo lo relajó un poco. Lo que realmente necesitaba era salir de allí y echar un polvo. Rápido. Había pasado un mes, y eso era un puto record. Aquello del ascetismo no iba con él.

Mili se volvió hacia él y posó su mano en la cintura. El recuerdo de la perfección con la que su cintura había encajado en sus manos ardía en los dedos de Samir. Ese gesto hizo que sus pechos se levantaran en aquel estúpido top y el oxígeno de la habitación se redujo. Sus pechos eran exactamente como había intuido, desde el tono rosado a la exuberante elevación... Intentar no mirar aquellos pechos como lo haría uno de esos malditos libertinos iba a matarlo.

Mili agitó sus inverosímiles pestañas, añadiendo inocencia al enfado que reflejaba, y ganándose una mirada de proporciones colosales.

—¿Qué, ahora vas a gritarme por salvarte la vida? —dijo Samir.

Vaya por Dios. Había empezado a gruñir como un guerrero mogol de una película de época.

—Oh, ¿es eso lo que has hecho? —le preguntó Mili con tono angelical—. Porque me pareció que estabas intentando... —Aquí su voz se convirtió en un susurro— matarme.

—¿Subiendo las escaleras como un superhéroe y evitando que bajaras dando volteretas?

—No, subiendo. Subiendo... Déjalo.

Mili se ruborizó aún más y se miró los dedos de los pies. Él se sintió como un auténtico imbécil. Siempre había disfrutado sintiéndose así, pero ya no quería volver a hacerlo en su vida. No con ella. Suavizó el tono de su voz.

—¿Tienes bien el pie?

Mili bajó la cabeza hasta rozar la barbilla contra el pecho. Sus rizos acompañaron el movimiento alrededor de su mortificado rostro.

—Eso, Mili, ¿cómo tienes el pie? —La horrible vibración nasal de la voz de Ridhi destruyó la ternura que burbujeaba en su interior. La mujer caballo le echó una mirada suspicaz—. ¿Qué estáis haciendo aquí vosotros dos? Todos los demás están en la otra habitación.

Samir dedicó a la amiga de Mili su sonrisa más *sexy*.

—Sinceramente, estábamos achuchándonos. Pero has venido tú y nos has fastidiado el momento.

Samir guiñó un ojo a Mili, se puso de pie y se alejó sin mirar atrás.

CAPÍTULO 15

Mili encontró a Samir en el lugar más inverosímil. Después de haberse ido enfadado como Salim, el príncipe mogol de *Mugal-e-Azam*, la verdad es que esperaba hallarlo pensativo en una esquina. En lugar de eso, lo vio encarado a la enorme isla de la cocina. Era el único hombre y estaba rodeado de mujeres de todas las edades, como Krishna y las bellas seguidoras rurales que no podían resistirse a él cuando tocaba su flauta. Las dos abuelas de Ridhi lo flanqueaban. Y la sobrina de la novia estaba emparedada entre él y la isla de cocina, observando cómo sus diestras manos convertían bolas de masa en redondos y finos *rotis* con un rodillo.

Cuando entró en la cocina, Samir le lanzó una mirada distraída.

—Ya está —dijo él a alguien a su lado. Levantó el rodillo del *roti* y dejó que la pequeña lo despegara de la tabla de madera. Después la ayudó a colocarlo sobre una hoja de papel encerado junto a varios *rotis* idénticos.

—¡Quince! —anunció una de las abuelas examinando la bandeja con una admiración que rayaba la reverencia.

Todas las mujeres alrededor de la isla aplaudieron. Tres primas adolescentes rellenaban frenéticamente los *rotis* que Samir había estirado con bolas de patata sazonada e intentaban doblarlos en forma de samosas cónicas. Pero fracasaban miserablemente.

—Chicas, deberíais estar avergonzadas —exclamó la abuela que preparaba las bolas de patata a la otra abuela, que hacía las bolas de masa—. Samir estira los *rotis* en menos tiempo del que vosotras tres empleáis rellenando las samosas. ¿Es que os vence un hombre cocinando? ¡Menuda generación de muchachas hemos criado, *Didi*!

—Vencer en los deportes y en los estudios era demasiado fácil, así que tuve que probar cocinando —dijo Samir rebosando encanto. Las chicas resoplaron y después se rieron.

—Lo que faltaba. También es sexista —replicó Ridhi, que arrastró a Mili a la cocina y se unió a la audiencia en torno a Samir.

—Sí. Soy tan sexista que estoy preparando samosas para tu boda mientras tú me miras —dijo Samir sin dejar de trabajar. El rodillo se movió sobre la masa con movimientos limpios, extendiéndola en un círculo perfecto.

Ridhi lo miró con el ceño fruncido. Samir parecía en su propio mundo.

—¿Eres cocinero, *beta*? ¿Fuiste a uno de esos colegios para aprender a cocinar? —le preguntó la abuela de la derecha.

—Escuela culinaria, *naani* —corrigió la pequeña que ayudaba a Samir.

—¡Ah, por fin una chica competente! Todavía hay esperanza para la *mujeridad* —dijo Samir, y dio una palmadita a la niña en la cabeza—. No, Naaniji, no fui a la escuela culinaria. Solo atendía cuando mi madre me enseñaba —añadió en un tono angelical que escondía una enorme arrogancia.

Mili apareció para mirarlo fijamente y bordeó la isla hasta llegar adonde las chicas fracasaban tan tristemente rellenando samosas.

—Sí, todavía hay esperanza —exclamó, y se colocó frente a él—. Pero solo para la *mujeridad*. No hay absolutamente ninguna esperanza para usted, caballero.

Samir intentó lanzarle una mirada neutra, pero aquello le parecía divertido y lo notó en su mirada. Diversión y algo más caliente.

La niña se rio y miró a Samir.

—*Mujeridad* ni siquiera es una palabra de verdad.

—Samir no ve la realidad, *beta* —dijo Mili a la niña—. Vamos a darle una lección de realidad y humildad, ¿te parece?

Los ojos dorados de Samir aceptaron el desafío de aquella mirada.

—¿Y quién va a vencerme, tú?

—Además, sin ayuda —respondió Mili, y despidió a las tres chicas, que casi se derrumbaron en el suelo por el alivio. Exclamaciones de júbilo alrededor de la isla—. ¿Preparado?

La sonrisa que Samir estaba conteniendo se expandió sobre su rostro. Ella se quitó el pañuelo de los hombros y se lo anudó en la cintura. La batalla dio comienzo.

Mili levantó un *roti* estirado del papel, lo colocó sobre su palma y giró rápidamente la muñeca para darle la vuelta. Más vítores. Samir levantó una ceja, impresionado.

Estupendo. Burro arrogante.

Samir escogió una bola de masa, la hizo girar en el aire, la atrapó y la aplastó contra la tabla.

Las manos de ambos empezaron a volar.

Mili dobló el *roti*, volteó los bordes para hacer un cono, embutió patatas en el centro, unió los bordes y una samosa perfecta salió justo cuando Samir terminaba de estirar otro *roti*, que aterrizó sobre el papel en el momento exacto en el que la samosa, perfectamente cónica, se unía a las anteriormente malogradas. El público los aclamó. Samir también aplaudió. Mili se apretó el pañuelo alrededor de la cintura e hizo una reverencia.

Una de las abuelas se rio tan fuerte que alguien tuvo que llevarle agua. Fueron a por otra ronda, y después otra más. Siempre terminaban a la vez, perfectamente sincronizados.

Una de las tías de Ridhi puso una enorme cacerola con aceite al fuego y empezó a freír las samosas. Pronto toda la casa estuvo impregnada por el olor de la masa recién frita. Las samosas desaparecían más rápido de lo que tardaban en freírlas.

Samir y Mili siguieron trabajando juntos, en una lograda armonía, con sus manos y miradas midiendo las acciones y el ritmo del otro, mientras el resto no era más que un murmullo a su alrededor.

—Ravi hace unas *dosas* realmente buenas —dijo Ridhi con un puchero en la mano, colándose entre ellos.

Samir, para disgusto de las abuelas, reclutó a Ravi para que friera las samosas.

—Qué vergüenza... ¿Qué tipo de familia pone al novio a trabajar?

—Yo he estado media hora haciendo bolas de masa, Naani, ¿por qué no puede él? —se quejó Ridhi.

—Porque tú eres una mujer. Y ese es tu lugar —sentenció Samir.

Ridhi y Mili se llenaron las manos de harina y le salpicaron.

Eso les hizo llevarse una sonora reprimenda de las abuelas y la exagerada indignación de Samir.

—Estas chicas de hoy en día, Naani —dijo Samir, negando con la cabeza tristemente—, no tienen gracia, no son refinadas. ¿Alguna vez le has tirado harina a un invitado?

Tras eso le tiraron más, hasta que la madre de Ridhi gritó que pararan, desde el otro lado de la cocina.

En muy poco tiempo las samosas se frieron y desaparecieron. La música bhangra empezó a sonar en el patio trasero. El *DJ* había terminado los preparativos. Todos, incluidas las abuelas, corrieron a estrenar la pista de baile que había sido instalada sobre la hierba del jardín.

Samir se detuvo con Mili frente a la ventana de la cocina y juntos contemplaron el alboroto. De repente, todo el patio cobró vida. Miles de diminutas luces azules y blancas parpadeaban en los árboles, en cada arbusto, en cada muro. El ritmo del bhangra comenzó a retumbar y la gente levantó los brazos al unísono y se puso a bailar.

—Yo pensaba que todo lo que salía sobre las bodas punyabíes en las películas era un estereotipo. Pero esta gente está chiflada. —Samir se llevó el dedo índice a su sien y Mili tuvo la extraña necesidad de revolverle el cabello. Y de abrazarlo.

Levantó la mano y le limpió la harina de la nariz y las mejillas.

—Gracias.

Los sonrientes ojos de Samir se transformaron en oscuro ámbar ahumado cuando la miró.

—Deberías limpiarte —le dijo Mili, ignorando su expresión.

—Me gusta más cuando tú lo haces por mí.

No la tocó, pero parecía que quería hacerlo.

La mano de Mili se detuvo sobre su mejilla. La apartó y retrocedió, pero solo un poquito. No tenía ningún sentido dejarle saber cuánto la desconcertaba.

—Creo que también te has manchado la camisa.

—Mejor aún.

Mili lo agarró del brazo y lo arrastró por la manga hasta el baño.

—¿Vas a entrar conmigo? —le preguntó Samir, todo inocencia.

—Samir, cállate.

—¡Qué! —replicó él burlonamente. Recogió un poco de harina de su camisa y se la lanzó—. Tú también necesitas limpiarte.

—Samir... no puedes hablarme así.

—¿Así, cómo?

Era imposible. En aquel momento no podía enfadarse de verdad con él. Lo empujó al baño y cerró la puerta, quedándose ella fuera.

—¡No empieces a bailar sin mí! —cantó él desde el otro lado. Abrió la puerta y asomó la cabeza, con la frente arrugada por la preocupación y los ojos llenos de ternura... el Samir de verdad, no el pícaro que le encantaba interpretar—. Mili, ni se te ocurra acercarte a esa pista de baile. Tienes que descansar el pie, ¿entendido?

Mili volvió a empujarlo y cerró la puerta en su cara. Una sonrisa se encendió en su corazón y fue hasta sus labios. Se dirigió al patio y se detuvo en seco frente al espejo del pasillo. ¿Quién era la chica que estaba ahí? Se limpió las motas de harina de la nariz, pero se negó a mirarse a los ojos o a reconocer lo que había visto brillando en ellos.

* * *

Samir atravesó la casa, totalmente silenciosa, hasta el patio y encontró a Mili observando la abarrotada pista de baile. Sentada en un muro bajo, movía el cuerpo de arriba abajo al son de la música. No era un movimiento evidente. De hecho, era tan sutil que, si alguien no supiera cuál era su porte habitual, no se daría cuenta. Había algo lírico en el ángulo de su columna, en la inclinación de su cabeza. Las líneas de su cuerpo tenían la gracia de una bailarina clásica, y aun así, era la persona más torpe que conocía. Se caía continuamente.

Samir no tenía ni idea de cómo ella notó su presencia, pero Mili se volvió de repente y lo buscó con la mirada. Sus ojos recorrieron el jardín hasta que lo encontró entre la multitud, y entonces su sonrisa se convirtió en un faro, y sus ojos en unas lámparas que inundaban de luz su interior. Sus piernas se movían solas entre las mesas, y las velas y la gente charlando lo llevaron a donde ella esperaba sentada, con los pies colgando a unos centímetros sobre la hierba. Al verlo, Mili dio unas palmaditas al cemento a su lado y señaló la pista de baile con la barbilla.

«¿Estás de broma? Están bailando», quería decir.

Había algo tan reconfortante en aquella comunicación muda entre ellos, que él no podía estropearla. Se sentó y juntos observaron a los demás bailar. Una cosa había que reconocer: los punyabíes sabían bailar. Incluso los que no se movían bien, bailaban bien. Se entregaban a ello con total naturalidad, incluso cuando estaban a kilómetros del ritmo de la música. Desde los niños pequeños hasta los ancianos de noventa, todos se abandonaban frenéticamente a los movimientos. Pero justo allí no le apetecía reírse de ello.

—Te gusta bailar —afirmó Samir. De algún modo, sabía que le encantaba.

Mili se volvió hacia él, con una sonrisa exultante.

—Este baile, no. Pero cuando todas las mujeres de nuestra aldea se reúnen para el *ghoomar* en el festival *Teej* y para el *garba* en *Navratri*, bailamos toda la noche hasta la salida del sol. Y siempre soy la última en marcharse. Mi *naani* tiene que sacarme a rastras de allí, e incluso entonces no consigo quedarme dormida. A veces, después de que Naani empiece a roncar, salgo de la cama y sigo bailando.

Él tragó saliva. ¿Qué podía decir de aquello? Excepto que sabía qué aspecto debía de tener con las pulseras tintineando en sus muñecas y tobillos mientras giraba y su falda *ghagra* trazaba un círculo perfecto a su alrededor.

El rubor se extendió por las mejillas de Mili como si no pudiera creer lo que acababa de contarle. Desvió su mirada a los pies y después lo miró a él de nuevo.

—A ti no te gusta bailar.

Intentó que fuera una certeza, pero un sutil toque de esperanza se filtró en su voz y enganchó un dedo alrededor de su corazón.

—No siempre —respondió él.

—¡Ah! —dijo ella, juguetona—. Así que te gusta salir a bailar, como hacen aquí en Occidente.

Aquello tampoco era una pregunta.

—En Oriente también lo hacemos. —Samir movió la barbilla como si «Oriente» estuviera allí al lado.

—¿No es increíble, Samir, que ambos seamos de la India y que nuestras Indias sean tan diferentes?

De repente Samir quiso saber cómo era la India de Mili: dónde vivía, qué comía, qué aspecto tenía su querida *naani*. Quería saber por qué una persona tan dulce, tan inocente, había enviado a un hombre herido una notificación reclamando su casa familiar. Algo debió de haberla empujado a ello. No era rencorosa y, desde luego, tampoco codiciosa. Entonces, ¿qué diablos era?

—Y en Oriente, cuando sales a bailar... ¿cómo bailas? —preguntó Mili curiosa.

—Depende. Si voy con un grupo de amigos, es bastante parecido a esto. —Señaló la multitud que se movía y contoneaba—. Si voy en pareja, normalmente voy a sitios con música más lenta.

Mili bajó los párpados y sus frondosas pestañas se extendieron sobre unas mejillas que no parecían poder dejar de sonrojarse.

—¿Y qué haces con la música lenta?

Quizá no debería haberle hecho esa pregunta, porque en ese momento Samir bajó del muro de un saltó y se dirigió al *DJ*. Cuando regresó, el pegadizo ritmo del bhangra se convirtió en el lento compás de una canción romántica.

Pehla Nasha... El suave y abrasador rubor del primer amor. Era una de sus canciones favoritas.

—¿Me concedes...? —Samir extendió su mano.

Su mirada provocó que un fuego lento la atravesara. Mili dejó que tomara su mano y la condujera a la pista de baile.

—Pensaba que no tenía permitido bailar —dijo con una sonrisa.

—Tengo un plan —contestó Samir. Sus ojos relucían como los de un diablillo arrogante, y ella empezó a darse cuenta de que no era arrogancia en realidad, sino que se sentía totalmente cómodo consigo mismo. Levantó las cejas, añadiendo un toque de misterio a sus palabras.

Seguro que era un director de cine muy bueno, pensó Mili.

—Quítate los zapatos —susurró al oído de ella.

Como Mili no se movía, Samir se quitó los suyos y esperó a que ella hiciera lo mismo.

Colocó sus grandes manos en su cintura.

—Ahora ponte sobre mis pies.

La alzó ligeramente del suelo y los pies descalzos de Mili aterrizaron sobre los pies descalzos de Samir.

—Uf —dijo él, y ella se bajó enseguida.

—Lo siento —se apresuró Mili—. ¿Peso demasiado?

Samir se rio.

—Eres más ligera que mi mochila del instituto.

La volvió a levantar y la puso sobre sus pies.

Mili le clavó los dedos.

—Eres muy antipático —dijo ella en el hindi de su localidad.

—Au... Eso duele —respondió él en el mismo dialecto.

—Me alegro.

Samir la rodeó con los brazos y la acercó un poco más.

—Si te sujetas, será más fácil.

Mili quería abrazarlo, pero no se atrevía a ser tan descarada. En lugar de eso, posó las manos sobre sus brazos. Samir empezó a contonearse y ella tuvo que agarrarse mejor. Enganchó los codos con los de él y sus manos rodearon los hermosos músculos de sus brazos, que encajaban perfectamente en sus palmas.

El cuerpo de Samir comenzó a seguir el ritmo de la música, suave y melodiosa. Se balanceó con ella en los brazos, moviendo los pies de la joven con los suyos en unos diminutos pasos deslizantes. Mili notaba el calor en los puntos en los que su piel rozaba la de Samir. Todo quemaba. Pero era un calor suave, sin nada de incomodidad.

—¿Estás cómoda? —le susurró Samir al oído.

Mili asintió y se miró los pies. Su número treinta y cinco sobre aquellos pies como barcas.

—¿Ahora qué hacemos? —Mili se echó hacia atrás para mirarlo.

—No te separes tanto... —dijo Samir, y atrajo la cabeza de Mili contra su pecho—, o nos caeremos.

Samir le acercó la barbilla.

—¿Y ahora? —Mili no dejaba de preguntar.

—Ahora simplemente escuchemos la música. —Samir siguió el ritmo de la canción, con pequeños balanceos y deslizamientos—. Dejamos que la música nos inunde. —Levantó lo pies un poco más alto, moviéndose hacia delante y hacia atrás, llevándola con él—. Dejemos que el ritmo nos sugiera.

Giró con ella en los brazos, dando pequeñas vueltas. Dos hacia ese lado, otro hacia aquel; dos pasos hacia delante, dos pasos hacia atrás...

Era una sensación increíble. Sus hombros, sus caderas, sus brazos, todo su cuerpo la transportaba con una cadencia tan sutil, que era como si no se movieran, al menos no en la superficie; porque por dentro todo era ritmo, latido, vibración.

Mili apenas era consciente de la otra gente que bailaba a su alrededor. Las canciones se disolvían en las siguientes. La música lenta terminó y lo moderno sonó otra vez, pero ellos habían encontrado su ritmo y bailaron envueltos en él como en una burbuja. Y dentro de ella, cada pequeña parte de ellos danzaba.

Al final, cuando Mili ya había perdido la cuenta de las canciones, Samir se apartó. La levantó y la dejó de nuevo en el suelo, donde Mili siguió balanceándose. Riéndose, la tomó de la mano y la sacó de la pista de baile. Ella lo siguió, con la música aún latiendo en su corazón.

—¿Cómo tienes el pie? —preguntó Samir, recogiendo sus zapatos mientras la conducía a una esquina relativamente tranquila del patio.

—Fenomenal. —Mili movió los dedos de los pies—. ¿Y tú?

—Los míos están bien —dijo él y la inclinó hábilmente hacia un lado—. Se han alegrado muchísimo de conocer a los tuyos.

Sonrió. Pero no con su habitual y atractiva sonrisa de póster de película, sino con su alma de niño. Entonces se agachó junto a ella y, antes de que pudiera detenerlo, le colocó con delicadeza las sandalias. Saltaron chispas cuando sus dedos le rozaron la piel. Samir se apartó.

La respiración de Mili se aceleró y se quedó atrapada en la garganta. Le ardía la cara.

Gracias a Dios, él no levantó la mirada. En lugar de eso, se puso los zapatos y se concentró en atarse los cordones.

—¿De verdad usas un cuarenta y ocho de pie? —preguntó Mili, sobre todo para sacar el aire de sus pulmones.

Samir levantó la mirada, ausente.

—Me lo dijiste en el hospital —insistió Mili—. ¿No te acuerdas?

—¡Ah, sí... aquel día!

Sus zapatos estaban descoloridos tras haberlos lavado, y la piel marrón era un tono más oscura en las partes donde ella había vomitado.

—Siento haberlo... hecho en tus zapatos.

Samir se incorporó y Mili tuvo que echar la cabeza hacia atrás para seguir mirándolo.

—No te preocupes por eso. Mis pies se pusieron en medio por culpa de su tamaño.

Samir sonrió de nuevo y Mili sintió una oleada de alivio.

—En serio, ¡un cuarenta y ocho es una aberración!

—¿Una aberración? —Levantó una ceja y después se encogió de hombros—. Supongo que es normal pensar eso cuando tienes unos pies demasiado pequeños para sostenerte.

—Al menos, los míos no se interponen en el vómito de los demás.

—Al menos, nadie me hace caer empujándome con un dedo.

Aquella *sexy* sonrisa de héroe estaba en pleno rendimiento.

—Nadie puede hacerme caer con... —dijo ella orgullosa.

Samir la empujó con una mano y la sujetó con la otra.

Mili lo fulminó con la mirada.

—No has usado un ded...

Y Samir lo hizo de nuevo. Esta vez con un dedo. Pero cuando la agarró, la abrazó. Mili le colocó las manos contra el pecho y empujó; necesitaba poner distancia entre ellos.

—Eso no ha tenido gracia, Samir.

—Tienes razón. Lo siento —dijo sonriendo de oreja a oreja. Niño, héroe, *sexy*, todos esos Samir fusionados en uno.

—Me gusta que seas tan simpático... y poco convencional.

¿Cómo podía no devolverle la sonrisa?

Samir se sentó en los peldaños del patio y la acomodó a su lado.

—Dijiste que era el tipo más decente que habías conocido.

Hizo una señal a un camarero que pasaba y se llevó dos copas de su bandeja.

—Tienes tus momentos —dijo ella—. Estuviste maravilloso en la cocina, por cierto. Creo que hoy todas las mujeres se han enamorado un poquito de ti.

—¿Las abuelas también?

Le ofreció ambas copas, zumo de naranja y vino tinto.

—¡Oh, las abuelas sin duda!

Mili aceptó el zumo y lo olió, solo para asegurarse de que no llevaba alcohol. Samir no se burló de ella por eso. Dio un sorbo a su vino y la observó a través del cristal. Ella nunca lo había visto así, tan expuesto.

—¿Y...? —dijo él.

—Y estuviste increíble. Tu madre es una maestra realmente buena.

Samir dejó su copa, se echó hacia atrás apoyándose en los brazos y miró el cielo.

—La mejor.

—Dijiste que de niño nunca te separabas de ella. ¿Eras tímido?

—No, no era tímido. Tenía miedo.

—¿De qué?

Samir siguió estudiando el resplandeciente manto de estrellas.

—De todo. De la oscuridad, de la gente, de que me dejaran solo. —Hizo una pausa. Tragó saliva con un gesto bastante evidente—. Mi madre biológica me dejó frente la puerta de mis abuelos y se marchó sin mirar atrás.

—Oh, Dios, Samir... Lo siento.

Mili se aproximó un poco, pero no llegó a tocarle.

—No. Realmente fue lo mejor que podía haberme ocurrido. Baiji me acogió, en todos los sentidos que es posible acoger a un niño. Siempre dice que fue amor a primera vista —añadió, casi con una sonrisa.

—¿Y tu padre?

—Había sido el marido de Baiji. Dejó a mi hermano mayor y a Baiji para venir a este país a sacarse un máster y nunca regresó a casa. Conoció a mi madre biológica aquí. Me tuvieron. Y él murió en un accidente de automóvil. Después de su muerte, ella ya no me quiso. Me llevó a la India, me entregó a mis abuelos y regresó aquí.

Mili se acurrucó en sus propias rodillas con los brazos.

—¿Qué edad tenías?

—Cinco años.

Se le estrechó la garganta.

—¿La recuerdas... a ella?

Samir se quedó en silencio tanto tiempo que Mili pensó que no iba a responder, pero lo hizo:

—Recuerdo su nombre: Sara. Sara Willis. Y que vivíamos en una especie de granja con un granero grande y rojo, en un lugar llamado Munroe, en Michigan. Aparte de eso, solo tengo sensaciones. Recuerdo cómo era la casa. Cómo era el campo que rodeaba esa casa, y el cielo abierto. Y recuerdo cómo era ella. Ya sabes... no su aspecto, sino su sensación.

Las lágrimas de Mili hicieron que la inmóvil silueta de Samir se estremeciera a su lado.

—¿Cómo era? —ella siguió preguntando.

—Húmeda. La notaba triste y húmeda. Acuosa y ligera, como la neblina, como...

Ya no podía seguir hablando. Extendió una mano y secó las lágrimas de Mili.

Esta vez ella se adelantó y acercó su mejilla a la palma de Samir.

—Yo no recuerdo nada —dijo Mili, y el pulgar de Samir le acarició el pómulo—. Ni una sola cosa. Ni un olor, ni una sensación... Nada.

Solo he visto una foto. Así que ni siquiera tengo esos recuerdos falsos inspirados por fotografías que se supone que todos los niños tienen de su infancia.

—¿Qué edad tenías?

—Dos años. Mi padre acababa de conseguir trabajo como profesor en la Universidad de Delhi. Mis padres volvían a casa después de la entrevista para recogerme en casa de mi abuela y llevarme de vuelta a Delhi. Su tren descarriló y cayó al río Yamuna. Ni un solo pasajero sobrevivió.

Samir la rodeó con un brazo, aproximándola a él. Ella se abandonó a su calidez.

Durante mucho tiempo ninguno de los dos dijo nada. Permanecieron allí sentados, pegados el uno contra el otro, observando a la gente que bailaba bajo el infinito cielo extranjero.

CAPÍTULO 16

Mili no durmió nada aquella noche. Se agitó y dio vueltas en el sofá-cama de la habitación de Ridhi, escuchándola roncar. Eso debería haberla consolado.

Su *naani* emitía una auténtica orquesta de ronquidos; aquellos melódicos silbidos nocturnos la acompañaron casi todas las noches de su infancia. Pero los ronquidos de su amiga no eran ni por asomo tan ruidosos, y Mili dio gracias por ello en silencio, en nombre de Ravi. Además, normalmente Ridhi no roncaba. Lo de esa noche se debía, probablemente, al agotamiento. Teniendo en cuenta cómo se había movido en la pista de baile, sería un milagro que se despertara a tiempo para casarse.

Además, seguía sonrojada por el besito de Samir en su mejilla antes de dirigirse al hotel donde los padres de la novia habían alojado a sus invitados. El recuerdo de aquel contacto, su ternura... hizo que se ruborizara de nuevo. Había tanta delicadeza en él, en cómo la tocaba, cómo hablaba con ella... Incluso su mirada era tierna, como si pasara una suave pluma sobre su piel. Eso, cuando no intentaba enmascararla con aquella indiferencia de héroe buenorro, por supuesto.

Aunque, la verdad, sus ardientes y seductoras miradas también eran increíbles. Otro cálido e inesperado rubor reptó por el cuerpo desvelado de Mili.

El calor se concentró en su garganta, en su vientre y más abajo aún, entre sus piernas. Su mano trazó el sendero que marcaba aquella calidez y voló al ras de su cuerpo hasta su parte más íntima. Bajó la mano, dejando que la calidez de sus dedos se mezclara con la cálida respuesta al recuerdo de su roce. Fuego líquido se deslizó, húmedo y caliente, desde lugares secretos para humedecer los recovecos más íntimos de su piel. Apartó la mano, mortificada.

La culpabilidad vibraba en su interior como una corriente eléctrica. Culpabilidad por el calor que se arremolinaba entre sus piernas; culpabilidad por el salvaje desenfreno que ese hombre inspiraba en su interior; culpabilidad por lo segura que se sentía a su lado. Tan segura, de hecho, que había compartido con él algo que nunca antes había contado a nadie.

«No recuerdo nada.»

Eso era lo que más odiaba en su vida, más que haberse casado a los cuatro años. Pero más que la infinita espera que estaba siendo su vida, odiaba no recordar nada sobre sus padres. Eso había sido una pesada carga en su corazón, una carga que siempre aplastó algo en su interior hasta que el brazo de Samir la rodeó y las palabras escaparon por fin de su control.

Una amistad que te da ese tipo de libertad no puede estar mal, ¿verdad? Su amistad era limpia y pura, ¿no?

Intentó no pensar dónde había estado su mano.

No. A pesar de todo, ella sabía que esa amistad era algo bueno. En lo más profundo de su corazón, en la parte más lúcida de su cerebro, sabía sin duda que los sentimientos de Samir por ella eran honestos. Una amistad inocente, desinteresada, que no exigía nada. Una amistad como aquella era un auténtico regalo y no la ensombrecería solo por que su cuerpo la traicionara; no la abandonaría por que provocara en ella una respuesta desleal.

«Hipócrita», susurró una vocecita en su cabeza.

«Hipócrita.»

Se dio la vuelta bajo la gruesa colcha y presionó su rostro contra la almohada. Oh, Dios, ¿qué le estaba pasando? Apretó los ojos e intentó conjurar una imagen de Virat, la única que tenía de él: un recorte de prensa que su abuela había enmarcado. ¿Cuántas horas había pasado mirando en secreto aquel rostro descolorido? Un hombre sonriente y atractivo con mono de piloto rodeado de hombres sonrientes y atractivos, con un avión de combate de fondo. Se esforzó para concentrarse en su cara, y se esforzó por retener su sonrisa en su memoria mientras volvía a hundir la mano entre sus piernas.

Esta vez permitió que su mano se deslizara bajo el camisón prestado de Ridhi. Esta vez dejó que sus dedos se deslizaran bajo sus braguitas húmedas. Encontró el hinchado brote que palpitaba en su sensible pubis. Enloquecida por su propio cuerpo, indagó en él. Un ansia caliente y espontánea creció en sus dedos. La sensación arañó sus intestinos, saturó su sexo intacto, humedeció su boca, humedeció sus dedos. Sus pezones se endurecieron, se convirtieron en dardos contra el colchón. Le dolían. Le dolía todo su ser, tenso y a punto de quebrarse, deseando, esperando la ansiada liberación.

Se esforzó por llegar a ella, pero su resistencia por mantener la imagen en blanco y negro en su mente la desconcentró, la hizo retroceder, la amarró. Forcejeó, se mordió el labio e intensificó sus caricias. El crudo aroma de su propia necesidad llegó hasta ella, llevando consigo el olor del desierto, de la arena caliente y la lluvia cálida. El recuerdo de los poderosos brazos de Samir, de sus dedos clavándose en sus duros músculos volvió a ella con frenesí. Esos ojos del mismo color de la miel, ese cabello del color del chocolate, esos dientes blancos como la nieve. Los cálidos labios sobre su mejilla. Su grave y fresca carcajada la subyugó y derribó todas sus resistencias.

Entonces se liberó.

Se deshizo.

Se contrajo en un intenso espasmo, y después otro, y otro... y mordió la almohada bajo su rostro sudado, ahogando sus gritos, tragándose su culpa, tragándoselo todo excepto la dulce, dulcísima pulsación que seguía latiendo contra sus dedos.

* * *

Normalmente Samir hacía un centenar de flexiones antes de empezar a sudar. Pero aquel día ya iba por doscientas, y nada. Seguía nervioso, seguía ansioso. Qué idiota. No podía creerse lo ingenuo que había sido. Nunca había hablado a nadie sobre sus padres. Ni siquiera lo había comentado con Virat.

«Recuerdo sensaciones.»

Joder. ¿De dónde había salido eso? Y ella lo había escuchado. ¡Joder, sabía exactamente qué quería decir!

Se dispuso a hacer otra serie de veinte. Después otra. Y otra más. La alfombra apenas rozaba su frente, su nariz, su barbilla... y arriba de nuevo, y abajo otra vez. Y otra, y otra... hasta que notó los brazos como si fueran a explotar y se derrumbó boca abajo sobre la alfombra.

¿Cuándo fue la última vez que había estado tan caliente? Se sentía como un puñetero adolescente con una revista *Playboy* entre las manos, a punto de estallar. Necesitaba echar un buen polvo, y rápido; quedarse sin cerebro, ya dominado completamente por su sexo. Muchas gracias, pequeño Sam.

Se dio la vuelta y se agarró la cabeza. ¡Dios, se le había metido su aroma en la cabeza! Su tacto estaba grabado en sus dedos. ¿Cómo demonios había pasado aquello?

Un polvo. Necesitaba un polvo. Y también alguna medicina para el estómago. La cabeza le palpitaba como un martillo neumático. La noche anterior, después de regresar al hotel, Ravi y algunos de los primos de Ridhi tomaron una última copa. Realmente ¡esos tipos sabían beber! Samir no había tomado un trago desde que la persona a la que más quería del mundo se cayó del cielo y terminó casi muerto, a menos que contara un par de tragos de vino la noche anterior.

El recuerdo del terror que sintió ante la idea de que su hermano pudiera morir se arremolinó en su cabeza e intensificó su dolor de cabeza. Las palabras «muerto» y «Virat» en la misma frase le dificultaban la respiración. Joder, sí que había necesitado beber esa noche. Necesitaba algo para compensar su increíble estupidez.

Y no, no pensaba analizar por qué no se había lanzado sobre esa rubia que se pasó toda la noche mirándolo con deseo y enseñándole el escote. Al final ella se marchó con uno de los primos de Ridhi, pero no sin antes lanzar a Samir una mirada de decepción.

«Lo sé, cariño —habría querido decirle él—, ¿crees que tú eres la única decepcionada?»

El teléfono sonó. Samir se incorporó y se lo acercó a la oreja.

—Colega, ¿estás listo? Ibas a llevarme de vuelta a casa de Ridhi. ¿Te acuerdas?

Jamás imaginó que Ravi pudiera sonar tan despierto después de una noche como aquella.

—Estaré ahí en quince minutos.

—Gracias —fue todo lo que Ravi dijo antes de colgar.

Aquel tipo tenía un gusto cuestionable para las mujeres, pero no era ningún idiota. Para empezar, no abría la boca cuando no tenía nada que decir. Eso era bueno, porque si le hubiera gustado hablar, estaría a punto de casarse con la chica equivocada. Además, se contuvo cuando los primos de Ridhi se presentaron la noche anterior con aquella despedida de soltero improvisada. Observó y se divirtió, pero no tocó.

Samir se quitó el bóxer y se metió en la ducha. Había llegado el momento de llevar al cordero al sacrificio.

* * *

Samir observó a Mili bajar las escaleras. Él no se dio cuenta de que estaba modificando su postura, para atraparla en caso de que tropezara, hasta que ella se sujetó a la barandilla y levantó la barbilla.

Él quiso sonreír, pero contuvo ese estúpido impulso rápidamente. Aquel día no tenía intención de dedicarle más sonrisas a Mili. De hecho, su plan era evitarla por completo. Primero, quería poner cierta distancia entre ellos para que el pequeño Sam se tranquilizara y dejara de controlar su cerebro. Segundo, ella estaba demasiado tranquila, demasiado guapa, demasiado... Solo necesitaba distancia hasta que descubriera cómo recuperar el control, y rápido.

Necesitaba un plan que lo convirtiera de nuevo en el cazador, no en la puta presa.

Mili apoyó con cuidado y deliberación un pie en el vestíbulo.

«Ya está. Puedo hacerlo muy bien yo sola, gracias», decía su expresión, y Samir tuvo que canalizar todo su enfado para evitar sonreír.

Llevaba otro traje ceñido de gasa, de un tono amarillo dorado, que proporcionaba una resplandeciente exuberancia a su piel. También llevaba cordeles, no tantos y tan finos como el del día anterior; más bien eran tirantes más anchos con bordados tradicionales. Pero aquellas increíbles clavículas suyas seguían a la vista, naciendo del centro de su delicada garganta hasta las perfectas curvas de sus hombros. Un absurdo y desesperado deseo de pasar los dedos sobre aquellas curvas aladas lo había estado obsesionando toda la noche. Incluso las había rozado un instante cuando ella se acercó a él en el patio; una idea realmente mala, porque en el pulgar aún le ardía la sensación de la suave piel sobre aquella delicada oquedad.

Mili se palpó los hombros y se ajustó los tirantes con timidez. Samir se dio cuenta de que estaba mirándola fijamente.

—Estás preciosa —dijo sin pretenderlo.

Joder. Así no iba a conseguir recuperar el control.

Las mejillas de la chica se colorearon y sus ojos se llenaron de sorpresa y vulnerabilidad.

—Calla —le contestó, como era de esperar—. Samir, tienes que dejar de decir ese tipo de cosas.

—De acuerdo.

«Eso es exactamente lo que estoy intentando.»

Mili se había recogido el cabello en una coleta e iba sin maquillar, con la cara tan limpia como el día en que nació. Esa mujer tenía la piel más hermosa que jamás había visto, la clase de piel que llevaría a la bancarrota a las empresas de cosméticos. Unas diminutas ojeras rodeaban sus ojos e intensificaban más aún la luz de su mirada. Por alguna razón, ella parecía no querer mirarlo directamente y eso lo volvió más loco de lo que debería.

—¿Has comido? —preguntó ella, desviando su mirada.

Samir se moría de deseo... y ¿ella le hacía aquella pregunta?

Tragó saliva.

—No.

—¿Y no tienes hambre? Es casi la hora de comer. ¿Quieres que prepare algo?

—Estoy deseando llevarme algo a la boca.

«Mierda. Mierda. Mierda.» Tampoco había querido decir eso, y menos, en aquel tono lujurioso.

Mili se sonrojó un poco más.

Samir retrocedió un par de pasos rápidamente.

—Prefiero prepararme mi propia comida —le dijo, antes de darse la vuelta y alejarse de ella.

Mili se mordisqueó las uñas. Sus dedos olían al empalagoso gel de ducha de vainilla de Ridhi. Dios sabía con cuánto ímpetu se había frotado los dedos en la ducha. Mientras observaba la retirada de Samir, se preguntó si él se habría dado cuenta de lo que ella había hecho la noche anterior. En lugar de mostrarse como siempre, tan persistente como un sarpullido, parecía ansioso por alejarse de ella. Prácticamente había echado a correr. Qué extraño.

—¿Por qué tiene tanta prisa hoy tu Romeo? —le preguntó Ridhi, que bajaba las escaleras. Llevaba una falda de nudos hasta el tobillo con el dobladillo profusamente bordado, y un top palabra de honor adornado con cuentas.

—Guau, estás... Mmm... Impresionante —dijo Mili.

No era mentira, pero el atuendo resultaba un poco atrevido para el día de su boda.

—¡Mira quién habla! —Ridhi echó a su amiga una mirada y le ajustó los tirantes—. El dorado es sin duda tu color. Y mi ropa te queda realmente bien. ¿Quién lo habría pensado?

Antes de que Mili pudiera responder, se oyó una sonora llamada a su espalda.

—Ridhika Sagar ¡Kapoor! ¿Es que tu cerebro se ha ido de viaje?

—Buenos días para ti, mamá —dijo Ridhi, dándose la vuelta.

La joven bajó otro peldaño y se detuvo junto a Mili. Debió de haberse quedado sorda aquella noche, pues no parecía haber notado el volumen de la voz de su madre.

—¿Buenos días? —vociferó la señora—. ¡De buenos, nada! Tu familia política está en casa. ¿Es que no tienes medio dedo de frente?

La empolvada piel rosada de la madre de Ridhi se volvió casi violeta y la saliva danzaba en su boca rojo cereza. Apartó a Mili con tanta fuerza que tropezó mientras se quitaba el *dupatta* de alrededor de los hombros y envolvía con él a su hija.

Ridhi sujetó a Mili y echó una mirada rabiosa a su madre.

—¡Mamá!

—Lo siento —Se dirigió a Mili, dándole una rápida palmadita de disculpa en la cabeza—. Lo siento, *beta*, pero tu amiga va a volverme loca. Parí a una cabeza de chorlito. No es una chica, es un flamenco. Va por ahí bailando sobre una sola pata.

Se volvió hacia Ridhi y le dio un golpe en el hombro desnudo.

—¡Mamá! ¿Es que te has vuelto completamente loca? ¿Qué te pasa ahora?

—¿Que qué me pasa? ¿Vas a ir así vestida, el día de tu boda? Señor... llévame pronto.

—¿Qué tiene esto de malo? Me dijiste que eligiera algo informal para la ceremonia de la henna, así que me he puesto algo informal.

—¡Te dije informal, no que te vistieras como una fulana del *Chandni-Chowk*! ¡Boba, que eres una boba!

Mili se rio, pero se cubrió la boca rápidamente cuando su amiga la miró enfurecida.

La novia se subió la falda hasta los muslos y miró hacia abajo.

—¿Cómo va a ser esto de fulana? ¡Si toca el suelo! Ni siquiera se me ven los pies.

Su madre le dio un pellizco en la mitad del pecho que sobresalía de su top palabra de honor.

—¿Y qué me dices de esto? ¿Quieres que tu familia política te vea los melones? Resérvalos para el hombre que vaya a comérselos.

—¡Mamá! —chilló Ridhi— Eso es asqueroso. ¡Puaj!

—De asqueroso, nada. Sube ahora mismo y cámbiate antes de que te vean. —Echó varias miradas rápidas a su alrededor—. Venga, vaca estúpida. ¡Ve! ¿A qué esperas?

Ridhi subió las escaleras mascullando palabras que Mili jamás había oído. La madre de Ridhi se golpeó la frente y se dirigió a ella:

—Su familia política es del sur —le explicó, como si los de esa zona fueran una especie alienígena—. ¿Es que no sabe lo tradicional que es esa gente? ¿Ha perdido el juicio?

Mili le dio una palmadita consoladora en el hombro.

—No pasa nada, ya se está cambiando.

No fue nada fácil contenerse, pero no se rio hasta que la señora Kapoor se alejó de ella.

—¿Qué es tan divertido? —preguntó Samir cuando Mili entró en la cocina y se acercó a la isla, cubierta de comida de extremo a extremo. Esponjosos y blancos pasteles *idli* de arroz; crepés enrollados *dosas*; *vadas* fritos con forma de rosquilla; enormes soperas llenas de humeantes lentejas *sambar*; chutneys rojos, blancos y verdes de coco, menta y cilantro; *naans* y *parathas* rellenas; mantequilla recién hecha; yogurt; fruta cortada; y todo tipo de pasteles, rosquillas y quesos.

Debía de estar muerta o... o algo así porque aquello era el paraíso. Samir se rio junto a su oreja y ella se dio la vuelta.

—Ni siquiera has escuchado la pregunta, ¿verdad? —dijo él.

Sonrió como si ella hubiera hecho algo realmente divertido.

—Shh... no interrumpas. Ahora mismo estoy en el cielo.

Mili volvió a mirar la comida, cerró los ojos e inhaló. Se le hacía la boca agua. Los aromas danzaban en su cabeza, danzaban en su alma.

Cuando abrió los ojos, Samir sostenía una bandeja frente a ella. Con todos aquellos olores golpeando sus sentidos, era incapaz de analizar su expresión.

Extendió la mano y tomó una *paratha* rellena, caliente y crujiente. Se la acercó a la nariz e inhaló profundamente antes de ponérsela en el plato. Después añadió yogurt sazonado, *chutney* verde y una porción descaradamente grande de mango encurtido. Partió un trozo de la *paratha* con los dedos, lo usó para tomar un poco de yogurt, lo mojó en el *chutney* y se lo metió lentamente en la boca. El placer más puro explotó en su lengua. Gimió y cerró los ojos con un parpadeo a cámara lenta. Masticó y masticó, y deseó seguir masticando el resto de su vida.

Mientras la *paratha* se derretía en su lengua, eligió un trozo de mango encurtido y lo lamió.

«Oh, Dios santo.»

Samir la agarró por el codo y la alejó de la isla, donde por alguna razón había empezado a reunirse la gente.

—Dios, Samir... ¿has probado esas *paneer parathas*?

Cortó un pedazo, lo mojó en un poco de yogurt y de *chutney* y lo acercó a los labios de Samir, que tragó saliva antes de abrir la boca y aceptar comida de sus dedos. Los labios de él rozaron la yema de sus dedos, y la sensación la aturdió de tal modo que olvidó apartar la mano lo suficientemente rápido. Pero el aroma de la comida del plato la hizo volver en sí.

—Increíble, ¿verdad? —dijo ella, como si nada, y dio otro bocado.

Samir asintió y masticó, observándola con los ojos entreabiertos, sin decir palabra.

—¿Sabías que tenemos diez mil papilas gustativas en la boca? —le explicó Mili, intentando retener los sabores en su lengua.

Él sonrió.

—Por supuesto, ya lo sabías —dijo ella.

Mili se metió un trozo en la boca, y metió otro en la de Samir.

—Espera, espera —dijo Mili mientras él empezaba a masticar. Su amplia y lujuriosa boca se detuvo a mitad de un bocado. Ella escogió un trozo de mango y lo empujó entre sus labios. Sus ojos miel se transformaron en un ámbar ahumado.

—¿Ves? —dijo Mili sin dejar de meterse comida en la boca— Te lo dije. Estás en el cielo, ¿verdad?

Antes de darse cuenta, su plato se quedó vacío.

—¿Y ahora, qué comemos? —preguntó a Samir.

Él sonrió, bajando la guardia por primera vez aquel día, y ella se sintió tan aliviada que pensó que iba a salir flotando. Samir estaba a punto de preguntarle qué le divertía tanto, cuando sonó su teléfono. Pero antes de contestar, él le quitó algo de la comisura de los labios, y sus dedos se detuvieron sobre la boca de Mili.

—Sí, Baiji. Espera un momento. Casi estoy. No te vayas.

Su voz sonaba suave y respetuosa. Mili nunca lo había oído así. Habló en el dialecto de su aldea y eso la hizo sentirse tan mareada por la nostalgia que tuvo que concentrarse para entenderlo.

Samir apartó la mano, levantó un dedo para indicar que necesitaba un minuto y salió de la cocina camino del patio trasero. Lo último que Mili vio fue cómo se frotaba los dedos en sus *jeans*. Se le retorció el corazón dolorosamente en el pecho: Samir estaba limpiándose los dedos tras haberla tocado.

* * *

—¿Cómo estás, *beta*?

La voz de su madre era justo lo que Samir necesitaba después de lo que acababa de pasar. Se sentía absurdamente nervioso y trastornado, no sabía qué le sucedía. No era la primera vez que veía comer a una mujer, y tampoco era la primera vez que le metían comida en la boca. Había hecho algunas cosas realmente creativas con la comida y con las mujeres. Pero que Mili le diera de comer, era lo más erótico que le había ocurrido en la vida.

Sacudió la mano y volvió a limpiársela en los *jeans*, pero todavía sentía aquel hormigueo en los dedos. Se cambió el teléfono móvil de mano y se echó el pelo hacia atrás.

—¿*Beta*? —sonó su madre al otro lado del teléfono.

—Estoy aquí, Baiji. Lo siento. Había demasiado ruido. He tenido que marcharme a un rincón más tranquilo. ¿Me oyes?

—Te oigo muy bien, hijo. No he sabido nada de ti en una semana. Estaba empezando a preocuparme.

—Lo siento. He estado ocupado. ¿Cómo está Rima? ¿Y Bhai?

—Rima está bien. La barriguita se le nota cada vez más. —Escuchó una sonrisa en la voz de su madre, después tristeza—. Aún tiene calambres. Creo que sufrió una impresión demasiado grande, pero Krishna está cuidando de nosotros. Todo irá bien. —Se quedó en silencio un momento y Samir supo que estaba rezando—. Sigue sin comer mucho y se pasa todo el día en el hospital con Virat.

La *paratha* se revolvió en su estómago.

—Baiji, es ahí donde debe estar. Bhai la necesita con él. Por favor, no... —Se tragó el nudo que tenía en la garganta. Era él quien debería estar junto a Virat—. ¿Han dicho algo sobre...?

Pero no pudo hacer la pregunta.

—Samir, *beta*, tu hermano va a ponerse bien. Todos estaremos bien. Comprendemos que el trabajo es lo primero.

Samir y Virat habían contado a Rima y a su madre que Samir tenía que reunirse con algunos inversores estadounidenses para su película.

De repente, la voz de Baiji se tornó cautelosa.

—*Beta*, han pasado tres semanas. ¿Cuándo vas a volver a casa?

—Pronto, Baiji.

—De acuerdo, pero no te entretengas. Termina lo que tengas que hacer y vuelve a casa pronto.

A pesar de la tranquilidad de su voz, Samir sabía con toda seguridad lo que tenía en la cabeza.

No tenía sentido hacerla pasar por aquello. Sobre todo en aquel momento, con Virat en el hospital.

—Baiji, me muero de ganas de volver a casa. Aquí no hay nada que me retenga... Absolutamente nada. Si tú quieres, vuelvo a casa hoy mismo. Solo tienes que pedírmelo.

Su madre se quedó en un largo silencio y Samir supo que estaba pensando en ello. Había perdido a su marido en aquel país. Saber que temía perderlo a él también, le ponía enfermo.

—Termina lo que tengas que hacer —dijo su madre finalmente—. Pero recuerda que tú eres toda mi vida, Samir.

—Lo sé, Baiji. Yo también te quiero.

—Bendiciones, *beta*. No cuelgues, Virat tiene noticias para ti.

—*Oy*, ¡Chintu! ¿Cómo estás, hermanito?

Virat sonaba como siempre y Samir se apoyó en la pared del patio, aliviado.

—Pareces estar bien, Bhai.

—¡No estoy bien, Chintu, no! —exclamó Virat—. ¡Estoy de puta madre! Van a dejarme salir de aquí y... ¿Estás sentado? Porque esto es tremendo... Podré volar de nuevo. Dentro de seis meses ¡volaré de nuevo! ¿Te lo puedes creer?

—Eso es estupendo, Bhai.

A Samir le temblaban las manos, le temblaba todo el cuerpo. Se sentía inmensamente aliviado. La idea de que Virat no pudiera volver a pilotar sus adorados aviones de combate era un pensamiento tan disparatado que Samir se había negado a considerarlo. Ahora se daba cuenta de que su hermano había estado tan preocupado como él.

—*Oy*, exagerado, no estarás llorando, ¿verdad? —dijo Virat con voz quebrada. Entonces se dirigió a su madre—: Baiji, Rima y tú deberíais salir a comer algo. Yo estoy bien. Mi hermanito está lloriqueando y tengo que ocuparme de él.

Samir podía imaginar la expresión en la cara de Virat al enviar a Rima y a su madre afuera. Hubo un momento de silencio.

—¿Qué pasa, Bhai? —preguntó Samir.

—¿No ha firmado todavía?

Samir se frotó la frente y se obligó a no volverse para mirar a Mili.

—Estoy en ello. Lo hará.

—Claro que lo hará. ¿Qué mujer podría decir no a Sam Rathod? Ninguna. Aquel era el puto problema.

—He estado un poco distraído porque estoy terminando el guion. Conseguiré la firma y volveré a casa pronto. Bhai... Siento no estar ahí contigo.

—Chintu, nunca cambiarás. Joder, has atravesado medio planeta por mí. Recuerda que estás haciendo algo que debería estar haciendo yo mismo, y aun así ¿te disculpas? Tú lo eres todo para mí, hermano. Lo sabes, ¿verdad? Sin ti no sería nada. No vuelvas a disculparte conmigo. ¿Entendido?

Samir no podía responder. «No, Bhai, tú lo eres todo para mí.» Y lo era. Lo demás no significaba nada.

—Ah, he recibido otra carta. Y una notificación de su abogado.

La desesperación golpeó las tripas de Samir. ¿Otra carta?

—Bhai, no quiero que te preocupes por eso. Concéntrate en salir del hospital y volver a la cabina. Déjame esto a mí.

Después de que Virat colgara, Samir se sentó en el muro bajo del patio y miró hacia la casa. Era un día despejado. Lucía un cielo azul. No lo suficientemente soleado para llevar gafas de sol, pero bastante para calentar el aire.

Al otro lado del patio, al otro lado de las puertas francesas con vidrieras, la pequeña silueta de Mili lo saludó. O, al menos, eso fue lo que le pareció que estaba haciendo. La vidriera la desintegraba en pequeños fragmentos y emborronaba su esbelta figura. ¿Cuál era ella de verdad: la muchacha que se había estrellado contra un árbol para proteger a una amiga a la que conocía desde hacía cuatro meses; la muchacha que astutamente se había trabajado a la familia de su amiga para salvar su relación amorosa; la muchacha que comía como si estuviera haciendo el amor con los alimentos; la muchacha cuyo cuerpo seguía la música al mismo ritmo que el suyo...; o la muchacha que estaba amenazando a un hombre herido para conseguir la casa de su familia?

Mirando a través de la vidriera, a través del resplandeciente sol de la tarde, Samir tuvo que buscar en su cinismo, en su desilusión con el mundo, en su desconfianza con la naturaleza humana, para enfadarse y conseguir creer que Mili, como todos los demás, era capaz de sentir codicia y de ser ladina.

Estaba seguro de que ella tenía sus razones, y sabía que eran buenas. Pero no podía detenerse en eso. Tenía una deuda que pagar: una deuda con un hermano que saltó a un pozo oscuro para que su hermano pequeño subiera a sus hombros mientras él se aferraba a los salientes y esperaba horas hasta ser rescatado; una deuda con una madre que huyó con sus hijos en mitad de la noche y escapó de la seguridad de su hogar para proteger a un niño pequeño de las palizas que le arrancaban la piel, para que los golpes que estaban matando su espíritu no se llevaran también su cuerpo.

CAPÍTULO 17

Samir se pasó todo el día como una veleta. Mili sabía que estaba preocupado por algo. Y también sabía con absoluta certeza que ese algo tenía que ver con ella. Era mejor así. Después de lo ocurrido la noche anterior, sabía sin duda qué tenía que hacer. Había llegado el momento de contarle que estaba casada. No podía permitirse aquella amistad. Había que ponerle fin.

«La mentira solo tiene una cara —decía siempre su abuela—, pero un mentiroso tiene varias.» Ella siempre había tenido solo una cara, pero ahora se veía demasiadas; a algunas las reconocía, otras eran totalmente desconocidas. Aun así, con él siempre había sido ella misma. Es más, estaba siendo todo lo que nunca había creído que sería, por mucho que lo deseara.

—Últimamente no dejas de poner ojitos a tu Romeo.

Mili jamás entendería cómo era posible que Ridhi tuviera tiempo de hacer observaciones inútiles en mitad de su propia boda.

—Veo que te has cambiado —replicó Mili, mirando el *kurti* blanco sin mangas que a Ridhi le quedaba como un guante—. Y te cubre los melones y todo.

Ridhi sonrió de oreja a oreja.

—No me puedo creer que mi madre dijera eso. Pero me alegro de que lo hiciera. No sé en qué estaba pensando. Los padres de Ravi son realmente conservadores. ¿Los has conocido ya? Su madre lleva uno de esos saris típicos de seda naranja y verde con un ribete dorado enorme. Solo había visto esos vestidos en esos calendarios que cuelgan en las tiendas del sur. —Bajó la voz y miró a su alrededor para asegurarse de que no había nadie escuchando—. No entiendo cómo es posible que esa mujer pariera a un macizo como Ravi. Y hablando de macizos: tengo un cotilleo sobre tu Romeo. ¿Sabías que es un director de Bollywood muy famoso?

—¿Muy famoso?

No, no era muy famoso. Samir le había contado que dirigía peliculitas con pretensiones.

—¿No has visto *Luces de amor*? —dijo Ridhi entusiasmada—. ¡Fue un éxito el año pasado y es la película más romántica del mundo!

—¿En serio? ¿La de la mujer bomba? ¿Estás segura?

—Claro que estoy segura. Mi prima Nimi es como una enciclopedia de Bollywood. —Ridhi llamó a su prima, que estaba con un grupo de chicas sonrientes—. Fue ella quien me lo dijo. ¡Oye, Nimi, ven aquí!

Toda la manada de primas atravesó la cocina hasta el arco de entrada del salón, desde donde tenían una visión despejada de Samir, Ravi y un par de primos más que estaban bebiendo cerveza.

—Bonitas vistas, ¿eh? —susurró Nimi a Ridhi.

—Déjate de bromas —dijo otra.

Samir levantó una ceja inquisitiva hacia Mili desde el otro lado de la habitación y ella apartó la mirada con disimulo.

—¡Caramba! —Una de las primas de Mili se llevó una mano al pecho como si estuviera sufriendo un ataque al corazón—. ¿Ese es quien yo creo que es?

—Depende de quién crees que es —le respondió Ridhi.

—¡Ese director tan cabrón! —dijo en voz tan alta que todos los hombres, incluido Samir, se volvieron.

—Reena, cierra el pico —le ordenó Ridhi.

—No, en serio, tenéis que ver esto. —Corrió hasta la cocina y sacó una brillante revista de un bolso grande de cuero—. A ese tipo lo está buscando la policía por darle una paliza a Neha Pratap.

Todos los presentes contuvieron la respiración. Los hombres miraron a Samir. Él dio, impasiblemente, un sorbo a su cerveza. Su rostro era una máscara ilegible.

Reena comenzó a pasar las páginas de la revista furiosamente.

—¡Mirad, aquí está! ¡Os lo dije!

Alzó la revista al aire. En la página había varios primeros planos del rostro de una mujer. Parecía haber recibido una brutal paliza. Tenía la cara hinchada y púrpura, y un ojo cerrado por la inflamación. Con el cabello recogido en una cola de caballo, tenía en los ojos una expresión vacía y dolida que hizo que la compasión retorciera el estómago de Mili. En el centro de la página había una foto más grande de esa mujer con un vestido muy corto y ceñido agarrada del brazo de un Samir desgarradoramente atractivo, vestido con un traje oscuro y una camisa blanca, con el cabello engominado hacia atrás y su impresionante rostro sonriendo a la chica, como si fuera la única mujer del mundo.

Debajo de la fotografía ponía: «¡ESTO ME LO HIZO SAM!» NEHA ADMITE QUE SU RELACIÓN AMOROSA SE VOLVIÓ VIOLENTA.

Reena sonrió como una vaca engreída.

—¡Mirad!

La ira explotó con tal fuerza en el interior de Mili, que le arrebató la revista de la mano y le dio un empujón.

—¡Cállate! ¡Y cierra tu maldita boca, bruja estúpida! ¿Qué pasa contigo? Esto es solo una revista de cotilleos, una estúpida y asquerosa revista de cotilleos. Escriben lo que sea necesario para vender más. Debería darte vergüenza comprar esta chorrada. ¿No tienes nada mejor que hacer con tu vida?

Samir hizo amago de levantarse de la silla, pero se contuvo. La otra chica era al menos quince centímetros más alta que Mili y exactamente tres veces más ancha. Y aun así, Mili fue a por ella, la embistió y casi la hizo caer. El alocado ambiente de aquella casa estaba afectándole, sin duda. O quizá ella era así.

Ridhi rescató a Mili antes de que se hiciera daño empujando a esa gigantesca mujer, que parecía tan sorprendida que Samir tuvo que contener una sonrisa.

—Mili, cálmate. Reena solo nos ha enseñado lo que ha visto.

—Lo que ha visto en esa... en esa... esa idiotez de revista —tartamudeó Mili, tan nerviosa que apenas podía hablar.

—¿Idiotez de revista? —dijo la otra—. ¡Es *Filmfare*! Es la mejor revista de la India...

Aquella bruja era lo suficientemente idiota para discutir. Mili se abalanzó sobre ella y la dejó sin aliento. La muchacha estalló en lágrimas y Ridhi las separó.

—¡Mili, para! —exclamó Ridhi—. ¿Qué te pasa? Samir no ha dicho nada. ¿Por qué estás tan enfadada? Deja que se defienda él solo.

Era extraño, pero Ridhi parecía la voz de la razón. Sin embargo, Mili farfulló algo tartamudeando. Se dirigió a Ridhi tan alterada que era incapaz de razonar.

—Pero ¿por... por qué? ¿Por qué debería defenderse solo? ¿Por qué tendría que dignarse a dar una explicación a un estúpido cotilleo?

Samir se levantó. Era el momento de defender su propia batalla, aunque podría haberse pasado el resto de su vida observando a Mili luchando por él.

Ridhi y su voz nasal todavía emanaban sabiduría para compartir.

—Mili, ¿cómo sabes que no es verdad? Acabas de conocer a ese hombre. Él ni siquiera sabe que tú estás...

Mili empujó a su amiga.

—Cállate, Ridhi. Cierra la boca. Es posible que acabe de conocerlo, pero te diré algo: yo podría dar una paliza a alguien. —Clavó un dedo en su propio pecho—. Incluso tú podrías dar una paliza a alguien. —Clavó el dedo en el pecho de Ridhi—. Pero Samir nunca, jamás, pegaría a una mujer. ¿Me entiendes?

El corazón de Samir se llenó de fuegos artificiales. Un dulce dolor atravesó su cuerpo.

Mili se dio media vuelta, vio la revista tirada en el suelo y se lanzó a por ella. La agarró con ambas manos e intentó rasgarla en dos. Luchó con ella durante un minuto entero, pero la condenada revista no cedía. La estampó al otro lado de la habitación y se acercó a Samir con enérgicas zancadas. Lo agarró de la mano y lo arrastró fuera de la habitación, apartando de su camino a Ridhi, a Ravi y a cuatro primas boquiabiertas. Y, por supuesto, cuando entró en la cocina tropezó.

Samir le puso la mano en la espalda para que no cayera. Mili se enderezó con el tipo de dignidad que solo ella podía reunir y salió al patio. Juntos atravesaron la impecable hierba del jardín hasta una pasarela de madera que conducía a una zona arbolada. No estaba de humor para detenerse, y Samir no estaba de humor para cuestionarla.

Caminaron de ese modo, en silencio, un rato. Una hora... quizá más. De algún modo, se habían dado la mano y él no se decidía a soltarla. El dolor más dulce ardía en su pecho. No dejaba de pensar en el rostro lloroso de la chica gigante, y eso le daba ganas de reír. Pero Mili seguía enfadada y él no creía que aquel fuera un buen momento para cabrearla más. Se contentaba con estar a su lado, siendo testigo de cómo se iba tranquilizando a su propio ritmo, siempre que su pequeña mano siguiera pegada a la suya.

Llegaron a un puente de madera que no conducía a ninguna parte y Mili se detuvo en la parte más elevada de su curvada superficie, soltó la mano de Samir y apoyó ambos codos sobre la madera tintada. Él hizo lo mismo. Su brazo rozó el de ella. El aroma de Mili le llenó los pulmones: jazmín y hierbas dulces. Miraron la frondosa estampa frente a ellos, como el paisaje de una tarjeta de felicitación. Un derroche de flores se desbordaba en las terrazas y glorietas. Las mansiones circundantes rodeaban el recortado paraíso como fortalezas, protegiéndolo del mundo exterior.

—Gracias —dijo Mili de repente, volviendo su cabeza para mirarlo. Una sonrisa traviesa floreció en su rostro—. Habría sido muy humillante caerme de bruces después de una escena así.

Apenas necesitaba acercarse un poco más para rozar los labios de Mili. Entonces sabría lo que se siente al probar aquella sonrisa pilla, al besar aquella nariz arrugada.

—¿Samir...?

Parpadeó, y él dejó de mirar sus labios para mirarla a los ojos. Eran más oscuros y sensuales que nunca y estaban llenos de vida.

—¿Vas a darme las gracias? —susurró él.

Parecía avergonzada.

—No seas tonto.

—¿Eso significa que yo no puedo darte las gracias a ti? —La tomó de la mano y se llevó sus dedos a los labios, pero ella los retiró antes de que los rozara.

—¿Puedo hacerte una pregunta? —dijo ella tímidamente.

—Puedes intentarlo.

—¿Quién es Neha?

—Una ex.

Mili levantó una ceja, confusa.

—Mi exnovia —aclaró él.

Mili lo golpeó en el hombro infantilmente.

—Sé lo que es una ex. Me refiero a... ¿qué pasó? ¿Qué hiciste para enfadarla tanto como para que ella dijera algo tan horrible sobre ti?

—Es una larga historia —dijo él mirando al frente.

—¿Y...? ¿Es que tienes que asistir a una boda o algo así?

Samir se rio.

—Bueno, ella quería un compromiso... yo no estaba preparado... se puso histérica... me persiguió con un jarrón... perdió el equilibrio... y bajó rodando las escaleras de mi casa.

—Mierda.

Era la primera vez que oía a Mili decir una palabrota. Una de verdad; no eso de burro, vaca, bruja, etc.

—Menuda zorra —dijo ella pensativa.

—Vaya, has tomado carrerilla. Nada de bruja. Directamente zorra.

Mili se sonrojó.

—Es que lo es —dijo, retorciendo los dedos—. Apuesto a que estabas muerto de miedo.

Y entonces lo tocó, unas lentas y consoladoras caricias en el brazo. Samir necesitó toda su fuerza para no abrazarla.

—Apuesto a que fuiste tú quien la llevó al hospital. Apuesto a que te sentaste a su lado todo el tiempo. Y ahora ella te hace esto.

—Bueno, digamos que no me senté a su lado. Pero sí. Yo... —Dios, ¿cómo lo había arrinconado de aquel modo?—. Yo la llevé al hospital.

Mili lo miró fijamente. Y allí estaba aquella sonrisa traviesa.

—¿Y ahora qué? —preguntó ella—. ¿O no debería preguntar?

—Voy a llamarte Florence.

Samir se apretó las sienes con los dedos.

—¿Qué?

—Florence Nightingale. Ya sabes, esa enfermera que estaba obsesionada con cuidar de la gente. —Echó la cabeza hacia atrás y lanzó una carcajada—. ¿Quién se lo iba a imaginar?

Ella empezó a caminar hacia la casa y lo arrastró en su estela.

—Será mejor que me asegure de que Ridhi está bien. Y también esa zorr... la bruja de su prima. ¿Crees que he sido demasiado borde?

—Creo que estás siendo bastante borde ahora mismo.

Mili se volvió con una intensa expresión de remordimiento.

—¿En serio?

Lo único que Samir pudo hacer fue reírse.

* * *

Cuando arrastró a Samir de vuelta a la casa, debería haberse imaginado que Ridhi estaría esperándola. ¿Es que no tenía nada mejor que hacer? Era su boda, ¡por el amor de Dios...!

Ridhi miró a Samir con ira.

—Ravi ha estado buscándote un buen rato —le dijo a Samir—.

Estaba segura de que no habían tardado tanto. Pero ¿qué sería de Ridhi sin su ración de drama?

—¡Qué bonito! —exclamó Mili, señalando las manos de Ridhi antes de que le lanzara otro sermón inquisitorio.

Ridhi extendió las manos y Mili las examinó. Estaban recién pintadas con pasta de henna desde las puntas de sus dedos hasta sus codos. Los diseños no eran tan bonitos como los que se hacían en el festival Teej en la India, pero aun así, eran preciosos.

—Mira cómo llevas el pelo —le reprendió Ridhi, dejando de mirar a Samir con el ceño fruncido para mirar con el ceño fruncido al cabello de su amiga—. ¡Qué desastre!

Mili se llevó las manos a la cola de caballo. Se le había desplazado hacia un lado de la cabeza y tenía mechones sueltos por todas partes, seguramente por haber atacado a la prima de Ridhi. Se quitó la goma elástica y se sacudió la melena.

—¿Por qué no me has dicho nada? —se dirigió a Samir. Seguro que parecía un fantoche.

Él se encogió de hombros.

—No me di cuenta.

Echó a Ridhi una de esas sonrisas diseñadas para molestar, posó un beso en la coronilla de Mili y se fue a buscar a Ravi dando extraños saltitos al caminar.

—Vamos —dijo Mili antes de que Ridhi pusiera palabras a su preocupación, y se marcharon a la sala de estar.

Allí había tres artistas de la henna, sentadas junto a una chimenea de mármol tan enrevesada que habría encajado a la perfección en el palacio de Jaipur.

El resto de la estancia era tan llamativo como sus ocupantes: acero, cristal y muebles de madera tallada cubrían el brillante suelo de cuadros blancos y negros; barandillas de metal bordeaban los balcones de la planta superior con vistas a la habitación; tapices que iban desde el suelo al techo de todos los países tejedores de alfombras del mundo colgaban de las paredes. Había uno de Rajastán, de seda negra con pasamanería y bordados artesanales. El nudo de añoranza que Mili siempre llevaba en su estómago se tensó.

Se unió a la fila de chicas que esperaban su turno con las artistas de henna, contemplando cómo dibujaban complicados diseños en las palmas de tres muchachas sonrientes.

Una de las artistas terminó la mano que estaba pintando y llamó a la siguiente de la cola. No tendría más de dieciséis años. En cuanto se sentó en el cojín, se bajó el escote de su blusa *choli* para exponer un busto bien desarrollado. Un jadeo colectivo atravesó la habitación. Varias mujeres se llevaron la mano al pecho, horrorizadas. Una mujer grande con un sari magenta corrió como un relámpago de color para golpear la cabeza de la chica del pecho descubierto.

—Golfa descarada, ¿es que tienes que avergonzarme en público allá donde vamos?

Sacudió a la muchacha tan fuerte que su pecho, parcialmente expuesto, se salió de su *choli*, provocando un gran jadeo colectivo.

La madre de Ridhi atravesó la habitación como un segundo relámpago de color y apartó a la joven de los brazos de su madre. O al menos lo intentó, porque la madre se negaba a soltarla. Las dos mujeres tiraron de ambos brazos de la muchacha como si estuvieran jugando al pañuelo con un ser humano semidesnudo.

—¡Rosita! —gritó la madre de Ridhi a todo pulmón— *Hai hai*, ¡suelta a tu hija! ¿Qué te pasa? Es una cría. Toda esta gente, todo este *tamasha*... ¡Vamos, vamos!

Al final consiguió liberar a la chica y la dejó caer junto a la artista de henna en el regazo de otra muchacha que, viendo una oportunidad, se había saltado su turno. Ambas gritaron, Ridhi gritó, mujeres al azar en la multitud gritaron.

Mili lanzó una mirada al grupo de hombres que se habían agrupado para descubrir qué era aquel alboroto. De reojo, distinguió a Samir y creyó morirse. Parecía estar exactamente como ella se sentía: a punto de explotar.

—Si me haces reír, te mataré —murmuró, y siguió presenciando el drama que estaba teniendo lugar.

La madre de Ridhi reparó avergonzada en los hombres y rápidamente cubrió el pecho expuesto de la muchacha con su blusa. Le levantó la manga de un tirón.

—Bueno, venga, hazle un *tatún* en el brazo. *Beta*, ese sitio es mejor. Vamos, sé una buena chica.

Pellizcó con una sonrisa la mejilla de la joven, dio una palmadita en la cabeza a la chica a la que había quitado el sitio y dejó un billete de veinte dólares en el cuenco de la artista.

—Venid, venid... —Se dirigió al resto de invitados—. Hay comida en la cocina. Están friendo samosas. Venid, venid.

Arrastró a Mili y la dejó cerca de Samir, cuyos hombros temblaban por la risa contenida. Mili lo fulminó con la mirada, tampoco podía seguir conteniéndose. Samir se abrió camino entre las pocas personas que los separaban, le agarró el brazo y la sacó de la habitación.

La casa era tan grande que tuvieron que correr cruzando varias habitaciones antes de llegar a las puertas francesas que conducían al patio. Samir las abrió de un empujón, atravesaron el patio y se derrumbaron sobre la hierba, estallando en risas.

—¿Qué demonios ha sido eso? —preguntó Samir, con las lágrimas corriendo por sus mejillas— ¿De dónde han sacado a esta gente?

Mili no podía hablar, atacada por las carcajadas.

—¿Rosita? —continuó él—. ¡Joder! ¿Esa señora enorme y aterradora se llamaba Rosita?

Samir soltó un gallo agudo al pronunciar el nombre y cayó hacia atrás, riéndose y apretándose la barriga.

Mili se encorvó. Le dolía tanto el estómago que tuvo que contener la respiración para dejar de reír. Samir se incorporó y le subió la manga.

—Aquí, aquí, ponle el *tatún* aquí. ¿«*Tatún*»? ¡Qué demonios!

Estalló en carcajadas y Mili empezó a atragantarse.

Samir le frotó la espalda. Le temblaba la mano, todo él se sacudía por la risa.

—¿Estás bien?

Ella asintió e intentó dejar de toser y reírse al mismo tiempo, pero no consiguió ni lo uno ni lo otro. Él siguió frotándole la espalda y riéndose mientras se secaba las lágrimas.

Tenía unos ojos dorados preciosos. Y Mili nunca los había visto así, arrugados por la expresión pura, llenos de vida, resplandecientes por la diversión y algo más, algo que hacía que se quedara sin aliento.

Entonces su mirada cambió, como cambió el modo en el que su mano subía y bajaba por la espalda de Mili. Aminoró la velocidad hasta convertirse en una caricia y detuvo la mano en la parte inferior de su espalda, donde todos los nervios de su cuerpo convergieron de repente. Samir encontró allí los elásticos extremos de sus rizos y enredó suavemente los dedos en ellos. Mili sintió un suave tirón.

Echó la cabeza hacia atrás y, sin pretenderlo, los labios de Samir descubrieron los suyos.

Fue un roce susurrante, tan vacilante, tan ligero, que no estaba segura de haberlo sentido. Antes de aclarar qué estaba haciendo, irguió la cabeza. Samir inspiró y se apartó un centímetro. Sus ojos salvajes buscaron los de ella.

El calor estalló en las mejillas de Mili. El corazón le estallaba en el pecho. La aparente sensatez que empezaba a recuperar se marchó volando hacia la tórrida tarde, porque Samir le recogió el cabello, le sujetó la cara, la sujetó a toda ella y reclamó sus labios con tal fuerza que el mundo explotó en llamas a su alrededor.

Los labios de él eran suaves, muy suaves. Y firmes. E insistentes. Sin pretenderlo, Mili los siguió. Samir gimió en la profundidad de su pecho y se separó un poco. Mili jadeó. Lengua y piel líquida se deslizaron, acariciaron y llenaron su boca, sus sentidos. Él empezó a tocar, primero tímido y después descaradamente, su carne sensible y secreta, despojándola de toda resistencia y arrancando un gemido de la parte más profunda de su ser.

Y ella se lo permitió. Lo dejó clavarse en ella, liberarla, enredarla. Lo saboreó, lo respiró. Su sabor ahumado, limpio, oscuro y caliente. Su lengua, hambrienta, exploradora y abrasadora. Sus pesados hombros bajo sus dedos firmes, dóciles y tórridos. Samir emanaba calor desde la nuca hasta la seda salvaje de su cabello, y la abrasaba con él. El fuego quemaba su piel y bajaba por su vientre. Se acercó más a él. Los dedos de Samir se enredaron en su melena, recorrieron sus clavículas y buscaron sus pechos. Mili se sobresaltó. La electricidad la sacudió. Aquello era demasiado. Era demasiado.

—No —oyó decir a su propia voz, y notó que sus manos lo apartaban—. No, Samir, no puedo hacer esto.

Oh, Dios, ¿qué había hecho?

No tenía derecho a aquello. Ningún derecho.

Intentó alejarse de él, pero un mechón se enredó en un botón de la camisa de él y tiró de ella. Lo retorció desesperadamente con unos dedos demasiado temblorosos. Él le sostuvo los dedos y deshizo el embrollo, liberándola. Mili se incorporó y echó a correr.

—Mili...

Pero él ya estaba junto a ella antes de que su nombre abandonara sus labios. La agarró del brazo.

—No. Dios... Samir. No puedo hacer esto —dijo, zafándose de él.

—¿Por qué?

—Porque no soy libre. Tengo que decirte algo, y debería habértelo contado antes. Porque... ¡Oh, Dios! Samir, estoy casada.

El rostro de Samir se oscureció, sus ojos se oscurecieron, el aire a su alrededor se oscureció.

—No, no es verdad.

—Sí, sí lo es. Estoy casada. —Le latía el corazón tan fuerte que parecía a punto de escapar de su pecho—. Dios, esto ha sido... Jamás debería haber pasado.

Samir no podía creer lo que estaba sintiendo: la tierra, el viento, el cielo, todo temblaba de furia. Menudo puto lío.

El pecho de Mili subía y bajaba, jadeante, como si hubiera corrido kilómetros. La culpa y la confusión se derramaban en su rostro como las lágrimas que no podía controlar, y en lo único que él podía pensar era en besarla. La sensación de su cálido cuerpo en sus brazos, el roce de sus labios contra los suyos... Aquellas clavículas bajo sus dedos que danzaban con su respiración. Todo su ser latía con un remordimiento enfermizo.

—Debería habértelo dicho —dijo Mili con voz temblorosa.

—Entonces, ¿por qué no lo hiciste?

—Porque... porque no creí que esto pudiera ocurrir. No pensé que fueras a... No creí que alguien como... que alguien como tú se enamoraría de alguien como yo.

—¿Se enamoraría? ¿Crees que me he enamorado de ti? —Samir frunció el ceño y se rio—. ¿Y a qué viene eso de «alguien como tú»?

Mili negó con la cabeza con tan violentamente que Samir pensó que iba a hacerse daño.

—No importa. Nada de esto importa, porque estoy casada, ¿sabes? Ca-sa-da. No puedo estar contigo. Es decir, tampoco es que quiera...

—¿Por qué no querrías estar conmigo?

Ella se rio. Una risa incrédula, escéptica, amarga.

—Tú eres... Bueno... Tú eres tú.

—Gracias. Eso lo explica todo.

—Bueno, para empezar, tienes ese aspecto...

Lo señaló como si tuviera tres ojos sobresaliendo de su cabeza.

—¿Qué tiene de malo mi aspecto?

—¿Malo? Pareces recién sacado de una valla publicitaria. Sonríes como un anuncio de dentífrico. Quiero decir, ¿qué mujer estaría con un hombre que es más guapo que ella? ¿Querrías tú?

—No, yo no querría estar con un hombre más guapo que yo.

¿Acababa de llamarlo...? Joder, no podía ni pensarlo.

—¿Ves? Además, para ti no hay nada serio. No hay nada sagrado. Ni siquiera te preocupa haber besado a una mujer casada.

¿Es que estaba loca?

—Tú no estás casada.

—Deja de decir eso.

—Entonces, ¿dónde está tu marido? ¿Dónde está tu *mangalsutra*? ¿Dónde está tu alianza? ¿Dónde está tu *sindoor*?

—No es tan sencillo. Mi marido es... Yo no...

—¿No qué, Mili? ¿O es que no lo has visto nunca?

—Nos casamos cuando yo era joven y... Es difícil de explicar.

La furia de Samir empezaba a apoderarse de todo lo demás.

—Inténtalo, de todos modos.

—No. No puedo. No puedo explicarlo. No puedo estar contigo ahora. Por favor... No puedo.

Se apartó, pero él no iba a permitir que se marchara.

—¿Cómo de joven eras cuando te casaste, Mili?

Los brazos de ella eran tan delicados que Samir aflojó las manos. Mili cerró los ojos con fuerza.

—Tenía cuatro años.

—Eso no es un matrimonio —dijo él negando con la cabeza.

Ella abrió los ojos.

—Alguien como tú no puede entenderlo. En el lugar de donde vengo, eso es un matrimonio. Es un matrimonio para mí, Samir.

Intentó liberarse de sus manos. Él no la dejó ir.

—Y lo que acaba de pasar entre nosotros, ¿cómo lo llaman en el lugar de donde vienes?

La culpabilidad regresó. Quería zarandearla, eliminarla de su rostro a besos, hasta el último resquicio de ella.

—Esto jamás debería haber ocurrido. Estás últimas semanas, estos días... Oh, Samir, no debería haber ocurrido. No deberías sujetarme así. ¡Suéltame!

Mili tiró de su brazo y forcejeó para escapar, pero él no se lo permitió. Por mucho que lo intentara.

—Estate quieta, vas a hacerte daño. No pienso dejar que te alejes de mí. No hasta que me lo hayas contado todo.

Ella dejó de forcejear.

—No hay nada que contar. Solo lo que acabo de decirte.

—Si estás casada, ¿qué haces aquí sola?

Samir intentó tragar saliva, pero no pudo.

—Es militar de las Fuerzas Aéreas indias. Y yo... yo tengo que...

—¿Cuándo fue la última vez que lo viste? —Samir apenas la dejaba acabar las frases. Le mataba la impaciencia. Ya no podía parar.

Las lágrimas empezaron a aparecer en el rostro de Mili.

—No lo he visto desde que tenía cuatro años.

—Entonces no es tu marido.

—Es mi marido porque yo quiero que lo sea. Porque juré pasar el resto de mi vida con él. Porque es lo que he soñado desde que puedo recordar. Porque... porque le quiero.

Samir le soltó el brazo.

—¿Cómo puedes querer a alguien que no conoces?

—Es posible —afirmó ella mirándolo fijamente—. Yo puedo, y lo hago. Lo siento. Si te he hecho daño, perdóname. No quería hacerte creer que podía pasar algo entre nosotros.

—¿Cómo que podía pasar? —Samir la miró sorprendido—. Mili, acaba de pasar.

—Eso no ha significado nada.

Samir le agarró el brazo de nuevo y con determinación acercó su cara a unos centímetros de la de Mili. Ella no retrocedió.

—Escúchame, he metido la lengua en la boca de tantas mujeres que he perdido la cuenta. Y tú me dices que esto... ¿no ha significado nada para ti?

Mili lo miraba perpleja, con los ojos y la boca de par en par.

—¿Que has perdido la cuenta? —expresó Mili lentamente.

—Oh, ¿eso es lo único que te importa de lo que acabo de decir?

Mili se pasó la mano por la boca, se frotó los labios y escupió teatralmente.

—¿Te estás limpiando mi beso? ¿Qué tienes, dos años?

Que Dios lo ayudara, nunca quiso perturbar tanto a alguien.

—Samir, no quiero hablar con un hombre que... que... ¡Puaj!

Mili dio media vuelta y se marchó, enfadada de nuevo.

Pero, como siempre, él la alcanzó un segundo después.

—Has sido tú —dijo él—. Tú me has besado como... de ese modo, y después me dices que estás casada y te largas.

—Has sobrevivido a innumerables besos. Sobrevivirás a este.

Mili siguió caminando, altiva.

Aquello era ridículo. Samir se detuvo y dijo al aire.

—No voy a correr detrás de ti, Mili.

—Estupendo. Déjame en paz.

Aquello probablemente era lo más demencial que le había pasado en toda su maldita vida. No iba a salir corriendo detrás de aquella cría.

Se sentó en los peldaños del patio y apoyó la cabeza en las manos. Lo peor de todo era que se había limpiado su beso, que lo había escupido. Dios, aquel beso ya estaba grabado a fuego en su alma y ella había dicho... «puaj».

CAPÍTULO 18

El resto de la tarde Mili se negó a hablar con Samir. Se prohibió mirarlo. Se prohibió incluso estar en la misma habitación que él. Por suerte, eso a él ya no le sorprendía.

¿Qué clase de mujer mareaba la perdiz de ese modo? ¿Qué clase de mujer casada besaba así? ¿Qué tipo de mujer...? Samir se sacudió el pelo. ¡Dios, estaba perdiendo la cabeza! Había tantas moscas a su alrededor que empezaba a aceptar que todo era una mierda.

Primero, ella no estaba casada; Rima era la mujer de Virat.

Segundo, si su hermano hubiera muerto en ese accidente, ambas habrían enviudado, aunque ninguna estuviera casada.

«Dios, Bhai, lo siento.» ¿Cómo habría manejado Virat aquello? Sin duda no lo habría jodido todo, liándose con la mujer que estaba intentando ilegitimar a su hijo y robar su legado familiar.

Algo sobresalía debajo del sofá. Samir se inclinó y lo sacó. Era la revista *Filmfare*, la que Mili había usado para casi desmembrar a alguien tres veces más grande que ella. ¿Por qué era tan cruel la ironía?

Guardó la revista bajo el brazo y encontró a Ranvir en la mesa del comedor con un hombre que le enrollaba un turbante alrededor de la cabeza. Samir le comunicó que se marchaba.

Casi era la hora de la boda. Todos los demás, incluyendo a Mili, estaban arriba cambiándose.

La ceremonia iba a tener lugar en el patio dentro de un par de horas, y todo el mundo andaba frenético ultimando los detalles.

—Volverás para la boda, ¿verdad? —dijo tranquilamente Ranvir.

Sonrió a Samir a través del turbante, que se había deslizado cómicamente sobre sus ojos.

—Ya veremos —dijo Samir, y se dirigió a su automóvil.

*　*　*

Era un hotel bastante acogedor y le sentó realmente bien estar solo. Samir se despojó de su camisa y se tumbó sobre la alfombra. Un centenar de flexiones después, se sentía mucho mejor. Se levantó, estiró y a lo lejos reconoció la revista sobre la cama. La abrió por el artículo que había convertido a su pequeña adversaria en un ángel vengador.

Neha tenía muy mal aspecto, debía admitirlo. Había llegado el momento de poner una barandilla en esa escalera. Leyó por encima el artículo: «Una interminable lista de novias... Los escándalos de sus conquistas son siempre noticia... Neha era la estrella más brillante en el horizonte de Bombay... bla bla bla».

Casualmente, sus ojos se detuvieron en algo: ella había interpuesto una demanda; él había huido del país; la policía estaba buscándolo.

¡¿Qué demonios?!

Sacó el teléfono móvil de su bolsillo y marcó.

—Dios, Sam, llamas en mitad de la puta noche —sonó una voz dormida, al otro lado.

Como siempre, DJ era una fuente de información.

—Lo siento, entonces debería dejar que metieras tu trasero perezoso de nuevo en la cama.

—¿Qué pasa?

Samir escuchó susurros y murmullos femeninos mientras DJ salía de la cama.

Estupendo. Ahora arruinaba la vida sexual de todo el mundo.

—¿Cuándo pensabas decirme que Neha me ha denunciado?

—¿Dónde demonios has encontrado un número de *Filmfare*?

—Me lo he sacado del puto trasero. ¿Qué más da? ¿Cómo está?

—Bien —DJ sonaba alegre y relajado—. Ha intentado contactar contigo, pero creí que no querrías que le dijera dónde estabas. Sigue dolida, pero ha retirado la denuncia. Ya hablé con la poli. Tranquilo. Si hubiera algo de lo que preocuparse, te lo habría dicho. De todos modos, ¿cuándo vas a volver? Ya va para cuatro semanas, amigo.

—No lo sé —Samir seguía cabreado—. Y deja de protegerme. Si alguien quiere hablar conmigo, deja que lo haga.

—Sí, señor. ¿Algo más?

—No. Gracias.

—De nada. ¿Vas a decirme cuál es el problema de verdad o no?

—No. —Porque un puto problema de verdad necesitaría, por definición, una jodida solución de verdad—. Las mujeres están como una cabra. Eso es todo.

—Supongo que ya no estamos hablando de Neha.

Su agente era un auténtico Doctor Watson.

—Bueno, esa también está loca.

—Entonces —rio DJ al otro lado—, ¿la zorra no quiere firmar? ¿Por qué no regresas y dejas que los abogados se ocupen de eso?

«Mili no es una zorra, estúpido.»

—No. Firmará.

Joder, no podía hablar más. Improvisó una rápida despedida y se metió en la ducha.

No le sirvió de nada.

Encendió su portátil. Con aquel drama de la boda, no había terminado el guion. Todo apuntaba a que no sería capaz de escribir, por razones obvias. De no haber sido por la crítica de Mili, que odiaba admitir que había sido jodidamente brillante, ya habría acabado. Pero ella dio en el clavo y la historia cobró sentido. Gracias a ese consejo, sabía exactamente cómo iba a terminar. Solo tenía que poner ese final sobre el papel. La historia de su puta vida.

Llamaron a la puerta.

—Servicio de habitaciones —sonó una voz rara.

¿Estaba soñando o era el tono ronco de Mili?

Se le desbocó el corazón. La sangre brincaba por sus venas. Incluso la respiración se le aceleró como un a quinceañero. Todas aquellas malditas flexiones no habían servido de nada.

Asomó la cara por una rendija. La frase graciosa que pensaba soltarle murió en su boca. Mili llevaba puesto un sari turquesa. El cabello caía en cascada sobre sus hombros, como lazos bajando en espiral hasta su cintura descubierta. Alguien había delineado sus ojos con kohl ahumado y brillaban como piedras preciosas. ¿Y qué? Siempre brillaban.

Mili empujó la puerta y entró en la habitación.

—¡Pasa! —gruñó Samir, como la bestia salvaje enfurecida que había en su pecho.

—Sigues en bata —dijo Mili considerablemente relajada.

Ella estaba demasiado cerca de él. El pasillo que daba paso a la habitación era estrecho. Demasiado estrecho. Podía olerla perfectamente bajo la explosión de perfume.

—¿Con qué te ha rociado Ridhi, con una manguera?

Sin pretenderlo, se inclinó para olerla. ¡Lo que faltaba! Lo había convertido en un pervertido, eso era lo que había hecho.

Mili se apartó.

—¡Oh, estupendo! —dijo ella con ironía—. Te acuerdas de Ridhi, mi mejor amiga, la de la boda. Condujiste por ella cuatro horas.

—No conduje cuatro horas por Ridhi.

Intentó mantener la mirada pero ella la apartó, y ese maldito rubor se extendió por sus mejillas, granate y rosa, tintando el caramelo más profundo. Tomó aire, levantó su resplandeciente mirada y volvió a detenerse en sus ojos. Fue una colisión directa.

—Lo siento, Samir. ¿Podemos olvidarlo y volver a ser amigos?

—No.

—De acuerdo. Entonces, no seremos amigos. Pero vístete. Queda menos de una hora para la boda. Tenemos que regresar.

—No voy a la boda.

—Muy bien. Pero yo sí. Y tú tienes que llevarme.

Había súplica en sus ojos. Si unía las palmas de las manos, la echaría de la habitación.

—¿Cómo has llegado hasta aquí?

—Pedí a Ranvir que me trajera.

—Entonces pídele que te recoja.

Se instaló un prolongado silencio.

—Samir, ¿puedes vestirte, por favor?

Presionó las palmas de las manos y él maldijo interiormente.

—Ya te he respondido.

—Oye, me lo debes. Vamos.

—¿Que yo te lo debo? ¿Por qué, por mentirme?

—Yo no te he mentido. —Mili miró alrededor, vio la revista sobre la cama y habló con cautela—: Te protegí. De esa bruja. Y no fue fácil. Daba miedo.

—De acuerdo —dijo Samir, pero fue un estúpido y sonrió. Ella se aprovechó de eso y lo derrumbó con el millón de vatios de su sonrisa. Y él deseó besar sus taimados labios con tal pasión que tuvo que retroceder hasta el armario con espejos en las puertas—. No deberías haber venido aquí, Mili. No puedes meterte en la habitación de hotel de un hombre como si tal cosa.

—Tú no eres un hombre cualquiera. Eres Samir.

Estaba realmente seductora. Se apartó la cascada de rizos de la cara con ambas manos y él supo que iba a volver a rodear su rostro.

—Bueno... —dijo él, bajando la guardia—. Supongo que eso es un cumplido.

—Por supuesto que es un cumplido. Me siento segura contigo; eres mi amigo; sé que nunca me harías daño... La lista es infinita.

Sí, un infinito montón de mierda. Pero él no se sentía seguro con ella. Él no quería ser solo su amigo. Y saber que ella sí podía hacerle daño lo aterraba.

—Así que mi amiga casada ha venido a recogerme. Qué bonito detalle. ¿Algo más?

Mili asintió conforme y su cabello volvió a rodear su mirada.

—Eso es.

Samir se quitó la bata. Al menos cinco tonos de rojo tiñeron las mejillas de Mili.

—¿Qué estás haciendo?

Fue poco más que un chillido, pero a Samir le impresionó que Mili hubiera conseguido decir algo.

—Estoy cambiándome. ¿No es eso lo que acabas de pedirme?

Se había puesto el bóxer antes, pero el resto de su cuerpo estaba tan desnudo como el día en que nació. Se volvió y abrió el armario extendiendo ambos brazos; no servía para nada tener aquellos músculos en la espalda si no los ponía en marcha cuando los necesitaba. Se tomó su tiempo eligiendo la ropa. Después, un tiempo incluso más largo inclinándose y probándose cosas. Había trabajado de modelo durante casi una década. Mili no tenía ni idea de a quién se enfrentaba.

La joven emitió un sonido incoherente, algo entre un gemido de asfixia y un quejido. Samir se incorporó y miró su reflejo en el espejo. Parecía estar esforzándose por respirar.

—¿Decías algo? —dijo Samir, sin hacerle caso.

Mili negó con la cabeza.

—No. Yo... —Tragó aire.

Samir buscó entre las perchas y encontró una camisa. Era una suerte que acabara de darse una ducha caliente tras la serie de flexiones. Sus abdominales, sus brazos y el resto de su cuerpo estaban hinchados y listos para la acción.

—Tienes un tatuaje... ahí —susurró Mili. La lujuria glaseaba sus ojos, que seguían clavados en la espalda de Samir.

El pequeño Sam resucitó a la vida. Menos mal que ya se había puesto los pantalones, aunque no disimulaban mucho, la verdad. Movió la camisa que tenía delante e inhaló para tranquilizarse mientras ella desaparecía del espejo. Pero en ese momento unos dedos fríos planearon sobre su piel, cortando el calor que irradiaba su cuerpo.

—Son alas... —susurró Mili detrás de él.

El aliento de ella le besó la piel. Sus dedos aterrizaron sobre su espalda y trazaron el camino tatuado sobre su columna, repasando las alas que se extendían sobre sus omoplatos.

—... como las de un ángel —Mili seguía susurrando.

Samir se volvió para mirarla.

—No son de ángel. Son las alas de un cobarde... porque con ellas puedo echar a volar cuando quiero.

La lujuria que nublaba los ojos de Mili se disipó.

—Ansiar la libertad no te convierte en un cobarde, Samir.

Él entonces se dio cuenta de que ella sabía lo que realmente significaba no ser libre. Él sabía cuánto la deseaba en aquel momento, cuánto le costaba y lo mucho que le dolía no tenerla. Por eso se puso la camisa y retrocedió.

Por un momento, Mili no se movió. Después sacudió la cabeza para aclarar sus ideas, como si quitarse de encima lo que había entre ellos fuera tan fácil. Extendió las manos y empezó a abrocharle los botones de la camisa diligentemente, concentrada. Sus dedos eran plumas sobre su pecho. Deslizaba un botón en el ojal, luego el siguiente...

Samir aguardaba inmóvil, con ambos puños en los costados, como pesos muertos. El espejo que tenía al frente reflejaba el espejo que tenía detrás, multiplicando sus siluetas combinadas un sinfín de veces. El deseo que se retorcía en sus cuerpos se multiplicó en una sucesión infinita, imagen tras imagen, hasta donde él alcanzaba a ver.

* * *

—Joder, estos tipos saben cómo celebrar una boda —dijo Samir, acercándose a la oreja de Mili.

La piel del cuello se le puso de gallina. Cerró los ojos. ¡Oh, no! Tenía que dejar de reaccionar de esa manera.

Samir era así; hacía esas cosas, pero no significaban nada para él. Había besado a muchas, innumerables mujeres, las había tocado como si fuera su dueño. Ese era su mundo. Mili se había dejado arrastrar por él y ya no sabía qué hacer. Era lo que su *naani* llamaría «un perro a medias», uno que no pertenece ni a la casa ni al campo.

Se apartó de él. Samir la siguió, de cerca, como si una cuerda invisible los uniera. El patio estaba tan iluminado como el edificio del parlamento de Delhi el Día de la República. Debía de haber al menos un millón de luces. Aquel día eran rojas y doradas, no azules y blancas, como la pasada noche. Además, a diferencia del día anterior, no parpadeaban como estrellas, sino que lo delineaban todo. El perímetro del patio, la casa, los lechos de flores... todo estaba delimitado por la luz.

Un grupo con uniforme tocaba en un extremo de la pista de baile de madera, y en el otro extremo habían instalado una barra hawaiana donde se reunían casi todos los invitados. En el extremo opuesto del patio estaba el altar más hermoso que Mili había visto en su vida. Rosas e hiedra caían en cascada desde la espaldera de madera sostenida por columnas envueltas en seda de color crema y dorado.

—¡Alerta! Reina del drama —volvió a susurrar Samir directamente a la oreja de Mili, mientras la madre de Ridhi se abría paso entre la multitud como un fénix dorado y corría hacia ellos.

Su sari tenía tantos bordados dorados que Mili no sabía de qué color era la tela que había debajo.

—¿Dónde demonios habéis estado vosotros dos? —dijo mientras daba un abrazo a Mili.

—Samir tarda en vestirse más que una mujer —se lamentó Mili y repasó con la mirada el jardín—. ¡Guau! ¡Está todo precioso!

—¿Verdad? Hay que ver las cosas que los planificadores de bodas pueden hacer hoy en día. ¡En una semana! ¿Te lo puedes creer? Les dije: venga, tomad el dinero y hacedlo realidad. Y ¡boom! ¡Conseguido! —Examinó el jardín como Naani estudiaba su patio cuando Mili lo decoraba con un centenar de velas en la época del Diwali—. No tiene nada que envidiar a una de tus historias de Bollywood, ¿verdad? —preguntó a Samir con expectación, y él asintió. De repente frunció el ceño—. ¿Crees que necesitaríamos más luces?

Samir se atragantó con la bebida.

La madre de Ridhi ayudó a Mili a golpearle la espalda.

—*Hai hai, beta.* Bebe despacio. Hay de sobra, no tengas prisa. La noche es joven. —A continuación se dirigió a Mili—: *Arrey*, pero ¿qué haces aquí todavía? Tú amiga te está llamando a voces. No deja de dar vueltas por la casa: ¿dónde está Mili?, ¿dónde está Mili?

Dicho esto, se fijó en un camarero que pasaba cerca y se abalanzó enérgicamente sobre él, para reprenderle.

—Mira tu bandeja, ¡está vacía! ¡Venga, vamos, quiero que tengáis las bandejas llenas cuando sirváis! ¡La gente tiene que comer!

El aterrado camarero asintió frenéticamente y corrió hacia el horno de estilo tandur donde pollos especiados y brochetas kebabs de colores giraban sobre la furiosa llama.

Mili dejó de mirarla y dio un codazo a Samir, que estaba dando un largo trago a su bebida.

—*Hai hai*, bebe despacio. Hay bebida de sobra —dijo Mili, imitando el acento punyabí de la madre de la novia.

—Ni de broma —dijo Samir sonriendo pícaramente. Y apuró el resto de su copa.

Sus ganas de bromear hicieron que se sintiera aliviada. Odiaba que Samir se pusiera melancólico.

—Tengo que ir a ver qué quiere Ridhi.

Por alguna razón, la idea de dejarlo en ese momento provocó un extraño dolor en su interior. Un dolor que no tenía sentido.

Samir entregó su vaso a un camarero y tomó otras dos copas de una bandeja.

—Ve, anda —le dijo, y se acercó a Ravi, que parecía alegrarse mucho de verlo.

Arriba, Ridhi había conseguido evitar que su manada de primas emboscara a la peluquera. Empujó a Mili hasta una silla frente a ella. La pobre mujer, que ya parecía agotada, echó un vistazo al cabello de Mili y gimió.

* * *

Cuando la novia atravesó el pasillo al ritmo de los tambores *dholki*, Samir estaba tan contento y mareadillo que pensó que la novia estaba preciosa en su atuendo nupcial. Y además callada, gracias a Dios.

—Cierra la boca, hombre —dijo a Ravi—. Tienes espectadores.

Ravi dio un sorbo rápido, entregó su vaso a Samir y siguió al padre de Ridhi hasta el altar. Sus ojos no se apartaron de su novia. Era una causa perdida.

211

—¿Qué pasa, una sola copa no es suficiente para ti? —le preguntó Mili, acercándose a él. Le encantaba cómo lo miraba. Le encantaba que hubiera caminado directamente hacia él. Le encantaba cómo el sari abrazaba su cuerpo.

—*Hai hai*, pero hay muchas —dijo Samir, poniendo la misma cara que la señora Kapoor y agitando ambas copas hacia ella.

Eso le ganó una sonrisa, que, como era de esperar, le encantó. Dejó la copa de Ravi sobre la mesa junto a ellos.

—Te has recogido el cabello —observó Samir.

Mili se volvió para mostrar su complicado peinado, que abultaba el doble que su cabeza. Llevaba un montón de perlitas entrelazadas.

—Muy elaborado —dijo Samir, y sacó una de las perlas, la giró entre sus dedos y la escondió en la palma de su mano sin que ella se percatase.

—Al parecer, se llama «rodete» —le explicó ella—. Y es muy muy pesado.

Samir se dio una palmadita en el hombro.

—Sería un honor ayudarte con la carga.

Se guardó la perla en el bolsillo.

—Estaba pensando que podríamos sentarnos —suspiró Mili.

Se acomodaron en la última hilera de sillas colocadas alrededor del altar. En un arrebato de valor inesperado, Ravi había insistido en una ceremonia corta sin florituras: solo siete círculos alrededor del fuego sagrado, un intercambio de coronas y nada más.

Mili se derrumbó en el asiento, encogida sobre sí misma. Cuando el sacerdote empezó los salmos, sus ojos brillantes se llenaron de seriedad y entrelazó los dedos en el regazo. Samir le colocó una tímida mano en la espalda. Ella inspiró y apretó su enrojecida nariz con el extremo de su sari y tensó la mandíbula para evitar las lágrimas.

Samir tenía el corazón encogido. ¿Cómo sería para ella observar la boda de otra persona?

—Es sorprendente, pero lo recuerdo —dijo Mili, como si hubiera leído la mente de Samir—. No tengo un recuerdo claro, pero sé cómo fue aquel día. —Lo miró y estudió su rostro para asegurarse de que a él no le importaba que hablara de ello—. Es posible que me acuerde porque mi *naani* me lo ha contado muchas veces. Al parecer, lloré un montón. Grité tanto que mi suegra pidió al sacerdote que se diera prisa en casarnos para que mi *naani* pudiera llevarme a casa.

Por la mente de Samir cruzó una imagen increíblemente vívida de una niña gritona con mejillas y ojos enormes, junto a la intensa inquietud que su llanto provocó en su pecho. El recuerdo fue tan inesperado y nítido que se sintió como si alguien le hubiera quitado la silla. Pero la imagen siguiente fue más cruda aún: el cinturón cortando su espalda, dolor sobre dolor, un martirio sin fin. El sabor de sus propias lágrimas, la gran humillación de sus gritos. El alivio cuando Virat se lanzó sobre él para detener la paliza.

Mili lo miró preocupada. El sudor bajaba por la espalda de Samir y le humedecía la frente con gotitas. Se secó con la mano.

—Samir... —Mili le tomó la mano. Tenía los dedos helados—. ¿Estás enfermo?

Aquello era una tontería. Agua pasada.

—Estoy bien. —Él apuró su copa, con poco entusiasmo—. ¿Qué decías? Perdona...

—Nada —Mili bajó la mirada—. Solo que no recuerdo nada más de mi infancia. Pero sí mi boda.

—Y a tu marido ¿lo recuerdas?

Incluso a él le sonaba mal aquella frase. Mili tragó saliva y, por supuesto, se ruborizó, pero no contestó.

—¿Sabes al menos qué aspecto tiene ahora? —insistió él.

Una punzada de dolor atravesó a Mili. Samir lo sintió en su estómago. Pero tenía la necesidad de saber más, y más.

—Tienes derecho a solicitar una anulación. ¿Lo sabías?

Mili se sorprendió.

—¿Una anulación? ¿Como un divorcio, quieres decir?

—Bueno, técnicamente no es un matrimonio, así que tampoco sería un divorcio.

Ella retiró la mano de la de Samir, pero él se negó a quitarle la mano del regazo.

—Mi *naani* se suicidaría, si antes no se muere de un infarto. —Le lanzó furiosas chispas con la mirada—. Y deja de decir que no es un matrimonio. Lo es. Yo creo con todo mi corazón que estaremos juntos, que un día vendrá a por mí.

—¿Y si para entonces ya no quieres que lo haga?

Una repugnante compasión suavizó el enfado de sus ojos.

—Lo único que tengo que hacer es evitar situaciones que puedan hacerme cambiar de idea, ¿no crees?

Mili colocó educadamente la mano de Samir sobre el regazo de él. Samir le agarró los dedos.

—Pero ¿y si no puedes? —insistió él en un arrebato—. ¿Y si sucede sin más? ¿No te darías una oportunidad?

Ella lo miró a los ojos con resolución y serenidad.

—No. La verdad es que no puedo imaginar estar casada con otra persona. Ya sé que tú no lo comprendes, pero mi matrimonio es absolutamente real para mí.

—¿Y si ocurre algo incluso más real?

Mili apartó definitivamente la mano.

—Samir, por favor, ¿podemos dejarlo? ¿Podemos ser solo amigos, al menos hoy? Al menos un día más.

Parecía tan cansada, tan suplicante, tan segura de que él haría lo que le pidiera... Samir le tomó la mano de nuevo y posó un beso en la yema de sus dedos.

—Mili, nosotros siempre seremos amigos. Pase lo que pase, siempre lo seremos. ¿Lo recordarás? Si alguna vez lo olvidas, prométeme que recordarás que esto —Trazó una línea invisible entre ellos con el dedo— es real. ¿De acuerdo?

Mili volvió a fruncir el ceño.

—Por supuesto.

Samir estaba parloteando como un idiota, pero no quería que ella dudara de lo que su amistad significaba para él, aunque nunca supiera lo que ella había llegado a ser para él. Porque de repente se dio cuenta de a dónde se dirigían y con qué violencia iba a golpearlos la verdad.

Mili apoyó la cabeza en el respaldo de la silla.

—Este recogido es realmente pesado —se quejó ella mientras observaban la última vuelta de Ridhi y Ravi alrededor del fuego sagrado, el último voto tras el que ya no habría marcha atrás, a menos que ellos lo decidieran.

—Puedo ayudarte a quitártelo. Ya sabes, si quieres.

Mili se incorporó y lo fulminó con la mirada.

—Tranquila, me refiero al peinado. —Le dedicó su mejor sonrisa de chico malo—. ¿De qué te creías que estaba hablando?

La multitud estalló en aplausos y todos se incorporaron. Ridhi y Ravi intercambiaron coronas, y después Ridhi rodeó a Ravi con los brazos y lo besó... en los labios. Se escucharon varios gemidos de sorpresa pero, inesperadamente, nadie se desmayó.

En familias totalmente cuerdas, el momento posterior del intercambio de coronas entre la pareja ya era caótico. Todos se acercaban a los novios para bendecirlos, felicitarlos y colmarlos de abrazos y besos. Así que a Samir no le sorprendió la locura en la que se sumió el clan Kapoor. Todo el mundo lloraba. La señora Kapoor rodeó a su hija con los brazos y se negaba a soltarla. Madre e hija siguieron abrazadas hasta que el padre de la novia las separó.

—Vamos, Lovely, vamos. No va a irse lejos.

—Mi niña, mi niña, mi niña... —repetía la señora Lovely Kapoor, dando a cada frase una entonación diferente, como se hace en las clases de interpretación.

—No digas ni una sola palabra —advirtió Mili a Samir cuando vio su expresión.

Inevitablemente, Mili también comenzó a llorar. A diferencia del lápiz de ojos de las mujeres Kapoor, el suyo no era resistente al agua. Inhaló profundamente y sonrió a Ridhi, a pesar de las lágrimas.

Samir volvió a poner el pañuelo bajo su copa. Dejó que Mili disfrutara del momento; las mujeres correrían en su ayuda cuando vieran los ríos negros bajando por su rostro. Para él, aquel rostro húmedo sonrosado por la emoción y sin una pizca de vanidad era lo más hermoso que había visto nunca.

Era el momento de decirle la verdad.

Se dio cuenta de repente. Bhai lo era todo para él, pero su hermano y él habían juzgado mal a Mili. Lo más probable es que hubiera alguna razón para aquella notificación legal y él iba a descubrir cuál era. Se lo contaría todo y entonces dejaría que ella decidiera qué hacer. ¡Eso! Tan pronto como hubiera terminado el maldito guion, se lo contaría todo. Sin importar las consecuencias.

Sonrió mientras Ridhi hacía tintinear las pulseras sobre la cabeza de un puñado de chicas que se habían inclinado ante ella.

—¿Qué están haciendo? —preguntó Samir.

Mili señaló las borlas doradas con flores de papel dorado que colgaban de las pulseras de Ridhi.

—Las mayores ataron eso en las pulseras de Ridhi para que tenga buena suerte. Ahora ella intenta que se suelten sobre las cabezas de las chicas solteras. Si una flor cae sobre una soltera, significa que será la siguiente en casarse.

—Vaya, eso lo explica todo. Creo que tu bruja lleva cinco minutos debajo de los brazos de Ridhi —dijo Samir, y eso la hizo sonreír.

—¡Oh, Dios mío, mírate la cara! —fue lo primero que Ridhi dijo a Mili cuando por fin llegaron hasta los recién casados. Le limpió las mejillas con un pañuelo de papel húmedo para adecentarla. Después abrazó a Mili tan fuerte que Samir temió por su vida.

Samir felicitó a Ravi y evitó hacer chistes sobre grilletes y condenas. En realidad envidiaba un poco a aquel capullo, y eso que debería haberse cagado de miedo, pero no fue así. Y eso sí que hizo que se cagara de miedo.

—Estás muy guapa, Ridhi. Felicidades —dijo finalmente Samir.

Mili, Ravi y Ridhi lo miraron boquiabiertos y esperaron a que dijera algo que arruinara el cumplido, pero no.

—Oh, Dios mío. Eso ha sido... muy... dulce.

Ridhi rodeó a Samir con los brazos, le besó la mejilla y le retorció la cara con ambas manos para besarle la otra. Samir cerró los ojos con fuerza y dio unas incómodas palmaditas en la espalda a Ridhi. Mili le lanzó una sonrisa de oreja a oreja, como una madre orgullosa, y en ese momento creyó que la tortura casi había merecido la pena.

—¿Por qué no me dijiste que tenía el lápiz de ojos corrido? —preguntó Mili a Samir mientras se alejaban.

—¿Lo tenías?

Mierda, estaba mirándola con ojos de cordero degollado.

Mili puso los ojos en blanco, se ruborizó y el pecho de Samir se llenó de temor.

—Deberías habérmelo dicho. Seguro que parecía un oso panda —le dijo.

Samir unió el índice y el pulgar para indicar que quizá se había parecido solo un poco a un panda. Ella le golpeó el brazo.

Lo que en realidad quería decirle era lo guapa que estaba, lo mucho que le gustaba que lo tocara.

—Siento no habértelo dicho —dijo, en lugar de lo que pensaba—. Pero hay algo que sí quiero decirte ahora.

Ella lo miró con temor.

—Samir, por favor...

—Escúchame bien, porque más tarde me preguntarás por qué no te lo dije.

—Samir, no. No digas nada. Por favor.

Su voz era un susurro ahogado.

—Mili, tienes una flor dorada en el pelo. Debió de caérsele a Ridhi sobre tu cabeza cuando te abrazó.

CAPÍTULO 19

Mili supo que habían regresado a Ypsilanti cuando divisó la torre de agua con su inconfundible forma fálica. Samir se subió las gafas de sol hasta la frente y miró la obscena estructura con los ojos entornados.

—Sé que esta noche apenas he dormido, pero no te creerás lo que estoy viendo ahora mismo.

Ella se rio.

—No, en serio: hay una erección gigante en medio de la carretera. Dime que estoy alucinando.

—No estás alucinando.

—Entonces, ¿qué coñ... Qué demonios es eso?

—Eso es lo que todo el mundo en la universidad llama la Ypsi... Mmm... la Ypsi-polla.

Mili susurró la última palabra y se llevó la mano a la boca riendo con timidez.

Él no se burló. Se retorció en su asiento y examinó la torre al pasar. Ella vio cómo la risa arrugaba sus ojos antes de que volviera a ponerse las gafas de sol.

Mili se pellizcó discretamente el brazo mientras aspiraba el aire con los ojos cerrados. No podía sentirse más dichosa. Viajar en un descapotable amarillo en aquel hermoso día de septiembre con Samir debía de ser un sueño. Aquel viaje al completo debió de haber sido un sueño. Nunca había visto a Samir así. Le había pedido su amistad y él se la había concedido sin reservas. Había hablado con ella y la había escuchado con una curiosidad infinita.

Mili nunca se había sentido tan segura, tan libre al compartir su vida. Le contó cómo había sido crecer en casa de su abuela; que había sido la favorita del profesor; que había jugado al cricket con los chicos de la aldea hasta cumplir doce años, cuando le prohibieron seguir haciéndolo; le contó que ganó un concurso regional de redacción en el instituto y como premio fue en autobús hasta Nueva Delhi; que visitó el Parlamento y Fatehpur Sikri, el complejo palaciego de arenisca roja del emperador Akbar; que conoció al presidente de la India y visitó el monumento a Gandhi; que vio a las jóvenes en pantalón y falda comprando en los mercados de Janpath; que se empapó de un nuevo mundo y deseó regresar a él algún día; que presentó la solicitud de admisión en la Universidad de Jaipur sin que Naani lo supiera y después tuvo que convencerla para que la dejara ir.

—¿Cómo la convenciste? —le preguntó Samir.

—Pues la llevé a ver una película en la que el protagonista era un militar del Ejército del Aire. Las mujeres de la película eran elegantes y modernas, y muy cultas. Le dije que probablemente eso era lo que «él» quería. ¿Cómo iba a amar a una chica rural, si estaba acostumbrado a aquellas mujeres?

—¿Y se lo creyó?

Samir parecía incrédulo.

—Tienes que entender lo desesperada que es la situación de mi *naani*. Tuvo cuatro hijos, pero perdió a dos niños, a una niña y a su marido en una epidemia de cólera. Mi madre fue lo único que le quedó, su única responsabilidad. Cuando mi madre se casó, creía que ya había cumplido con su deber, que mi padre se ocuparía de todo. Pero mis padres murieron y tuvo que quedarse conmigo, así que todo empezó de nuevo: la dote, proteger mi honor, educarme para ser una buena esposa... Todo otra vez. Entonces el abuelo de mi marido solicitó mi mano. Y una vez más, Naani creyó que había terminado su deber. Pero la madre de mi esposo se marchó con él a la ciudad, y su abuelo dejó a mi abuela sin nada. Se llevó el grano de nuestros campos y nos exigía ropa y joyas en cada festival. Cada año aseguraba a Naani que ese año me llevarían a casa. Como a mí me encantaba el colegio, me dejó estudiar. Pensaba que eso le gustaría a mi marido de ciudad. Habría hecho cualquier cosa por verme en mi propia casa, asentada e independiente.

Samir palideció y su rostro se llenó de tristeza. Pero ella no quería que le tuviera lástima. Lo único que quería era seguir hablándole el poco tiempo que les quedaba de estar juntos.

—¿Y cómo es que te dejó venir aquí? —preguntó él.

—Bueno, ahí no le di opción. Acababa de empezar a trabajar en el Centro Nacional para la Mujer de Jaipur. Mi jefe me recomendó para el programa de becas, pero necesitaba dinero para el billete. Le dije a Naani que iba a ver a mi marido y que necesitaba las joyas de mi dote. Y las vendí. No le dije que iba a venir hasta que ya estuve aquí.

Aquella historia era algo terrible, imperdonable. Samir estaba impresionado.

—¿Por qué nunca has ido a ver a tu marido?

Mili se encogió de hombros.

—No estoy segura. En mi pueblo no hacemos las cosas así. Además... No sé, pensé que quizá había alguna razón por la que él no venía a por mí. ¿Qué chico de ciudad querría a una chica de pueblo? Pero me marché a Jaipur, conseguí trabajo, una beca, y llegué hasta aquí sin ayuda. Y soy la mejor estudiante de mi clase.

No, ya no se sentía indigna de él.

De repente estaba furiosa. Realmente furiosa, y a la vez terriblemente triste. Había malgastado mucho tiempo sintiéndose inferior. Era lista y hábil. Siempre lo fue. Además, por primera vez en su vida, también se sentía guapa. Y deseaba que no tuviera nada que ver con el modo en el que Samir la miraba.

Pero él tenía ese don. No era de extrañar que las mujeres cayeran en su hechizo. Pensó en la revista *Filmfare*: «El conquistador de Bollywood cambia de novia como quien cambia de ropa». Lo extraño era que podía imaginárselo así, huyendo del compromiso. Pero también podía verlo de otro modo.

—¿Y qué hay de ti? —le preguntó justo al entrar en su calle—. ¿Cómo terminaste en Bombay? ¿Cómo te convertiste en un director de éxito con una novia lo suficientemente enfadada como para acusarte de maltratarla?

—Tengo el don de enfurecer a las mujeres.

Mili sonrió.

—¡No! ¿En serio?

Él la miró con los ojos dorados entornados sobre sus gafas de sol, pero estaba sonriendo.

—Crecí en Nagpur, pero me trasladé a Bombay para ir a la universidad. Allí el ojeador de una agencia de modelos me descubrió en el campus el primer año. ¿Sabes cuál fue mi primer trabajo? —Sonrió con todos sus treinta y dos dientes—. Un anuncio de dentífrico.

—¡Lo sabía!

—Gracias a ser modelo conseguí un pequeño papel en una película, pero me pasé tanto tiempo detrás de la cámara que el director me contrató como ayudante. Y desde ese momento tuve claro lo que quería hacer en la vida.

Samir entró en el aparcamiento derrapando y aparcó en su plaza llena de baches. Un pensamiento cruzó por la mente de Mili.

—¿Por qué no me contaste que tus películas eran tan famosas?

Él se encogió de hombros.

—Nunca me lo preguntaste.

Mili se fijó en la pintura descascarillada de su balcón, en las tejas levantadas y descoloridas, y una evidencia cobró vida. Se tapó la boca con la mano.

—Oh, Dios, no pensabas vivir en mi edificio, ¿verdad? Te mudaste aquí cuando me lesioné. ¿Por qué te mudaste a mi edificio?

Ella ya lo sabía: tenía que ver con su lesión y su necesidad de ayuda. Se le cerró la garganta. Samir, en vez de salir del vehículo tan pronto como se detuvo, como hacía normalmente, la miró, protegido por sus gafas de sol, más serio de lo que ella lo había visto antes.

—Me sobrevaloras, Mili. —Tomó aire profundamente. Su pecho se hinchó bajo la camiseta mientras medía sus palabras—. La verdad es que llevo casi un año teniendo dificultades para escribir. Lo he intentado todo, pero no conseguía hacerlo.

—Por eso te apuntaste al taller —dijo ella.

Samir tragó saliva y se quitó las gafas. Y el alivio que sintió al ver sus ojos fue tan intenso que resultaba absurdo.

—La misma noche en que te conocí conseguí escribir de nuevo. Fuiste tú, Mili. Tú me devolviste la habilidad de escribir. Y temía que las palabras se detuvieran si me alejaba de ti.

El dorado de sus ojos se oscureció por la emoción, como si una enorme carga aplastara su corazón. Pero al corazón de Mili le salieron alas y comenzó a revolotear por su pecho.

Samir salió del automóvil, corrió hasta su lado y le abrió la puerta.

—Gracias —dijo él.

Mili salió también y lo miró fijamente.

—¿Eso es todo? —bromeó ella—. ¿Es lo único que voy a recibir, un «gracias»? —Una sonrisa arrugó las comisuras de la seria mirada de Samir—. Porque, por lo visto, soy la única responsable de que hayas escrito un guion que vale un montón de millones de rupias.

—No exageremos.

Lo intentó, pero Samir no pudo evitar aquella sonrisa Colgate. Dios, cómo le gustaba aquella sonrisa.

—Pero no lo habrías hecho sin mí, ¿verdad? Así que me lo debes.

Él sacó el equipaje del vehículo.

—¿Acabo de llevarte a la boda de tu mejor amiga y todavía quieres más? Eres ambiciosa, ¿no crees?

La miraba como si estuviera dispuesto a darle cualquier cosa que ella pidiera. El revoloteo se intensificó.

—Quiero que tu protagonista no pierda al amor de su vida —dijo ella sin pestañear.

—Hecho —contestó él, encogiéndose de hombros—. ¿Algo más?

—¿De verdad? —Mili casi gritó. Y entonces se fijó en sus ojos dorados y lo supo. Él ya había cambiado su historia. Se llevó la mano al corazón—. Pero, oye, si lo has hecho sin que te lo pida, no cuenta... Todavía me debes algo.

Samir echó la cabeza hacia atrás y se rio.

—¿Qué quieres ahora?

Mili sonrió; acababa de ocurrírsele una locura.

—Primero, termina tu guion. Después te lo diré. Pero no puedes decir que no.

—Claro que no.

Y la siguió por las escaleras.

La ayudó a guardar en el frigorífico las bolsas de comida que les había dado la madre de Ridhi. Mili le propuso quedarse a cenar y Samir se sentó en el colchón de la sala de estar mientras ella se cambiaba. Cuando salió, lo encontró dormido. Intentó despertarlo, pero nada. Había descansado tan poco entre el guion y la boda, que despertarlo era una causa perdida.

Mili se calentó un plato de comida, se sentó con las piernas cruzadas en la alfombra y lo observó dormir mientras cenaba. Definitivamente, era el hombre más atractivo que había visto: boca perfecta, gruesa, mandíbula fuerte y angulosa, un sutil hoyuelo en la barbilla cuadrada... Pero no eran solo sus rasgos. Era la determinación de su mandíbula, el humor que danzaba en su mirada, incluso el cinismo que jugaba en las comisuras de su boca, lo que daba vida a ese magnífico físico.

Sí, era arrogante, impaciente y cabezota. Pero también perfeccionista y más amable y generoso que cualquiera que conocía. Y cuando todas sus contradicciones se mezclaban en su rostro, en su enorme y musculoso cuerpo, era como un puro imán viviente, un gran imán que la había absorbido por completo. Se rozó los labios con la lengua. El recuerdo de aquel beso era tan real como los alimentos que saboreaba. Ese beso iría con ella a la tumba. De hecho, el recuerdo de todo aquel mes la acompañaría hasta el día de su muerte.

«¿Y si ocurre algo más real? ¿No le darías una oportunidad?»

Mili empujó la patata de su plato con el *roti*. ¿Qué iba a hacer?

El teléfono de Samir zumbó a su lado. Él seguía dormido. Mili leyó BHAI parpadeando en la pantalla. Pulsó el botón de silenciar. Al cabo de unos segundos después vibró de nuevo.

«Bhai» otra vez. Y lo silenció de nuevo. Pero casi de inmediato volvió a vibrar.

Al parecer, el hermano de Samir no estaba acostumbrado a que no le hiciera caso. Eso, o había una emergencia. Cuando vibró por quinta vez, se asustó. Zarandeó suavemente a Samir en el brazo.

—Samir, es tu hermano —susurró.

Ni siquiera se movió. Mili contestó al teléfono.

—¿Diga?

Un instante de silencio. Había pillado al pobre Bhai desprevenido.

—¿Quién es? —sonó Virat al otro lado.

—Soy Mili. Lo siento, Samir está durmiendo. —Otro silencio, más largo. Oh, no, quizá no debía haber dicho eso—. Es que estaba agotado.

Oh, no, eso era todavía peor.

—¿Has dicho «Mili»?

El hermano de Samir por fin había recuperado la voz. Enfatizó su nombre, como si hubiera algo gracioso en él. Sonaba tan arrogante como Samir.

—Sí —dijo ella—. ¿Quieres dejarle un mensaje?

—Sí, Mili, apunta: dile a Chintu que si ha acabado con ese trabajo tan agotador, su hermano mayor querría que le dedicara un momento de su tiempo. Cuando despierte, por supuesto.

—Claro. Le diré que te llame.

Qué hombre tan raro. ¿Había llamado a Samir «Chintu»? Era lo más gracioso que había oído. El hombre más grande, no, el hombre más corpulento que conocía, se apodaba «pequeñín». Vaya, ¡cuánto se iba a divertir con aquello!

Mientras retiraba su plato, guardaba algo de comida para Samir y limpiaba, no podía dejar de sonreír. Pero, incluso mientras lo hacía, se acordó de que aún no podía irse a la cama. Tenía que leer y repasar algunos trabajos para la universidad. Así que tomó su libro y se sentó frente al durmiente Samir.

* * *

Comenzó lentamente. Unas manos lo arrastraban, lo arrastraban... Se agarró al suelo con los dedos de los pies, intentando encontrar un punto donde aferrarse, intentando detenerlo a cualquier precio. Pero llegó de todos modos: un latigazo rápido en el oído antes de que el cinturón cortara su espalda, sus nalgas. Intentó gritar, pero no le quedaba aire en los pulmones. Lo golpeó de nuevo. Y más, y más. Se ahogó en sus propios sollozos. Intentó recuperar el aliento pero la humedad lo ahogaba.

«Bastardo blanco. Bastardo. Blanco.»

Se dio la vuelta, sudando, helado, jadeando. Unas manos lo levantaron, unos dedos huesudos le arrancaron la piel. Quedó suspendido en el aire durante un momento eterno. El suelo desapareció bajo sus pies. El estómago le subió hasta la garganta y cayó al vacío, a un pozo sin fondo. Caía, caía...

Un sobresalto lo despertó. Oía sus propios jadeos. Alguien le frotaba los hombros.

—Samir... No pasa nada.

Unas manos diminutas lo zarandeaban.

Samir la miró.

—Soy yo, Mili. No pasa nada. Shh...

Sus rizos se derramaban como la medianoche alrededor de su rostro. La preocupación ensombrecía sus ojos y arrugaba su frente.

De repente se sintió avergonzado, como un niño miedoso. Se incorporó y se agarró la cabeza. Mierda. De todos los sitios donde podía haber ocurrido, tenía que haber sido allí.

Ella se levantó y regresó con un vaso de agua. Él bebió sin decir nada. No podría hablar delante de ella nunca más.

Mili le frotó la espalda, exactamente donde había golpeado el cinturón. Y en lugar de volverlo loco por el dolor, lo calmó. Inspiró profundamente y bebió, y bebió. La vergüenza hacía que le costara trabajo incluso tragar.

—Dame —le dijo Mili. Le quitó el vaso pero no apartó la otra mano de su espalda.

Samir quería darle las gracias. Pero no podía.

Quería levantarse y huir del apartamento. Tampoco podía.

Aquello era casi tan terrible como la vez que lloró delante de toda su clase de Quinto, cuando el profesor leyó una historia sobre una madre elefante que había sido asesinada por los cazadores, dejando al bebé solo.

No, aquello era incluso más mortificante.

—No irás a llorar ahora, ¿verdad? —La sonrisa más cariñosa iluminó los labios de Mili e hizo brillar sus ojos—. Es lo que yo siempre hacía cuando mi *naani* venía a verme después de tener una pesadilla. Era una treta para conseguir que me dejara dormir con ella.

Samir sonrió. Ella se sonrojó.

—No... no... no quería decir eso —tartamudeó Mili, y la desgarradora vergüenza que Samir sentía desapareció de repente.

—Pues me vendría bien, ¿sabes? —le dijo, absurdamente aliviado tras recuperar su arrogancia.

—Samir...

—En serio —él intentó bromear—. Necesito consuelo.

—Sa-mir —ella se puso seria.

Le encantaba cuando Mili dividía su nombre de ese modo.

—No te imaginas lo mal que me siento ahora mismo —dijo él, y se golpeó el pecho dramáticamente.

Mili se ruborizó y se cubrió la cara con las manos.

—¿Si lloro me dejarás que duerma contigo? —Él se empeñaba en seguir con la broma.

—Argggg... Eres horrible.

Con algo de resistencia, dejó que Samir le apartara las manos de su sonrosado rostro. Rápidamente lo abrazó por la cintura, y Samir se sintió como si esa pesadilla jamás hubiera existido. Es más, se sintió como si hubiera alcanzado el puto paraíso.

CAPÍTULO 20

Cuando Mili llegó a su oficina en Pierce Hall no tenía ni idea de que su vida estaba a punto de cambiar para siempre.

La noche anterior, después de que Samir se hubiera marchado, no pudo dormir. No dejaba de pensar en su rostro, pálido como la nieve y sin rastro de su bronceado dorado, y aquella mirada perdida. Estaba empapado en sudor. Tenía la camiseta húmeda, las mejillas húmedas, el cabello húmedo.

Sin duda, fue una pesadilla. Su fuerte e indomable Samir tenía cicatrices, y ella intuía de dónde procedían. Pero lo más importante: sabía cómo sanarlas. La idea le rondaba desde que hablaron sobre sus padres la noche anterior a la boda. Y ahora era el momento de ponerse manos a la obra.

Colgó su bolso de pasamanería en la silla. Necesitaba hacer dos llamadas telefónicas antes de empezar a hacer las copias del proyecto de subvención que debía entregar aquel día.

Primero llamó a Ridhi. Como era de esperar, saltó el buzón de voz, y dejó un mensaje. Sonrió, imaginando cómo reaccionaría su amiga. La familia de Ridhi tenía muy buenos contactos. Si alguien podía ayudarla a encontrar a una persona perdida, era ella.

A continuación, con la misma alegría, llamó a su abuela. Pero esta vez el mundo se tambaleó bajo sus pies.

Mili nunca había oído llorar a la mujer de aquel modo, como si se le hubiera roto el corazón, como si hubiera perdido toda esperanza. Una oscura sensación de fatalidad brotó en su vientre; se sentía suspendida sobre un precipicio mientras alguien cortaba la cuerda.

Bajó del escritorio donde estaba sentada y se frotó las heladas palmas de las manos en sus *jeans*.

—Naani, al menos cuéntame qué ha pasado.

—Oh, Krishna, ¿qué hemos hecho para merecer algo así? —sollozaba Naani—. Oh, mi niña preciosa... Tendría que haberme dado cuenta, cuando tus padres murieron, de que estabas maldita. Debería haber sabido que no había esperanza para ti. Oh, no tendría que haber escuchado a ese malvado hijo de perra.

—Naani, por favor, cálmate. No puede ser para tanto. —De repente, la realidad le sacudió. Una certeza—. Oh, Dios, le ha pasado algo, ¿verdad? Le ha pasado algo a Viratji.

—Ni se te ocurra pronunciar ese maldito nombre delante de mí. ¡Oh, Krishna! ¿Por qué permites que haya gente así en el mundo? ¿Por qué nos haces vivir así? Oh, mi pobre y dulce niña... mi niña...

Los ojos de Mili se llenaron de lágrimas.

—¿Está herido?

«Por favor, Dios, que sea solo eso, nada peor.»

Una enorme culpabilidad ascendió por su pecho y cerró su garganta. Estaba siendo castigada por lo que había hecho con Samir.

«Por favor, Dios, por favor, por favor... no permitas que él sufra por mis pecados.»

En medio de esa súplica interior, su abuela hizo gala de su mal genio y cambió el tono de voz, emitiendo casi un grito.

—¿Herido? ¡Se merece ser devorado por serpientes venenosas! Eso es. Pero no se saldrá con la suya. Lo pagará. Dios lo maldiga, a ese hijo de perro rabioso. —Se sonó la nariz junto al teléfono e hizo una pausa para recuperarse antes de hablar—: Se ha casado otra vez, Mili. ¡Tu marido se ha buscado otra esposa!

* * *

Era maravilloso oír la voz de Virat tan enérgica de nuevo, pero Samir no tenía ni idea de qué divertía tanto a su hermano.

—Llevas ahí cuatro semanas, Chintu. ¿Es que estás viviendo con una chica o qué? Venga, hermano, ¿cuándo vas a madurar?

—¿De qué estás hablando, Bhai?

Samir se sentó sobre el colchón cutre en el suelo de su descolorido apartamento, cerró los ojos e intentó imaginarse en su adorada casa de Bombay.

—Tu novia contestó al teléfono cuando te llamé.

¿Mili había respondido a su teléfono? ¿Por qué lo habría hecho?

—Al parecer «Sa-mir» estaba agotado —Virat impostó una voz femenina—. Al parecer, «Sa-mir» estuvo despierto toda la noche.

De acuerdo, no era una mala imitación. Ella alargaba su nombre así, enfatizando las sílabas.

Samir se frotó la frente, pensativo.

—Bhai, es cierto que estaba cansado. Había conducido cuatro horas, desde Columbus. Estaba dormido de verdad. Y no es lo que parece.

—Vaya. ¿Sam Rathod inventándose excusas después de estar con una mujer? ¿Quién eres tú y qué has hecho con el presumido de mi hermano?

Mierda.

—¿Y qué estabas haciendo en Columbus, a todo esto?

—Es una larga historia. Estuve en una boda, de unos amigos que he hecho aquí.

Bhai ahogó un grito, como si Samir acabara de saltar desde un acantilado.

—¿Que has ido a una boda? Yo no he conseguido que vengas a las bodas de nuestros primos... ¿y ahora me dices que has estado en una?

—Tengo cinco llamadas perdidas tuyas. ¿Va todo bien?

No era el cambio de tema más habilidoso del mundo, pero tendría que servir.

—Hemos recibido otra notificación legal de la chica.

—¿Otra notificación? —Samir dijo para sí mismo.

¿Cómo era posible?

—Sí, una notificación. Ya sabes, eso que la chica ha estado enviándonos. Y la razón por la que estás allí... ¿te acuerdas? —Largo silencio al otro lado del teléfono—. ¿Oye? ¿Hay alguien ahí?

—Claro. Lo siento. Estoy un poco distraído.

—¿No me digas? Al parecer, esa Mili está haciéndote trabajar duro. —Virat soltó una carcajada—. Ahora la chica nos demanda por abandono y trauma emocional, ruptura de contrato y todo tipo de chorradas legales. Dice que el Consejo Tribal Panyachat puede incluso concederle la propiedad total de la casa.

El teléfono se volvió pesado como una piedra en la mano de Samir. De repente recordó la voz de Mili al despedirse por la mañana: «Llego tarde. Tengo algo importante que hacer.» Sin duda ella tramaba algo.

—¿Estás seguro, Bhai? —logró decir Samir.

—No. Si te parece, estoy inventándome toda esta mierda sobre la marcha. ¿Qué te pasa, Chintu? —Virat parecía muy cabreado—. ¡Tengo los papeles delante! He hablado con tu abogado. Quiere saber si hay un Certificado de Matrimonio. Nosotros no lo tenemos, pero quizá ella sí. Como éramos menores, no es vinculante, pero si el Consejo Panchayat lo ratificó después de que alcanzáramos la mayoría de edad, podríamos enfrentarnos a una dura batalla, si ella se niega a firmar la anulación. Sé que estás intentando acabar el guion, pero ¿has conocido al menos a la tal Malvika?

—Sí —Samir parecía un autómata—. Te he dicho que estoy en ello. ¿Cómo está Rima?

—Sigue con calambres. —El espíritu combativo desapareció de la voz de su hermano—. El médico le ha prescrito reposo.

—¿Y ahora me lo dices?

—Rima está bien. Es solo una precaución. Tenemos que estar al tanto un par de semanas.

«Entonces, ¿por qué demonios suenas preocupado?»

—Seguro que sí, Bhai. —concluyó Samir—. Intenta recuperarte pronto. Tú cuida de Rima. Yo me ocuparé de lo demás.

* * *

La expresión de culpa en la cara de Mili aquella mañana perseguía a Samir mientras se dirigía al apartamento de ella. Él le había preguntado un par de veces qué estaba tramando, pero estaba tan sumido en su trabajo que no le dio demasiada importancia.

—Concéntrate en tu guion —le dijo ella sonriente—. Y no olvides tu promesa.

Y él, que era un idiota, se emocionó como un maldito adolescente.

Giró la llave en la puerta y encontró una nota adhesiva amarilla bajo la mirilla: No pierdas el tiempo leyendo notas. ¡Date prisa y escribe! Quitó el papel y se lo guardó.

Había otra nota en el frigorífico: La comida del plato rojo es el desayuno. La comida del plato azul es el almuerzo. Volveré antes de la cena.

En el plato rojo había dos *parathas*, un cuenco con yogurt y mango encurtido. Todo envuelto en film transparente con otra nota adhesiva: Las *parathas* están para morirse. Dios bendiga a Lovely. Firmado con una carita sonriente.

La recordó metiéndole trozos de *paratha* en la boca y un escalofrío recorrió su espalda. Juntó las tres notas y se las guardó en el bolsillo.

Algo iba muy mal. No había duda de que Mili parecía muy decidida, y muy culpable, aquella mañana. No había duda, tampoco, de que estaba intentando limitar su relación a una mera amistad, decidida a dar una oportunidad a su maldito «matrimonio».

No, aquel no era el momento de pararse a pensar en el infierno que había surgido entre ellos.

Guardó la comida de nuevo en el frigorífico. Si Mili había enviado un certificado las semanas anteriores, debía de tener copias en su apartamento, y solo había un modo de descubrirlo.

Se detuvo ante la puerta de su dormitorio, totalmente consciente de que estaba a punto de hacer algo irreversible: destrozar la confianza que ella había puesto en él. Y lo retenía cada momento que había pasado con ella, cada sonrisa, cada suave caricia suya.

«Creo con toda mi alma que algún día él y yo estaremos juntos, que un día vendrá a por mí.»

De un modo u otro, Samir estaba a punto de romperle el corazón, y lo sabía. Pero tenía que proteger lo que sabía que era cierto: Bhai y Rima tenían que estar juntos. Nadie se lo merecía más que ellos.

Cruzó el umbral de su habitación. ¿De verdad habían pasado solo tres semanas desde que la dejó allí de pie, lesionada y acabó en el suelo? Echó un vistazo a su alrededor. La desolación reptó por su columna. La cama del suelo estaba pulcramente hecha con una áspera manta y una sábana descolorida cosida a mano a partir de un viejo sari de algodón, el tipo de sari que Baiji usaba para dormir. El colchón era tan pequeño, tan estrecho, que solo un alfiler como Mili cabría en él; a él se le saldrían las piernas. Pero ya nunca lo comprobaría.

Además del colchón, había dos piezas de mobiliario: un desvencijado escritorio metálico y una cómoda que parecía suficientemente vieja para haber sido fabricada en el siglo XVIII. Pero ¿qué decía? En ese siglo no existía el contrachapado barato. Abrió un cajón, se salió de las guías y le aplastó el pie. ¡Joder! Todo aterrizaba sobre sus pies-barcas, como los llamaba Mili. Recordó cómo abrió ese día sus ojos por la sorpresa. «Por Dios, ¿qué número de pie usas?» ¿Cómo era posible que una pregunta tan mundana, tan inocente, lo hubiera excitado tanto?

No tenía ni idea.

Volvió a colocar el cajón, intentó tranquilizarse y abrió otro. Ropa interior. Estupendo. Estaba rebuscando entre su ropa interior. Lo cerró de golpe. «No voy a pensar en ello. No pensaré en el encaje negro que acabo de ver.» Por cierto, ¿por qué tenía Mili esa ropa interior?

En el resto de cajones no había nada. Ni una sola prenda. Tampoco nada en el armario, excepto tres camisetas y un único par de *jeans*. Aquella escasez le comprimió el pecho y se instaló una terrible inquietud en su interior. No tenía zapatos, ni un solo par. Ni pañuelos, ni bolsos, ni americanas, ni saris, ni *kurtis*. Nada excepto el vacío y un olor mohoso de contrachapado viejo. ¿Qué clase de mujer tenía solo seis camisetas y ropa interior de encaje?

«Olvídate de su ropa interior.»

El armario de Samir ocupaba toda una habitación de su apartamento. Tenía estantes motorizados que se movían hacia delante y atrás sobre guías que controlaba con un mando a distancia. Pasaba tanto tiempo en aquel vestidor que había hecho instalar hilo musical. Echaba de menos sus altavoces Bose. Donó veintiocho pares de *jeans* y cuarenta pares de zapatos en la última gala benéfica Stars.

«¿Querrías estar con un hombre más guapo que tú?»

Se pasó los dedos por el cabello, se estrujó la cabeza y se dirigió al escritorio. No encontró nada más que montones de libros, todos con etiquetas de la biblioteca. Una vez más, notó una opresión en el pecho. El escritorio ni siquiera tenía cajones. Más opresión.

Arrodillado, miró debajo de la estructura de metal negro. En la esquina, contra la pared trasera, vio una maleta marrón. La sacó con facilidad. Era el tipo de maleta que se veía en las películas antiguas. No en las de los ochenta, sino en las de los cincuenta: tela marrón sobre cartón con cierres metálicos que se abrían como un resorte.

Tiró de ellos y se levantaron con un chasquido. Pero algo le hizo cerrarla de nuevo.

¿No era demasiado tarde para detenerse? En su vida había hecho un montón de cosas horribles, pero sin duda aquello era lo peor. Mili lo había acogido en su casa, había compartido con él todo lo que tenía y, a pesar de lo exiguo de sus posesiones, lo había enriquecido diez veces más. Para ella, Samir era alguien que conocía a alguien de su pueblo; con eso le bastó. Le había dejado usar su casa, le había entregado su amistad, su confianza... Y él la había aceptado sin pararse a pensarlo, sin decencia alguna. Pero aquello, verdaderamente, era cruzar la línea.

Ese armario, el cajón de la ropa interior... Al menos eso estaba allí, a la vista. Ella no había intentado esconderlo. Sin embargo, había algo en el modo que esa maleta marrón había sido arrinconada contra la pared. Algo le decía que era privada. Abrirla sería peor que revisar el cajón de su ropa interior. Sería una violación. Lo sabía con tanta claridad como su propio nombre. Lo que estaba a punto de hacer era imperdonable. A pesar de sus bravuconerías y de su franqueza, Samir sabía que Mili escondía en su interior mundos que no quería compartir. Aunque él ya había visto la punta del iceberg, ella no quería mostrarle el resto. Punto. Conocía perfectamente esa sensación.

No. No podía hacerlo. No podía entrar allí sin su permiso. Colocó los pequeños cierres metálicos de nuevo en su lugar.

«Si Rima no es mi esposa legal, nuestro hijo será un bastardo, Chintu.» Fueron las primeras palabras que su hermano le dijo tras salir del coma.

Y ese niño era muy deseado. Toda la familia lo esperaba casi con ansiedad. La injusticia, el opresivo dolor del abandono, que Samir conocía tan bien, no recaería sobre los hombros de ese bebé. Nadie lo llamaría nunca así: «Bastardo blanco. Bastardo. Blanco».

Samir agarró con fuerza la maleta y la abrió.

Había un montón de saris de colores brillantes, de esos que las mujeres en las aldeas llevaban a las bodas veinte años atrás, envueltos en papel de celofán transparente. Acarició el primero que vio: rojo nupcial con un ribete dorado. Y pulseras, montones de pulseras de cristal unidas con un lazo de raso. Recordó el aspecto que tenía Mili con el brazo lleno de pulseras, y con perlas en el cabello. Samir guardaba en su cartera la perla que le había robado.

Sacó un joyero de terciopelo rojo y lo abrió: su *mangalsutra*. Perlas negras engarzadas en una cadena de oro, la cadena de su matrimonio...Cerró la caja. Debajo de los saris, debajo de las pulseras, debajo de la caja de terciopelo, escondido bajo el resto de sus posesiones más valiosas, sobresalía un sobre blanco. Lo abrió: eran tres fotografías y una única hoja de papel en una funda de plástico. Una instantánea de Mili más joven, sonriendo, sentada a los pies de una anciana mellada de cabello plateado. El bastón que la viejecita llevaba en la mano le proporcionaba un porte regio. Mili parecía contenta. Pero ella siempre parecía feliz. Debía de tener unos diez años, pero ya parecía cansada del mundo, y sabia.

Aquella chica nunca tuvo una infancia, pensó Samir. Se tragó el nudo de dolor que se había quedado alojado en su garganta, pero no se detuvo.

Las otras dos fotografías eran en blanco y negro. En la primera aparecía una pareja mayor: el hombre lucía un turbante enorme y una arrogante expresión de terrateniente, y la mujer era la misma anciana pero más joven. La otra fotografía mostraba a una pareja mucho más joven: el hombre iba vestido con una impoluta camisa blanca y pantalones fruncidos; la mujer llevaba un alegre sari de flores y la cabeza cubierta, estaba sonriendo. El hombre sostenía a un bebé en brazos y ambos lo miraban como si fuera un milagro. Aquella fotografía era la más desgastada, como si la hubieran tocado mucho y durante muchos años. Tocado, acariciado y abrazado.

«No recuerdo nada.»

Samir guardó las fotografías en el sobre, y dudó antes de sacar de la funda de plástico la hoja de papel verdoso. Estaba casi hecha jirones. El papel era de tan baja calidad que se podría deshacer con apenas rozarlo. La insignia de los tres leones de la República Democrática de la India estaba tan descolorida que parecía gris. Debajo del emblema, y en negrita, ponía en tres idiomas: CERTIFICADO DE MATRIMONIO. Remataba la parte inferior un sello rojo del Consejo Tribal Panchayat de Balpur.

Samir se quedó ese papel y guardó en el fondo de la bolsa el sobre con las fotos. Examinó su alrededor rápidamente. Era hora de salir de la habitación. Sabía que no habría ninguna copia de las notificaciones.

Ya en la sala de estar, se sacó las tres notas de papel amarillo del bolsillo y las pegó encima del Certificado de Matrimonio antes de guardarlo en la funda de su portátil. Respiró.

Ya podía encender el ordenador y sumergirse de pleno en su guion.

No quería pensar en nada más.

CAPÍTULO 21

Mili entró en la sala de Informática con paso enérgico. Seguramente cojeaba, pero desde la llamada telefónica del día anterior se sentía como una tormenta; una tormenta seguida de una riada, y seguida de otra tormenta: ¡Virat se había casado con otra!

Sorprendentemente, no había llorado. Ni una sola vez. Si alguna vez había ocurrido un milagro en su vida, era ese. Y se sentía tan seca como el desierto de Gobi; tan caliente como el sol que pintaba espejismos sobre las dunas de arena. En su corazón se libraba una auténtica tormenta de arena. La furiosa necesidad de hacer algo, cualquier cosa, la consumía. Necesitaba que hubiera consecuencias, que su destierro no quedara sin más.

El día anterior había hecho todo lo posible por evitar pensar, por evitar volver a casa. Se quedó hasta tarde en el instituto, agradecida por la proposición que tenían que enviar, y se pasó casi toda la noche en la biblioteca poniendo al día sus tareas. Regresar a casa con Samir era impensable. No quería involucrarlo en aquello. Menos mal que él estaba ocupado con su guion.

Aquella mañana volvió a casa apenas el tiempo suficiente para ducharse. Estuvo a punto de visitar a Samir, pero lo único que consiguió fue llegar hasta su puerta y dar media vuelta, sin llamar. Aquel día, el dolor que sentía se negaba a ser ignorado; aquel día, su inquietud era tal que tenía que hacer algo para contenerla. Los cimientos de su vida habían desaparecido. Pero todavía más terrible que el desgarro por perder algo que había valorado durante tanto tiempo, era la sangrante sensación de alivio que sentía; un extraño e incomprensible alivio rasgaba su corazón casi tanto como la culpabilidad por sentirlo.

Fijó la mirada ausente en su pantalla del ordenador. Algunas chicas de su clase se acercaron a ella con ganas de charlar. Se quedó sorprendida de su propia tranquilidad mientras les daba algo de conversación. Querían sus apuntes de Sociología Aplicada. Sacó su cuaderno, se lo prestó para que hicieran copias y volvieron a dejarla tranquila.

Insertó en el ordenador maquinalmente la contraseña requerida y justo en ese momento una idea le iluminó: Ridhi le había sugerido que buscara en Google el nombre de «Sara Veluri». Se emocionó. Pero... nada. Probó con todas las grafías posibles de Veluri. Nada de nada. Probó con todas las grafías de Sara, con todas las combinaciones posibles de nombre y apellido. Ni una Sara Veluri. Nada. Probó varios buscadores. Nada. ¿Cómo era posible?

Algo le decía que estaba olvidando una parte crucial del puzle, pero no daba con ella. Cerró los ojos: visualizó su cabeza apoyada en el hombro de Samir. «Recuerdo cómo era ella. No su aspecto, sino la sensación. Recuerdo su nombre, Sara. Sara Willis.»

Tecleó a toda velocidad: Sara Willis.

¡Bingo! Cuatro Sarah Willis y cinco Sara Willis aparecían en Ohio, Michigan e Indiana. Apuntó los nombres y bajó corriendo a la oficina. Estaba vacía. Encendió las luces, inhaló el viejo olor a madera y se acomodó en su silla. Entonces sacó la hoja de papel y empezó a hacer llamadas.

La primera Sarah Willis resultó ser una estudiante de la Universidad Estatal de Ohio que sonaba un poco borracha aunque eran las seis de la tarde, y no podía dejar de reírse.

Las siguientes dos no tenían ni idea de quién era ese Samir Veluri.

La cuarta amenazó con denunciarla si no borraba su número.

Por último, la voz de una mujer mayor dijo que no era Sara, que Sara estaba descansando. Le preguntó amablemente quién era ella.

—Me llamo Mili. Soy una estudiante de la India. Estoy buscando a la madre de un amigo. Se llama Samir.

Mili no podía creer que hubiera tenido el valor de decir algo así. Pero en aquel momento se sentía tan poderosa que podía mover montañas. La mujer se quedó callada un minuto que se hizo eterno. Los latidos del corazón de Mili llenaron el silencio mientras esperaba.

—Cielo, espera un momentito al teléfono, ¿de acuerdo? —dijo la mujer, y lo repitió como si temiera que Mili saliera corriendo—. Iré a ver si Sara está despierta. No cuelgues, por favor...

En menos de lo que Mili esperaba, otra mujer susurró al teléfono.

—¿Eres amiga de Samir?

Su voz era apenas un ronquido, como si el esfuerzo de pronunciar esas palabras le robara el último aliento.

—Sí. ¿Es usted... es usted la madre de Samir?

—¿Está él ahí? —Las palabras se hicieron más fuertes, una extraña energía las alimentaba—. ¿Puedo hablar con él?

Había tanta esperanza en la voz de aquella mujer que a Mili se le cerró la garganta.

—No, señora, ahora mismo no está aquí conmigo. Pero está en el país. Llamo de su parte.

La mujer sollozó y a Mili empezó a gotearle la nariz. Se la presionó con la manga. «Ahora no, Mili.» Esperó en silencio mientras las dos mujeres al otro lado de la línea se consolaban la una a la otra; finalmente los sollozos cesaron y la madre de Samir volvió a ponerse al teléfono.

—Por favor —suplicaba la madre—, tengo que hablar con él. Necesito hablar con él.

—Señora, ahora mismo no está aquí, pero intentaré que hable con usted. Se lo prometo.

—Gracias —le dijo, más tranquila, con la voz húmeda por las lágrimas—. ¿Cómo está?

Mili apretó la mandíbula y se presionó la cara contra la manga. Esperó hasta que pudo hablar sin llorar.

—Está bien. Es un hombre estupendo.

«Es perfecto.»

Eso provocó que la mujer comenzara a llorar de nuevo y Mili tuvo que apretar los ojos, la boca... toda ella, para evitar hacer lo mismo.

—Señora Willis, ¿puedo hacerle una pregunta?

—Claro.

—¿Cuándo fue la última vez que habló con su hijo?

Los sollozos se convirtieron en un llanto sin contención. Pasaron algunos minutos más antes de que pudiera hablar.

—Tenía cinco años... Mi pequeño tenía cinco años... Hace veinticinco años —dijo la mujer casi en un alarido—. ¡Y ahora ya no me queda tiempo! Jesús... No me queda tiempo.

Cuando Mili colgó el teléfono, le temblaba todo el cuerpo, tenía la manga empapada y el corazón en un puño, por el peso de lo que había escuchado.

¿Dónde se había metido? Ahora no tenía ni idea de cómo mantener una promesa (que no debería haber hecho) a una mujer a la que ni siquiera conocía. No había reparado en ello, pero ya no le quedaba más remedio que mantener su palabra. Oh, Dios. Samir la mataría. No volvería a hablarle jamás. Estaba segura. Haría las maletas, se marcharía y ni siquiera miraría atrás para ver su cara de cotilla. ¿Y cómo demonios iba a soportar eso?

*   *   *

—¿Hay alguien en casa? —exclamó Mili al entrar en su apartamento.

Le inundó el aroma a *dal* recién hecho y a harina de trigo al fuego. Su estómago emitió un sonoro gruñido. Samir sacó el último *roti* de la sartén, lo colocó en un plato y apagó la llama.

—Hola —dijo él, con la voz curiosamente distante.

—Hola —respondió ella, deseando correr hacia él y abrazarlo. Soltó su bolso y se fijó en el portátil en el colchón—. ¿Has terminado?

Eso lo hizo sonreír: una sonrisa victoriosa.

—Acabo de enviarlo.

Mili corrió hacia él y se lanzó a sus brazos. Samir la levantó y la hizo dar vueltas.

—¿Estás contento con el trabajo? —dijo ella.

—Entusiasmado. Es jodid... Es increíblemente brillante, aunque esté feo que yo lo diga.

La dejó en el suelo, sonriendo.

Mili tomó la mano de Samir y la acercó al armario de madera.

—Toca madera. No digas eso. Es tentar el destino.

Su sonrisa se amplió, su sonrisa de niño.

Ella desvió la mirada hacia el *dal* y los *rotis*.

—Había mucha comida en el frigorífico. ¿Por qué has cocinado?

—Me apetecía hacer algo especial. Merecemos celebrarlo.

Pero ¿qué era aquella tristeza que veía bajo su sonrisa? Entonces se dio cuenta: se estaba despidiendo de ella. Había terminado el guion. Ya no necesitaba quedarse para el taller. La inquietud que la había acompañado a casa estalló como un resorte en su interior. Una insistente ansia la vació por completo.

Samir, consciente de eso, apartó la mirada.

Mili le ayudó a poner la mesa.

*   *   *

Samir tardó un rato en darse cuenta de que Mili no estaba comiendo. Jamás hubiera creído que viviría para ver ese día.

—¿Qué pasa? —preguntó él, inclinándose hacia delante en su silla. Pero él ya sabía qué era. Acababa de decirle que había terminado el guion. Ella acababa de darse cuenta de que pronto se marcharía. A pesar de sus bravuconerías, le rompería el corazón cuando se marchara. Samir lo sabía perfectamente. Lo que no sabía era cómo reaccionaría cuando le contara la verdad sobre qué estaba haciendo allí. Y había llegado el momento.

Mili se enderezó y se metió sin mucho ánimo una gran cucharada de *dal* en la boca.

—Nada. ¿Por qué crees que me pasa algo?

—No estás comiendo.

Bueno, no como comía siempre.

Mili se señaló la boca y masticó furiosamente.

—¿De qué estás hablando?

Samir quería decir algo despreocupado, algo divertido, pero al verle la cara... aquellas inusuales arrugas de preocupación en la frente, se le retorció el estómago. El documento que llevaba en la bolsa, la visión de su armario, el encaje negro, las pulseras de colores... Todo eso le oprimió como un cuchillo en su vientre.

—¿Estás segura de que todo va bien?

Mili lo acribilló con todo el poder de aquella mirada empapada de preocupación y algo más. Últimamente, cuando lo miraba, sus ojos siempre tenían ese algo más. ¿Desde cuándo? ¿Y por qué? Él no se lo merecía... Fuera lo que fuese aquello, él no se lo merecía.

—Estoy bien —dijo ella, con una mirada de forzada indiferencia.

Por primera vez, comieron un rato en silencio. No había visto a Mili tan callada desde aquellos primeros días, cuando la medicación la dejaba grogui. ¿De eso habían pasado solamente cuatro semanas? Entonces, ¿por qué parecía que la conocía de toda la vida?

De repente, Mili enderezó los hombros y lo miró fijamente sin un ápice de temor.

—Has terminado tu guion. Ya sabes lo que eso significa.

Por primera vez aquel día, sonaba como «su Mili».

Samir contuvo una sonrisa.

—No tengo ni idea de qué estás hablando —se burló.

—No puedes romper tu promesa, Samir.

Mili parecía feroz y vacilante, a partes iguales. Una tigresa de caza pero con un toque de cierva cazada.

—Muy bien —dijo él—. ¿Qué quieres?

Samir se echó hacia atrás para contemplarla mejor, negándose a reconocer cuánto lo excitaba verla así.

—¿De verdad? —exclamó ella. Su arrogancia desapareció y no quedó más que sinceridad de niña—. Pero no puedes decir que no.

—Estás asustándome.

—Samir...

—De acuerdo. No diré que no.

—Quiero que me acompañes a un sitio, que vengas conmigo.

Lo dijo con una cadencia demasiado tranquila, demasiado serena, suponiendo que acto seguido estallaría una tormenta. Pero fue el nítido destello de compasión en su mirada lo que provocó el pánico en el pecho de Samir.

«No.»

—Samir, la he encontrado...

«Joder, no.»

—No —dijo y se levantó de la mesa antes de que ella pudiera decir nada más.

—Quiero que vengas conmigo a Munroe. A ver a tu ma...

—¡No!

Aferró sus puños al borde de la mesa para evitar volcarla.

—Pero me promet...

Samir retrocedió con tal espanto que volcó la silla que tenía detrás. Agarró su bolsa y salió corriendo del apartamento. Mili fue tras él y lo persiguió por el pasillo.

—¡Vete! —dijo él con rotundidad. Ni siquiera la miró. Abrió la puerta de su apartamento.

Mili lo siguió al interior de la casa. Samir seguía sin prestarle atención y caminó hasta el otro extremo de la habitación. Después regresó. Parecía un león encerrado. Una demencial inquietud se arremolinaba en su interior.

—Samir, por f...

—No. Quiero que te marches, Mili. Vete. Ahora.

La furia zumbaba en su cabeza y rugía como una bestia enjaulada en su pecho. A Samir le temblaban las manos por la ira contenida para no echarla a empujones. Ella no se acobardó, ni siquiera se movió. No pensaba ir a ninguna parte. Pero él sí.

Samir se marchó del apartamento de un portazo, dejándola allí. Con una inusual tranquilidad, Mili abrió la puerta y lo siguió hasta la escalera. Él estaba bajando un tramo cuando se dio la vuelta. Un horrible olor a moqueta polvorienta y húmeda hurgaba en su nariz, y una insoportable presión le oprimía el pecho.

Mili lo miraba desde arriba, con expresión plácida. Él esperó el tiempo necesario y por fin habló.

—¡Mi madre está en Nagpur! —exclamó él, fuera de sí—. ¿Me oyes? En la India, y no en este maldito país.

Mili bajó un par de peldaños para encontrarse con él cara a cara.

—Lo sé, y seguirá allí cuando regreses a casa.

No lo tocó, pero Samir se apartó como si lo hubiera hecho. Bajó otro peldaño.

—¿Sabes lo que eres? La metomentodo más coñazo que jamás he conocido.

Ella ni siquiera parpadeó. Siguió mirándolo con aquellos malditos ojos. No le importaba. Joder. ¿Por qué había tenido que contárselo?

—Te crees que lo sabes todo, ¿verdad? —gritó Samir—. Pues ¡no sabes nada! ¿No ves el patético caos que es tu propia vida? ¿Cómo... cómo te atreves a intentar arreglarme la vida, cuando no hay ni una sola cosa que funcione en la tuya?

Una ráfaga de dolor sacudió el rostro de Mili antes de que diez ráfagas de valor estabilizaran su mirada.

Samir quería zarandearla, quería lanzarse a sus pies y disculparse. ¿Por qué demonios se dedicaba a poner ahora su vida patas arriba? Era una jodida pesada insoportable, eso es lo que era. Pero también era bastante estúpida si creía que por su cara bonita podía sacar a la luz un pasado que él se había esmerado tanto en enterrar. No tenía ninguna intención en acercarse a la mujer que se deshizo de él como si fuera basura, sin ni siquiera dignarse a mirar atrás.

—Samir, entiendo que estés enfadado, pero...

—¡No! No entiendes nada —gritó él, con furia en todo su ser—. ¿Quién te ha dado permiso para interferir en mi vida? ¿En qué estabas pensando al creer que esto sería buena idea?

—Está solo a una hora de distancia —dijo Mili, como si no hubiera oído nada—. Estaremos de vuelta por la noche. Entonces serás libre. Jamás volveré a pedirte nada. Puedes subirte a un avión y marcharte mañana, si eso es lo que quieres.

Sus ojos se llenaron de tristeza. Estupendo.

—He dicho que no voy a ir. Eso no va a ocurrir. ¿No me has oído?

—Lo he oído. Todo. Pero me hiciste una promesa, y ¿ahora quieres romperla? Por lo visto, no eres el hombre que yo creía que eras.

—De puta madre.

Samir le dio la espalda y bajó las escaleras. Quería alejarse de ella y de su puto psicoanálisis de pacotilla.

Mili no se daba por vencida.

—Deja de seguirme. ¡Déjame en paz de una puta vez!

Ella lo agarró del brazo, como nunca lo había hecho. Y habló.

—Se está muriendo, Samir. Tiene cáncer. Es tu última oportunidad de verla.

CAPÍTULO 22

Samir se quedó ahí, paralizado, como si sus pies estuvieran clavados al cemento, tan inmóvil que Mili no creía que fuera a moverse jamás. Caminó a su alrededor para observarlo con distancia.

Había tanto dolor en sus ojos que tuvo que contenerse para no abrazarlo con todas sus fuerzas. Era como si le hubieran clavado un hacha justo en el centro del pecho. El color abandonó su bronceada piel, la vida escapó de sus brazos, que colgaban inertes en sus costados.

Como si Samir fuera un maniquí, Mili descolgó la funda del portátil de su hombro, buscó en su bolsillo y sacó las llaves. Samir seguía inmóvil, ni siquiera la miraba, pero dejó que lo tomara del brazo y lo guiara hasta su automóvil.

Samir solía conducir como si volara, pero aquel día parecía competir contra algo, parecía que necesitaba dejar atrás cada tramo del camino. Avanzar, alejarse, desaparecer. Todo su ser estaba concentrado en el movimiento. Mili estaba segura de que esta vez no corría para llegar a destino, sino para huir de donde estaba.

Introdujo la dirección en su GPS, una rutina en la que habían caído desde su viaje con motivo de la boda. Condujeron durante una hora y en todo ese tiempo no miró a Mili ni una sola vez. No había abierto la boca desde que ella lo metió en el automóvil. Las oleadas de furia que emanaba eran tan palpables como el silencio que había entre ellos.

El dolor que veía en su rostro hacía que casi se arrepintiera de lo que había hecho.

Pero solo casi. Porque en lo más profundo de su corazón sabía que había hecho lo correcto. También sabía, sin lugar a dudas, que aquello era exactamente lo que Samir necesitaba, y quería dárselo. De repente se dio cuenta de que deseaba que él lo tuviera todo. En lo más profundo de su corazón, deseaba ante todo la felicidad de Samir. Y odiaba que no fuera feliz; porque él sí que era capaz de serlo, pero parecía como si huyera para no lograrlo. Creía que no la merecía, la rehuía. Y eso era tan injusto que ella quería meter algo de cordura en su testaruda cabeza. En él había una amabilidad... una generosidad que no había encontrado en ninguna otra persona.

Incluso después de que ella le dijera que no quería nada más que su amistad, se había apoyado en él mucho, traspasando los límites de una simple amistad, y él se lo había permitido. Sin embargo, su propia hipocresía, su estupidez, su cabezonería... todo eso la desconcertaba. ¿Era tan idiota que no se daba cuenta de lo que tenía delante?

Ya no le importaba lo que ella sintiera por él. Tampoco importaba lo distantes que fueran sus mundos: Mili tenía la absoluta certeza de que no iba a seguir rechazándolo.

*   *   *

Samir pisó el acelerador y condujo como el loco en que se había convertido. Mili permanecía totalmente en silencio y agarrada al asiento de cuero. Intentaba evitar que el terror se reflejara en su cara pero, como siempre, el lienzo de su rostro pintaba todas y cada una de sus emociones con colores demasiado evidentes.

Samir le lanzó una mirada de reojo. ¡Estupendo! Al menos, aquella maldita lástima había desaparecido de su cara. Necesitaba que ella hablara para poder decirle todo lo que pensaba, para hacerla añicos, para pedirle que se callara.

De repente, se le ocurrió algo espantoso.

—Mili...

Ella se enderezó pero no respondió. Le miró atentamente.

—Si es mentira que está muriéndose, te mataré.

—¿Qué tipo de persona crees que soy, Samir?

Tuvo el descaro de mostrarse dolida.

—Simplemente te inventarías cualquier cosa para conseguir que haga lo que crees que necesito —dijo él con total determinación.

Mili se empequeñeció en su asiento. No podía discutírselo.

—Tienes razón, lo haría. Pero esto no es mentira, Samir. Lo siento.

Extendió la mano y le tocó el brazo. Como él no lo apartó (aunque era lo que quería hacer), Mili entrelazó su brazo con el suyo y se apoyó en él. Y Samir supo, sin ninguna duda, que no estaba mintiendo.

Mili se mantuvo así hasta que detuvieron el automóvil en el camino de entrada a una granja, que atravesaba el campo hacia una casita. Más allá se alzaba un enorme granero rojo.

Las entrañas de Samir se helaron. Aparcó justo allí, en mitad del camino de grava, levantando una nube de polvo a su alrededor. El amplio paisaje que se abría frente a él (el cielo azul, el granero rojo, la casa amarilla, la hierba verde) aparecía bañado en los tonos grisáceos del crepúsculo, pero la mente de Samir lo coloreó, pintándolo con los colores de otra época, colores que estaban enterrados bajo su piel. Y la fuerza con la que emergieron a la superficie lo dejó completamente indefenso. Permaneció sentado, vacío de todo sentimiento, incapaz de moverse, con los brazos y las piernas entumecidos por el frío.

Cuando Mili le apretó el brazo, supo que no estaba solo.

—No puedo hacerlo, Mili. No quiero hacerlo. Ella no significa nada para mí.

Sus palabras quedaron suspendidas en el aire. Mili no dijo nada, solo acarició suavemente su brazo. Él la apartó, pero no podía soltarla. Mantuvo su mano en su regazo y se aferró a ella como si su vida dependiera de ello. Era un capullo débil y estúpido.

—No deberías haber hecho esto. No tenías ningún derecho.

Samir sabía que ya no podía irse, pero tampoco se atrevía a entrar.

—Estaremos solo un par de minutos y nos iremos. Yo estoy aquí contigo. Vuelve a arrancar el vehículo, Samir.

Puso el motor en marcha y pisó el acelerador. La pequeña casa se hizo más grande hasta que se detuvieron frente al porche. Había una mujer sentada en una mecedora, tejiendo, envuelta en un chal. Una brillante luz hacía que su cabello plateado resplandeciera. Los miró por encima de sus gafas de media luna, pero sus manos no se detuvieron.

Desde su ventanilla, Mili se dirigió a la mujer como si la conociera de toda la vida.

—¿Kim?

La mujer soltó su labor y se incorporó.

Mili se volvió hacia Samir, que salió del automóvil como un autómata. Sin titubear, Mili entrelazó los dedos con los de Samir y se agarró a su brazo. Juntos subieron los escalones del porche.

—¿Mili?

La tal Kim se acercó a ellos.

Sin soltar la mano de Samir, Mili estrechó a la mujer con un brazo.

—Este es Samir.

Él se concentró en la amabilidad de Mili, se concentró en cómo había dicho su nombre, se concentró en cómo encajaban perfectamente sus dedos entre los suyos.

La mujer se tapó la boca y miró a Samir como si no creyera lo que estaba viendo. A él se le revolvió el estómago, pero sabía que aquello no sería lo peor.

—Kim, ¿ha llegado? —sonó una voz desvaída desde el interior.

La urgencia de dar media vuelta y echar a correr era tan abrumadora que Samir hizo un ademán con los pies. Pero esa voz se clavó en su cabeza y lo mantuvo en el sitio. Mili le apretó la mano.

—Estaba esperándote —le explicó Kim, entrando en la casa.

Mili le acarició el brazo. Tenía que moverse. «Muévete», se dijo a sí mismo. Ella le tiró suavemente del brazo y él la siguió.

—Sara, está aquí —dijo Kim cediéndoles el paso.

Pasaron a una estancia iluminada tenuemente. El aire estaba algo cargado, por el olor astringente del desinfectante y los medicamentos. La cama era de metal y reclinable, como la de los hospitales. Era la cama de una enferma.

El malestar se extendió por su cuerpo.

Se fijó en las franjas de flores amarillas de las cortinas, en las paredes azul celeste, en las sábanas de un blanco grisáceo, en la colcha de flores. En todas aquellas flores para alegrar el espacio. Y su mirada fue hacia el delgado cuerpo que yacía, pero no podía mirarle a la cara.

—Samir —pronunció su nombre como una extranjera, haciendo rodar la erre sobre la lengua y alargándola.

Mili se soltó de su mano y se aproximó a la cama.

—Hola, Sara. Soy Mili.

—Mili... —susurró con voz ronca—. Kim, ¿podrías incorporarme, por favor?

Kim giró una manivela y la cama se elevó con un gruñido metálico.

—¿Cómo estás, Sara?

Mili le colocó una mano en el pie. Un gesto lleno de confianza.

—Ahora mismo, mejor de lo que me he sentido en toda mi vida.

—Llevaba meses sin sentarse —expresó Kim, muy sonriente.

—Esta es Kim, mi hermana —dijo Sara, estirando el cuello para ver a Samir—. Samir, esta es tu tía Kim. Ella es tu madrina.

Samir no se movió. Ahí estaba su madrina, la persona responsable de su bienestar, si sus padres morían.

—¿Qué tal el viaje? —preguntó Kim, esperando que contestara la figura que no alcanzaba a ver.

Mili contestó por él. Después Kim hizo otra pregunta, y Mili contestó de nuevo. Siguieron así un rato. Sus voces resonaban alrededor de la cabeza de Samir, que no entendía una sola palabra, solo la eventual mención de su nombre y las ocasionales pausas expectantes.

La voz ronca habló de nuevo. No sonaba húmeda, como él la recordaba, sino seca, rasposa, tan árida como el papel de lija.

—¿Tenéis hambre? Debéis de estar hambrientos. Kim ha preparado pollo al curry. Le di mi receta.

Samir encontró por fin la voz.

—Mili es vegetariana.

—Lo siento. Debería haberle preguntado por teléfono. Kim puede hacer algo más. Quizá un poco de *da-hl*.

Dijo la palabra como si fuera habitual en ella, pero sonó extranjera en sus labios.

—Ya comimos antes de salir —se anticipó Mili—. Por favor, no hace falta que te molestes.

La voz de Mili resultaba tranquila y consoladora, en contraste con el tenso ambiente de la habitación.

—Quizá Samir tenga hambre —dijo la enfermera, con un tono esperanzador—. ¿Te gusta el pollo al curry? A tu padre le encantaba.

Samir se quedó sin aliento.

—Yo también soy vegetariano.

—Sí, debí imaginarlo —dijo y respiró—. ¿Cómo está Lata?

Finalmente los ojos de Samir se clavaron en ella.

Llevaba un gorro de lana negra del que no sobresalía cabello alguno. Tenía los ojos anegados en lágrimas, pero sonrió cuando sus miradas se encontraron.

—Parece que Lata mantuvo su promesa. ¿Sabes lo que me dijo? «Lo criaré como si fuera mi propio hijo, pero no puedo dejar que coma carne.»

—Eso suena muy típico de mi madre.

La mujer se estremeció.

—Entonces, ¿mantuvo su promesa?

—No —Samir sonaba áspero—. No me trató como a su hijo. Me trató mejor que a él.

—No te imaginas lo feliz que me hace escuchar eso.

Samir apartó la mirada y caminó lentamente hasta la ventana. Fuera estaba oscuro, pero la silueta del granero, negro sobre negro, se alzaba en su campo visual como una pintura surrealista. Un repentino recuerdo del húmedo y frío granero pasó por su mente, abriendo el vacío de su interior.

Todo aquello era una mierda. ¿Qué se suponía que debía decir a aquella mujer? No sentía nada por ella. Nada. ¿Qué esperaba conseguir Mili llevándolo allí?

—Kim, ¿podría beber un vaso de agua, por favor? —dijo Mili, llenando el silencio con su amabilidad.

Samir quiso enfadarse al oír la pregunta de Mili, pero era lo único que proporcionaba sentido a la situación

—Te acompaño —dijo Mili, dirigiéndose hacia la puerta.

Samir se volvió a ella.

—No, Mili, no me dejes solo. Fuiste tú quien planeó esto. ¿Ahora no puedes soportarlo?

—Si quieres que me quede, me quedaré —le respondió, y se sentó junto a la cama—. Pensaba que querrías un poco de intimidad.

Intentó calmarlo con la mirada, pero debía de estar loca si creía que con eso sería suficiente.

—No tenemos nada personal que contarnos. De hecho, no tenemos nada en absoluto que decirnos. —Samir se dirigió a la mujer de la cama—. Parece que necesitas descansar. Siento que Mili te haya llamado y molestado. Nos marchamos ya.

—¿Por qué nunca contestaste a mis cartas? —le preguntó, como si él no hubiera hablado.

«¿Te refieres a las que nunca escribiste?»

—Debo de haberte escrito al menos un centenar —insistió ella.

«Desde que te largaste y me abandonaste.»

—¿Por qué? —le preguntó Samir.

—¿Por qué te escribía... o por qué te dejé?

Samir no tenía una respuesta para aquello.

Sara empezó a toser, un sonido seco y hueco que sonaba como piedras enlatadas.

Mili le frotó el hombro y le ofreció el vaso de agua de la mesita de noche. La mujer lo rechazó e intentó hablar de nuevo. Pero Samir no quería escucharla.

—No estás lo bastante fuerte —concluyó Samir—. Y eso ya no importa. Mili, nos vamos.

Mili obedeció y se colocó a su lado de inmediato.

La enfermera comenzó a hablar mirando a la ventana.

—Tu padre y yo nos enamoramos —susurró, conteniendo otro ataque de tos—. Yo ya sabía que estaba casado. Siempre fue sincero conmigo al respecto. Intentamos mantenernos alejados, pero no lo conseguimos. Sabíamos que regresaría cuando terminara de estudiar. Yo creía que tenía dos años por delante y decidí aprovecharlos. Él no quería, pero yo no le di otra opción.

Se detuvo para tomar aire. Esta vez, Kim le ofreció agua y bebió un sorbo. Jadeaba por el esfuerzo, pero prosiguió tras una infinita pausa.

—No esperaba quedarme embarazada. Pero cuando naciste, todo cambió. Me aterraba perder a tu padre. El momento de su partida se acercaba y la mente empezó a jugarme malas pasadas. No podía soportarlo. Me corté las venas. Sabía que así se quedaría.

Kim, que estaba llorando con fuerza, se marchó de la habitación. Sara tosió durante varios minutos.

Mili se apartó de Samir, se acercó a la mujer y la abrazó mientras sollozaba entre ataques de tos que robaban el escaso aire de sus pulmones. Samir no podía moverse. Se sentía como si alguien lo hubiera aplastado contra el suelo con un mazo.

—Él no solía beber —recordó Sara, esta vez con voz más enérgica, más decidida—. Se metió en el automóvil borracho solo una vez, solo una, y ese día todo cambió. Tú tenías cuatro años. Yo no podía ocuparme de ti. Ni siquiera conseguía salir de la cama por las mañanas. Y me pareció que llevarte con la familia de Mir sería lo mejor para ti.

Samir se negaba a seguir escuchando. Se apresuró a la puerta.

—Cuando conociste a Lata, tú ya no quisiste saber nada más de mí —dijo a su espalda, y él se detuvo—. Te aferraste a ella. Eras un niño guapísimo, la viva imagen de tu padre, el hombre más guapo que he conocido, y el más amable. Ella se quedó prendada de ti. Y el día que me marché, ni siquiera te separaste de ella para darme un abrazo de despedida. Años después, cuando quise traerte de vuelta, tú no quisiste.

Eso no había cambiado. Seguía sin querer nada de ella.

La mujer empezó a toser de nuevo, pero esta vez la tos no cesaba. Kim entró en la habitación y encendió un nebulizador. El líquido sonó desde el tubo de plástico hasta su nariz y su boca, y ella dejó de resollar.

Se apartó el nebulizador y se dirigió a Mili, en lugar de a Samir.

—Un día más... —dijo Sara con dificultad—. Por favor, quedaos solo un día más.

Mili no respondió y miró a Samir, pero no con ojos suplicantes, sino para preguntarle qué quería hacer, cuánto podía soportar. Samir quería decir que no. Aquella casa lo estaba asfixiando. Se ahogaba con todas las cosas que ella le había contado, pero...

Mili esperó su respuesta.

—De acuerdo —dijo Samir—. Pero nos marcharemos mañana por la mañana.

Tan pronto como lo dijo, quiso retirarlo.

A Mili se le humedecieron los ojos de alegría, y lo miró como si fuera un maldito héroe. Él no lo soportó, y apartó la mirada, furioso.

Jamás le perdonaría aquello.

CAPÍTULO 23

Las opciones eran dormir en su habitación de la infancia, o en el deshilachado sofá de la sala de estar. Fue una decisión fácil. Mili ocupó el dormitorio, y él el sofá.

Le resultaba difícil encajar su cuerpo en aquel mueble diminuto, pero de todos modos no esperaba descansar mucho. Lo único que quería hacer era pasar la noche, llegar a la mañana siguiente, después dejar a Mili y retomar su vida, su familia y su trabajo. Todas las cosas que él mismo había construido, no las que le estaban obligando tragar.

A pesar de que no lo esperaba, el sueño llegó por fin.

Y con él, la pesadilla: el oscuro pozo sin fondo, más negro que cualquier oscuridad. Samir estaba suspendido en el aire. Sus pies giraban en el hueco del pozo desesperadamente; los dedos de su abuelo en su camisa eran su único sustento. El cuello lo ahogaba, no podía respirar, ni suplicar. «No me sueltes. Por favor, Dadaji, no me sueltes». Su estómago se catapultó en su garganta y cayó sin fin.

Se incorporó de un salto en el sofá, jadeando. El agua todavía inundaba sus pulmones y un fuego abrasador subió por su nariz hasta su cabeza. Los sollozos resonaban en su cabeza, rebotando en las paredes de piedra.

Se secó el sudor con la manga.

«No pasa nada, Chintu, estoy aquí. Deja de forcejear, estoy aquí.»

Bhai saltó tras él y lo sostuvo durante horas sobre sus hombros hasta que Baiji los sacó. Bhai lo ayudó a subir al cubo y dejó que Baiji lo sacara a él primero. Pero la negrura de aquellas horas cegó a Samir varios días, varios años, demasiados años. Incluso bajo la rigurosa luz del sol de Rajastán, la oscuridad se instaló en él. Aquello que lo había despertado, gritando cada noche de su infancia, no era solo el severo cinturón, sino la rotunda oscuridad.

Y ahora aparecía allí. Otra vez.

Fue aquel viejo cabrón quien lo tiró a aquel pozo, quien le hizo trizas la espalda, pero la verdadera responsable era la mujer que vivía en esa casa. ¿Y ahora pretendía que él la absolviera, que fuera su hijo, como si nada? Todo lo que le había dicho se retorcía en un lazo alrededor de su garganta. La trabajosa respiración que había alimentado sus palabras lo tensaba, y el rostro de Mili, con su compasivo corazón, remataba el nudo final.

No quería volver a ver la cara de Mili. Jamás se había sentido tan desvalido, tan desesperadamente perdido. En aquellos momentos se encontraba en el puto infierno. Y Mili era la responsable.

Dejó el sofá. Necesitaba aire. ¿Cómo se le pasó a esa mujer por la cabeza que él pasara la noche en su dormitorio de la infancia? Era lo más escalofriante que había oído nunca. La idea de que Mili durmiera arropada con las colchas que no habían servido para evitar el frío brutal de su infancia, ya era suficientemente siniestra. Golpeó con el puño la desvencijada mosquitera de la puerta y salió a la noche. El húmedo aire veraniego lo alivió, pero no consiguió que llenara sus pulmones. Encontró un columpio en el porche trasero y se desplomó en él.

El canto de las ranas buscando pareja era ensordecedor. A pesar de las ranas en celo, a pesar de las brillantes luciérnagas, la noche parecía muerta. Aquel lugar era como el fin del mundo; más allá no había nada. Se levantó del columpio, tan crispado, que sentía la piel demasiado tensa sobre su carne. La pesadilla había humedecido su camiseta. El sofocante aire se pegaba en todo su cuerpo.

Se quitó la camiseta y la lanzó al porche antes de empezar a perderse entre la hierba húmeda. El patio estaba lleno de maleza y rodeado de bosques densos, acechantes. Sus pies descalzos comenzaron a ser tragados por hierba y tierra. La tibia brisa inundó su pecho, pero no consiguió refrescarlo. Cuanto más rápido caminaba, más inquieto se sentía. Pronto estuvo rodeado de árboles. Un paso más y llegaría a la oscuridad, estaría en el pozo de nuevo. Pero esta vez no tendría miedo.

Aquella mujer había intentado tocarlo. Esperaba que él la dejara abrazarlo. Esperaba que lo dejara mirarlo de ese modo, con ojos de madre cargados de esperanza, expectación y orgullo. Y él se lo permitió. Se sentía sucio.

Solo una mujer tenía derecho a mirarlo así: su madre, y no estaba allí. Estaba a doce mil putos kilómetros de distancia, aterrada por si lo perdía, por si aquel oscuro lugar se lo robaba, igual que un día engulló a su marido.

Dio un paso hacia la oscuridad y oyó un jadeo a su espalda.

Se volvió. Distinguió la silueta delgada de Mili a pocos metros de él. La enorme camiseta blanca que Kim le había prestado atrapaba la luz de la luna y se deslizaba por uno de sus hombros, dejándolo al descubierto, como una toga griega. Una masa de rizos explotaba en forma de coleta en la parte superior de su cabeza. Se abrazó el abdomen. A pesar del calor que hacía, estaba temblando.

—Por favor, no vayas por ahí, Samir. Está demasiado oscuro. No quiero adentrarme ahí.

Sus ojos eran dos estanques de luna llena.

—Entonces no lo hagas.

—No puedo dejar que vayas solo.

Su mirada era la típica de Mili: feroz y rebosante de sinceridad, dejándolo todo al descubierto. El corazón de Samir se contrajo.

—No puedo volver a esa casa —dijo él, en un susurro.

Mili se acercó a Samir, que ya emprendía su camino. Pero antes de que él pudiera alejarse, lo retuvo por la cintura y lo abrazó con fuerza. Acercó su cara contra el corpulento pecho, en el punto exacto donde su corazón latía dolorosamente.

Samir quería que lo soltara, quería apartarla, pero se quedó allí, inmóvil, paralizado, sintiendo el abrazo de ella. Durante unos minutos que parecieron eternos, no hizo nada, no podía sentir nada. Después, la cálida humedad de su piel se filtró en su aturdimiento y quemó un agujero en el centro de su pecho congelado, justo donde estaba la mejilla de Mili, en su corazón.

Entonces Samir notó su propio corazón, cómo latía; un cálido tamborileo se apresuró por sus venas. Levantó ambas manos e hizo lo que tanto tiempo estaba deseando: acarició los rizos que se derramaban hasta su cintura. Apretó entre sus dedos su sedosa suavidad. Llevó su cabeza ligeramente hacia atrás para que lo mirara.

Mili tenía la cara húmeda. La plateada luz de la luna rebotaba contra sus lágrimas, contra sus ojos de ónice, contra sus puntiagudas pestañas negras como la medianoche, contra sus labios, sus mejillas. Estaba empapada, dulce y complaciente. Samir se inclinó y presionó su rostro contra ella.

Mili se quedó sin aliento. Durante un par de minutos permanecieron inmóviles; sus rostros siguieron pegados el uno junto al otro. Samir temblaba en sus brazos y el dolor de su interior era demasiado para soportarlo. Mili le acarició la espalda, los brazos, el cuello. Intentó consolarlo, pero lo único que salía de sus labios era su nombre.

—Samir...

Él le presionó la mejilla con los labios y recorrió su piel con un fuego dulce; su frente, sus párpados, su nariz. Hasta que encontró sus labios. El ansia explotó en su pecho. Mili rodeó con sus manos su cabello, jugó con sus mechones húmedos y lo acercó más.

—Mili... —gimió él.

El enloquecido latido del corazón de Samir golpeaba el pecho de Mili con una punzante tristeza. Ella deseaba que ese pesar desapareciera, quería extraer la tristeza de su corazón, quería suavizar los bordes afilados que se clavaban en él. Separó los labios de Samir y se adentró en su dolor. El mundo se volvió suave y cálido. Su interior se había fundido. Ahora se deslizaba por su cuerpo y se acumulaba en el voraz hueco entre sus piernas.

Las manos de Samir moldearon las curvas de su cuerpo. La levantó, apretando su cuerpo derretido contra el suyo. Ella se derramó sobre él, lo cubrió. Le envolvió la cabeza con los brazos. Devoró su boca, la mordió, la lamió, la succionó. El sabor de Samir era tan conocido para ella que le robó el aliento. Se sumergió en él, inhalando cada sensación como si fuera la última. Lo era. Tenía que serlo.

Lo rodeó con las piernas, aplanando su caliente humedad contra el sólido estómago de Samir. Toda su sangre y cada brizna de conciencia se apresuraron hacia el lugar exacto donde sus cuerpos se encontraban.

Un gemido animal retumbó en el pecho de Samir cuando deslizó a Mili por su cuerpo hasta que su turgente dureza encajó con la anhelante suavidad.

—Mili... —gimió contra sus labios—. Dios, Mili...

Ella se acercó aún más.

—No pasa nada, Samir. Todo va a ir bien. —Lo rodeó con las piernas—. Te lo prometo.

Él la hizo girar en sus brazos y la empujó contra un tronco, protegiendo su espalda con los brazos. Pero no dejó que nada interfiriera entre ellos. Cada centímetro de su cuerpo presionaba cada centímetro del cuerpo de Mili en un sensual vaivén, mientras se tragaba los gemidos de Mili y empujaba los suyos en el calor de la boca de ella. Había tal desesperación, tal ansia en sus labios y en sus manos, que era como si quisiera ahogarse en ella. Sus corazones latieron el uno contra el otro hasta que encontraron el mismo compás.

¿Cómo había vivido sin aquello? ¿Cómo había podido vivir sin él? ¿Cómo había podido soñar con otro hombre? Ya era parte de ella, la envolvía como el sol abrasador y la lluvia torrencial, unido a su respiración y a su sangre, a todos sus pensamientos.

Los labios de Samir recorrieron su garganta y encontraron sus clavículas en una inspiración. Hacían arder su piel, la llevaron hasta el borde de un abismo y la empujaron a él. Su boca siguió bajando. Atrapó la cima de su pecho a través del algodón. Mili gimió a la noche, tambaleándose sobre el precipicio. Entonces él se apartó y ella gimió una súplica desesperada.

—Samir, más...

Le agarró la cabeza y le dirigió la boca.

La respuesta de Samir fue feroz. La consumió, la recogió con sus dientes y lengua, tiernos un instante y rudos al siguiente, hasta que ella se olvidó de su dolor, hasta que se olvidó de sí misma y gimió pidiendo más, enloquecida, loca de deseo. Se abrió desde lo más profundo de su alma; sus brazos, sus piernas, todo su ser. Quedó expuesta. Definitivamente, era suya.

*　*　*

Samir tomó aire. El aroma de Mili, su sabor, su esencia, se acomodó en sus pulmones. Ella había atravesado todo lo que sabía, todo lo que sentía. Mili era una daga que había golpeado su corazón, dividiéndolo por la mitad. Esa muchacha se había instalado en el mismo centro de su ser, como si hubiera sido siempre su sitio.

Pero él no estaba preparado para que ella le insuflara vida. Había demasiada ira en su interior, demasiados años de esterilidad.

Mili empezó a besarle la cara, posando la dulce humedad de sus labios sobre su piel. Él le agarró la melena, y la confianza de ese gesto le golpeó los intestinos. Él había violado aquella confianza de tal modo, que ya no había redención posible. Se apartó de su boca, de las protuberancias imposiblemente duras de sus senos, del sabor que habían dejado en su lengua. Ella gimió e intentó recuperar la boca de Samir.

—Mili —dijo a los labios de ella—, vuelve a entrar en la casa. Vuelve mientras todavía te deje hacerlo.

Los encandilados ojos de Mili se llenaron de propósito. Le rodeó la cara con las manos y lo atravesó con su ardiente mirada.

—No.

Él escudriñó su profundidad: no mostraba un ápice de duda.

—Si no te vas ahora, no podré contenerme. No soy tan fuerte.

Pero, Dios, se convertiría en polvo si ella lo dejaba.

—No lo hagas —susurró ella, atrayéndolo con su cuerpo suave y flexible—. No te contengas más. —Cerró los ojos, echó la cabeza hacia atrás y se lo ofreció todo—. Por favor...

Y todo lo que lo mantenía cuerdo abandonó su cabeza.

Samir encontró sus labios de nuevo y le metió la lengua, pero no con destreza, sino torpe como un adolescente. Buscó su cuerpo con las manos, encontró el camino bajo su camiseta y lo aprendió, tocándola y respirándola poro con poro: las teclas de su columna, la sedosa suavidad de su piel, el peso lujurioso de sus senos. Mili se entregó a sus manos. Cada centímetro de su cuerpo gritaba demandando más. Su boca cantaba su nombre: «Samir, Samir, Samir», una y otra vez, mientras él amasaba, abrazaba y acariciaba su cuerpo.

Le mordisqueó la boca. No podía soltar sus labios.

—Samir, por favor —gimió Mili—. Más...

Buscó entre sus apretados cuerpos la liberación que ansiaba. Pero sus dedos rozaron el algodón mojado y caliente contra la hinchada carne, y el último pensamiento explotó en su mente para desaparecer con un estallido cegador. Necesitaba poseerla ya. El algodón se enredó en sus manos al arrancárselo.

Habría querido trazar un camino de besos que subiera lentamente por sus piernas y bajara por su vientre, pero lo único que pudo hacer fue embestir su boca mientras se bajaba los pantalones. Ella le agarró los hombros y apretó los muslos a su alrededor, con un gemido tan feroz que el infierno se avivó en el interior de Samir, consumiendo toda la delicadeza. La apoyó contra el árbol y se introdujo en su interior.

Estaba demasiado ceñida, era demasiado pequeña para lo mucho que su deseo había crecido. Intentó detenerse, intentó ir más despacio, intentó deslizarse suavemente en ella. Mili gimió y se apretó contra él. Su caliente humedad se contrajo por el deseo. Él perdió todo el control y se hundió en ella como una bestia enloquecida.

Y, por primera vez en su vida, se topó con una barrera.

El pánico apresó su garganta y una oleada casi insoportable de ternura estalló en su interior. Intentó apartarse, pero ella emitió un sonido salvaje, tensó las piernas a su alrededor y le clavó las uñas. Una embestida más fuerte y rompería la resistencia. Esta vez, su gemido iba entrelazado con el dolor. Mili se quedó rígida en sus brazos.

—Shh... Lo siento —gemía él—. No pasa nada. Confía en mí.

—Confío en ti, Samir —dijo Mili a través de un sollozo.

Samir la acarició en el más profundo de los besos, temblando por el esfuerzo de mantenerse inmóvil en su interior. La tensión desapareció del cuerpo de Mili, que se relajó y se abrió, acercándose más a él.

Esa fue la señal. Samir perdió la cabeza, se sumergió más y más hasta que ella gimió en su boca, vibró y se aferró a él. Él la golpeó, la embistió frenética, una y otra vez, y más y más, atolondradamente, hasta que explotó y explotó... y explotó sin fin.

Cuando Samir recuperó la cordura de nuevo, Mili descansaba exánime en sus brazos, temblorosa. Tenía todavía los brazos alrededor de su cuello y la cara presionada contra su pecho. Una pegajosa humedad mantenía sus cuerpos unidos. Mili bajó las piernas. Samir se las sujetó, se volvió y apoyó su espalda contra el árbol.

Acababa de ser consciente de que la había poseído de pie, contra un tronco, al raso. Y esa era la primera vez de Mili. Oh, joder. Todas las complicaciones que los separaban, todas las mentiras y decepciones, todas las razones por las que eso era lo último que debería haber hecho... toda esa conciencia cayó de golpe sobre él.

—Mierda, Mili. Esto ha sido... Jamás debería haber pasado.

Ella se tensó, levantó la cara de su pecho y se apartó de él. Samir quiso detenerla, pero no tenía fuerzas. Mili lo miró con los hombros hundidos, la cabeza gacha y las piernas aún temblorosas.

—Lo siento —le dijo ella—. Es mi primera vez. No sabía...

¿Qué demonios?

—Mili, escucha...

Extendió la mano hacia ella, pero Mili se escabulló de él como un animal deslumbrado que acaba de ser atropellado. Él sabía exactamente cómo se sentía.

—Yo no debería... —dijo ella—. No debería haberte traído aquí. Tienes razón. Nada de esto debería haber pasado. Perdóname.

—¡Deja de decir eso! —expresó Samir, con mayor brusquedad de lo que pretendía, y ella no dijo nada más.

Esperó. Los segundos pasaban.

Mili lo miró fijamente con desconcierto en sus enormes ojos, y esperó a que él dijera las palabras adecuadas para arreglarlo, que le dijera que no lo sentía, que le hablara de lo que acababa de entregarle, de lo que acababa de hacerle sentir. Pero él se quedó allí, derrumbado contra el árbol, horrorizado por el daño que le había hecho.

Cabrón... Cabrón.

Como él no decía nada, Mili apartó la mirada y empezó a buscar algo. Incluso a la luz de la luna, Samir vio sus mejillas inflamadas. Mili, incómoda, hizo una bola de tela con su ropa interior que recogió del suelo y corrió hacia la casa. Estuvo a punto de seguirla, pero vio que caminaba de un modo raro, como si le doliera la entrepierna. Y entonces quedó paralizado. La vergüenza lo inundó. Era un monstruo. Un monstruo que le había hecho daño, y además, no sabía cómo arreglarlo.

Cuando pudo reaccionar, se puso los *jeans*, regresó al porche y se derrumbó en el columpio. Su conmoción por lo sucedido hacía que sus movimientos fueran lentos y tensos.

Mili había huido. Recordó su espalda contra el tronco del árbol, su dolorida y contenida respiración mientras la embestía, y ese pensamiento le clavó las garras en las entrañas. Se volvió loco al tocarla. ¿Cómo había hecho semejante tontería? Todos aquellos años seduciendo mujeres... y acababa de perder el control como un bruto, como animal hambriento. Y después había conseguido que se marchara sintiéndose como si hubiera ella hecho algo malo. En aquel mes, desde que la conocía, había pasado de ser un capullo y que eso no le importara, a ser un capullo al que habría deseado dar una paliza él mismo.

Si aquello era lo que se sentía al estar enamorado, estaba jodido.

* * *

Mili se recogió el cabello sobre un hombro, abrió la puerta del porche. Samir se balanceaba imperceptiblemente en el columpio con la cabeza entre las manos y su cabello de oro bruñido cayendo sobre su frente.

El recuerdo de aquellos espesos mechones en sus manos mientras él reclamaba su cuerpo hizo que el calor se extendiera por su piel. El deseo en los ojos de Samir, en sus manos, era lo que la había obligado a bajar aquellas escaleras para ir en su busca.

Samir levantó la cabeza y se sorprendió al verla. La enorme camiseta blanca prestada seguía dejando uno de sus hombros a la vista. Antes de mirarla a los ojos, se detuvo en poner cuidadosamente la camiseta en su lugar.

Cuando Mili vio aquellos ojos dorados, lo deseó con todo su ser. El dolor que había visto en ellos cuando Samir le dijo que lo ocurrido entre ambos había sido horrible, la hacía desear tirarse al suelo a llorar.

Pero no podía seguir llorando arriba. No. Eso no lo haría. No después de lo que había ocurrido entre los dos. No había sido su intención que pasara; no en aquel momento caótico de sus vidas y además en casa de la madre de Samir, que, para más inri, estaba enferma. Una casa en la que él ni siquiera podía entrar sin sufrir. Pero jamás habría descrito lo ocurrido como horrible. Jamás.

Y, sin embargo, él sí. Mili necesitaba saber por qué no había sentido él lo mismo que ella.

Inhaló y habló antes de que valor se esfumara.

—Samir, nunca había hecho esto, así que tengo que preguntarte una cosa. —Se sujetó con dedos temblorosos el cuello desbocado de la camiseta—. ¿De verdad ha sido horrible para ti?

Samir abrió los ojos de par en par, sorprendido, y después los entornó. Su mirada de oro fundido enganchó su corazón, como siempre hacía. El columpio crujió cuando se levantó y se acercó a ella, atravesando los cinco pasos que los separaban con una deliberación que apenas la dejaba respirar. Extendió la mano y le rozó la mejilla. Sin pretenderlo, Mili apoyó la cara en su palma y cerró los ojos.

Él esperó hasta que ella volvió a mirarle.

—Mili, te he deseado desde el momento en que te vi.

Ella parpadeó, sorprendida.

—Desde aquel primer día me he imaginado haciendo el amor contigo. Me he imaginado en tu interior, he fantaseado sobre cómo sería esa sensación, he soñado con todos los modos distintos en los que podría poseerte. —Le acarició la mejilla con el dedo—. Estas últimas semanas me has vuelto totalmente loco de deseo. Nada podría haber igualado las expectativas que tenía.

Mili lo comprendió de inmediato. Lo comprendió y con ello llegó un dolor abrumador. Abrió la boca para hablar, aunque no tenía ni idea de qué decir.

Él le presionó el pulgar contra los labios. Sus manos eran siempre tan tiernas, tan posesivas, que habían dejado huella en su alma.

—No —siguió diciendo él—. Tú no lo comprendes. A pesar de eso, a pesar de mis expectativas imposibles sobre cómo sería tocarte, cómo sería estar dentro de ti... Nunca habría imaginado algo tan... No tenía ni idea de que algo así fuera posible. Me hiciste perder la cabeza, Mili. ¿Entiendes? Me olvidé de mí mismo. Y olvidé que tenía que pensar también en tu placer. ¡Joder, me olvidé hasta de hablar! Y te he hecho daño. Eso es lo que siento. Solo eso.

Unas lágrimas ingenuas anegaron los ojos de Samir. Una sonrisa incluso más ingenua floreció en su dolorido corazón. Debió de volar hasta los labios de Mili, porque él los acarició con los dedos y le dedicó aquella media sonrisa suya a cambio.

—¿En serio? —dijo ella, ilusionada—. ¿Te referías a eso?

—No sabes cuánto lo siento.

—Entonces... antes... ¿ni siquiera pensaste en mi placer?

Una media sonrisa se extendió por el rostro de Samir.

Mili alargó la mano y rozó sus labios. Por Dios, ¿era legal que alguien fuera tan guapo?

—Entonces... ¿puede... llegar a ser mejor? —titubeó Mili.

Samir cerró los ojos con fuerza y asintió.

—Para ti, espero que sí. Para mí, me moriría.

Mili se acercó hasta que todo su cuerpo rozó el de Samir. Alegría, ternura y una feroz esperanza se encendieron en su interior como una vela de oración. Mili ya no sabía quién era, pero sabía exactamente lo que tenía que hacer. Se puso de puntillas.

—¿Samir? —susurró junto a su oreja.

Notó la sonrisa de Samir contra su mejilla y la sensación burbujeó hasta los dedos de sus pies.

—¿Mili?

—¿Podrías... Ya sabes... Enseñarme, por favor?

Él la levantó en sus brazos y ella le rodeó el cuello y miró su encantador rostro mientras usaba su espalda para abrir la puerta del porche de un empujón.

Cuando entró en la casa, Mili andaba con paso seguro y no había una pizca de dolor en su interior; y eso la alegró tanto, la hizo sentirse tan aliviada, que las lágrimas escaparon de sus ojos mientras la risa borboteaba en sus labios. Samir la apretó contra su cuerpo y la condujo hasta el dormitorio de su infancia, derribando los demonios de su niñez y llevándosela con él lejos de su propio pasado hasta un lugar donde ya nada podría volver a tocarla.

—Claro, Mili —le dijo, llenando sus labios de besos—. Por supuesto que te enseñaré.

CAPÍTULO 24

❖

Normalmente, después de tener relaciones sexuales, Samir solo podía pensar en una sola cosa: saltar de la cama. Siempre se obligaba a esperar los quince minutos de cortesía, para asegurarse de que nadie se sintiera mal. Pero eso hace tiempo que había terminado.

Ahora, incluso cuando alguna novia se quedaba a dormir, lo hacía en su lado de la cama, y él se acostaba en su sillón reclinable, con auriculares integrados con reducción de ruido. Aquella noche, sin embargo, no podía dejar de comprobar si Mili seguía acurrucada a su lado.

Ella tenía la mejilla presionada contra su hombro y los dedos aferrados a su piel. Estaba muerta para el mundo, agotada, totalmente satisfecha. ¿Cómo podía dormir con una visión así? Dios, se pasaría el resto de su vida mirándola: esa sedosa piel café, sus rizos medianoche, sus ojos de ónice... Su belleza oscura resplandecía como el cielo nocturno, tan fresca como el halo del alba, tan hipnótica como el destello del crepúsculo, más suave que la luz de la luna y más cálida que las llamas azules de una fogata en plena noche.

Una inusual sensación de paz envolvía sus cuerpos entrelazados, más ligera que los susurros que se habían pronunciado mutuamente. Cada vez que él la penetraba, cada vez que ella gemía al liberarse, Samir sentía que el abrumador y opresivo aire de aquella casa se elevaba de sus hombros, de su corazón. Le colocó un rizo perdido detrás de la oreja.

Ella no se movió. Se sentía como uno de esos amantes chiflados, preparado para abrazarla si se apartaba, aunque solo fuera, un centímetro de él. Y al final, en algún momento de la madrugada, Samir dejó de preocuparse por si la perdía y se quedó dormido, sonriendo como el enamorado que era.

* * *

Unas risas despertaron a Samir. No las pesadillas. Tampoco un sudor frío, sino la risa de Mili. Ronca y despreocupada.

El otro lado de la cama estaba vacío. Pero Samir todavía tenía el brazo curvado alrededor de la ausente silueta. Ella se había acordado de cerrar las persianas y oscurecer la habitación, pero un rayo de sol atravesó un hueco entre la vieja madera y fue a parar directamente a su ojo. Ella se rio de nuevo.

Samir saltó de la cama con un deseo desenfrenado de dar con esa risa. Tenía hambre de ella. Se puso los *jeans*, y al abrir la puerta encontró a Kim entregando a Mili algo de ropa. Kim se marchó por las escaleras y Samir tiró rápida y juguetonamente de Mili al interior de la habitación, envolviéndola en sus brazos y retrocediendo hasta la pared. Unos bucles húmedos encuadraron el rostro de Mili y se pegaron a su pecho desnudo. Olía a sol y a jazmín. Enterró la cara en su melena.

—Buenos días para ti también —dijo Mili.

¿Se acostumbraría alguna vez a su voz?

—No quiero que sea por la mañana.

Notó su sonrisa contra su oreja. Fue muy duro apartarse de ella pero lo hizo, apenas lo suficiente para mirarle a la cara y recorrer sus clavículas con el pulgar.

—¿Cómo te sientes? ¿Te duele?

Mili se ruborizó, como solía ruborizarse, desde las mismas profundidades de su alma, y eso lo hizo tan increíblemente feliz que creyó que su corazón había roto sus costuras y se había hundido en su pecho.

—No sé a qué te refieres —dijo ella, sonriendo y mirando al cielo.

Mili le echó una mirada coqueta.

—Me refiero a si te duele algo. —Paseó sus dedos por el pecho, por el vientre, por su cálido monte—. ¿Sientes algún dolor?

Mili cerró los ojos. Emitió un gemido gutural y se acercó más a él.

—Sí. Pero solo porque te huele el aliento por la mañana.

Él sonrió contra sus labios.

—Es una pena, porque tengo un sabor maravilloso en la boca y no pienso lavarme los dientes.

Mili lo besó. Le enterró las manos en el cabello y presionó sus labios contra los de él. Duros y suaves. Feroces y tiernos. Si seguía así, terminaría matándolo.

Cuando Samir se apartó para buscar aire, ella ya estaba jadeando.

La levantó en sus brazos y la llevó hasta la cama.

—Samir, ¿es que estás loco? —Jugueteó ella—. Kim y Sara nos están esperando para desayunar. Suéltame.

—Nada de loco. Si no pensabas continuar, no deberías haber hecho eso. Las apuestas hay que cubrirlas, guapa.

La dejó caer en la cama y trepó sobre ella.

Mili lo besó de nuevo y lo hizo girar hasta tumbarse sobre su espalda. Él se dejó, como arcilla en sus manos.

—No tengo suficiente dinero para cubrir ese gigantesco cuerpo tuyo —dijo Mili, antes de saltar de la cama.

Samir intentó detenerla, pero ya había llegado a la puerta.

—¿Abajo en diez minutos?

A pesar de la frialdad de su tono, parecía tan encantada, tan feliz, que la dejó marchar. Mili tenía razón, una vez más; cuanto antes bajara, antes podrían marcharse de allí.

* * *

Samir salió de la ducha, se secó lentamente, engreído y absurdamente satisfecho, y se vistió. Se peinó el cabello húmedo con los dedos y bajó las escaleras descalzo. Se sentía limpio y fresco, a pesar de llevar la misma ropa del día anterior, a pesar de la sombra de barba con la que normalmente nadie lo veía, a pesar de donde estaba y de lo que le esperaba abajo. Sorprendentemente, no quedaba ni rastro de la ira que lo había devorado el día anterior; ni rastro de los bordes ásperos de su furia. ¿Cómo iba a odiar aquellas paredes, aquel lugar, después de lo que había experimentado allí?

Una diminuta astilla de miedo aún punzaba su corazón, pero no tenía nada que ver con aquella casa, ni con los recuerdos que se había llevado de allí: tenía que encontrar a Mili, necesitaba contarle quién era, lo que sentía. Tenía que decirle la verdad, y no había tiempo.

El olor del té de jengibre flotó por el aire. Mili estaba en la cocina con Kim. Las contempló desde el otro lado de la puerta de cristal sin que lo vieran y se la bebió con los ojos. Todavía tenía el cabello húmedo, sus mejillas seguían sonrosadas y conocía cada rincón que aquella piel escondía, una piel estaba marcada con su amor. Kim le había dejado una blusa enorme de poliéster, blanca, con flores rosas, alta costura de hacía al menos tres décadas. Le llegaba por las rodillas. Podría haber sido un vestido, pero la llevaba como una blusa sobre los *jeans*. Parecía recién salida de una pintura de Renoir. Podría haber estado en un prado recogiendo margaritas, con los rizos volando como lazos alrededor de su rostro. Solo le faltaba el sombrero.

—Primero, hiervo el jengibre con el agua, y después añado las hojas de té —explicaba Mili a Kim, sacando un par de cucharadas del tarro y añadiéndolas al agua hirviendo. Antes de cerrar el tarro y entregárselo, lo olió—. Este es auténtico. Me recuerda al de la cocina de mi *naani*.

—A Sara le encanta esta marca. Desde que regresó de la India, la ha usado siempre.

Kim guardó el tarro en el armario.

—¿Le gustó la India? –preguntó Mili.

Ella apagó la llama y puso una tapadera sobre el *chai* hirviendo.

—Muchísimo —dijo Kim—. Incluso antes de ir, cuando estaba con Mir, era como si estuviera obsesionada con ese país. Leyó muchos libros sobre la India, preparaba la comida de allí, compraba ropa... Él solía decirle que parecía una jipi, pero a ella le encantaba. Siempre fue así. No existía un término medio para ella. Y no importa de qué se tratara: ella siempre iba hasta el final, sin mirar atrás. Eso siempre me asustó. Pero creo que eso fue lo que enamoró a Mir. Por eso no pudo marcharse.

—¿Por qué no regresó a por él? —preguntó Mili.

—¿A por quién, a por Samir?

—Sí.

—Tienes que entender en qué estado quedó tras la muerte de Mir. Había sufrido depresión durante años, pero perder a Mir la colocó al borde del precipicio. Samir tenía cinco años cuando la encontró sin sentido en el granero. No había comido ni hablado con nadie durante días. El niño regresó a casa atravesando toda la nieve y llamó al 911. Los de Servicios Sociales enseguida la amenazaron con quitárselo. Sara y yo hemos crecido en casas de acogida, y Sara habría hecho cualquier cosa para evitar que él también lo hiciera. Me suplicó que me lo llevara, pero yo no podía. Estaba trabajando como interna. Ni siquiera tenía casa... Fui yo quien le sugirió que lo dejara con la familia de Mir. Cuando regresó, su enfermedad empeoró. En aquel entonces no había demasiados tratamientos para la psicosis maniaco-depresiva. Luchó contra la enfermedad durante mucho tiempo. Al final, hace unos diez años, encontró a un médico que le cambió la vida. Pero era demasiado tarde. Samir ya era un adulto y estaba asentado en Bombay. Lata le dijo que él no quería tener nada que ver con ella. Le rompió el corazón, pero creo que lo entendió.

Como si intuyera su presencia, Mili se dio la vuelta y descubrió a Samir mirándolas. Tenía los ojos llenos de comprensión y algo más que le removió la sangre. Ella sabía que probablemente él lo había estado escuchando todo. Algo en su modo de entrar se lo dijo. En ese momento, su mirada lo desafiaba a hacer lo correcto.

Samir tomó la bandeja de las manos de Kim.

—Yo le llevaré el té, Kim, si no te importa.

Cuando Samir salió de la cocina, los ojos de Mili estaban llenos de lágrimas. De lágrimas y de orgullo.

Sara no demostró sorpresa cuando lo vio entrar a él con el té. Pero, mientras bebían en silencio, no dejaba de observarlo con expectación.

Samir tenía a dos mujeres que lo miraban como si fuera un regalo divino. Según lo que decían las revistas, ya debería estar acostumbrado a eso. Pero ¿cómo te acostumbras a algo así? No había hecho nada para merecer tal devoción, y eso le dolía.

—Tienes la boca de tu padre, y su mandíbula —le dijo Sara, bebiéndoselo con los ojos—. Yo siempre sabía lo que Mir sentía, por cómo tensaba su mandíbula.

—Samir también es así —sonó la voz de Mili, a su espalda, y él se dio súbitamente media vuelta. Eso había que oírlo—. Al principio de conocerlo, sabía si iba a hacer algo que yo le había pedido o no, viendo su mandíbula. Si la apretaba, no había posibilidades de que lo hiciera. Pero si la relajaba, estaba hecho.

—¿Cuándo te he negado algo? —dijo Samir, sonriente—. ¿Quién podría negarte algo, cariño?

Mili se sonrojó.

—Eso es porque nunca pido nada que no deba —dijo, acercándose a ellos—. Siempre soy razonable. ¿Cómo podrías negarte?

—¡Sí, claro! —exclamó Samir—. Cuando te conocí, tu comportamiento fue totalmente racional.

Mili le sacó la lengua y entornó los ojos.

—¿Qué hizo? —preguntó la madre, con una sonrisa.

Su respiración era más regular aquel día, y Mili reconoció algo familiar en la curva de sus labios al sonreír.

—Déjame ver... —explicó Samir a su madre—. Saltó de un balcón, se subió en una bicicleta rota, se estrelló contra un árbol y cayó de bruces. Literalmente.

Sara se rio con evidente esfuerzo.

—Suena doloroso —susurró.

—Lo fue —intervino Mili—. Samir me asustó tanto que me rompí el pie y la mano.

—Se torció el tobillo y se dislocó la muñeca, y yo lo único que había hecho fue llamar a su puerta.

—Sí, pero es que nunca había visto a un gigante de pies grandes. Era aterrador. ¿Le has visto los pies? Necesitan su propia atmósfera.

—Necesitaron su propia atmósfera cuando tú les vomitaste encima —dijo Samir.

—Mi *naani* dice que, si no te quitas de en medio, no puedes culpar a la manguera. Y te compensé dejándote escribir en mi apartamento —matizó Mili a la enferma—. Samir es guionista y director de cine. Según mi amiga, ha dirigido la película más romántica de la historia.

Sara miró con infinita paciencia a Mili, y después a Samir.

—Lo sé —dijo ella con cautela—. He visto todas sus películas.

Él no supo cómo reaccionar a eso. Ella tampoco esperaba una respuesta. Volvió a mirar a Mili y le dedicó una sonrisa burlona.

—No tengo duda de que Samir es un romántico —dijo, lanzando una cariñosa mirada a Mili.

Esa mirada tan cargada de significado sonrojó a Mili todavía más. Y Samir descubrió que esa mirada no le importaba en absoluto.

—¿De dónde eres, Mili? ¿Dónde está tu *naani* ahora? —le preguntó Sara.

—Soy de Balpur, en Rajastán. Es un pueblo pequeño cerca de Jaipur. —Mili recogió las tazas y las colocó en la bandeja—. Fui a la universidad en Jaipur. Mi *naani* sigue viviendo en Balpur.

—Sé dónde está Balpur, cielo. El padre de Samir era de ahí. ¿Sabías que Samir es una combinación de nuestros nombres? Sara y Mir Chand. ¿Samir y tú os conocisteis en Balpur?

Mili negó con la cabeza y levantó la bandeja.

—Samir no es de Balpur. Es de Nagpur —aclaró Mili, apartando cuidadosamente la bandeja.

—No —rectificó Sara—. Lata se mudó con Samir y Virat a Nagpur, pero los Rathod son originales de Balpur.

Las tazas temblaron sonoramente en la bandeja que Mili sujetaba. Samir se quedó boquiabierto. Ella lo miró con sorpresa y confusión. Él la observó, impotente, mientras los engranajes empezaban a girar a toda velocidad en la cabecita de ella.

El primer pensamiento que golpeó a Mili fue la revista *Filmfare* en casa de Ridhi. Aquella era la parte del puzle que le faltaba y regresó a su memoria como un dragón mostrando los dientes: «Sam Rathod, el chico malo de Bollywood». Aquel enfado con Reena la turbó de tal manera que el nombre se le había escapado por completo: Sam Rathod. ¡Rathod!

Si la magnitud completa de lo que esto significaba no hubiera quedado suficientemente clara con el nombre, la expresión en el rostro de Samir lo hacía evidente.

Agarró la bandeja con tanta fuerza que el borde se le clavó en las palmas de las manos.

—Llevaré esto a la cocina —dijo Mili. Su voz parecía salir de otra persona—. ¿Quieres que te traiga algo?

—No. Gracias, cielo —dijo Sara a Mili, que se alejaba cabizbaja.

Pero Samir se interpuso en su camino. Su cuerpo grande y tenso se cernía ante ella. Lo rodeó con una desagradable vibración en los oídos. No lo miró. Deseaba no volver a mirarlo jamás. Su olor, cuando pasó junto a él, le trajo recuerdos calientes y húmedos, y el horrible enfado que burbujeaba en su interior se inflamó.

Dejó las tazas en la cocina y se apretó la nariz. ¡Oh, no... Ahora no iba a llorar! Si lo hacía en ese momento, todo habría acabado. Si se derrumbaba justo allí, jamás se levantaría. Enjuagó las tazas, evitando que le temblaran las manos, y las dejó en el escurridor. Cuando se volvió, él estaba detrás. No podía mirarlo. Ni entonces, ni nunca.

Pasó junto a él y subió las escaleras a toda prisa. Pensar en el dormitorio de Samir hacía que se le revolviera el estómago. Aquella habitación, aquella mañana, la noche anterior... Todo estaba grabado en su ser. ¿Cómo podría ahora despojarse de esos recuerdos? ¿Qué iba a hacer con ellos? No conseguiría olvidarlos mientras viviera: ni la noche, ni la habitación, ni tampoco la magnitud de aquella traición. Todo estaba grabado en su mente como un infierno que crecía y se hacía más caliente cada segundo.

Samir la siguió hasta el dormitorio. Mili no podía soportarlo. No aguantaba estar cerca de él. Quería que se marchara, no estaba preparada para hablar.

Recogió su bolsa e hizo rápidamente la cama. Oh, Dios, ¿y cómo iba a regresar a Ypsilanti?

—Mili... —Que Samir pronunciara su nombre le parecía una invasión, una violación—. Mili, por favor, ¿puedes mirarme?

«Cuando las llamas del infierno me hayan hecho cenizas.»

Intentó pasar junto a él. Tenía que salir de la habitación. Él le agarró el brazo. Ella se zafó con tanta fuerza que la manga se rasgó en sus dedos. Empezó a temblar. Cada músculo, cada célula de su cuerpo, comenzó a temblar. Kim le había regalado la blusa aquella mañana. Era de Sara. A Mili le encantaban las flores. Eran muy bonitas. Quería ponerse algo bonito... por él. El dolor le oprimió la garganta. Pero no lloraría. Examinó el roto de la manga. Lo cosería. No necesitaba más que aguja e hilo. Lo arreglaría.

—Mili, por favor... Lo siento.

—No pasa nada, no está muy roto. Puedo arreglarlo.

Él intentó retenerla de nuevo. Mili retrocedió y lo empujó con tanta fuerza como podía reunir en sus temblorosos brazos.

—No me toques —dijo ella con absoluta seriedad—. Jamás vuelvas a tocarme.

Apretó la mandíbula con fuerza. Si se derrumbaba en ese momento, jamás se lo perdonaría.

—Tienes que escucharme. Por favor.

Mili se volvió para mirarlo, reuniendo toda la templanza.

—¿Qué es lo que quieres decirme: que te apellidas Rathod? ¿Que tu hermano se llama Virat? ¿Que todo este tiempo has sabido que estaba casada? ¿Que eres... que eres mi cuñado?

La voz le tembló de nuevo, pero no permitió que se rompiera.

Dios. Samir era su... ¡Acababa de acostarse con su cuñado!

Nunca se había sentido tan sucia, tan asquerosamente utilizada. La noche anterior había aceptado por fin que su matrimonio estaba acabado, que formaba parte de su pasado. Un pasado que no regresaría. Se había dado cuenta de que lo que sentía por Samir era algo más que una amistad, y aunque fuera solo por un día quiso ser suya, y que él fuera suyo.

Pero lo que acababa de descubrir... ¿cómo podría explicarlo?

—Yo no soy tu cuñado.

—Estoy casada con tu hermano. En mi pueblo, a eso se le llama cuñado. En mi pueblo, eso es más que un hermano. Aún es más sagrado. Oh, Dios, Samir, soy tu *bhabhi*. Y tú lo sabías. —Lo miró con desprecio—. ¿Cómo has podido hacer algo así?

—Mili, escúchame. Tú no has estado casada. Eso no fue un matrimonio. Ni siquiera es legal.

—Bueno, ¿has venido hasta aquí para decirme que mi matrimonio es ilegal? Y como fui tan estúpida, pensaste que sería divertido seducirme. Y como no fue suficiente que tu hermano se casara conmigo y después no me quisiera, pensaste que tú también me romperías el corazón, ¿no? ¿Por qué no? Dos veces seguidas, estupendo.

No estaba llorando. Eso jamás. Pero el interior le dolía tanto que hubiera deseado que fuera un dolor físico; ojalá tuviera otra vez el pie torcido, una muñeca rota. De repente se dio cuenta de algo.

—¿Por qué viniste, Samir? Porque viniste a buscarme. ¿Te envió Virat? He esperado veinte años a que tu hermano viniera por mí. Me engañé a mí misma y viví esperanzada. Si él no me quería, ¿por qué no me lo dijo antes? ¿Y por qué te envió a ti? ¿Por qué? ¿Se trataba de una broma entre hermanos? Veamos cuánto podemos reírnos de la pueblerina estúpida antes de que se dé cuenta.

—Mili...

Ella retrocedió. No quería que volviera a decir su nombre. Había pronunciado su nombre mientras se entregaba a él, mientras él cambiaba su mundo para siempre... Todo ello había sido demasiado importante, demasiado íntimo, estaba demasiado fresco en su mente. Sus manos sobre ella, en su interior... Todo era demasiado especial. Y asqueroso. ¡Era insoportablemente asqueroso!

—Mili, esto no debería hab... ¿Podrías al menos darme la oportunidad de explicarme?

—¿Es que hay una explicación?

¿Tan estúpida pensaba que era?

—Sí, joder. Para empezar, el proceso judicial que tú empezaste.

¿Proceso judicial? ¿Para qué iba ella a ir a juicio?

Él parecía incrédulo.

—Sé lo de la demanda, Mili. Has reclamado la mitad del *haveli*. Y pensamos... Yo no te conocía. ¿Qué habrías pensado tú en mi lugar? En cuanto al matrimonio, Baiji envió a tu abuela un documento para anularlo un año después de la celebración. Virat no tenía ni idea de que tú seguías creyendo que estabais casados. Hasta que llegó la carta, ni siquiera lo sabía. Además, Mili, Virat... Él está casado con otra mujer.

Era un milagro que Mili permaneciera en pie.

La humillación en toda su corrosiva intensidad rugía por sus venas. Ella le había hablado de su marido, y él ¡era su hermano! Por lo tanto, él ya sabía toda la historia. Quería taparse las orejas con las manos. Pero no podía moverse. Él sabía incluso más que ella. Ella había luchado en vano consigo misma mientras él observaba la escena, mientras jugaba con ella, mientras la seducía, conocedor de la realidad. Dios, él lo sabía absolutamente todo.

Nunca en su vida había odiado a alguien, nunca se había sentido tan decepcionada por otro ser humano. Su presencia la ponía enferma. La fuerza de su desprecio era demasiado intensa.

Mili abrió la boca pero no emitió ningún sonido.

El disgusto de su mirada aplastó el alma de Samir, su dolor le hacía sentirse merecedor de ello. Quería acercarse a ella, pero si daba un paso más, se derrumbaría. Sus ojos, su nariz, toda ella estaba seca. Una cerilla podría quemarla hasta los cimientos.

Mili tragó saliva y apretó la mandíbula.

—¿Por qué viniste aquí, Samir? Dime la verdad. Nada más. Solo la verdad.

Era demasiado tarde para subterfugios. Demasiado tarde para suavizar los golpes.

—Vine para conseguir que firmaras el documento de anulación y cerrar el asunto.

—¿Seduciéndome?

No podía soportar el dolor que veía en sus ojos.

—No se trataba de eso. Yo no...

—La verdad —Mili lo interrumpió—. Todo formaba parte de un plan, ¿no es así? Sabías que no me resistiría a tus encantos.

—Por favor, Mili, no sig...

—¿Y por qué no me lo pediste, así de fácil? —le cortó ella—. ¿Por qué no llamaste a mi puerta, dijiste quién eras y me diste los papeles?

—¿Habrías firmado?

—Al principio no. Pero si me hubieras contado que Virat está casado con otra, incluso me habría alegrado de librarme de él —dijo, y se detuvo para tomar aliento—: He ansiado la libertad toda mi vida. Ahora nunca seré libre. Jamás.

—Mili...

—No. No. No digas mi nombre. Y no me mires. Por favor... Oh, Dios. —Miró a su alrededor, buscando algo desesperadamente—. ¿Cómo voy a volver a casa?

—Yo te llevaré, por supuesto.

Ella se irguió y meditó un rato su propuesta. Asintió sin mirarlo a los ojos.

—De acuerdo. Pero no me hablarás. Ni una sola palabra. Es lo único que te pido. De otro modo, no podría entrar en tu automóvil. Y necesito volver a mi casa.

Samir jamás habría imaginado que podría sentir tanto dolor. Pero verla tan desvalida lo volvía loco, y no podía hacer nada.

Asintió también y la siguió escaleras abajo.

—No puedo marcharme sin despedirme de Sara —dijo Mili, y él movió la cabeza, conforme.

Cuando entraron en la habitación, Sara parecía preocupada.

—¿Estáis bien? —preguntó, mirando a ambos.

Mili no respondió.

—Tengo que llevar a Mili a casa, Sara —dijo Samir—. Ha surgido un imprevisto.

Samir se mantuvo apartado mientras Mili tomaba la mano de Sara entre las suyas.

—Por favor, cuídate, Sara —dijo Mili, con una sonrisa—. Ha sido un placer conocerte.

Sara le rozó la mejilla y la ya rígida espalda de Mili se tensó aún más. Pero las lágrimas no aparecieron en sus ojos.

—¿Hay algo que pueda hacer? —le preguntó Sara.

Tenías que ser un bloque de madera para no notar cuánto estaba sufriendo Mili. Ella negó con la cabeza.

—¿Volverás?

Asintió.

—Vendré a verte lo antes posible. Pero tienes que prometerme que estarás mejor cuando regrese, ¿de acuerdo?

—Lo intentaré —dijo Sara, y las lágrimas desbordaron sus ojos.

Mili retrocedió, con los ojos tan secos y desolados como el cielo de Rajastán en verano.

Samir se obligó a moverse. Se acercó a Sara. Todavía no podía dejar que lo abrazara; su corazón no era tan grande. Pero permitió que le sujetara la mano.

—¿Tú volverás, *beta*?

Él asintió.

—Gracias —dijo Samir a su madre—. Por si no tengo la oportunidad de volver a verte, gracias por todo esto.

Samir miró a Mili. Ella no estaba mirándolo.

«Dale las gracias a ella», habría querido decir.

Sara lloró como una niña cuando soltó la mano de Samir.

Kim lloró como una niña cuando abrazó a Mili.

Y aun así, Mili no lloró.

CAPÍTULO 25

El viaje de regreso a Ypsilanti fue el más largo e insoportable en la vida de Samir. El silencio se extendía entre ambos como un abismo infranqueable. Si no encontraba un modo de cruzarlo, todo habría terminado incluso antes de empezar. Lo que había ocurrido entre ellos el día anterior aún lo hacía estremecerse, aún sobrecogía su alma.

Todavía la sentía. Estaba bajo su piel, en su interior; su suavidad envolvía sus tendones, sus nervios. Ella había conseguido que fuera soportable lo más doloroso que él había llevado a cabo en toda su vida. Y él, a cambio, le había destrozado el corazón. Tenía que encontrar un modo de arreglarlo. Pero no sabía cómo. Lo único que tenía claro era que no iba a perderla. Porque si la perdía, él no podría continuar.

Mili, inmóvil y muda, con los dedos entrelazados en su regazo y el cuerpo apretado contra el asiento, tenía la mirada perdida.

Samir abrió la boca un par de veces para decir algo, cualquier cosa, pero le había dado su palabra y no rompería su promesa. Desde el momento en el que subieron al automóvil, su teléfono había estado sonando sin parar. Primero Virat, después DJ. No contestó a ninguno. En aquel momento no podía hablar con nadie. Al final, lo apagó. Mili ni siquiera movió un músculo. No hasta que estuvieron de nuevo en el apestoso aparcamiento.

Volvía a ser día de recogida de basura y el camión estaba vaciando el enorme contenedor verde. Samir se detuvo frente a la desvencijada bicicleta amarilla, y se preguntó si Mili se desharía de ella alguna vez. Él había intentado tirarla una vez, pero lo amenazó con pegarle si se atrevía a tocarla. Antes de que le diera tiempo a rodear el vehículo y abrir su puerta, ella se adelantó y se dirigió a las escaleras.

—Mili, ¿podemos hablar ahora?

Samir corrió tras ella y se detuvo en la escalera, obstaculizándole el camino. Mili irguió los hombros y desvió la mirada a lo lejos, más allá de Samir.

—Entra —dijo, finalmente.

Su tono sonaba tan derrotado, tan impropio de ella, que Samir deseó matarse por lo que había hecho. Abrió la puerta del apartamento y le cedió el paso.

El aire estaba cargado por el olor a comida rancia. Normalmente abrían las ventanas para ventilar, pero con el viaje, el olor se había asentado en el apartamento y cubría la moqueta y las paredes.

Mili entró en la casa y enseguida se volvió hacia él.

—Mis llaves.

Extendió la mano.

—Mili...

Ella no la retiró, y él le devolvió las llaves. Apartó la mano antes de que Samir pudiera tocarla.

—¿Dónde está el documento que quieres que firme?

—Mili...

Cada vez que decía su nombre, ella se tensaba. Y eso le dolía como un rodillazo en sus partes.

—¿No podríamos hablar primero?

—No tenemos nada de qué hablar.

«De que estoy enamorado de ti.»

—¿Qué pasará con nosotros? —dijo Samir, muy serio.

—¿Nosotros? —Mili se rio con ironía. No era su soleada risa, sino un doloroso quejido—. ¿A qué «nosotros» te refieres, Samir? ¿El «nosotros» que te inventaste para terminar con mi matrimonio?

¿El «nosotros» que creaste para que la traición de tu hermano no le costara nada? ¿O el «nosotros» gracias al cual te reíste de una virgen estúpida, cuando la dejaste exponerse del modo más humillante para que no le quedaran ni recursos ni vida después de ti?

—Mili, sabes que eso no es verdad.

—No. Yo no sé nada, Samir. Después de esto jamás volveré a estar segura de nada. Jamás confiaré en nadie. Te has llevado mi confianza, mi honor... mi amor propio. Me has mancillado. Has hecho que me sienta sucia. Jamás volveré a sentirme limpia. —Dejó de hablar y se agarró el pecho con el puño—. ¿Sabes? Yo era pura. Yo me sentía pura. Ya sé que eso no significa nada en tu mundo, pero era pura. Ahora soy una pecadora, una puta. Me has robado lo que era.

—Mili... No lo sabía.

Esta vez ella agitó los hombros, pero no se rio. Tampoco lloró.

—¿No sabías que no podías acostarte con tu cuñada?

—Tú no eres mi cuñada, Mili.

—¿Por qué, porque lo dices tú, o porque lo dice tu indecente e infiel hermano?

—Mili, esto no fue idea de Bhai.

—¡Oh, menudo alivio! Entonces fue idea tuya. Me he pasado toda la vida amándolo, esperándolo, y él va y me envía a su hermanito para que se acueste conmigo. Y yo soy tan idiota que... Dime, Samir, ¿te resultó fácil? ¿Supuse al menos un pequeño desafío?

—Mili, no es eso.

—¡Oh, Dios, ni siquiera tuviste que esforzarte! Prácticamente te supliqué que te acostaras conmigo. ¿Estaba también eso en el plan o solo pretendías que me enamorara de ti? ¿Te sentaste con tu hermano a planearlo? Consigue que se acueste contigo. Esas chicas de pueblo son realmente fáciles y estúpidas.

—Mili, para. No te hagas esto. Tú no eres estúpida, y nosotros no planeamos nada. Al menos no como piensas. Lo único que queríamos era que aceptaras retirar la demanda y firmar la anulación.

—¿Y para eso tuviste que esperar hasta ahora, hasta que yo...? Llevas aquí cuatro semanas, Samir.

Levantó la voz, pero la emoción le ahogó de nuevo.

Dios, era cierto. ¿Por qué no se lo había contado antes? ¿Por qué esperó tanto? Sabía que no había sido por el guion. Había sido por eso: por aquella expresión en sus ojos. Sabía que ella lo rechazaría y fue demasiado cobarde para enfrentarse a ello.

Mili extendió una mano y la agitó.

—Dame los papeles. Firmaré lo que quieras. De hecho, espera, vamos a hacerlo más fácil todavía.

Mili desapareció y él la escuchó trastear en la habitación. Tardó menos de un segundo en darse cuenta de qué estaba buscando. Samir sacó el Certificado de Matrimonio de la funda de su portátil y entró en la habitación. Mili estaba agachada junto al escritorio boquiabierta, con el sobre marrón abierto, en sus manos. Se volvió, con la frente arrugada por la confusión.

Cuando Mili vio que lo que buscaba lo tenía Samir tenía en la mano, él creyó que por fin iba a llorar. Pero tampoco lo hizo.

Aquello era el colmo: había fisgoneado entre sus cosas. Y esa traición mató hasta el último rastro de inocencia que le quedaba.

—Mili, lo siento...

Extendió el Certificado de Matrimonio hacia ella.

La pesada tapa de la maleta cayó sobre las manos de Mili. Su cerebro registró la punzada de dolor, pero no la sintió. Sacó los dedos y se levantó. Samir extendía su Certificado como una ofrenda, como si esperara que ella lo tomara de sus manos. Aquellos largos y afilados dedos que habían violado cada centímetro de su ser, ahora sujetaban el papel que ella siempre había tratado con la misma reverencia que un texto sagrado.

La bilis le quemó la boca del estómago. Se protegió el cuerpo con los brazos. El dolor de sus dedos se abrió camino por fin hasta su consciencia y se extendió a través de todo su ser.

—Envíame lo que quieras que firme —dijo al desvencijado trozo de papel, incapaz de apartar la vista de él.

Pobre Naani. Debió de ser ella quien puso la demanda. Mili estaba segura de ello. Y ahora sus maquinaciones se volvían en su contra.

Todo se estaba volviendo en su contra. Mili recordó la desesperación de la voz de Naani: «No se saldrá con la suya. Lo pagará.»

No, Naani. No será él quien pague el precio.

—Yo no envié los documentos legales de los que me has hablado. Debió de ser mi *naani*. Hablaré con ella. Pero tranquilo. No volverás a tener noticias de nosotras. —Tensó los brazos y se obligó a mirarlo a los ojos—. Y, por favor, si te queda algo de decencia, no vuelvas a acercarte a mí. No quiero verte. No quiero volver a oír tu voz. No quiero volver a escuchar tu nombre. Me das asco y no quiero tener nada que ver contigo. Jamás.

Mili esperó, pero Samir se quedó petrificado como una estatua que ha sido derrumbada con una maza. No podía volver a pedirle que se marchara. No podía volver a hablar con él. Pero tenía que alejarse urgentemente de él.

Salió de su habitación, de su apartamento, del edificio. Siguió caminando. A través del apestoso aparcamiento, a través de los jardines del campus, más allá de los muros de ladrillo rojo, por las aceras de cemento gris.

*   *   *

Caminó por calles largas y serpenteantes; por colinas; por todas las cuestas que pudo encontrar. Un viento frío inusual en aquella estación le azotaba la cara y hacía que su manga rota aleteara contra su piel. El sol seguía alto en el cielo, las flores florecían por todas partes, pero lo único que podía ver era la expresión en los ojos de Samir mientras le mostraba el Certificado de Matrimonio que le había robado hace días.

Le ardían los ojos, le quemaba la garganta. Deseaba llorar, que las lágrimas lo arrasaran todo, que ahogaran la pena, pero no brotaban. Y supo con certeza absoluta que sus lágrimas se habían ido para siempre.

Cuando por fin llegó a Pierce Hall se sentó en los peldaños un buen rato, incapaz de entrar. Pero ¿cuántos lugares, donde había estado con él, podría evitar? No podía huir de su propio corazón, ni de su propio cuerpo. Lo sentía en ella, en su interior, rasgándola. Cada caricia se había convertido en violencia; cada susurro contra su oído, en un grito. El momento más hermoso de su vida ahora era una pesadilla. Ella se había convertido en alguien a quien jamás reconocería, e incluso el recuerdo de la felicidad había desaparecido. Se había marchado con él, se esfumó con el ser que amaba. Un espejismo en el desierto. La promesa de una lluvia que nunca caería.

Finalmente, se levantó y entró. Pasó el resto del día trabajando. Cuando regresó a casa, Samir no estaba. Vio su Certificado de Matrimonio sobre la mesa del comedor. El olor de la comida rancia todavía en el aire. Era sorprendente que algo que había olido tan bien dos días antes, ahora apestara como la muerte.

CAPÍTULO 26

—Oye, Chintu, mi mujer va a matarme por tu culpa.

Normalmente Virat no era el hermano teatrero. Ese era el papel de Samir.

«No sabía que los chicos de ciudad erais tan melodramáticos.»

En lo alto, Samir ajustó la señal de tráfico una última vez y saltó de la escalera al suelo. El técnico de rodaje levantó el pulgar, pero Samir todavía no estaba seguro de que estuviera exactamente donde él quería. Hizo una señal al equipo para que se tomara cinco minutos de descanso mientras terminaba con la llamada.

—Bhai, estoy trabajando, ¿necesitas algo?

—También trabajabas antes de irte a Estados Unidos, pero entonces nunca te olvidabas de llamar a tu familia. ¿Qué pasa? Llevo dos meses intentando hablar contigo.

—Hablamos hace dos días, Bhai.

—¿A eso lo llamas hablar? Lo único que he conseguido sacarte estos últimos meses han sido monosílabos, Chintu, y, sinceramente, estás empezando a asustarme. Rima quiere que vengas a casa para el Diwali.

—No puedo ir.

—¿En serio? ¿Esa es tu única respuesta? Es de tu *bhabhi* de quien estamos hablando. Me temo que va a necesitar una explicación algo más elaborada que esa.

—Estoy rodando.

—¿En el Diwali?

—Al día siguiente, temprano.

—¿Ya le has dicho a Baiji que no vas a volver a casa para el Diwali?

—Todavía no. Oye, díselo, tú... ¿me haces ese favor?

—Ni de broma voy a comerme ese marrón por ti.

—Entonces se lo diré yo.

—Chintu, sabes lo que Baiji está pensando, ¿verdad?

Samir no dijo nada. Caminó hasta el otro extremo de la calle del decorado y la examinó desde el lugar donde estaría la tercera cámara. Todavía estaba mal.

—Si regresas de Estados Unidos después de pasar dos semanas con tu madre y te comportas como si alguien hubiera muerto, sabes lo que va a parecerle a Baiji, ¿verdad?

—Mi madre está viviendo contigo en Jamnagar.

—Ya lo sé... —Al menos Virat tuvo la decencia de sonar avergonzado—. No debería haber dicho eso. Lo siento. Pero estoy preocupado por ti, joder.

—Pues no lo estés. Estoy bien. Es que estoy estresado por la película. Todavía queda mucho por hacer.

Pero primero tendría que colgar el teléfono.

—Por cierto, ¿no quieres saber qué ha pasado con los papeles de la anulación?

El corazón de Samir volvió a la vida en su pecho. La emoción le dejó mudo.

—Malvika los firmó. La demanda sobre la propiedad se ha cerrado oficialmente. Esta maldita historia ha terminado por fin. No sé lo que hiciste, pero funcionó a la perfección. Incluso nos envió el Certificado de Matrimonio y el *mangalsutra*. ¡Ah!, y una caja llena de saris. Al parecer, nuestra abuela le regalaba un sari cada Teej. ¿Qué demonios voy a hacer con veinte saris para estrenar? Aún tienen el envoltorio puesto.

Su familia le enviaba regalos para las fiestas del Teej. Su abuelo se gastó su dote en ella. Todos aquellos rituales... Todas las promesas que los acompañaron...

«Para mí es un matrimonio, Samir.»

—Envía todos los saris al Centro Nacional para la Mujer de Jaipur —dijo Samir.

¿Cómo había conseguido Mili pagar el envío? El recuerdo de su frigorífico vacío, de su armario vacío, de su apartamento vacío, le comprimió el corazón.

—Chintu, ahora en serio, ¿qué te sucede?

—Nada. ¿Por qué? Allí hay un albergue para las mujeres que no tienen ningún otro sitio a dónde ir. Esas mujeres necesitarán ropa. ¿Qué otra cosa podrías hacer con los saris?

—¿Cómo demonios sabes tú eso? —interrumpió Virat.

—Es una de las organizaciones benéficas que mi asesor utiliza para desgravar. Suena útil, ¿verdad?

—De acuerdo. Y Chintu, llama a Rima. Eso que dicen sobre las embarazadas, que se vuelven locas por las hormonas, es cierto. Se pasa la mitad del día preocupada por ti, y la otra mitad comiéndome el tarro al respecto. Si no la llamas, se subirá a un avión, y entonces solo Dios podrá ayudarte.

—La llamaré.

Debería haber dicho algo más, debería haberse disculpado por ser tan mal hermano. Aquella semana se había olvidado de llamar a Rima para preguntar cómo estaba. El bebé nacería pronto y sus vidas estaban a punto de cambiar para siempre. ¿Cómo había podido olvidarse del bebé, de su primer sobrino? Pero aquellos días había olvidado un montón de cosas, excepto la única de la cual no se podía deshacer, por mucho que lo intentara, aunque pusiera su empeño en ello veinticuatro horas al día.

Aquel día llevaba en el estudio más de catorce horas, trabajando con el escenógrafo y los técnicos para que todo resultara perfecto. Les quedaba otra semana antes de empezar el rodaje y todavía parecía un maldito decorado, no el barrio pobre de Bombay que necesitaba.

—¡Las fachadas siguen estando demasiado perfectas, Lawrence! —exclamó al escenógrafo—. ¡Necesitamos más polvo, más cemento desmoronado!

El pobre hombre parecía agotado.

—Sí, jefe. ¿Qué te parece un poco más de amarillo en el encalado? Tienes razón, bajo esta luz se ve demasiado blanco.

—Más amarillo, y también más manchas grisáceas. Si el agua del depósito baja por esta pared, necesitaremos más desperfectos.

—Buena idea, jefe. ¿Quieres que lo hagamos ahora? ¿Mañana te parece bien?

Los obreros descansaban esparcidos sobre la hierba, fumando. Necesitarían una grúa para moverlos.

—No, vamos a dejarlo por hoy. ¿Mañana, a las siete?

Lawrence asintió tan entusiasta como siempre.

—Sam, ¿vienes a cenar con nosotros?

—Gracias, pero no puedo. Todavía tengo que comprobar la luz y asegurarme de que el efecto en las tomas nocturnas es correcto.

—Me quedaré contigo. No hay problema —dijo Lawrence. Su técnico era una joya.

—No, Lawrence, ya me ocupo yo. Si haces trabajar más a esos tipos, el sindicato se te echará encima.

—Sam, los chicos se quedarían por ti. El sindicato no se enterará. Lo harán por ti.

Samir dio unas palmaditas a Lawrence en el hombro.

—Gracias. Necesitaré eso otro día, pero hoy no. Hoy marchaos a descansar. Habéis hecho un trabajo fantástico hasta ahora. Gracias.

El resto del equipo ya estaba en un bar cercano. Los obreros se levantaron de la hierba y se dirigieron hasta allí. Si se sintieron ofendidos porque no se unió a la celebración, no dijeron nada. Normalmente sería él quien invitaría a sus chicos y compartiría un cigarrillo con ellos. No era fumador, pero pasar el rato con aquellos tipos era realmente divertido. Siempre tenían historias estupendas, cotilleos sobre todo el mundo, sobre todas las estrellas, todos los productores. Tal vez al día siguiente...

Sacó los esbozos del decorado y empezó a estudiarlos frente a la calle, intentando dar con lo que no funcionaba.

—Está quedando estupendo, Sam.

La ensayada voz grave de Neha llegó hasta él antes de que la viera cruzando el jardín. Había alabado su decorado y parecía bastante impresionada.

—Neha. No sabía que estabas rodando aquí.

Dejó que Samir besara el aire junto a sus mejillas para que el brillo de sus labios permaneciera intacto.

—Bueno... Veo que te has olvidado de tus viejos amigos, pero tus amigos todavía se preocupan por ti.

«¿Por eso llamaste a la prensa y me acusaste de reventarte la cara?»

—Gracias —fue todo lo que Samir respondió.

Neha le pasó los dedos por las mejillas.

—¿A qué viene ese aspecto de Devdas deprimido? Creí que odiabas el bozo. Eso es casi barba.

—Lo detesto. Pero no he tenido tiempo de afeitarme.

Ella se acercó un paso y le rodeó el cuello con los brazos. Samir no se movió, pero una horrible náusea subió por su estómago.

—Todavía tengo tu bolsa de aseo —dijo Neha, acariciándole la mejilla de manera seductora—. ¿Qué te parece si vienes a mi habitación y me ocupo de esa barba?

—Es una posibilidad —contestó él, manteniendo la distancia—. Pero si me cortas, ¿puedo contar en alguna revista que tú me maltratas?

Neha se apartó de él con un mohín.

—Vamos, Sam... cariño, no seas así. Me rompiste el corazón. Estaba cabreada.

Había sido una publicidad realmente buena. DJ le contó que Neha ya tenía un nuevo contrato para los siguientes cinco años.

—Además, retiré la denuncia. ¡Pero si a ti te gustaban los líos con la prensa! Pensé que te reirías de ello.

Había conseguido algo más que unas risas. Había conseguido a alguien que dio la cara por él: «Samir jamás pegaría a una mujer.»

—¿Estás bien? Tienes mala cara. Lo siento, no pensé que te molestaría tanto.

—No pasa nada. Tienes razón, es bastante divertido. Siempre pensé que sería gracioso que me etiquetaran de maltratador.

Su mohín se volvió gigantesco y ocupó toda su cara. Unas enormes lágrimas se acumularon en sus ojos. Samir no pudo quedarse mirando. Ni siquiera consiguió decir adiós. Se dio media vuelta y se alejó de ella.

—Sam... —lo llamó Neha esta vez con voz aguda—. ¡Sam, vuelve! ¡Lo siento! ¡Cariño!

«Tú no tienes ni idea de lo que significa esa palabra, Neha.»

Joder, realmente se estaba convirtiendo en un melodramático.

* * *

A Samir ya no lo despertaban las pesadillas. Ahora lo asaltaban sueños eróticos con un dolor tan intenso en el corazón, que incluso prefería las pesadillas. Pero sus sueños eran el único momento en el que podía abrazar a Mili, en el que podía sentirla contra su cuerpo. Y era tan real que se quedaba dormido cada noche rezando para soñar, por muy insoportable que fuera el dolor posterior.

Abrazado a su almohada, se incorporó en la cama a esperar que sus latidos se calmaran. Las habitaciones de invitados en el estudio no estaban mal. El propietario hizo un buen trabajo con aquel lugar. Había pasado del ostentoso granito y cristal a lo rústico: montones de piedra, terracota y madera natural.

Samir caminó hasta el balcón con vistas a la montaña Matheran. En la oscuridad, solo la silueta gris de la montaña era visible contra el cielo iluminado por la luna. Pero durante el día la vista era impresionante, todo tierra roja y densos bosques verdes.

Al igual que el resto de días, el silencio lo hacía sentirse inquieto, y se dirigió al teléfono. Solo había una persona a la que podía llamar a aquellas horas.

—Hola, *beta*.

La voz de Sara no parecía tan áspera y cansada como siempre. Solo podía haber una razón para esa alegría.

De repente, Samir deseó no haber llamado. Sin embargo, de un modo igualmente repentino, se alegró de haberlo hecho. Se acomodó en la mecedora de mimbre.

—¿Cómo estás, Sara?

—¿Es que no me lo notas?

—Suenas realmente bien.

Durante las dos semanas que había pasado con ella después de que Mili lo echara de casa, Sara había recuperado la energía y la alegría. No podría haber estado en ningún otro lugar. Sara no lo cuestionaba. Básicamente, lo dejaba en paz y se contentaba con los momentos que él pasaba sentado a su lado mientras ella descansaba después de la radio.

—Mili ha estado hoy aquí, con su amiga. Se han quedado y han preparado el almuerzo con Kim. Mili hace unos *rotis* estupendos, ¿lo sabías? Pero esa amiga suya podría quemar el agua.

—Parece que te has divertido.

—Me encanta que Mili me visite.

—¿Cómo está... ella?

—¿Por qué no la llamas y se lo preguntas tú mismo?

—¿Cómo está Kim?

—También está bien, aunque ha estado algo regular esta semana. Es duro para ella cuidar de mí. Es la mayor... Ya sabes. Se cansa.

—Alguien debería cuidar de vosotras dos.

La verdad, no tendrían que vivir tan aisladas, cuidando la una de la otra... De repente, tuvo una idea.

—Sara, ¿te gustaría...? ¿Te gustaría venir aquí, a la India, a vivir conmigo? Así podría cuidar de ti.

La mujer se quedó totalmente muda un largo momento.

—¿Hablas en serio?

Samir oyó un sollozo.

—Lo digo totalmente en serio.

¿Por qué no se le había ocurrido antes?

—Déjame pensarlo. Necesito hablarlo con Kim. Pero... gracias por el ofrecimiento, hijo.

—Claro, Sara. Piénsatelo. Hablaré con mis abogados para ver qué documentos necesitaríamos, si decidieras venir.

* * *

—Mili, de verdad, no vas a volver a la biblioteca. Te pasas el día o en la biblioteca o en Pierce Hall. Ya nunca te veo.

Ridhi aparcó su brillante automóvil.

—Ridhi, acabamos de pasar juntas dos horas conduciendo, y cuatro horas en casa de Sara.

Abrió la puerta del vehículo y salió.

—Sí, cuatro horas poniendo a su hijo por las nubes. —Ridhi siguió a su amiga por las escaleras—. ¿Por qué no le cuentas lo cabrón que es en realidad? Además, ¿qué clase de hijo deja que su madre muera sola?

Mili abrió la puerta del apartamento e intentó reunir la energía para responder.

—Sara no se está muriendo —explicó Mili pacientemente—. De hecho, está respondiendo bastante bien a la radiación. En los dos últimos escáneres no han encontrado cáncer.

No le dijo a Ridhi que creía que era porque por fin había conseguido hablar sobre su hijo. Hablar con su hijo, así de simple.

—Eso espero —dijo Ridhi—. Cada vez que vamos a verla está mejor. ¿Estás segura de que no quieres venir a cenar con Ravi y conmigo?

Ridhi se había mudado de nuevo al campus para terminar el semestre. Ravi vivía en Dallas. Tenían un apartamento allí y se visitaban los fines de semana. Los padres de Ridhi echaron un vistazo al apartamento que compartía con Mili y le compraron uno en Ann Arbor, a unos kilómetros de distancia. Ridhi dejó atrás su fase rebelde y se mudó de buena gana. Ahora solo faltaba que dejara de intentar que Mili se mudara con ella.

Gracias al artículo que Mili había escrito con el doctor Bernstein, se había ganado otra beca de investigación, y eso resolvía su problema con el alquiler. Casi había finalizado el curso y no pensaba ir a ninguna parte hasta que llegara el momento de regresar a casa, al mes siguiente. Además, la razón por la que Ravi y Ridhi habían alquilado un apartamento era para tener cierta intimidad cuando él la visitara. Y Mili no tenía ningún interés en ser el pincho de ese kebab. Además, por mucho que odiara su casa, todavía no estaba preparada para decirle adiós.

—Esta noche no, Ridhi. Hoy tengo mucho que estudiar.

—Mili, al menos invéntate una excusa nueva. ¿Y cuándo vas a volver a comer? Mírate. ¡Estás quedándote en los huesos!

—Me llevaré algo del Centro de Estudiantes. Tengo que estudiar, de verdad. Debo entregar dos artículos la semana que viene.

—¿Alguna vez me contarás qué ocurrió?

—No pasó nada. Oye, ¿podrías llamar a Sara para que sepa que hemos llegado bien? Así no se preocupará.

Ridhi le ofreció el teléfono.

—Toma, hazlo tú misma. Y ya que estás, ¿por qué no llamas a su hijo y le dices que venga a arreglar el lío que ha montado?

Mili marcó el número de Sara y entró en su dormitorio. Sara respondió con voz alegre. Mili no la había oído nunca tan fuerte.

—Mili, tengo noticias maravillosas —dijo Sara al otro lado de la línea—. No vas a creértelo. Samir nos ha pedido a Kim y a mí que nos mudemos a la India con él. Quiere cuidar de mí. ¿Te lo puedes creer?

El corazón de Mili se comprimió tanto en su pecho que el dolor la dejó sin aliento. Sara parecía tan emocionada que Mili no podía creer que fuera la misma mujer que apenas podía hablar por teléfono dos meses atrás.

Dos largos y dolorosos meses...

El dolor seco de las lágrimas contenidas le rasgó los párpados y le pinchó la garganta. Tragó saliva y se obligó a hablar.

—Claro que me lo creo. Está intentando ser un buen hijo.

Y eso no era mentira.

—Mili, no solo es un buen hijo, es un buen hombre. ¿No puedes olvidar lo que sea que te hiciera?

Mili cerró con fuerza los ojos.

—No hay nada que perdonar, Sara.

—Niña, no esperes hasta que sea demasiado tarde. El tiempo perdido se va para siempre.

Pero ya era demasiado tarde. Es más, su tiempo nunca le había pertenecido. ¿Cómo iba a perder lo que nunca fue de ella? Pero entonces, ¿por qué le dolía tanto?

—Sara, ¿puedo llamarte más tarde? Tengo que acabar un artículo.

La mujer entendió el dolor de Mili, y dejó que colgara.

Mili miró fijamente a través de la ventana y un sol cruel perforó sus ojos secos como la yesca. Vio su bici amarilla inclinada entre dos bicicletas más. Un día, la semana después de que él se marchara, al regresar de la universidad la encontró reparada. Habían reemplazado el sillín, habían arreglado los frenos y enderezado el manillar. No había ninguna nota, nada que identificara quién lo había hecho.

Un día de estos la llevaría al contenedor de basura. Un día de estos... cuando consiguiera volver a tocarla.

* * *

El estudio de grabación estaba a dos horas en automóvil del apartamento de Samir, en un barrio periférico al norte de Bombay. Su chófer y él llevaban dos horas atrapados por el tráfico, y acababan de salir de Karjat. Samir estaba tan nervioso que no podía seguir sentado un segundo más. Había repasado el guion por enésima vez, había modificado los diálogos, había llamado al coguionista y había pulido hasta el último detalle de la traducción hindi.

Llamó a Lawrence tantas veces que ya no le respondía. Su ayudante de dirección tampoco. Ni su productora ejecutiva.

—Sam, esta es mi vigésimo novena película en Bombay y te juro por Dios que nunca he estado mejor preparada para una película. No podemos hacer nada más hasta que empecemos a rodar. Estamos en Navratri. Todo el mundo necesita tiempo para celebrar los días de fiesta hasta el Diwali. Si no dejas de llamar a la gente, abandonará el proyecto. Yo voy a apagar mi teléfono. Ya te veré en el estudio a primera hora del lunes.

Y de verdad apagó su teléfono. Porque, cuando se le ocurrió otra cosa y la llamó cinco minutos después, estaba desconectado.

En cuanto a su chófer, llevaba con él siete años, y Samir lo adoraba, pero si seguía hablando de las tres chicas con las que estaba saliendo a la vez, estrangularía su flaco pescuezo cubierto por el pañuelo rojo.

—Javed, me voy caminando. Recógeme cuando salgas del atasco.

Abrió la puerta y salió del automóvil, sintiéndose como un nadador al emerger del agua y dar una bocanada de aire.

Javed sacó la cabeza por la ventanilla.

—Señor, ¿es que se ha vuelto loco? ¿Qué hace?

—Camino, Javed. ¿A ti qué te parece? —le contestó, volviéndose.

—¡Pero si estamos a ciento cincuenta kilómetros de casa!

Por alguna razón, Javed señaló su reloj mientras lo decía. En otro momento, Samir se habría burlado de él por eso.

—Lo sé. Así que espero que me recojas antes de llegar. —Levantó su teléfono móvil—. Seguiré la carretera. Llámame cuando avances.

Javed se golpeó la cabeza con ambas manos y miró al cielo en busca de respuesta.

Samir llevaba caminando dos horas cuando Javed lo recogió. Tardaron otras dos horas en llegar a casa. La última persona a la que Samir esperaba ver cuando entró en su apartamento era su madre.

—¿Baiji? ¿Qué estás haciendo aquí?

—*Arrey*, ¿qué tipo de pregunta es esa? Esta es la casa de mi hijo. Voy y vengo cuando quiero —dijo Baiji con una gran sonrisa, abriendo los brazos de par en par.

Samir se inclinó para tocar sus pies y ella le sujetó la cara con ambas manos y le besó la frente.

—Lo siento. —Samir la abrazó y descubrió que le era difícil soltarla—. No pretendía ser maleducado. Claro que puedes ir y venir cuando quieras. Me refería a que deberías haberme llamado para que te recogiera del aeropuerto. ¿Cuándo llegaste?

—Esta mañana. Tu ama de llaves me dejó entrar. Después ese cocinero tuyo intentó intimidarme para que lo dejara cocinar a él, pero se lo dejé bien claro: él se ocuparía de cortar y limpiar, y yo cocinaría. De ningún modo voy a permitir que un desconocido cocine para ti, estando yo aquí.

Samir llevaba años intentando que su madre se quedara unos días con él, pero nunca lo había conseguido. Ella odiaba Bombay. Le parecía una tierra extranjera. Había estado allí solo una vez, cinco años antes, cuando Samir se mudó a aquel apartamento, y nada más. Siempre era él quien iba a verla. La vivienda militar de Virat le parecía mucho más reconfortante. Y, desde que Rima entró en la familia, su preferencia por la casa de Virat se había duplicado.

«Cuando te cases, me quedaré contigo —solía bromear—. Samir, necesito compañía femenina. Me he pasado toda la vida rodeada de hombres. Ahora necesito un poco de suavidad.»

—¿No quieres saber qué he cocinado? —le preguntó su madre, examinando su rostro.

—En realidad, Baiji, no tengo hambre. Ya he comido.

Sonrió. Se alegraba de que estuviera allí y no quería que pensara lo contrario, pero en aquel momento no podía soportar la comida.

—Chintu, he estado esperándote para comer... y estoy desmayada. Tienes que comer algo.

Le echó una mirada severa, pero Samir vio la preocupación que ocultaba y le dolió. Se lavó las manos y se sentó a cenar. Su madre le había preparado todos los platos que le encantaban: *dal*, patatas y *kadhi* especiado. Samir se esforzó por disfrutarlo con todas sus fuerzas.

—¿Vas a contarme qué sucede?

—¿Qué sucede?

—Veamos. Normalmente, si te hago una pregunta, tú me das tres respuestas diferentes sin pestañear. ¿Y ahora me preguntas qué sucede? ¿Qué es lo que te pasa?

Samir se encogió de hombros.

—Y tienes barba. Tu cocinero tenía razón. Has perdido mucho peso. *Beta*, ¿qué pasó en Estados Unidos?

—Nada, Baiji.

Allí no había pasado nada. No había sido nada.

—¿Desde cuándo mientes a tu madre? ¿Se trata de Sara? ¿Te arrepientes de no haberla conocido antes?

Lamentaba que Sara no hubiera formado parte de su vida y se sentía culpable por haber pasado tanto tiempo odiándola. Pero no se arrepentía de no haber contactado con ella antes. Y eso se debía a que esa increíble mujer que estaba observándolo comer, nunca había dejado que se sintiera huérfano. Incluso en ese momento, Sara era únicamente Sara. La quería de un modo extraño. Encontrarla había sido como desenvolver un regalo que no quería y sorprenderse por lo diferente que era de lo que había esperado.

Pero su amor por Baiji estaba vivo, era insuperable. Estaba envuelto por el sari que usaba para quitarle las migas de la boca; para secarle las lágrimas de los ojos. Envuelto por las manos que había usado para lavar y vendar no solo su espalda destrozada, sino también sus rodillas arañadas; para cocinar *rotis* justo del modo que a él le gustaba. Era un amor real y tangible, basado en recuerdos y experiencias, en un rostro tan conocido que no tenía que contarle sus preocupaciones para que las adivinara.

—Baiji, en realidad hay algo que quiero comentarte.

Samir se levantó de su silla y se agachó a su lado.

Ella le apartó el cabello de la frente. No se había fijado en cuánto le había crecido.

—Te escucho —dijo ella.

—Quiero traer a Sara y a su hermana Kim a la India. Kim es demasiado mayor para seguir cuidando ella sola de Sara. No tienen a nadie más. ¿Qué te parece?

Lata acercó el rostro de Samir a su vientre y le besó la cabeza.

—Has robado las palabras de mi corazón, *beta*. Es muy buena idea. La única idea posible. Si nosotros no cuidamos de ella, ¿quién lo hará?

Samir posó la cabeza en el regazo de su madre. Su calidez y su fortaleza lo inundaron y el crudo dolor de su interior amainó.

—Gracias, Baiji.

Ella siguió acariciándole el cabello.

—*Beta*, me siento muy orgullosa de que hayas tenido coraje para ir a verla. Has hecho que me sienta orgullosa del modo en que te he criado. Gracias por convertirte en un hombre así.

Si ella supiera en qué tipo de hombre se había convertido en realidad... en el tipo de hombre al que había que amenazar y arrastrar para que fuera a ver a su madre enferma; en el tipo de hombre que había matado la inocencia de una joven y no tenía ni idea de cómo repararla.

—Samir, ¿crees que podrían llegar aquí antes del Diwali? Quizá podríamos celebrarlo aquí este año. Todos juntos. Si vamos a casa de Rima, será difícil conseguir que guarde reposo. Pediremos a tu hermano y su mujer que vengan. ¿Qué te parece?

—Sí, Baiji, celebraremos el Diwali en esta casa.

Le levantó la cara de su regazo y lo miró.

—¿Qué más te ocurre, *beta*?

—Intentaré que los abogados aceleren todo el papeleo.

Era lo único que podía decir.

* * *

A la gente le encantaba quejarse de la burocracia india y de que era algo imposible de eludir. Pero si conocías a las personas adecuadas, las cosas iban como la seda. Solo necesitó una llamada telefónica a su abogado para poner el visado de Sara en movimiento. Habló con Kim, y esta no encontró ninguna razón para negarse al viaje.

—Sam —le dijo su abogado con el tono que empleaba en los juzgados—, ya que te tengo al teléfono, necesito que Virat y tú firméis un par de documentos más de la propiedad de Balpur para terminar de ejecutar la voluntad de vuestro abuelo.

—Claro. Envíamelos.

Cuanto antes terminara con lo del viejo cabrón, mejor.

—Todavía queréis hacer un reparto, ¿verdad? Tú te quedas con el *haveli*, y Virat con las tierras.

Virat le había dado a elegir. Samir escogió sin pensar el *haveli*.

—Sí —contestó Samir—. Y cuando efectuemos el reparto, cada uno podrá hacer lo que quiera con su parte, ¿no?

—Por supuesto. —Parecía haberlo tomado por sorpresa—. ¿Es que estás interesado en vender? Si quieres vender, conozco algunos compradores que...

—No, no busco comprador. Pero necesito que hagas algo por mí.

* * *

Ridhi se coló en la oficina de Mili y la arrastró hasta el Centro de Estudiantes para almorzar.

—Quiero verte comer —dijo Ridhi.

—¿Es que hoy no ponen nada interesante en televisión?

Agitó las manos como una bailarina de Bollywood llamando a los espectadores.

—¡Muy bueno! Has recuperado parte de tu gracia. Te echo de menos, Mili. Vuelve conmigo.

—Estoy justo aquí, Ridhi. No seas tan dramática.

—No, Mili. Ya no estás aquí. No has estado aquí desde que se marchó tu estúpido Romeo. Te juro que cuando le ponga las manos encima voy a matarlo.

Mili gimió. Aquel iba a ser un almuerzo muy largo. Recogieron sus sándwiches y buscaron una mesa vacía. El Centro de Estudiantes estaba abarrotado.

—Y hablando de tu Romeo, su abogado me ha llamado para contactar contigo. Dice que le devuelvas la llamada, aunque sea tarde.

Mili mordisqueó su sándwich. Sabía a cartón. Creía que ya había terminado con todo el papeleo. ¿Para qué la llamaba el abogado de nuevo? Se le revolvió el estómago. ¿Terminaría alguna vez aquella pesadilla? Tomó el teléfono que Ridhi le tendía y marcó.

—Hola, señorita Malvika —sonó el abogado—. ¿Cómo está?

Cuando hablaba con aquel hombre siempre se sentía como si estuviera en la escena del juicio de una película. Se alegraba de que hubiera usado su nombre. Ahora que su matrimonio estaba oficialmente anulado, realmente ya no sabía cuál era su apellido.

—Estoy bien, señor Peston. Gracias. Creía que el caso de anulación estaba cerrado. ¿Falta algo?

—Oh, no, no. El asunto del matrimonio está concluido. Esto es por el *haveli* de Balpur.

El estómago de Mili dio un vuelco. Creía haber dejado totalmente claro a Naani que iba a retirar aquella maldita demanda que ella había interpuesto. Naani intentó convencerla para que luchara por sus derechos, pero nunca tuvo derechos, simplemente porque no había existido el matrimonio. Al menos en eso Samir tenía razón. Si hubiera habido matrimonio, su pérdida le hubiera dolido al menos un poco. Y no era la anulación lo que tanto le dolía.

Todavía no podía creer que Naani hubiera hecho algo tan horrible sin consultarla primero. Si en su día Naani no hubiera enviado a Virat aquel certificado, si no hubiera pedido la parte de Mili en la propiedad de Virat, tal vez las cosas habrían sido diferentes.

«¿Y qué me dices de la demanda, Mili? ¿Qué habrías pensado tú en mi lugar?»

En su cabeza resonó la voz de Samir. Y tenía razón.

Pero no. No iba a hacer a Naani responsable de lo que él había hecho. Además, cuanto antes cortara para siempre los lazos con los Rathod, mejor.

—Lo siento, señor Peston —se apresuró Mili—. Hablaré con mi abuela. No haga caso de cualquier certificado que pueda recibir de nuestra parte. Me aseguraré de que mi abuela retire todas las demandas que haya interpuesto. Siento las molesti...

—No, señorita. Espere —interrumpió el abogado—. No se trata de ninguna demanda. Su abuela retiró la reclamación. No tiene nada que ver con este asunto.

—¿Disculpe? No le comprendo.

—Perdone, pensaba que lo sabía. —Su tono, habitualmente seguro y fanfarrón, vaciló ligeramente—. Verá, señorita Malvika... El señor Rathod, Sam, le ha cedido su mitad de la herencia. El *haveli* es ahora completamente suyo.

CAPÍTULO 27

En cuestión de un mes la vida de Samir había cambiado por completo. Ya no necesitaba sus llaves para entrar en su propia casa. Al oír el ascensor en su planta, alguien le abría la puerta. Y podía ser cualquiera.

Aquel día fue su cuñada. Lo miró con enfado.

—Son las nueve —se quejó Rima—. El rodaje terminó a mediodía. ¿Dónde estabas?

—Bueno, hola a ti también. ¿Por qué abres tú la puerta? ¿Dónde está la tía Lily? ¿No se supone que debes mantener el trasero en el sofá o, mejor aún, en la cama?

—Por favor... Estoy embarazada, no inválida. A mi médico le pareció bien que viajara a Bombay, y preferiría que los dos hermanos me dejarais en paz.

Le arrebató el portátil de su hombro y se lo entregó a Poppy. La nieta de su ama de llaves le sonrió tímidamente. Samir le acarició la cabeza y la niña se fue corriendo. Había echado de menos su sonrisa. Todavía recordaba el día en que la trajo a casa desde el hospital, maltrecha tras una paliza que le había dado su padre porque no era como el resto de niños. Desde entonces vivía con su abuela en casa de Samir. Y el mes anterior se había mudado a Jamnagar para ayudar a Rima.

El enfado de Rima se suavizó un poquito.

—Ve a lavarte las manos. Todos están esperándote para cenar.

—¿Todas las embarazadas son tan mandonas, o solo ella? —preguntó Samir a los siete pares de ojos que se posaron en él cuando entró en su sala de estar.

—Te sugiero que no la provoques más, hasta que haya comido algo —dijo Virat.

Siguió los pasos de su esposa y rodeó con los brazos su barriga de embarazada.

Un alivio demencial seguía atravesando a Samir cada vez que veía a su hermano caminar sin bastón. Era como si jamás hubiera tropezado, y mucho menos, sobrevivido a un avión en llamas.

—¿Cómo está mi sobrina? —preguntó Samir a la barriga de Rima.

—Te responderá cuando decida hacer un descanso en el partido de fútbol —respondió Rima y añadió un largo suspiro.

Su cuñada puso su cara de mamá orgullosa. Apretó la mano de Virat contra su vientre. Su barriga se onduló bajo sus manos unidas y a Samir se le escapó un sonido de asombro. Por muchas veces que lo viera, seguía tomándolo por sorpresa.

—¿Cómo hace eso? —preguntó, sintiéndose como si acabara de presenciar un milagro.

Rima le tomó una mano y la colocó en su barriga.

—Mira, eso es su pie. Es como su papá, da patadas en sueños.

Samir notó otra patadita y se sintió como un niño en una feria. Ella le alborotó el cabello.

—Tú también dabas muchas patadas —dijo Sara desde el sofá.

—¿Sí? —preguntó Baiji— Pues Virat no daba patadas, pero tenía mucho hipo.

—Ahora también lo tiene —intervino Rima—, después de un par de copas.

Acarició la mejilla de su marido y lo arrastró a la mesa. Virat emitió un falso hipido mientras todos ocupaban sus asientos.

—Vuelvo en un momento —dijo Samir, y subió rápidamente las escaleras para lavarse. Todavía podía sentir el suave empujón del pie del bebé en sus dedos. Era sorprendente que hubiera alguien ahí dentro. Era sorprendente lo mucho que quería a alguien que aún no conocía.

«Pues claro que la quieres, ¡es tu sobrina!», diría Mili. Y después habría añadido algún refrán de esos de su *naani*. Le atravesó el pecho un dolor tan intenso que le dolió al respirar.

Se lavó la cara con agua fría pero, en lugar de reconfortarlo, empeoró su ánimo.

Los comensales coreaban su nombre desde la planta baja y Samir cerró los ojos con fuerza. Adoraba a su familia, pero ahora no podía bajar. No podía soportar un momento más con alguien que no fuera la única persona con la que quería estar. Se presionó la cara con la toalla. El dolor de su corazón era tan fuerte, su soledad era tan abrumadora, que le dolía todo el cuerpo. Solo necesitaba un momento más con ella, ver su rostro una vez más.

Necesitó hacer un esfuerzo para salir del baño. Se detuvo en la parte superior de la escalera y se sujetó a la nueva barandilla de cable tensado, dispuesto a ser lo suficientemente hombre para fingir una sonrisa en su cara y unirse a su parlanchina familia, intentando no imaginar un centenar de escenarios en los que ella encajaría a la perfección: Mili ocupándose de todo el mundo, Mili empapándose del afecto de todos, Mili mirándolo para asegurarse de que estaba bien...

Y allí estaba, intentando convencerse para bajar la escalera, cuando sonó el timbre de la entrada. Virat saltó de su silla y corrió a la puerta antes de que lo hiciera alguno de los criados.

—¿Es esta la casa de Samir Rathod?

Solo una persona pronunciaba su nombre de aquel modo.

Tras oírlo, y después de llevar una temporada viviendo como por inercia, pareció resucitar de inmediato y se quedó paralizado.

—¿Mili?

Sara fue la primera en reaccionar.

—¿Sara?

Mili pasó junto a Virat casi sin verlo y se lanzó a los brazos de Sara. A pesar de su entusiasmo, fue cuidadosa con ella.

—Sara, mírate... Estás sentada a la mesa. Tú sola. —Su voz, dulce y ronca, se quebró—. Me alegro muchísimo de verte.

La mujer sostuvo el rostro de Mili entre sus manos unos segundos.

—¿Cómo estás, Mili, corazón? ¿Qué estás haciendo aquí?

Samir observaba en la distancia a Mili examinando a los presentes. De repente parecía haberse dado cuenta de que estaba rodeada de desconocidos. Se ruborizó, avergonzada. Repasó con la mirada la habitación, escudriñando rostro tras rostro, sin encontrar lo que estaba buscando. Al final bajó los párpados un breve instante, como si se preparara antes de levantar la mirada y encontrarlo inmóvil en la escalera.

Sus ojos se fundieron en intensos estanques de luz, vulnerables y anhelantes. Los demás desaparecieron de repente. Samir intentó mantener la mirada, pero Mili cerró los ojos, rechazándolo. Cuando los abrió, con lo que parecía un esfuerzo hercúleo, estaban desprovistos de cualquier cosa, excepto dolor. Volvía a tener todas las defensas levantadas. En su mirada no había ni una pizca de aquel suave fuego.

Samir se apoyó en la barandilla para evitar correr hacia ella, cualquier cosa que le devolviera aquella mirada. Pero la Mili que estaba ante él ya no era la de antes, la que se alejó de él.

«Me has mancillado. Me has hecho sentirme sucia.»

—¿Tú eres la Mili de Samir? —le preguntó Virat con una sonrisa encantadora— ¡Hola! Soy Virat, el hermano de Samir.

Extendió la mano cortésmente, haciendo gala de su espíritu militar. Si hasta entonces Mili parecía dolida, en ese momento estaba a punto del colapso. La sangre abandonó su rostro, dejándolo lívido. Samir sintió que veinte años de anhelo se desbordaban cuando Mili estrechó la mano de Virat.

—¿Qué significa eso de «la Mili de Samir»? —intervino Rima—. ¿Conoció a alguien en Estados Unidos y no me lo habéis contado?

Rima se levantó y miró fijamente a su marido, que devolvió la mirada acusatoria a Samir. Pero Baiji hizo que su nuera se sentara.

—Si continuas saltando así, no voy a dejarte salir de la cama. Relájate, Rima. —Baiji se dirigió al ama de llaves—: Lily, mete en casa el equipaje de Mili.

Lily se arregló el rodete plateado de su nuca y se apresuró a la puerta delantera sin quitarle a Mili los ojos de encima. Arrastró la vieja maleta marrón al interior.

—¿Has subido la maleta tú sola? Deberías habérselo dicho al portero —dijo Baiji a Mili, que parecía muy abrumada—. Por cierto, soy la madre de Samir. Encantada.

Mili se inclinó y rozó los pies de Baiji. Por fin encontró su voz:

—*Namaste*. Lo siento. No pretendía interrumpir —dijo Mili y unió las palmas de sus manos.

Baiji colocó una mano sobre su cabeza para bendecirla.

—Dios te bendiga, *beta* —dijo Baiji—. No interrumpes. Esta es la casa de Samir. Sus amigas son bienvenidas aquí. —Echó una mirada inquisitiva en su dirección, incitándolo a moverse, y después miró a Mili—. Estábamos a punto de cenar. Acompáñanos.

Mili vio el banquete dispuesto en la mesa. Samir contuvo el aliento. Habría dado cualquier cosa por ver esos ojos iluminarse con su comida favorita. Pero el gesto de Mili seguía inexpresivo. Si acaso, asqueado. Samir se obligó a soltar la barandilla y descender.

Mili alzó la mirada, espantosamente cauta, hacia él.

—En realidad tengo que hablar con Samir un momento.

Los invitados se volvieron simultáneamente para mirarlo. Pero Samir seguía sin dar un paso ni atreverse a decir una palabra. Solo era capaz de observarla.

—Normalmente tarda poco más de diez segundos en bajar esas escaleras —bromeó Rima, rompiendo el silencio—. Pero hoy parece que necesita algo de ayuda. ¿Qué pasa, Samir?

Rima, todo sutileza, añadió un guiño por si su intención no estaba totalmente clara. Virat señaló una silla y le dio unas palmaditas al asiento, mirando a Mili.

—En cualquier momento recordará cómo se habla —añadió Virat diplomáticamente—. Mientras tanto, siéntate, Mili. Tenemos muchas cosas de las que hablar contigo.

Ella miró la silla, después los rostros sonrientes y divertidos y se le enrojeció la nariz. Se la apretó. Samir quería zarandear a su despistada y sonriente familia.

—Ha dicho que quiere hablar conmigo —dijo Samir rotundamente—. ¿Por qué no le hacéis caso? Dejadla en paz.

Al escuchar su voz, Mili se estremeció. Sus entrañas se hicieron una bola de insoportable dolor. El bramido que había empezado a sonar en sus orejas, al verlo inmóvil como una estatua en la escalera, se intensificó hasta un nivel ensordecedor. Todos los presentes se quedaron estupefactos, como si nunca antes hubiera usado ese tono con ellos.

La cabeza empezaba a darle vueltas. Había pasado mucho tiempo sin comer. Se sintió tan mal en el vuelo, tan ansiosa ante la idea de encontrarse con él, que fue incapaz de probar bocado. Mirarlo hacía que la bilis se le subiera a la garganta. Una imperceptible debilidad se apoderó de sus extremidades a cámara lenta. Molinillos oscuros inundaron su mirada. ¿Iba a humillarse totalmente y a desmayarse a los cinco minutos de entrar en esa casa? Se agarró a la silla que Virat había dispuesto para ella. En ese momento sus piernas cedieron lentamente, y después, el resto de su cuerpo. Lo último que recordó antes de que todo se volviera negro, fue a Samir volando por las escaleras.

La tenía en sus brazos antes de que tocara el suelo. Su corazón latía tan fuerte junto a la oreja de Mili que creía que iba a explotar. Su propio corazón se negaba a latir.

—Mili...

Su nombre, en labios de Samir, le dolía como una puñalada. Intentó abrir los ojos, pero todo le daba vueltas. Apretó la mandíbula para detener la oscuridad que se arremolinaba a su alrededor. No iba a vomitarle en los pies de nuevo.

—¡Llamad al médico! —dijo alguien.

Samir la levantó en brazos. El zumbido de los murmullos de su familia se fundió tras él mientras subía por las escaleras.

—¡Quedaos ahí! —les advirtió, y respondieron con un silencio perplejo—. No os atreváis a seguirnos. ¿Me oís?

El silencio no duró. Todos hablaron a la vez:

—¿Qué te pasa?

—¿Estás loco?

—¡No es más que un desmayo!

Un portazo calló a las voces y Samir tumbó a Mili en la cama con una fría suavidad. Era como posarse en una nube. La soltó y la delicadeza de sus manos hizo que un millón de recuerdos emergieran en su mente. Todavía estaba mareada, pero el oscuro interior de su cabeza giraba mucho más despacio.

—Mili...

Posó la mano sobre su frente. Su voz apenas escondía el pánico que sentía.

Ella abrió los ojos y encontró el rostro de él a pocos centímetros del suyo. Unos mechones húmedos encuadraban su rostro dorado. Su mandíbula perfecta se tensó. A pesar de las ojeras bajo sus ojos, a pesar de esa barba desaliñada y de la preocupación marcada en su frente, su imagen le robó la respiración. Y lo odió por ello.

Mili se echó hacia atrás, intentando poner cierta distancia, y entonces se dio cuenta de que estaba en una cama, apoyada sobre un montón de almohadas. Era la cama más cómoda en la que había estado nunca. Se amoldaba perfectamente a su cuerpo, envolvía todos sus ángulos y curvas.

¡Por Dios santo!, de nuevo en su cama. Otra vez. Se incorporó e intentó apartarse de él. Pero la habitación dio vueltas alrededor de su cabeza y se agarró al colchón para recuperar el equilibrio.

Samir retrocedió rápidamente y se cruzó de brazos. Mili se secó el sudor de la frente con la manga del *kurti* que había comprado en el aeropuerto.

—Lo siento. No era mi intención. No me he desmayado en mi vida. Oh, Dios, tu familia debe de pensar que soy una estúpida.

—¿Cuándo fue la última vez que comiste?

Ella tragó saliva.

No se decidía a mirarlo a los ojos. Y la nota atronadora en su voz no ayudaba en absoluto. Samir caminó hasta la puerta. Abrió solo lo justo para asomar la boca.

—¡Tía Lily, necesito una bandeja con comida aquí arriba: *dal, rotis* y patatas! —gritó— Y súbela tú sola. Solamente tú, nadie más.

Cerró la puerta y se quedó allí, sin mirarla, con un puño sobre la hermosa madera tallada y el otro en las sienes. Su camisa blanca estaba muy arrugada. Mili nunca lo había visto tan desaliñado. Todo lo que se ponía parecía siempre recién salido de la tienda. Pero ahora los *jeans* le quedaban anchos. Sus ojos, que se habían mantenido obstinadamente secos durante meses, se calentaron bajo sus párpados. El dolor, la humillación y el resto de emociones que sentía cobraron vida en su corazón.

Samir se volvió de repente y Mili casi tiró el vaso de agua.

—No me has respondido. ¿Cuándo fue la última vez que comiste? —Seguía apretándose la sien—. ¿Qué te has hecho, Mili? ¿Cuánto peso has perdido? ¡Te has desmayado! No puedes...

Samir se pasó las manos por el cabello. Lo llevaba demasiado largo. Parecía un lobo despeinado; un lobo desgarradoramente guapo con unos torturados ojos dorados como la miel. No se parecía en nada al impecable Samir que conocí.

De repente, sus ojos atormentados se iluminaron.

—¡Joder! —Samir gritó sin pretenderlo—. Por eso estás aquí. ¡Estás embarazada!

CAPÍTULO 28

La puerta se abrió de golpe, y de par en par:

—¿Está embarazada?

Tres mujeres se abalanzaron hacia la cama sin pedir permiso.

La embarazada primero, con su enorme barriga por delante; Baiji a continuación; y después la mujer que llevaba una bandeja de comida y que debía de ser la tía Lily.

Mili se llevó la mano a la boca.

Samir intentó mediar entre ella y esas tres eufóricas chifladas que acababan de entrar.

—Todas fuera. Tenéis que marcharos. ¡Ahora mismo!

Pero la embarazada lo agarró por los hombros y lo apartó sin demasiados miramientos de su camino.

—No nos iremos. ¿Qué pasa contigo?

—Rima, se supone que necesitas tranquilidad —Samir intentó disuadirla—. ¿Se puede saber qué estás haciendo?

Él parecía tan impotente, que el corazón de Mili se retorció un poco más.

—Está embarazada, acaba de desmayarse en nuestra casa... —dijo Rima—. ¿Y pretendes que me quede abajo?

No sabía quién era la tal Rima, pero miraba a Samir como si fuera un niño tonto. A pesar de su malestar, Mili deseó sonreír.

—¡Callad los dos! —exclamó Baiji, intensa pero muy amablemente. Les echó una mirada para silenciarlos y caminó directamente hacia Mili. Le arrebató la bandeja a la tía Lily y la colocó en su regazo. La comida olía tan bien que la joven casi se desmayó de nuevo.

—Primero come algo, *beta*. Y después hablaremos.

Le pasó la mano cariñosamente por la cabeza. La expresión de su rostro era tan afectuosa y estaba tan cargada de preocupación maternal que, sin razón alguna, la nariz de Mili empezó a gotear y sin preaviso sus ojos se inundaron y las lágrimas empezaron a caer por sus mejillas.

Rima le quitó el plato de las manos y Baiji la abrazó. Mili le presionó la cara contra el hombro, abandonando la dignidad, y lloró como una niña.

Las lágrimas le sentaron muy bien. Durante los dos últimos meses el dolor de su corazón había sido constante e implacable, y su soledad, horrible y oscura. Aquellos diez minutos, lo que acababa de ocurrir, era más de lo que podía soportar. Los sollozos escaparon desde la parte más profunda de su ser y empaparon su corazón, seco y hambriento.

Debería haber intentado parar, pero el suave tacto del sari de Baiji resultaba tan agradable contra su rostro, y sus brazos tan consoladores... que ni siquiera lo intentó. Al final notó que sus lágrimas habían mojado el sari de Baiji bajo su mejilla y se sintió avergonzada. Se apartó, sintiéndose tan estúpida que no podía mirar a nadie a los ojos. Le dolía mucho la cabeza y le escocían los ojos.

Samir intentó acercarse, pero Rima le colocó una mano en el hombro. Mili no sabía si era para detenerlo o para consolarlo.

—Ve abajo —le indicó su cuñada, con una sentencia que no admitía discusión.

—Ni loco.

—Samir, dale cinco minutos. Hazme caso.

—No. Hazme caso tú a mí. No pienso irme a ninguna parte. Pero vosotras sí. Todas. Ahora mismo.

Baiji secó las mejillas de Mili con su sari y se dirigió a Samir.

—¿Estás ordenándole a tu madre que se marche?

—Te lo estoy pidiendo, por favor. Mili y yo necesitamos hablar.

—¿De qué hay que hablar? ¡Vas a ser padre! Está claro que has hecho mucho daño a esa chica, y que eso ha hecho que te sintieras tan mal estos últimos meses, que nos tenías a todos locos de preocupación. Ahora ella está aquí. Tú estás aquí. Arréglalo.

Durante un breve momento, pareció que Samir iba a sonreír.

—Baiji, no puedo arreglarlo si no nos dais dos minutos para que hablemos a solas.

—Entonces hablad —dijo Rima, con cara de no pensar marcharse a ninguna parte.

—¡Virat! —gritó Samir.

—Estoy aquí.

Al parecer, su hermano llevaba todo el rato en la habitación.

—Por favor, llévate a tu mujer abajo. De lo contrario, la agarraré y lo haré yo mismo.

—Creo que por hoy ya has levantado en brazos a suficientes mujeres. Déjame esta a mí.

Virat levantó a su esposa con sumo cuidado y se dirigió a la puerta.

—Tía Lily, tú también —dijo Samir—. Porque te llevaré en brazos, si tengo que hacerlo.

La tía Lily salió corriendo de la habitación riéndose disimuladamente.

—Suéltame, Virat. Baiji está mirando —murmuró Rima a su marido, pero parecía muy contenta.

Baiji se levantó.

—Acabo de descubrir que mi hijo ha dejado embarazada a una chica antes de casarse. Creo que no me pasará nada por ver al otro llevando a su mujer por las escaleras. —Acarició la cabeza de Mili—. Antes de hablar hay que alimentarse. Primero, que se acabe la comida.

Lanzó a Samir una mirada severa.

Él no tenía nada que replicar a eso. Las condujo a la puerta y espero hasta que bajaron. Cerró y permaneció allí unos segundos antes de abrirla rápidamente para asegurarse de que nadie estaba escuchando.

Por fin se dirigió a Mili.

—Lamento todo esto.

Para evitar responder, Mili se metió un trozo de *roti* en la boca. Y después no pudo parar. La comida estaba deliciosa, pero el sabor le traía tantos recuerdos de cuando Samir cocinaba para ambos, que tuvo que tragarse las lágrimas, pues ya se habían mantenido lejos de sus ojos el tiempo suficiente. Y también tuvo que tragarse el impulso de buscarlo con la mirada.

Él la contemplaba inmóvil, con la cadera apoyada contra un enorme escritorio de madera maciza y pulida que parecía sacado de una revista de decoración. Toda la habitación parecía salida de una película muy sofisticada, y a la vez cálida. Le resultaba demasiado familiar, como si fuera de alguien que conocía muy bien. Pero entre el potente silencio y la opulenta decoración, él podría haber estado al otro lado de la tierra.

—¿Por qué no me lo has contado antes? —preguntó Samir en cuanto ella masticó el último bocado. Le quitó la bandeja de las manos y la dejó sobre la mesilla de noche—. ¿Desde cuándo lo sabes?

—Yo... —carraspeó antes hablar—. No estoy embarazada, Samir.

O su imaginación estaba jugándole una mala pasada, o habría jurado que veía decepción en los ojos de él.

—Entonces, ¿por qué has dicho que lo estabas?

—Yo no he dicho nada. Tú preguntaste y tu familia...

—Jod...

Samir empezó a caminar por la habitación sin dejar de peinarse maquinalmente con los dedos.

Mili se recordó lo enfadada que estaba con él. Pero el dolor y la soledad de los últimos meses habían actuado como una tormenta de arena: erosionaron las dunas gigantes de su ira.

Samir le echó una mirada arrasadora, esa mirada que, con su herida vulnerabilidad, le robó el corazón y provocó que se lanzara sobre él como un animal hambriento. En ese momento, hizo que un furibundo temor creciera en su interior.

—Lo siento —se disculpó Samir—. Normalmente no son tan odiosos. Es solo que... Pero entonces, ¿por qué te has desmayado? No estás... no estarás enferma, ¿verdad?

Un pánico atravesó su rostro. Mili había pasado por un infierno por su culpa. No podía dejar que aquella mirada la trastocara otra vez.

—Estoy bien —dijo ella, distante—. Es que no había comido.

—¿No habías comido?

Allí estaba de nuevo, aquella crudeza en su voz, la preocupación en su mirada. Tenía que alejarse de él. Tenía que devolverle su estúpido *haveli* y acabar de una vez.

—Samir, por favor, no. No puedo...

El sonido de su nombre tembló en sus labios e hizo que su voz se rompiera.

Samir retrocedió y disciplinó sus emociones bajo una máscara. No con su máscara de Pompeya, pero lo intentó.

—Está bien —dijo él—. No pretendía... Es solo que...

—¿Por qué me has cedido el *haveli*? No puedes hacer eso.

—Es tuyo. Tu *naani* tenía razón al pedirlo.

—No, no la tenía, Samir. Tú tenías razón: en verdad nunca hubo matrimonio.

La mirada de Samir se suavizó. No; más que suavizarse, se inundó de comprensión.

—Siento que hayas presenciado esto. Y que hayas tenido que conocer a Virat y Rima de este modo.

Mili parpadeó. Se sorprendió cuando Virat se le presentó; no esperaba verlo allí. Pero lo que acabó con ella fue el impacto casi físico de ver a Samir de nuevo. Se rodeó las rodillas con los brazos y presionó la cara contra ellas. Veinte años pensando que amaba a alguien y ni siquiera se fijó en Virat al conocerlo. Entonces, Rima era su mujer... La *bhabhi* de Samir.

«Tú no eres mi *bhabhi*, Mili.»

¡Oh, Dios!

¿Cuántas veces iba a repasar aquellas conversaciones en su cabeza? ¿Cuántas veces iba a revivir aquel mes? Desde el momento en que posó los ojos en Samir, había sido incapaz de pensar en nada más. Y durante la mayor parte de ese tiempo, el dolor había sido cegador. Y allí estaba él, mirando cómo la había puesto en aquella situación.

Mili se levantó de la cama.

—Tenías razón —asintió Mili—. Nunca estuvimos casados.

Samir no respondió. La miró como si deseara que ella dijera algo más, como si su vida dependiera de sus palabras. Pero Mili tenía que salir de allí antes de que aquello fuera a más. Él era terreno resbaladizo para ella.

—Por favor, no me hagas pasar por esto otra vez. No puedo tener nada que ver contigo. Por favor.

El rostro de Samir se suavizó más, y ella supo que él veía la horrible tormenta que se libraba en su interior.

—Mili...

—No, Samir. No.

Levantó la mano para que se mantuviera a distancia.

Samir se detuvo en seco, pero no retrocedió.

—Solo tienes que decirme qué quieres —dijo él—. Haré lo que me pidas. De verdad.

—Te devuelvo el *haveli*. No lo quiero. No puedes darme algo tan grande, sin más.

Samir no se había sentido tan impotente en toda su vida. Ella estaba convirtiéndolo en el pelele llorica que había sido de niño. Pero ya no era ese lastimoso niño. Podía y le daría lo que quisiera. De todos modos, ya se lo había dado todo. Todo lo que él tenía era ya de ella. No significaba nada sin ella.

—No voy a dejar que me devuelvas el *haveli*.

—¿Le has dado el *haveli*? —dijo una voz desde la puerta.

Esta vez Virat entró en la habitación con un cuenco en las manos.

—Por amor de Dios, Bhai, ¿podríais al menos llamar?

Nunca antes había levantado la voz a su hermano, pero en aquel momento tuvo que apretar los puños para evitar echarlo a patadas.

—Has entregado la casa de nuestra familia a una chica a la que has dejado embarazada, ¿y quieres que yo llame a la puerta?

—¡Vete!

Virat lo esquivó como si nada y se dirigió a Mili. Le entregó un cuenco de *kheer*.

—Baiji me ha pedido que te suba el postre. Está que te mueres.

—Vete, Bhai, o que Dios me perdone, pero te sacaré a rastras.

—Nunca habías hablado así a tu hermano. ¿Qué te pasa?

Rima siguió a Virat al interior de la habitación, sujetándose la barriga con una mano.

Junto a la furia que ya explotaba en su interior, el miedo le estrujó los intestinos.

—Rima, tienes que guardar reposo.

Virat, a juzgar por su expresión, estaba de acuerdo con Samir. Gracias a Dios. Entre los dos sujetaron a Rima y la obligaron a sentarse.

La joven tuvo el descaro de gritar pidiendo ayuda.

—¡Baiji!

Baiji llegó a la puerta un instante después. Siempre había sido vivaz, pero aquello era absurdo.

—¿Qué está pasando, Samir?

Él se sujetó la cabeza. Después tomó a Mili de la mano e intentó sacarla de la cama.

—Nos vamos a dar una vuelta.

Por supuesto, ella no obedeció.

—No vais a ir a ninguna parte —Baiji lo desafió—. Acaba de desmayarse. No irá a ninguna parte hasta que la vea un médico.

—¿Estás embarazada, Mili? —dijo alguien.

Vaya, Kim también estaba allí.

Samir se colocó entre Mili y su familia y los fulminó con la mirada. Tenía miedo de mirarla. Ya parecía muy frágil antes de que todos se colaran allí.

—Deberíamos continuar en el salón —Samir rio irónicamente—. Así Sara también podría participar.

—¡Eso es exactamente lo que estaba pensando! —gritó la aludida desde abajo con una voz que no parecía pertenecer a la mujer que había conocido un par de meses antes— ¡Mili, no me habías dicho que estabas embarazada!

Samir se agarró la cabeza y se sentó en la cama junto a Mili. Estaba a punto de gritar de nuevo cuando vio por el rabillo del ojo que estaba sonriendo, solo un poquito. Y por un momento, solo por un momento, sus ojos se animaron. Ella lo pilló mirándola, y revivió un dulce recuerdo de cómo habían sido las cosas entre ellos. Pero después desapareció y Mili volvió a parecer aterrada.

Samir se levantó para protegerla de las miradas extrañas.

—Muy bien. Mili no está embarazada, ¿entendido? —Después elevó el tono—: ¡Sara, Mili no está embarazada!

—¡Te he oído la primera vez! ¡Sigue! —replicó Sara desde abajo.

A su espalda escuchó un sonido sospechosamente parecido a una risita. Se volvió. Mili tenía la mano presionada contra la boca. Tras sus delicados dedos se escondía la cosa más hermosa: no su sonrisa de cien mil vatios, pero una sonrisa al menos.

Samir olvidó lo que estaba diciendo.

—¿De qué habéis hablado? —preguntó Baiji a su espalda.

—Entonces, ¿por qué has dicho que lo estaba? —añadió Rima.

Samir puso los ojos en blanco y los ojos de Mili sonrieron.

—No lo hice —dijo él, absorbiendo esa sonrisa antes de dirigirse a Rima—. En cualquier caso, no está embarazada y no necesita un médico. Lo único que necesita son diez minutos para hablar conmigo sin tener a todos vosotros comportándoos como salvajes.

—Entonces ¿por qué le has entregado el *haveli*, si no está embarazada? —preguntó Virat, soslayando el sermón de Samir.

—Y... —dudó Rima— ¿por qué tendría que entregarle el *haveli* si estuviera embarazada?

—No va a darme el *haveli* —dijo Mili a su espalda, y lo bordeó para situarse frente los demás.

—Sí voy a hacerlo —replicó Samir.

—¿Por qué? —preguntó Baiji.

—Porque su dote evitó que lo subastaran. Es suyo.

Mili no podía creer que él acabara de decir eso delante de su familia. Los ojos de todas las personas de la habitación se concentraron en ella, pero las palabras de Samir fueron lo único que le robó el aliento.

—Es suyo porque ella ha hecho más por la casa que cualquiera de nosotros —sentenció, mirando a Mili fijamente.

Por fin se hizo el silencio absoluto. Pero no duró.

—¿Qué se supone que significa eso, Samir? —preguntó Rima. Intentó levantarse, pero parecía no tener fuerzas y se sentó de nuevo, de repente tan pálida como la nieve.

Virat se puso de rodillas junto a su esposa.

—Rima...

Solo una palabra y Mili sintió toda una vida de amor alrededor de ella. Rima le acarició la mejilla. Samir le colocó una mano en el hombro. Parecía tan asustado, que Mili deseó poder acercarse a él.

—Rima, ¿estás bien?

—Claro que no estoy bien, Samir. No tengo ni idea de qué está pasando. Y sinceramente, has estado tan raro últimamente que estás empezando a asustarme de verdad.

Se colocó la mano en la barriga y se inclinó hacia delante con un quejido de dolor.

La sangre abandonó el rostro de Virat.

—Rima, *jaan*, vamos a meterte en la cama. Tienes que tumbarte. A mi hermano no le pasa nada.

Rima miró a su marido buscando consuelo y se dirigió a Samir.

—¿A qué te refieres con que Mili ha hecho más por el *haveli* que cualquiera de nosotros? ¿Qué está sucediendo, Samir? Cariño, ¿sabes tú qué está pasando aquí?

Virat miró a Samir y a Mili, y de nuevo a Samir.

—¡Maldita sea! —exclamó Virat, cuando por fin se dio cuenta de lo que ocurría.

Baiji miró fraternalmente a Virat y a Samir.

—Oh, Krishna —dijo la madre—, ¿Se puede saber qué habéis hecho ahora, chicos?

Mili sintió el peso de la mirada de Samir, pero no podía mirarlo. Esa familia no solo sabía que se había acostado con él, sino que ella era la única chica que jamás debería haberse acercado a él.

Rima los miró a todos, confusa y más pálida en cada inspiración. Empezó a decir algo, pero otro gemido escapó de sus labios. Se puso la mano en la barriga y tragó saliva.

La atención de los reunidos se concentró en ella. Respiraba trabajosamente y su rostro parecía retorcido por el dolor. Baiji usó el extremo de su sari para secarle el sudor de la frente.

—Samir, llama al chófer. Tenemos que ir al hospital.

Antes de que las palabras abandonaran la boca de Baiji, Rima gritó y se encorvó.

CAPÍTULO 29

—*Oy hoy*, ¿a qué vienen esas caras? ¿Alguien me lo va a explicar? ¿Es que se ha muerto alguien?

Rima estaba apoyada en una de esas camas de hospital que se reclinan parcialmente y parecen formar parte del mobiliario de una nave espacial. A pesar de la expresión vidriosa y sedada de sus ojos hundidos, era una mujer increíblemente guapa, de rasgos delicados y una piel casi tan clara como la de Samir.

Mili se detuvo en la puerta y observó a Samir rodeándola con los brazos, con cuidado de evitar todos los artilugios y tubos que salían de ella como un pulpo.

—Sí, nosotros casi nos morimos. Gracias por matarnos del susto —dijo Rima.

En lugar de responder a Samir, Rima pidió a Mili que se acercara.

—¿Te has dado cuenta de lo melodramáticos que son estos dos hermanos?

Samir intentó captar su atención, pero Mili parecía concentrada en la respuesta que acababa de escuchar.

Rima tenía razón. La noche anterior, cuando se puso de parto prematuramente, Samir y Virat se volvieron locos. Samir preguntó a Mili si quería quedarse en la casa, pero, por extraño que resultara, ella prefirió acompañarlos al hospital. Ninguno de los dos había dormido, comido o hablado en toda la noche, mientras esperaban a que los médicos detuvieran el parto. Al bebé todavía le quedaban unos meses para salir de cuentas y era imperativo que se quedara dentro al menos una quincena más. Mili rezó en silencio y apretó la mano de Rima.

—¿Quieres desayunar? —dijo Samir, levantando la gelatina verde de la bandeja de comida.

Rima hizo una mueca.

—Aparta esa cosa asquerosa —dijo Baiji, golpeando la mano de Samir—. Lily va a traerle comida casera.

—Entonces, ¿cuál es la historia? ¿Qué es todo eso del *haveli* y la dote de Mili? —Rima miró a Samir y levantó una ceja. Virat y Samir se miraron—. *Arrey*, no os quedéis con la boca abierta. ¿Por qué había que salvar el *haveli* y por qué fue la dote de Mili…? —Los ojos de Rima se convirtieron en dos círculos perfectos—. ¡Oh! ¡Oh, Dios santo! ¡Oh, Dios! Samir… ¿por qué no nos lo contaste? Virat, ¿a ti te lo dijo?

Virat tragó saliva y le frotó los pies.

—Rima, no sé de qué estás hablando, pero ¿podríamos seguir con esta conversación más tarde?

—Tengo razón, ¿verdad? —Rima se dirigió a Samir.

La mirada de Samir pasó de Rima a Mili, y después a Virat.

—¿Por qué miras a tu alrededor como un idiota? —dijo Virat al fin—. Nadie va a ayudarte. ¿Te casas en otro país y encima nos lo escondes? Pero ¿qué pasa contigo?

Era una suerte que la cama tuviera barandilla, porque Mili tuvo que sujetarse para evitar desplomarse.

Rima se dirigió a Mili.

—No entiendo a qué viene tanto secretismo. ¿Por qué no nos lo dijisteis, por el bebé? —Se tocó la barriga—. ¿Os conocisteis en Estados Unidos? Oh, Dios, ¿vas a llevártelo allí contigo?

—Demasiadas preguntas para alguien que pasó por un infierno anoche, ¿no te parece? ¿Por qué no descansas un poco? Te lo explicaremos todo más tarde —le dijo Samir.

—*Arrey*, deja que Mili responda. ¿Por qué nos interrumpes?

Rima miró a Mili con gran curiosidad.

—Samir tiene razón —dijo Mili—. Hablaremos más tarde. Ahora deberías descansar.

Mili la hizo recostarse y la tapó con la sábana.

Baiji observó a Mili con interés. La chica se rindió y dejó de intentar ocultar su rubor. Entonces Baiji posó su curiosidad de madre sobre Samir. Él apartó la mirada.

—No estoy cansada. Lo que tengo es hambre —se quejó Rima.

Como si aquella fuera la señal acordada, la puerta se abrió y la tía Lily entró con una bolsa llena de comida e inquietud en su rostro, ligeramente arrugado. Dos rostros preocupados más la siguieron al interior de la habitación.

—Queríamos verte, *bhabhi* Rima —dijo Lily con vacilación—. Sam dijo que te parecería bien.

—Claro que sí. Entrad, entrad.

Rima sonrió y les hizo un ademán para que pasaran.

Baiji ayudó a Lily con la bolsa de comida y empezó a colocarla en una bandeja de acero. Mili la ayudó.

—Samir, ¿por qué no presentas a tu esposa al servicio?

Rima se metió una cucharada de *dal* y arroz en la boca y echó a los tres recién llegados una mirada cargada de significado. Samir se apretó las sienes. ¿Él tenía servicio?

Examinó el rostro de Mili exhausto, temiendo su reacción.

—¿Al servicio? —murmuró Mili arqueando las cejas.

—Señor Sam, ¿se ha casado y ni siquiera nos ha informado de ello? ¿Cómo es eso?

El hombre alto y delgado de la camisa roja y el cabello meticulosamente engominado echó una mirada realmente ofendida a Samir. A continuación agitó la cabeza en dirección a Mili con una sonrisa provocadora.

—Al menos preséntenos, ¿no?

Samir dejó escapar un suspiro.

—Mili, este es Javed. Javed, esta es Mili.

Mili no pudo contener la sonrisa.

—¿Qué tal, Javed *bhai*?

El aludido le dedicó otra fotogénica sonrisa.

—Muy bien. Muy bien. Soy el chófer del señor Sam —dijo en inglés, aunque tanto Samir como Mili se habían dirigido a él en hindi—. ¿Es usted estadounidense, *bhabhi* Mili?

—Nos conocimos en Estados Unidos, sí.

—Vaya, ¡ahora lo entiendo! —dijo Javed todavía en inglés.

—Javed... —dijo Samir.

La advertencia en el tono de Samir era inconfundible. Pero Javed no hizo ni caso y se dirigió a Mili como un niño entusiasmado que tiene un secreto que compartir.

—*Bhabhi* Mili, el señor Sam ha estado actuando de un modo muy raro desde que regresó de Estados Unidos. Igualito que Devdas... como una de esas canciones tristes. ¿Sabe lo que ha hecho hoy?

—Y Mili, esta es la tía Lily —Samir interrumpió a Javed sin su habitual delicadeza—. Ya la conoces. Se ocupa de mi casa.

—Hola, tía Lily —expresó ella amablemente.

Mili devolvió la sonrisa a Lily y se dirigió de nuevo a Javed.

—Bueno, Javed *bhai*, ibas a contarme qué ha hecho Sam hoy.

Javed se puso tan nervioso que se olvidó de su sonrisa.

—*Arrey*, se puso muy dramático. Se bajó del vehículo en mitad de la autopista Bombay-Pune y empezó a caminar. —Javed extendió los brazos e hizo una imitación increíblemente precisa de los andares con bíceps gigantes de Samir—. El atasco llegaba hasta el horizonte —añadió, mostrando una gran distancia con las manos—, pero el señor Sam tenía la cara aún más larga. Intenté detenerlo, pero ni caso. Se marchó sin más. Tardé dos horas en recogerlo y ¡seguía caminando!

Javed hizo a sus dedos caminar por el aire.

Todos se volvieron hacia Samir, moviendo la cabeza y riéndose. Mili no podía respirar.

—*Bhabhi* Mili, Javed tiene razón. —Lily bajó el pulgar y sonrió—. Desde que el señor regresó de Estados Unidos, ha estado con el ánimo por los suelos. Normalmente va siempre de punta en blanco. Su ropa, su habitación... Todo está impoluto. Ahora, es un desastre. Lo deja todo por todas partes.

Agitó las manos para indicar el caos de Samir y los ojos de Mili se llenaron de lágrimas. Samir se enderezó.

—Tía Lily —dijo Samir—, vamos a dejar algunas de esas bonitas historias para más tarde, ¿de acuerdo? Rima necesita descansar.

Su cuñada no pensaba lo mismo, porque se dirigió a la adolescente escondida detrás de Lily.

—Y, Mili, esta es Poppy —dijo en voz baja, echando a la chica una mirada amable—. Es la nieta de la tía Lily. Acaba de mudarse a Jamnagar con nosotros. Va a ayudarme a cuidar del bebé, ¿verdad, Poppy?

—A menos que Sam me necesite aquí. En ese caso, volvería —dijo Lily con un ceceo difícil de comprender. Echó a Samir una mirada de veneración que hizo que el ánimo de la habitación cambiara.

Lily se frotó los ojos. El cuerpo de Samir se quedó totalmente inmóvil, como hacía siempre que se veía abrumado por la emoción. ¿Cómo había creído que lo conocía tan bien? Había mucho de él que aún no sabía: el Samir que la arrastró a la boda; el Samir que compitió haciendo samosas con ella; el Samir que marcó su cuerpo, que yació con ella en total rendición; el Samir que asumió toda la responsabilidad de lo que había ocurrido entre ellos; que la había absuelto de toda culpa, cuando en realidad ella lo había deseado más de lo que jamás deseó algo en su vida. Ese era el Samir que ella conocía. Había sido duro, pero gracias a la fuerza de su enfado fue capaz de alejarse de ese Samir.

Pero el Samir que ahora estaba ante ella, el que permitía que su familia y la gente de su servicio le hablara con tanta confianza; el Samir al que todos parecían querer tanto... ese era mucho más peligroso que el que había hecho que se olvidara de todo lo que era antes de conocerlo. Este Samir, con su ropa arrugada y esa mirada esperanzada, estaba haciéndola olvidar la agonía de los últimos meses.

Y era difícil que ella siguiera creyendo que la increíble generosidad que le había mostrado, su amabilidad innata, había sido una mera actuación para conseguir lo que quería.

Samir sonrió a Poppy. Y Mili supo sin ninguna duda lo equivocada que había estado. Mili abrazó a Poppy, intentando contener las lágrimas.

—Encantada, Poppy. El bebé de Rima tiene mucha suerte de tener una *didi* como tú.

A Poppy se le iluminó la cara de orgullo. Se volvió hacia Samir, dando palmadas, y él supo con certeza que no dejaría que Mili volviera a marcharse. Haría lo que fuera necesario para que se diera cuenta de lo que significaba para él.

Ella lo miró y ladeó la cabeza como si intentara evaluar lo que él estaba pensando.

«Te quiero», eso era lo que estaba pensando. Y quería decírselo. Quería susurrárselo a los labios, y en cada lugar secreto de su cuerpo. Quería gritarlo al mundo entero.

Mili no apartó los ojos. Por primera vez desde su regreso, se atrevió a mantener la mirada. En ella había miedo y esperanza, a partes iguales, y ese algo más que se reservaba solo para él destelló en sus profundidades. Él lo recuperaría. Haría todo lo necesario para recuperarlo.

Se apoyó de nuevo en la cama de Rima y de repente todo desapareció de sus ojos excepto el horror. Los latidos de su corazón se detuvieron. Mili levantó ambas manos. Tenía las palmas totalmente rojas por la sangre. Se volvió hacia Rima justo cuando su cabeza caía hacia atrás y su cuerpo quedaba laxo.

*   *   *

Mili nunca había visto llorar a un hombre.

Virat se derrumbó en el banco junto a su hermano y lloró como un niño. Fue lo más desgarrador que Mili había presenciado en su vida. Samir le rodeó los hombros con el brazo y no dijo nada hasta que paró. Cuando por fin habló, su rostro estaba tallado en piedra, pero en su voz crepitaba la esperanza.

—Va a ponerse bien, Bhai.

Mili se apoyó en la pared de la sala de espera privada y observó a Virat secarse los ojos. Debería haberse sentido una intrusa, pero cada vez que Samir la miraba, sabía que no había ningún otro lugar mejor en el mundo donde debería estar.

Rima tuvo una hemorragia y la llevaron al quirófano. De aquello habían pasado tres horas. Un enorme reloj de madera marcaba el tiempo en la pared. Baiji caminaba de un lado a otro con una copia gastada de *Bhagavad Gita* en las manos, farfullando estrofas. Cada pocos minutos se detenía y apoyaba una mano en el hombro de Virat.

Mili se acercó a Baiji y la ayudó a sentarse. Se acomodó a sus pies, le quitó el libro de las manos y empezó a leer por donde ella lo había dejado. Su *naani* lo leía siempre que alguien de la aldea se ponía enfermo; se sentaba con las mujeres y coreaba los mantras durante horas. La misma paz que sentía entonces, se instaló en ella mientras pronunciaba las conocidas sílabas en sánscrito.

Baiji colocó una mano sobre la cabeza de Mili, se apoyó hacia atrás y cerró los ojos. Virat y Samir se unieron a ella en el suelo. Sentados con las piernas cruzadas a su lado, juntaron sus manos y cerraron los ojos. Los susurros de sus voces se mezclaron. La fuerza de su oración compartida los envolvió con fuerza y silenció el tictac del reloj; silenció todo excepto sus palabras y sus esperanzas.

Horas, o tal vez apenas unos minutos después, llamaron a la puerta. La doctora abrió la gruesa cortina de la habitación. Esperó a que terminaran la estrofa antes de hablar.

—Rima ha salido de quirófano —dijo directamente a Virat, que se incorporó de un salto—. Es una niña. Está sana y estable.

Todos contuvieron la respiración.

—¿Y Rima? —preguntó Baiji, y Virat emitió un quejido.

La médica dio a Virat una palmadita en el hombro.

—Hemos detenido la hemorragia. Las siguientes horas son críticas, pero si no empieza a sangrar de nuevo, debería recuperar la consciencia. Podrás verla cuando la hayan pasado a la UCI.

—¿Puedo ver a mi hija?

Virat se frotó los ojos y Samir le apretó el hombro.

La doctora sonrió.

—Están poniéndola en la incubadora. Tendrá que estar allí al menos una semana. Pero es una niña fuerte, con pulmones muy fuertes. Tú y una persona más podéis entrar.

Virat y Baiji siguieron a la doctora fuera de la habitación. En cuanto se quedaron solos, Samir se derrumbó en una silla y hundió la cabeza en sus manos. Sin pensarlo, Mili se sentó a su lado y le colocó una mano en el brazo.

Eso fue lo único que hizo falta. Samir se volvió hacia ella, enterró su rostro en su hombro y empezó a temblar. Mili lo rodeó con los brazos y lo acercó más. No hubo lágrimas ni palabras, solo alivio por su sobrina y un temor insuperable por Rima.

Mili lo acunó, le acarició el cabello y la espalda.

—Shh, Samir. Va a ponerse bien. Han detenido la hemorragia. La niña está bien. Tienes una sobrina. Una pequeñita que te llamará *chacha*. *Chacha* Samir. O quizá *chacha* Chintu.

Samir sonrió y lentamente dejó de temblar. Su respiración se suavizó. Se quedó un rato entre sus brazos mientras ella susurraba palabras sin sentido contra su cabello, empapándose de todo lo que le estaba entregando. ¿Cómo era posible? ¿Cómo se atrevía a exponerse a ella de ese modo, sabiendo de sobra que podía rechazarlo? Ya lo había hecho antes. Todavía le dolía escuchar su voz, mirarlo y tocarlo, pero no era dolor lo único que sentía. Lo que ahora sentía le proporcionó el valor para no rechazarlo de nuevo.

* * *

Mili oyó que Virat entraba en la habitación y abrió los ojos. Estaba encorvada sobre Samir, que tenía la cara apoyada en su regazo. Se habían quedado dormidos así, en la sala de espera. Mili se incorporó y descubrió que tenían los dedos entrelazados y la ternura floreció en su corazón. Virat se aclaró la garganta. A pesar de las ojeras y del cansancio grabado en su cara, parecía divertirle la escena.

Mili apartó los dedos de los de Samir y él se despertó. Se sentó, con el cabello despeinado en picos desaliñados y el bordado del kurti de Mili marcado en su mejilla sobre la barba. Echó a su hermano una mirada tan llena de esperanza, que si quedaba algo de resistencia en el interior de Mili, se convirtió en polvo a sus pies.

—Rima se ha despertado —anunció un pletórico Virat—. Va a ponerse bien. La doctora está con ella. ¿Quieres ir a ver a tu sobrinita?

Samir abrazó a Mili y salió corriendo de la habitación.

Virat se sentó junto a ella.

—¿Cómo está? —preguntó Mili a Virat.

—Está estupenda. —Su voz vibró por el alivio y la nariz de Mili empezó a gotear—. Podrás entrar a verla cuando la doctora se marche. Ha preguntado por ti, ¿sabes? —Virat sacó un pañuelo y se lo entregó—. Mili, ¿puedo decirte una cosa?

Ella se sonó la nariz y movió la cabeza.

—Cuando conocí a Rima, cuando me casé con ella, no sabía que seguía casado contigo. Si no hubieras enviado esa carta, jamás lo habría sabido. Baiji entregó una petición al Consejo Tribal, alegando la ilegalidad del matrimonio un año después de que se celebrara. Pero nuestro abuelo retiró esa petición y jamás nos lo dijo. Era un mal bicho.

Mili recordó el miedo que tenía a aquel hombre, tan alto y con el ceño siempre fruncido bajo aquel enorme bigote blanco.

—Debería ser Chintu quien te dijera esto, pero el viejo cabrón lo culpaba a él de la muerte de su hijo. Y sus castigos... Bueno, digamos que si Baiji no nos hubiera sacado de Balpur, mi hermano quizá no habría sobrevivido para poner esa expresión en tu cara.

Un gemido de dolor escapó de la garganta de Mili. El recuerdo del sudoroso cuerpo de Samir retorciéndose entre las garras de una pesadilla paralizó su mente. Se mordió el labio inferior para evitar llorar, pero no funcionó.

Virat sacó otro pañuelo de la caja y se lo entregó.

—Mi hermano haría cualquier cosa por mí. Y yo daría mi vida por él. Y la única razón por la que fue a hablar contigo, la razón por la que no lo hice yo, fue porque tuve un accidente de avión. Estuve una semana en coma, y después, en cama durante meses.

«Al menos deja que te explique lo que ocurrió, Mili.»

¿Por qué no había dejado que Samir se explicara?

No pudo seguir conteniendo el llanto. Virat la dejó expresarse y le pasaba pañuelos a medida que ella los convertía en bolas.

—Pobre Rima. ¿De cuántos meses estaba cuando tuviste el accidente? —le preguntó. No le extrañaba que Samir hubiera estado dispuesto a hacer cualquier cosa para protegerla.

Virat sonrió. Sus ojos se arrugaban exactamente igual que los de Samir cuando sonreía, pero su sonrisa no hacía que se le tambaleara el mundo bajo los pies.

—La única persona que conozco que haría una pregunta así, después de lo que acabo de contarte, es Chintu.

Le acarició la cabeza y sacó otro pañuelo. Pero esta vez él mismo le secó las mejillas. Después le levantó la barbilla con el dedo y la miró directamente a los ojos.

—Mili, no sabes cuánto lamento no haber sido yo quien te buscara para arreglar nuestros asuntos. Pero, por favor, no castigues a mi hermano por mis errores.

CAPÍTULO 30

La enorme ventana de cristal encuadraba el glorioso cuerpo de Samir. Sara había enviado a Kim con ropa limpia para él, y volvía a lucir una de esas camisetas que siempre parecían nuevas. Sin embargo, una bata de hospital azul la tapaba. Un gorrito azul escondía su crecido cabello. Mili lo había ayudado a guardarse los mechones en el gorro, y su sedosa impronta todavía cosquilleaba en sus dedos. Su expresión, cuando lo miró a los ojos para saber qué sentía, había hecho que su corazón tartamudeara y lanzara chispas.

¿Cómo se sentía? ¿Cómo se sentiría cualquiera ante una escena así? Un hombre tan guapo con una criatura llorosa y diminuta en sus brazos. Todo su cuerpo se curvaba alrededor de el bebé. Cada célula de su cuerpo hablaba de una ternura infinita. El asombro escapaba de sus ojos y un leve atisbo de sorpresa besaba su sonrisa mientras murmuraba palabras al bebé, a quien solo le interesaba el sonido de su propia voz. La doctora tenía razón: esa pequeña tenía los pulmones fuertes.

Samir la alzó para que Mili pudiera verla mejor a través del cristal, e hizo una mueca cuando la niña lloró en su oreja. Entonces se la acercó al pecho y empezó a acunarla para calmarla.

—Es una imagen preciosa, ¿verdad?

Baiji también se había cambiado y parecía renovada. Ahora que Rima estaba bien, el nuevo día parecía realmente un nuevo día.

Mili sonrió pero no se atrevía a seguir mirando a Samir.

—Parece casi invencible, ¿verdad? Tan grande e indomable. No hay mucha gente que pueda ver más allá de eso —dijo Baiji en aquel hindi hermoso y antiguo suyo.

Samir volvió a aparecer en el cristal, para mostrarles que había conseguido tranquilizar a la niña en sus brazos, y Baiji se apretó los nudillos contra las sienes para alejar el mal de ojo.

—Lo creas o no, recuerdo tu rostro... de la boda.

Mili se volvió hacia Baiji y descubrió que sonreía; aquella sonrisa, a la vez firme y suave, aquella sonrisa envolvente que fascinaba a sus dos hijos.

—Ojalá hubiera podido detener aquella ceremonia. Sé que es así como nuestra gente ha hecho las cosas durante generaciones, pero tú eras incluso más joven que yo. Cuando me casaron, yo tenía siete años y tuve la mala suerte de empezar con el periodo a los diez, así que a esa edad me mandaron a casa de los Rathod. Lo único que sabía era alimentar a las vacas y contar el dinero de mi tío mientras él miraba mis incipientes senos. Nunca había oído hablar del padre de Virat. Su familia decía que era «un erudito».

Mili se apoyó en el cristal y Baiji sonrió con un gesto cargado de recuerdos y pesar.

—Los lugareños decían que estaba maldito por el diablo —prosiguió Baiji—. Su cerebro veía el mundo en partículas y números y flujos de energía. Era lo único que le interesaba. Así que yo ajusté mis partículas para que encajaran con las suyas y dejé que me enseñara a leer. Me convertí en una obsesión para él. Mi educación lo apasionaba. Yo detestaba eso. Lo hacía de la misma manera que otras mujeres aprenden a cocinar, desesperada por encontrar un modo de llegar a su corazón. Otras chicas se quemaban los dedos; yo me dejé la vista leyendo y memorizando. El primer día que me vio con gafas estaba tan loco de felicidad como cualquier otro hombre al ver a su esposa con un sari nuevo. Esas gafas nos dieron a Virat.

Baiji se ajustó las gafas sobre la nariz y su sonrisa se volvió tímida. El tipo de sonrisa que Mili jamás habría imaginado en ella.

—Pero ¿quién puede luchar contra el destino? Sus ansias de conocimiento no se saciaron con el doctorado. Tampoco se saciaron al cambiar la vida de una chica de pueblo. Se fue a Estados Unidos, vio sus universidades, sus bibliotecas, y eso hizo estallar su mente. Fue ese país quien me robó a mi marido. Al principio maldije el destino y culpé a los dioses de la injusticia, pero para él, morir sin ver lo que vio, sin convertirse en lo que se convirtió, habría sido la injusticia más grave. Y si aquello no hubiera ocurrido, yo no tendría a Samir.

Colocó un dedo en el cristal de la ventana, como acariciando a su hijo y a su nieta.

—Cuando Sara trajo a Samir a Balpur, solía seguirnos a Virat y a mí a todas partes. Un día estaba dando de comer a Virat mientras él nos observaba, así que lo llamé y le metí un poco de *dal* en la boca. Se subió a mi regazo y dejó que le diera de comer. Solía cantar una nana a Virat antes de dormir y me encontré a Samir junto a la puerta, escuchando, así que lo acosté con Virat y le canté a él también. Una vez se cayó y se hizo una herida en la rodilla. Se la vendé y lo abracé cuando lloró. Eso fue lo que necesitó: tres actos de amabilidad —dijo, alzando tres dedos frente a Mili—. Tres actos de amabilidad y me lo gané para siempre. Después de eso, nunca se fue de mi lado. Me ayudaba con mis tareas. Siempre ha estado en los últimos veinticinco años. Samir sabe reconocer el amor, y aspira a él. Y cuando se aferra a alguien, jamás le deja marchar. Su amor es feroz y total. Pero no para todo el mundo.

Mili conocía muy bien esa entrega. Cuatro semanas con él, una noche a su lado, y sabía que jamás pertenecería a otra persona. Posó su mano sobre el cristal. Esta vez no intentó esconder el ansia con el que lo anhelaba. Si Samir no existiera, si Baiji y él no se hubieran encontrado... Baiji tenía razón, a Mili no se le ocurría una tragedia peor.

—Eso mismo —dijo Baiji, mirándola fijamente—. El pensamiento que acaba de pasar por tu cabeza. Esa es tu respuesta. Así funciona la intervención divina, *beta*. El resto depende por completo del valor y de la decisión.

* * *

—¿De verdad la has dormido tú solo?

Rima echó a Samir una mirada desde su cama de hospital, «su cama de hospital fuera de la UCI», se recordó, y dio gracias a todos los dioses del universo. Había sido horrible verla en cuidados intensivos. Allí parecía de nuevo su *bhabhi*, relajada y con todo bajo control.

—Sí —dijo Samir—. La enfermera me ha dicho que soy el único que consigue callarla cuando empieza a llorar. Es posible que estés delante del mejor *chacha* del mundo.

Virat, que estaba frotando los pies de Rima, se dio la vuelta.

—Oh, ¿una enfermera te ha dicho eso? ¿Y qué fue, antes o después de que pusieras en marcha tu encanto?

—Ahora es un hombre casado, Virat. No digas esas cosas. ¿Dónde está tu esposa, Samir? —preguntó Rima deliberadamente.

Samir miró a su hermano, que sonreía como un idiota sin preocupaciones en el mundo.

—¡Se lo has contado! —exclamó Samir.

El alivio lo inundó. No le había parecido bien esconderle algo así a Rima.

—Todo —dijo Virat—. Y debería haberlo hecho mucho antes.

Rima dedicó a su marido una de sus sonrisas cariñosas y él se acercó para besarla. Según Samir, con demasiada lengua para una habitación de hospital. Una abrumadora necesidad de ver a Mili lo atrapó.

—¿Y cómo te ha sentado eso, Rima? —le preguntó Samir.

Tan bien como podía estar con Virat quitándole el suministro de aire, claro. Ella lo miró con expresión confusa.

—Estoy bien —exclamó Rima—. Solo eran niños, y Virat ni siquiera lo sabía cuando me conoció.

—Te adoro —dijo él, acercándose a ella de nuevo—. Eres una diosa. ¿Ya te lo había dicho? Te lo dije, Chintu: soy el cabrón con más suerte del mundo.

—Sin duda —asintió Samir, apartándolo para dar un intenso abrazo a su cuñada.

—Ve a buscar a tu mujer, Chintu —bromeó Virat, apartándolo para acaparar el abrazo de su mujer—. Esta es mía.

Y dicho eso, Samir corrió loco de alegría por el pasillo hacia la unidad de Neonatología.

Había dejado a Mili con el bebé mientras visitaba a Rima. Entonces Mili pasó el testigo a Baiji, que acarició la mejilla de Samir, y la miró con complicidad antes de ir a por su nieta.

Mili se sonrojó. Intensamente.

—¿Qué ha sido eso? —preguntó Samir, viendo cómo el color teñía sus mejillas y muriéndose por impregnarse con los dedos, con los labios.

Mili lo miró con los ojos entornados.

—Has estado sobornando a tu familia, ¿verdad? —dijo ella con una sonrisa y la chispa de siempre en su voz.

No, Bhai no era el cabrón con más suerte del mundo. Lo era él, sin duda alguna.

—Lo haré, si eso te hace sonreír de ese modo —dijo Samir.

Mili apartó la mirada, aún ruborizada, y contempló a Baiji con su nieta, de la que normalmente era imposible apartar la mirada. Pero con Mili en su resplandeciente *kurti* blanco sobre los *jeans*, con mechones de su cabello escapando de la trenza, estaba teniéndolo difícil para prestar atención a otra cosa.

Mili saludó a Baiji con la mano y Samir se preguntó qué habría ocurrido entre ellas.

—¿Cómo está Rima? —le preguntó Mili, y levantó una ceja cuando él sonrió—. ¿Podemos ir a verla?

—Está un poco ocupada ahora mismo. Pero me muero de hambre. ¿Quieres que bajemos a la cafetería? Javed me ha dicho que tienen unas samosas estupendas.

Los ojos de Mili se iluminaron y la anticipación estalló en el interior de Samir como un dragón con aliento de fuego que hubiera dormido demasiado tiempo. La tomó de la mano y caminaron hasta el ascensor. Ella no lo soltó.

Mili miró las puertas del ascensor y se frotó los ojos. A Samir se le encogió el corazón. Ella no se había marchado del hospital en dos días. No lo había dejado solo.

—Siento que hayas tenido que pasar por esto. Pareces agotada.

Mili lo miró de soslayo.

—Tú tampoco tienes tan buen aspecto.

—Muchas gracias.

El ascensor se abrió y entraron. Estaba vacío. Samir rezó pidiendo que se fuera la luz.

Mili sonrió.

—No lo decía literalmente. Aunque, ¿qué pasa con esa barba?

Le echó una mirada y sus ojos se detuvieron un buen rato en sus labios. Cada célula del cuerpo de Samir saltó hacia ella. Necesitó toda su fuerza para contenerse.

—No lo sé. Últimamente no me he sentido muy yo, así que supongo que no tenía mucho sentido conservar mi aspecto.

Mili tragó saliva, pero no apartó la mirada.

—Mili, lo que has hecho por mí, por mi familia... No sé cómo habría pasado por todo esto sin ti. No sé cómo puedo agradecértelo.

Los ojos de ella destellaron intensamente un instante y se suavizaron al siguiente.

—En realidad sí que sé cómo podrías agradecérmelo.

—No... —dijo él.

Ella parpadeó y Samir casi sonrió.

—Pero si ni siquiera sabes lo que iba a pedirte...

—No voy a dejar que me devuelvas el *haveli*, Mili.

—Samir, no puedes darme algo tan grande.

El ascensor se detuvo y salieron. Era un milagro, pero el pasillo estaba desierto. Aquel era sin duda su día de suerte.

—Mili... —Samir abrió la boca y la cerró de nuevo, nervioso de repente—. Nunca pude decirte cuánto siento lo que hice. Comprendo que no puedas perdonarme. Yo tampoco me lo perdono. Pero déjame al menos arreglarlo. Te lo pido por favor.

Mili esperaba que dijera algo más. Contuvo la respiración.

Pero él no lo hizo.

¿De verdad pensaba él que no podría perdonarlo? ¿De verdad pensaba que podría vivir sin él?

—¿Es eso lo que quieres, Samir, mi perdón? Sabes perfectamente que no necesito el *haveli* para perdonarte. Ahora sé que no querías que las cosas salieran así. —¿Cómo había podido pensar que él le haría daño a sabiendas?—. Claro que te perdono. Eres libre.

Se apartó de él y de inmediato se arrepintió. Samir se acercó.

—Mili...

Tres enfermeras llegaron charlando por el pasillo. Aminoraron el paso y empezaron a reírse como colegialas. Él no pareció notarlo. Su mirada no se apartaba de Mili.

¡Oh, ya era suficiente! Mili golpeó con la palma de la mano el botón del ascensor. Las puertas se abrieron; tomó a Samir del brazo y lo arrastró al interior. Su única reacción fue el sutil levantamiento de una ceja. Mili se acercó y lo miró directamente a los ojos.

—Samir, ¿de verdad no se te ocurre ningún modo de arreglar esto?

Sus ojos se abrieron como platos. Le encantaba sorprenderlo, le encantaba cómo la miraba cuando se despojaba de toda cautela y hacía exactamente lo que le apetecía. Se mordió el labio y sonrió, sintiendo el poder que tenía sobre él. No tenía ni idea de por qué él le había dado ese poder, pero le emocionaba. La hacía sentirse tan alta como él, más alta incluso. Hacía que el fuego que ardía en su corazón se inflamara y lamiera cada poro de su ser.

Samir buscó a su espalda, pulsó un botón del panel y el ascensor se detuvo bruscamente.

—¿Tienes alguna idea?

El calor había regresado a sus ojos y no estaba tan comedido como su voz. Oh, ya estaba haciéndolo de nuevo. Exponiéndose ante ella. Y, por alguna razón, ella sabía que siempre lo haría.

Mili le acarició la cara, la barba que era tan gruesa y sedosa como su cabello.

—Jamás me des las gracias por ocuparme de tu familia —susurró Mili—. Ellos... Ellos no son solo tu familia.

—Ah, ¿no?

Ella negó con la cabeza.

—Y tú tampoco eres mi cuñado.

Samir sonrió y parte de esa arrogancia maravillosa regresó a su rostro. Le apartó la mano de la cara y la llevó hasta su corazón. Latía entre sus dedos.

—No lo soy.

Mili cerró los ojos, demasiado tímida para hablar más.

—Mili, si hay algo que quieras decir, dilo. Por favor...

La desesperación en la voz de Samir era puro dolor. Y belleza.

—No puedo.

A Mili se le calentaron las mejillas.

Una sonrisa contenida se filtró en la voz de Samir.

—Muy bien. Entonces, si no soy tu cuñado, ¿qué soy?

—No lo sé...

Mili quería esconder la cara en el pecho de Samir.

Él le levantó la barbilla con el dedo. De ninguna manera iba a dejar que se pusiera vergonzosa con él en ese momento.

—Deja que te dé un par de opciones.

Mili sonrió, con los ojos cerrados y las mejillas en llamas.

—¿El mejor amigo que has tenido nunca? ¿Alguien cuya familia lo mataría si te dejara escapar? ¿Alguien que te quiere tanto que no sabe qué hacer? ¿La respuesta a todas tus plegarias? ¿La persona a la que has esperado toda tu...?

Mili abrió los ojos y puso un dedo sobre sus labios. Fue un roce ligero, pero el corazón de Samir estalló de emoción.

—¿Tengo que elegir solo una? —preguntó Mili.

La risa hizo temblar el estómago de Samir. Se inclinó y la besó en los párpados, en las mejillas húmedas. Su piel era un suave terciopelo que había ansiado durante demasiado tiempo. Ella le correspondió con los besos, ampliando su sonrisa con cada roce de sus labios. Sus dedos, hambrientos de ella, deshicieron los retorcidos mechones de la gruesa trenza que colgaba hasta su cintura y se empaparon de la seda que se enredaba a su alrededor.

Mili se apoyó en sus hombros y se subió a sus pies justo cuando sus labios se encontraron, encajando tan perfectamente, que Samir se olvidó de pensar, se olvidó de respirar y se concentró en arrebatarle la vida de su boca. La vida, todo lo que había perdido, estalló en su interior. La sacó de sus labios y volvió a susurrarla en su boca. Cuando se separaron, Samir descubrió los ojos de Mili velados por la misma necesidad voraz que lo atravesaba, y tuvo que recordarse dónde estaban.

A ella no parecía importarle. Le echó esa mirada, esa que le pedía que se inclinara más. Y él lo hizo, porque no podía negarle nada. Mili le clavó los dedos en el cabello, lo envolvió con su feroz calidez y le habló al oído en un susurro que temblaba de emoción.

—Tú lo eres todo, Samir. Tú eres todo lo que siempre he deseado. Y por eso te elijo. Tú eres mi amor, mi libertad, y yo te elijo.

Buscó con sus labios por la mejilla hasta encontrar los de él.

El mundo de Samir giró. Tendría que empezar a acostumbrarse a eso. La atrajo hacia sí. El terror de tener que dejarla marchar se aferró a sus entrañas.

—Al diablo con la libertad —dijo contra sus labios—. No pienso dejarte marchar.

Unos golpes sonaron fuera del ascensor.

—¿Hola?—gritó alguien al otro lado—. ¿Hay alguien? ¿Estáis atrapados? Esperad, en seguida os sacamos.

Samir gruñó y Mili echó la cabeza hacia atrás y se rio; sus ojos destellaron, sus rizos medianoche caían en cascada por su espalda, el olor del jazmín inundaba sus sentidos.

Oh, sí, estaba atrapado de verdad.

Y ni de broma dejaría que nadie lo sacara de allí. Jamás.

EPÍLOGO

Un único altar se alzaba en la playa de arena bordeada por un océano soleado que desaparecía en el horizonte. La música festiva de las flautas *shehnai* sonaba en los altavoces y se mezclaba con el suave romper de las olas. Un fuego sagrado ocupaba el centro del altar como un *bindi* escarlata.

Junto a la pira, un sacerdote y una única pareja de novios. Un *kurta* de la seda más pura se extendía sobre los gigantescos hombros de él. Un sari bermellón con una elaborada cenefa dorada rodeaba las delicadas curvas de ella.

A su alrededor, en círculos concéntricos de color, estaban reunidos sus amigos y familiares, bebiendo vino y comiendo samosas.

Lata examinaba la escena desde el mismo límite del caos; sus hijos habían colocado unos sillones acolchados para ella y la abuela de la novia. Por las mejillas aterciopeladas de la novia corrían riachuelos de lágrimas. Su pecho se levantaba con los hipidos de los sollozos.

El cuñado posó un beso sobre la cabeza de su esposa y se acercó a la novia. Cambió la caja de pañuelos vacía que tenía al lado por una nueva y guiñó el ojo a su hermano, que miraba las lágrimas de su futura esposa con un orgullo casi absurdo.

«Algunas cosas nunca cambian», pensó el hermano del novio.

«¿Esas pestañas son de verdad?», pensó el novio.

«Dios mío, tiene los hombros más bonitos del mundo. No puedo esperar a ponerle las manos encima», pensó la novia.

«Por favor, Dios, deja que la pobre consiga esta vez aquello por lo que está llorando», pensó la madre del novio.

Y así fue.

Agradecimientos

Escribir los primeros agradecimientos debe de ser muy parecido a pronunciar tu discurso cuando ganas un Óscar. Lo has practicado en tu cabeza multitud de veces y aun así, cuando llega el momento, esa culminación de tus sueños, esa muestra de tu inmensa buena suerte es tan tremenda que ¿cómo podrías expresarlo?

Me encantaría decir que escribir este libro fue duro, que mi camino a la publicación estuvo plagado de sacrificio y lágrimas. Pero no puedo. Escribir la historia de Samir y Mili fue una gozada, y mi camino estuvo lleno de la increíble generosidad y apoyo de tanta gente, que jamás podría nombrarlos a todos, ni agradecérselo lo suficiente. Pero de todos modos voy a intentarlo.

Primero, a mi increíble marido, por saber exactamente cómo caminar por la cuerda floja manteniendo el equilibrio entre necesitarme y darme espacio para perseguir mi sueño, y también por el delicioso *dal*, por las coladas limpias y por su lealtad.

A mis hijos, por ser más comprensivos de lo que nunca habría esperado que fueran dos adolescentes. Si hay otros niños en el mundo que digan a su madre: «Vete a escribir. Nosotros nos prepararemos unos fideos *ramen*», el futuro de nuestra especie será maravilloso.

A mis padres, por no necesitar nada más que una llamada telefónica para dejarlo todo y correr en mi ayuda cuando me hacen falta.

A mi mejor amiga, por ser mi consejera, mi trampolín, mi guía; por no mencionar, mi periscopio en Bollywood. Ella creyó en mis historias mucho antes que los demás, y ese ha sido el regalo más valioso.

A mis primeras lectoras, Rupali, Kalpana, Gaelyn, Robin, India y Jennifer, por su rapidez y perspicacia y por ser mis campeonas.

A mis amigas, la abogada Pallavi Divekar, por prestarme su cerebro de jurista para todo lo relacionado con las Leyes de Matrimonio indias y los consejos tribales Panchayat, y a Smita Phaphat, por proporcionarme información privilegiada sobre la cultura rajastaní. Sin ellas no habría historia.

A mi hermandad de escritoras, que son sin duda la mejor parte de esta profesión. A las Afroditas (Robin, Savannah, Cici, India, Clara, CJ, Sarah, Ann Marie, Denise y Hanna), por sostenerme la mano cada día. A la sucursal, en la Ciudad del Viento, de *Romance Writers of America*, por no dejar nunca una petición de ayuda mía sin respuesta. A la sucursal, en el norte de Chicago, de *Romance Writers of America*, y a las *Golden Heart Lucky 13s*, por su apoyo incondicional, y a la comunidad de *Romance Writers of America*, en general, por ser el mejor ejemplo de poder femenino del mundo.

A mi agente, Jita Fumich, por el millón de preguntas respondidas, y a mi editor, Martin Biro, por ser mi Momento y Lugar Adecuado y por dirigirme en mi debut con tanta amabilidad. A todo el equipo de Kensington, por hacer que esto fuera tan fácil.

Y por último y no menos importante, a todos y cada uno de vosotros, por tomaros el tiempo de leer mis palabras. A vosotros os debo mi más profundo agradecimiento. Sin vosotros, todas estas personas me habrían apoyado en vano.

Una novia
en Bollywood

Ria Parkar es la princesa de hielo favorita de Bollywood: bella, lista y a prueba de escándalos... hasta que una acción impulsiva amenaza con exponerla a su destructivo pasado. El viaje a Chicago para asistir a la boda de su prima le ofrece la oportunidad de huir de la tormenta mediática y encontrar paz entre su familia, la comida y unas celebraciones increíbles muy parecidas a las películas en las que ella actúa. Pero eso significa también enfrentarse a Vikram Jathar.

Ria y Vikram pasaron juntos los veranos de su infancia, lejos de la elegante escuela de Mumbai a la ella que asistía. Su amistad creció para convertirse en amor, pero un día Ria tomó una decisión tajante. Según Vikram, ella vendió su alma por la fama, y a él le ha costado años rehacer su vida. Pero bajo su rabia reprimida, existe un lazo de unión intacto. Ahora Ria debe encontrar el valor de enfrentarse a los secretos que ha estado ocultando para beneficiar a otros, y la oportunidad de dejar de actuar y empezar a vivir de verdad.

SONALI DEV

Una novia en Bollywood

SEDA ROMÁNTICA

Libros de
seda